中公文庫

さむらい道《みち》（下）

最上義光《よしあき》　もうひとつの関ヶ原

高橋義夫

中央公論新社

目次

上巻　目次

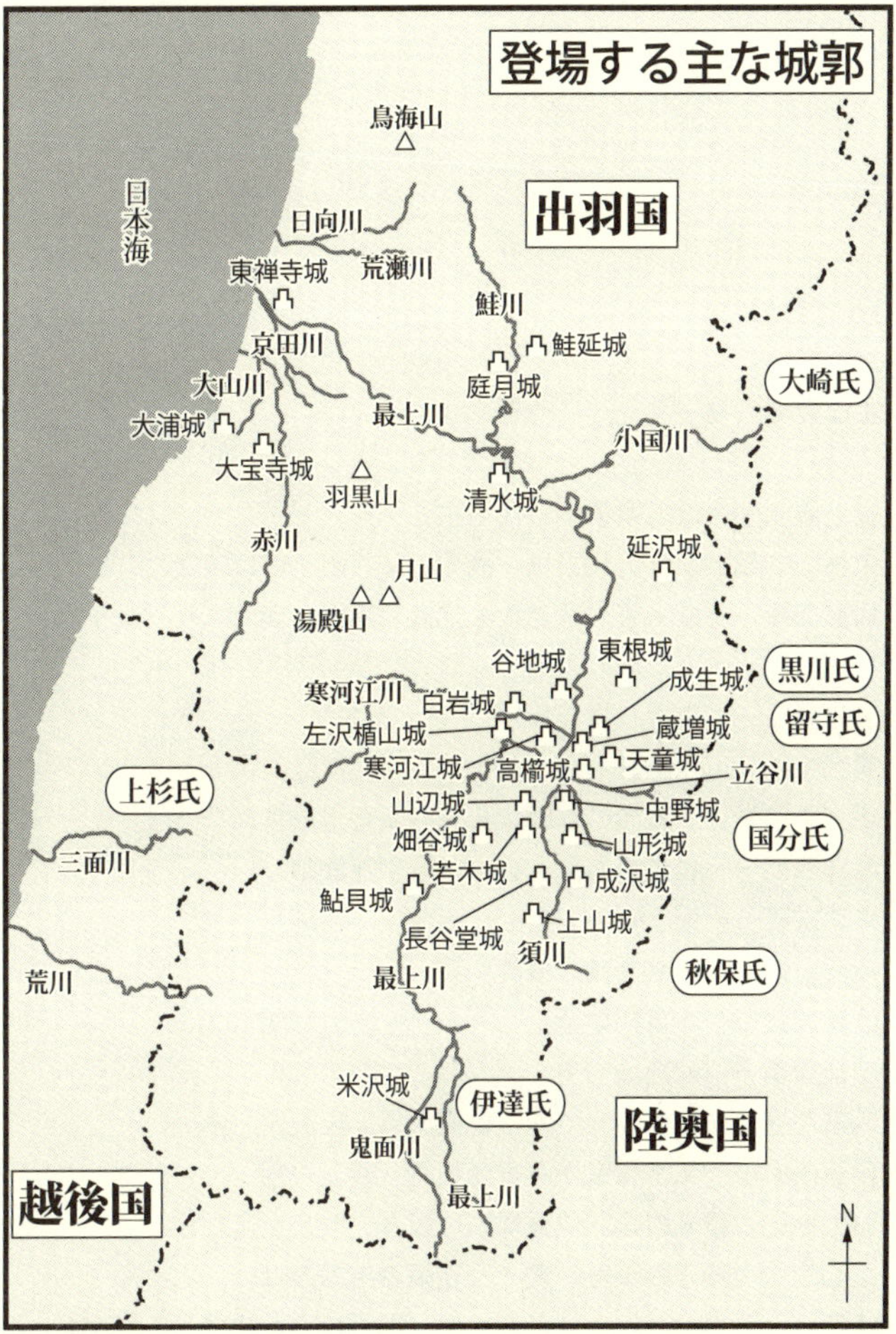
登場する主な城郭
鳥海山
出羽国
日本海
日向川
荒瀬川
東禅寺城
鮭川
鮭延城
京田川
庭月城
大崎氏
大山川
最上川
大浦城
小国川
大宝寺城
羽黒山
清水城
赤川
延沢城
月山
湯殿山
東根城
谷地城
黒川氏
成生城
寒河江川
白岩城
留守氏
蔵増城
左沢楯山城
天童城
寒河江城
高櫤城
立谷川
上杉氏
山辺城
中野城
畑谷城
山形城
国分氏
三面川
若木城
成沢城
鮎貝城
上山城
長谷堂城
須川
秋保氏
荒川
最上川
米沢城
伊達氏
陸奥国
鬼面川
最上川
越後国
N

主な登場人物

最上義光……最上家第十一代当主
栄林……最上家第十代当主。義光の父。出家前は義守
氏家守棟……最上家の宿老氏家定直の嫡男。義光より三歳年上、
　山形城の重鎮
志村光安……申次（外交係）
熊沢主税……弓奉行
伊良子宗牛……義光の軍師。仏光寺から追放された破戒僧
堀喜四郎……義光の伽役。喜卟と号す連歌師
一栗玄蕃……氏家党の若侍
斎藤左源太……高擶城の城番
遠藤若狭……お東様の衛士
鮭延秀綱……鮭延城当主
氏家左近……守棟の父である定直の弟。成沢館の主
伊達政宗……父・輝宗から家督相続。義光の甥
お東様……義光の妹。伊達輝宗に嫁ぎ、政宗を産む
蓮心院……義守の正室。義光と義姫の生みの母
桂姫……義光の妻。大崎義直の娘、御所の方と呼ばれる

さむらい道（下）　最上義光　もうひとつの関ヶ原

九章　出羽の大守

一

大沼《おおぬま》の大行院《だいぎょういん》の西蓮《さいれん》が山形《やまがた》城を訪れて、

「蓮心院《れんしんいん》様が入寂《にゅうじゃく》なされた」

と告げたのはその年の夏の暑い日だった。寒河江《さがえ》の慈恩寺《じおんじ》領の山中に草庵をかまえて蓮心院の法号をあたえられたが、義守《よしもり》の正室《せいしつ》として山形城にいたときには、少将《しょうしょう》の方《かた》と呼ばれていた。義光《よしあき》の生母である。母はものごころつく前に城を追われたので、義光は面影を知らない。小野《おの》の小町《こまち》の再来とうたわれた美女だったと、あとできいたことがある。

「母《あや》が亡くなった。いつのことだ」

蓮心院からは手紙をもらったことがある。それも一度か二度だった。義光からは毎年欠かさず養生料《ようじょうりょう》を寒河江に届けていたが、世を捨てて尼となった母に、会うことはかなわなかった。病んだことさえ知らなかったのである。

「三月二十五日でございます」

と西蓮が答えた。義光が宗牛《そうご》を庄内東禅寺《しょうないとうぜんじ》におくりこみ、庄内の形勢を気にかけていたころである。

「なして（なぜ）早く知らせねえ」

思わず怒りをふくんだ詰問の口調になった。

「百カ日を過ぎるまでだれにも知らせてはならぬという遺言がござった。ご葬儀はすませ、ご位牌は慈恩寺の末寺におさめてござる」

蓮心院は山形城とも子の義光とも縁を切っていたのである。発心《ほっしん》の覚悟のほどがうかがわれた。義光はおくればせながら母の人となりを知りたく、西蓮に蓮心院の日ごろの様子をたずねた。念仏三昧《ざんまい》のおだやかな日々でござった、というばかりだった。

西蓮は葛《つづら》の手箱をとりだして義光の前に置き、

「お形見でございます」

といった。蓋をあけると、細い筆と硯《すずり》、布がすり切れ紐がちぎれそうになった一巻の経が入っていた。

「阿弥陀《あみだ》経はお輿入《こしいれ》のときからお持ちだったそうで、朝夕読経しておられもうした」

といって西蓮は合掌した。質素な暮らしだったから、遺品といってもほかになかったという。

西蓮が会所《かいしょ》から下がったあと、義光は小姓たちを遠ざけて奥の座敷にひきこもった。膝の上に形見の小箱をのせ、頭《こうべ》をたれて見入る。なにげなく細筆をとり上げると、かすかに墨の香が立った。そのとたんに、哀しみが胸をふさいだ。

形見の細筆を片手ににぎったまま、義光はしばらく声をもらさずに泣いた。哀しみのあとに母を見捨てたという深い悔恨がおそってきた。

涙をぬぐってから義光は細筆を小箱におさめて腰を上げた。鹿丸《ししまる》と大声で小姓頭の奥山《おくやま》継満《つぐみつ》を呼ぶ。入側《いりがわ》にひかえた継満に、

「いまから龍門寺《りゅうもんじ》へ参る。先ぶれいたせ」

と命じた。急な来訪では寺も困るだろう。したくができぬとことわられるかもしれない。継満の顔にとまどいの色が浮かぶ。義光は継満が当惑するのを斟酌せず、

「守棟《もりむね》を呼べ。したくをせよ」

とやつぎばやに命じた。

守棟は肩衣《かたぎぬ》と烏帽子《えぼし》をつけて急ごしらえの身じたくをして、本丸にきた。五人の小姓だけを供にして、義光と守棟は大手門を出て、龍門寺へ向かった。昼下がりの日が照りつけ、龍門寺の森で蟬があらそって鳴く。山門の前に十人ばかりの僧がならんで出迎えた。義守の近習《きんじゅう》の中野《なかの》衆である。義守が出家して栄林《えいりん》と名のると同時に、近習たちも剃髪して僧になった。

寺域の西の隅の日あたりがよい場所をえらんで館《やかた》をたて、栄林が老後を養っていた。義光たちが山門をくぐると、近習の僧が行く手をさえぎるように前に立ち、深く腰を折って

と礼をした。

「栄林様はただいまご不例《ふれい》でござります」

病のために臥していると、だれにも会うことができないという。義光にかわって継満が、

「大事《だいじ》なご用だ。ぜひともお目通りを願う」

と強い口調でいった。

「お目にかかることがかないませぬ」

どうしても会わせたくなさそうである。義光は近年栄林が病気がちであることは耳にしていたが、人前に出られぬほどの重病だとはきいていなかった。守棟が義光の顔をうかがう。かまわぬ、押して通れと目で合図をした。

義光は押しとどめようと懇願する近習の僧たちにまとわりつかれながら、館に上がった。ながい廊下の奥の襖をあけると、大きな仏壇のある仏間があり、板戸で仕切られた二間つづきの広い座敷に衾《ふすま》をしき、栄林が寝ていた。庭に面した障子をあけはなち、涼風を入れている。そこから山形城二の丸の櫓《やぐら》と本丸の森がながめられた。

義光は目を疑った。栄林は目が落ちくぼみ、歯のない口をあけ、皺だらけの皮膚が骸骨に貼りつき、まるで即身仏《そくしんぶつ》のように見えた。

義光は衾の足元に坐り、守棟はじめ他の者は敷居の外にひかえた。

「栄林殿」

と義光が他人行儀の声をかけると、栄林は目をひらいた。すぐにはわが子とわからぬらしく、義光の顔をみつめる。ひさしくごきげんもうかがわなかったことを義光は詫びてから、

「蓮心院様が入寂なされました。すでに百カ日が過ぎたそうでござる」

と語りかける。しかし栄林は蓮心院がわからない。母上でございますといっても、濁った目にとまどいの色が浮かぶばかりである。母は忘れられていると思うと、胸が苦しくなるほどの悲哀の情が湧いた。

栄林は枯木に似た細い腕をさしのべた。必死の面もちで義光をみつめ、歯のない口をあけてききとりにくい声で、

「兄弟仲よくいたせよ」

といった。兄弟というのが死んだ中野義時《よしとき》のことかと思えば、

「お義《よし》が泣くぞ」

という。妹の義姫が縁づいた伊達輝宗《だててるむね》のことらしい。栄林はしきりに兄弟という言葉を口にするが、しばらく義光は耳をかたむけてから、栄林が義時と輝宗を混同しているらしいことに気づいた。区別がつかなくなっているのである。

近習の僧たちが義光を栄林に会わせまいとした理由《わけ》がわかった。義光は栄林に一別《いちべつ》のあ

いさつをして座敷から下がった。おさないころから命を奪われると怖れ、殺してやりたいと憎んだ父親だが、病み衰えて分別がつかなくなった姿《なり》を見ると、ただ憐れみを覚えるだけだった。

守棟も栄林の衰えた姿を見ておどろきをかくさなかった。義光とともにだまりこみ、山形城へもどるまで、一言も言葉をかわさなかった。

山形城では蓮心院の亡くなったことは、口の軽い長局《ながつぼね》の女房たちからいいひろめられていた。義光が奥にもどると、御所《ごしょ》の方《かた》がおさない駒《こま》姫の手をひいて座敷にあらわれた。御所の方は駒姫が乳ばなれをすると、乳母《うば》に暇をやって実家《さと》に帰し、つねに身近に置いている。御所の方は悔みをいってから、

「百カ日が過ぎたそうでござりますが、なにもなさらなくて、よろしゅうござりますか」

といった。義光はなにも考えてはいなかった。御所の方は、自分にやらせてくれといい、

「尼寺のことは、女子《おなご》におまかせなされ」

とつけ加えた。

御所の方は義光が不思議に思うほど熱心に蓮心院の回向《えこう》をとりおこなうことを願う。義光はそれを許すと、こんどはみずから慈恩寺領に出むき、蓮心院の終焉《しゅうえん》の庵を訪れたいと望んだ。膝にとりすがらんばかりに懇願されて、義光はそれを許した。

十日ほどの間に、大行院の西蓮を嚮導役《きょうどうやく》に頼み、近習の女房と武士を数人ずつしたがえて、御所の方は輿に乗って山形を出立《しゅったつ》した。義光は念のために伽《とぎ》の堀喜四郎《ほりきしろう》に命じて、行列のあとからついて行かせた。

慈恩寺の末寺の最上院《さいじょういん》は、本堂の構えは小ぶりだが、位《くらい》は高くふるくから山形とのつながりが深い。蓮心院が山形城を出て尼となり、草庵を構えてから、信仰生活を支えた寺である。御所の方は最上院に寄進をして蓮心院の回向をした。しばらくは寺領にとどまり、山形にもどったのは七月もなかばになってからである。

御所の方は義光の前に出て帰参のあいさつをすると、蓮心院の庵室をおとずれたことを語った。

「方丈《ほうじょう》ともうすべきほどのまことに小さな草ぶきの庵でござりました。祭壇と文机がひとつ置かれ、床の間に阿弥陀如来《にょらい》の御尊像の軸がかけてありました。雪深い山中でござりますから、冬には庵は雪の下に埋もれ、雪を掘り上げて道をこしらえねば、人がたずねることもできなかったとのことでござります。さぞやお寒い思いをなされたことでござりましょう」

御所の方は話すうちに目に涙を浮かべた。あれこそが比丘尼《びくに》のあるべき姿だとしきりに蓮心院を賞《ほ》めそやす。貧しく寂しい蓮心院の晩年の暮らしに同情して涙を流すのではなく、心から感動しているのだった。

義光は納戸《なんど》に御所の方を下がらせてから、喜四郎を呼んだ。

喜四郎は蓮心院の庵室に御所の方の供をしておとずれたことを話した。最上院の僧の心くばりで、庵室のまわりの夏草は刈られ、室内は清められていたという。庭には桜の古木があり、まわりの低い崖には曼珠沙華《まんじゅしゃげ》が植えられていた。小さな方形の池があり、とんぼが群れ飛んでいたという。

「小天地ではございますが、さながら浄土でござった。お方様はよほど心を奪われたと見て、近習の女房どもがとめるのもきかず、とうとう庵室に一晩お泊まりになりもうした」

春には桜、秋には曼珠沙華をながめる庵室だと喜四郎は語った。

喜四郎は義光の気持ちをやすらげるために、蓮心院の終焉の地を極楽浄土にたとえたのかもしれない。出家した老母が四季の花にかこまれて念仏三昧のおだやかな晩年を過ごしたと思えば、いくらか救われる気になる。

「気がかりなのはお方様でござるわい。庵室を出てからいくたびもふり返られて、あのような庵で念仏三昧の暮らしをしたいとつぶやかれた。そのうち尼になるともうされかねませぬぞ」

なかば冗談、なかば真剣な顔つきで喜四郎は語った。

喜四郎の言葉はどうやら冗談ではすまなくなった。御所の方は納戸のつづきの間に大工の手を入れさせ、祭壇のある小道場を造った。方丈の広さで、蓮心院の庵室を模したらしい。文机の上に阿弥陀経の巻物をひろげ、如是我聞《にょぜがもん》。一時《いちじ》、仏在舎衛国祇樹給孤独園《ぶつざいしゃえこくぎじゅぎっこどくおん》……ではじまる経文を写経した。阿弥陀経は蓮心院の遺品だが、御所の方が最上院に頼みこんで授けられたのだった。

御所の方は輿入のころから阿弥陀如来を信仰していたが、蓮心院の庵室を訪ねてからいっそう信心《しんじん》があつくなった。

御所の方はお駒を生んでから、納戸に義光を招き入れたことはない。天童《てんどう》の方が病に倒れ、医師に近づくことを禁じられてから、義光は側役《そば》の若い女房に手をつけた。側女は去年、天正十年（1582）に男子を生んだばかりである。義光は御所の方が信心に没頭していることに気づかなかった。

改修した小道場からは香の煙が流れ出て、近習の女房たちが肩をすりあわせるように一座になり、御所の方に和して南無阿弥陀仏の六字名号をとなえる。おさない駒姫までも、たどたどしく口真似をし、手を合わせた。

その年の秋、御所の方は義光の座敷に上がり、

「お願いがござります」

と思いつめた表情で語り出した。蓮心院の庵室を訪れたとき、最上院の住持《じゅうじ》に頼みこんで、寒河江の里に寺を建立《こんりゅう》するほどの土地を探してもらったという。

「寺を寄進するのか」

と義光が問うと、

「わたくしが亡きあとはそうしていただきたいと存じますが、まずは蓮心院様にならって小さな庵室を建てたく存じます。お許しくだされ」

といった。

「出家したいともうすか」

「はい」

御所の方は結んだ口元に強い決意をあらわして義光をみつめた。

「許さぬ」

義光は間髪を入れずにいった。御所の方はうつむく。しばらく顔を上げようとしない。義光にさからいはしないが、承服したわけではなかった。母の蓮心院が山形城を去るときもこうだったのか。御所の方の姿を見ているうちに、義光の胸にそんな思いが浮かんだ。

「寺を建立したいと願うならば、寺領は寄進しよう。有徳《うとく》の僧の心あたりがあらば、いずこからでも招いてやる。だが、出家は許さぬ。お駒を捨てて去るのか」

駒姫の名を出されて、御所の方は動揺した。苦しげな表情になり、口をつぐんだまま、義光の前からしりぞいた。

そのことがあっても、御所の方の信心は深まることはあっても、浅くなることはなかった。念仏の声は道場から絶えずにもれきこえた。

秋が深まってから、寒河江城で不穏な動きがあると、光安《あきやす》が報告した。谷地《やち》の白鳥長久《しろとりながひさ》の使者が足しげく通っているという。

「また十郎《じゅうろう》がなにごとか画策《かくさく》いたすか。宗牛を呼べ」

義光は小姓頭の鹿丸にいいつけて、会所に宗牛を呼び寄せた。宗牛は光安の報告をきくと、

「高擶城《たかだま》におくりこんだ伊賀者から、天童から谷地、寒河江に使者が行き来いたしおると知らせて参っておりもうす。拙者が按ずるに、天童殿が頼みとする伊達殿がこのところ陸奥《むつ》の国うちのあらそいに手こずって、こちらには手がまわらぬ。天童殿が心細くなっておるところに、谷地殿が口出しをいたしたとの風説でござる。しかし天童殿が戦《いくさ》じたくをしておるとの話はきいておりませぬ」

という。光安が知る寒河江の形勢は、城中で口論があり、柴橋楯《しばはしたて》から多人数が押し寄せたといった程度のことだったが、天童、谷地、寒河江の三家が、山形に知られぬようになにごとか画策しているらしい。それは光安も宗牛も感じとっているところだった。

ふたりが会所からしりぞいたあとで、義光は御所の方を呼んだ。寒河江の雲ゆきが怪しくなったことを語り、最上川の河北《かほく》の形勢が落ちつかぬうちは、寺領の寄進も庵室も夢ものがたりだとさとした。

二

高擶城の斎藤左源太《さいとうさげんた》は年始の祝いにはおくれたが、正月七日の弓鉄砲射初《いぞ》めの行事には参加した。二の丸の馬場の雪を踏みかため、本丸を背にして盾をならべた射手の陣をつくり、西側の胸壁《きょうへき》に的をならべる。本丸側の土塁の上に、義光をはじめ重臣たち、御所の方と家族、長局の女房たちも出て、花莚《はなむしろ》に坐って見物する。弓組の中から三十間（約54メートル）もはなれた遠矢《とおや》を射る名手がえらばれて腕を競った。

矢が的を射ぬくたびに、本丸の見物が拍手喝采する。年があけて九歳になった長男の四郎五郎は、近習のこどもたちと一緒に、鏑《かぶら》が鳴る音に興奮して立ち上がり、身をのり出して矢を目で追った。

弓組がひきさがって鉄砲組が陣につき、的が扇にとりかえられる。十数の的柱が五十間（約91メートル）ほどの距離にならべられ、一列にならんだ射手がいっせいに鉄砲を放つ。銃声がとどろき的の扇が宙に舞うと、おさない姫たちは耳を覆い、家臣たちは手を拍《う》ち足を踏み鳴らした。山形城の新年の行事の中でも、人々がもっとも喜び、興奮する一日である。

弓鉄砲射初めがおわると、義光が成績優秀の士に恩賞をあたえ、慰労の宴《うたげ》となる。守棟が公文所《くもんしょ》の座敷に宴席をもうけ、相談衆と年賀の客を招いた。延沢《のべさわ》城の笹原石見《ささはらいわみ》と高擶城の左源太は隣同士になった。石見は鉄砲組の腕前によほど感心したらしく、しきりに賞めたたえた。しかし元旦の祝宴の生酔《なまよい》にこりたか、あまり酒を過ごさなかった。

左源太がころあいを見て、守棟のそばに寄り、おりいってお耳に入れておきたいことがござると耳打ちした。守棟は用部屋に左源太を案内した。書物方《かきものかた》も右筆《ゆうひつ》も宴に出ていて、文机がならべられた用部屋はがらんとして、底冷えする。

「天童城で戦じたくばはじめたじぇ」

と左源太が小声でいった。

「また高擶を攻める気か」

「んねえ」

東の山から木を伐《き》り出し、修羅で大量に城下にはこびこんでいるという。山の木をはこぶには雪の季節が向いているが、生木《なまき》をつかうのは館の普請《ふしん》ではなく、戦のための柵や逆茂木《さかもぎ》にもちいるためだと左源太はいう。

「そればかりでねえ。谷地から寺津《てらつ》さ、鉄砲弾薬を送っている。渡し船が沈むほどだと」

谷地城から武器を買い集めているというのだった。

「まことか」

谷地の白鳥長久は昨年使者をつかわして、河西も河北も無事となるよう、山形殿とはむつまじくしたいといって義光に面会を求めてきた。そのつくり笑いの下で、天童に武器弾薬をおくりこんでいた。守棟は左源太をともなって会所に上がった。

義光に会い、左源太の話をつたえる。義光はさして驚かず、もう一度くわしく話をきいてから、小姓頭の鹿丸に声をかけ、公文所から光安と宗牛を呼んでこさせた。

会所にみなの顔がそろうと、義光は左源太をうながして、天童城の戦じたくをくわしく語らせた。

「弓鉄砲射初めの吉日に、高擶からその話が届いたのは、吉兆でござる。方々、いよいよ機は熟しもうしたぞ」

と宗牛がいった。元旦の祝宴のあとで、義光は相談衆と最上川河北と河西、庄内までふくめた形勢を話しあっている。いよいよ出羽国《でわのくに》の南一円を平定《へいてい》する秋《とき》がいたったと、みなが胆《はら》を決めていた。

「軍略はこなたにまかせてある。雪がとけたら、働くべし」

と義光はいった。しずかな口調だったが、眼光はするどい。天正初年いらいの永い合戦にいよいよ決着をつける決意が、ひき結んだ口元にあらわれている。

「おう」

相談衆が腹の底からしぼり出す声で応じた。

一月も末になると、春の予兆のなまぬるい強風が吹く。雪どけにはまだ間があるが、積もった雪は表面が凍《し》みてかたくしまり、歩きやすくなる。

笹原石見は喜四郎や守棟が、せめて雪どけまでと引きとめるのをことわり、延沢に帰ることにした。一別のあいさつをするために義光に会うと、このつぎに山形へ参るときには、一家眷族《けんぞく》ひきつれて参れ、城下に屋敷を与えるといった。親切な言葉に石見は感激して本丸から下がったが、会所までつきそっていた喜四郎が、

「いよいよ延沢殿のお力を借りねばならぬときが参ったようや。したくはよいか。手ぬかりはないか、心してくだされ」

と耳うちした。天童との合戦が近いことを伝えたのである。

石見は駿馬《しゅんめ》を一頭あたえられ、山形城を去った。雪沓《ゆきぐつ》をはかせた馬に乗った石見を、喜四郎と一栗玄蕃《いちぐりげんば》がわかれを惜しんで、馬見ケ崎《まみがさき》河畔まで見送りに行った。

二月一日、本丸の会所でひらかれる定例の月はじめの相談衆の会議で、守棟が義光の前にすすみ出て、

「山家《やんべ》殿に恩賞をたまわりとうござる」

といった。山家九郎二郎は山家城主で、先年の天童合戦のおりには先陣を駈けてめざましい活躍をした。しかしそのときすでに恩賞はすんでいたのである。

「不足だったか」

義光が意外そうな顔になる。

「いや、いや。天童のことではござらぬ。小国郷《おぐに》のことでござる」

小国郷に岩部の本楯と志茂（下）の楯があり、細川摂津守直元と細川帯刀直重という兄弟がおさめていた。領民は農をいとなみ、ことあるときは武器をとって楯に拠る。義光にとっては念頭にないほどの山間の小さな楯だが、細川家から天童頼久《よりひさ》に娘を輿入れさせた縁があり、頼久には義理を感じている。先年の天童合戦のさいには天童城の守りに人数をさし出したいきさつがある。

その後守棟が山家九郎二郎に命じて、天童と手切れして山形に奉公するよう説得したが、直元、直重兄弟は頑として応じない。九郎二郎も意地を張り、ついに軍勢をさしむけることになった。合戦というほどのこともなく、楯にこもった農兵は追い散らし、楯主の一族郎党は逃亡して行方知れずとなった。天童城から加勢がさしむけられることもなく、小国郷は見すてられ、九郎二郎も直元、直重兄弟を追うこともなく軍勢を引いた。

「とるに足らぬ小ぜりあいのようではござるが、天童殿にとっては痛手でござろう。その手柄が忘れられることを惜しみもうす」

「ああ、そのようなことがあったな」

義光は忘れていたのである。山形から遠くはなれた土地の、みじかい時間で片がついた小ぜりあいだった。

「いかがでござろう。山家殿には、貫津《ぬくづ》、成生《なりう》のうち、七、八千束刈《そくかり》ばかりの領地をとらせるというのは……」

と守棟がいうと、相談衆が驚きの声をあげ、顔を見あわせる。貫津、成生はともに天童領である。貫津は天童の城山《しろやま》の東南にあたり、丘を背負う地形で、山家から天童に攻めこむさいには恰好《かっこう》の足がかりになる。成生は天童城の北西、乱川《みだれがわ》の扇状地の肥えた土地にふるくから田畑がひらかれ、成生伯耆守《ほうきのかみ》と名乗る楯主が拠る楯がある。伯耆守は天童氏の譜代《ふだい》の旗本である。

「待て、待て」

と光安が口をはさんだ。

「恩賞ともうしたが、れっきとした領主がいる他人の土地だべ。だば切りとり勝手ということになんねか」

と守棟に語りかける。こなたの力で勝手にとって見せろといっているにひとしい。

「お言葉やが……」

と宗牛が光安に顔の正面を向けた。

「れっきとした領主といい条《じょう》、さきの合戦のさいには、天童に馳せ参じて籠城するでもなく、われらに敵対するでもなく、鵺《ぬえ》のごとき大将でござったわい。楯を追い出されても文句はもうすまい」

「いかに大将が腑ぬけでも、切りとり勝手はどだなもんだ」

相談衆のほかの面々も光安に同調した。そもそも山家九郎二郎だけが、恩賞にあずかることに納得していないのである。銘々勝手にしゃべりだした。

「もうよい、きけ」

と義光が大きな声を放ち、一同を黙らせた。

「これはこなたの策略だな」

と宗牛の顔を指さす。見破られたかと宗牛は頭をさすった。

「実は昨秋いらい、天童殿は戦じたくにかかっておるらしい。拙者の手下の伊賀者からは、天童殿から国分《こくぶん》殿へ、しきりに密使が往来しておるという知らせが入った。おたがいに不《ふ》和《わ》はわかりきっておるのに、天童殿から手切れのあいさつがない。このあたりで、きっかけをつくってやろうと思うてな」

と相談衆にきかせるように顔を見くらべながら語った。九郎二郎が成生に乗りこんで、ここが山形の御所からおれがあてがわれた土地だと宣言したら、成生殿はどうするか、天童殿はどう動くかと宗牛はいい、いたずらでもしかけるように目を動かした。一呼吸おいて、光安が膝を叩いて笑い出すのをきっかけに、会所は笑い声に満ちた。

義光は守棟の進言を容れるかたちで、山家九郎二郎に成生と貫津に七千束刈の領地をあたえるという宛行状《あておこないじょう》を発給した。それが三月四日のことである。天童頼久の支配をまったく無視する決定だった。

九郎二郎は三月中に貫津に少人数の足軽をつかわし、代官所をたてた。高擶城の斎藤左源太の協力を得て、成生にも数百の兵をすすめ、寺津の河岸に通じる街道をふさぐように代官所をたてた。

三

谷地城の重臣関田能登守《のとのかみ》が飛脚《ひきゃく》に托した書状が二の丸の守棟のもとに届けられたのは、四月なかばである。ぜひとも内々に相談したいことがあると、ふたりだけの面会を求めていた。守棟は義光の許しをえて、高擶で会おうという返書を送った。

守棟は宗牛をともなって、数日後に高擶におもむいた。能登守は十人ばかりの歩行《かち》を供にしてきたが、城に入ることは警戒している。けっきょく願正御坊《がんしょうごぼう》の道場を借りて会談の場とすることになった。宗牛は城で待ち、守棟がひとりで道場へ行った。能登守は歩行を山門の外に待たせ、ひとりになって道場に入った。

能登守は再三城主の白鳥十郎長久と義光の面会を求めて守棟や光安と交渉してきたので、顔見知りというより、気心の知れた同士になっている。広い道場に対座してあいさつをかわすと、能登守は遠慮のない言葉づかいで、

「成生と貫津さ代官所をもうけたのはいささか乱暴でねえか。成生殿も困っておるわい」

といい出した。

「あの土地はもともと家の祖《おや》いらい山形の領地でござるよ。しばらく天童殿に貸しておい

たが、ちかごろ政《まつりごと》が行きとどかず、年貢ばかりが重くなって領民が困窮《こんきゅう》しておるので、民のためやむをえず手を出したまで……」

守棟は斯波兼頼《しばかねより》を家の祖と呼ぶ。成生と貫津のことは山形と天童の親族同士の問題だから、部外の者は黙っていろと暗にいう。

「天童殿もいたくご立腹で、このままでは河東が乱れると、主君も心配しておる。なんとかまるくおさめることはできねえべか」

「心配にはおよばぬ。こっちは弓鉄砲をかつぎ出すつもりはない」

しばらく腹のさぐりあいをつづけたが、これでは埒《らち》があかぬと見たか、

「天童殿は親戚の国分殿さ訴えて、力を借りる算段《さんだん》だ。主君もみすみす合戦になるものを、手をこまねいて見ているわけにいかんとおおせられて、米沢《よねざわ》の遠藤山城《えんどうやましろ》殿さ相談なされた」

山城というのは、伊達輝宗の側近遠藤基信《もとのぶ》のことである。白鳥長久と基信は永いつきあいがある。能登守は自分の言葉の効果をはかるように、守棟の顔をじっと見た。伊達輝宗の名をもち出して、守棟を牽制しようとする。

「伊達殿もこの節は相馬《そうま》との立て引きでお忙しいそうな。天童殿の訴えをもちだされても迷惑でござろう」

守棟はとりあわない。

「山城殿は山形殿、天童殿の不和に心を痛めておられる。東根《ひがしね》がおさまらぬのは、両家がなにかにつけて意地を張りあうからだべ、と。とかく親戚同士は他人よりやっかいだ。いや、これは拙者がいうのではねえ。山城殿がそういってるという話だ」

伊達では川の東側一帯を東根、西側を西根《にしね》と呼びならわしている。最上川源流を領土とする米沢の伊達から見れば、山形も天童も東根である。守棟は悪意をおだやかそうな物腰の陰にかくした能登守の話しかたを不快に感じたが、

「こなたがもうすほど仲が悪くはござらぬ。不肖拙者のことをもうしても、わが氏家《うじいえ》の嫁御は天童頼久殿の姪っ子だ。親戚だからな」

とあくまでものらりくらりと返答をする。

「ところで、山形殿のお加減はいかが。ご病気とうかがってひさしいが」

と能登守は探りを入れた。守棟が相手では埒があかぬと見て、またぞろ義光と長久の面会をもうし入れるつもりである。

「うむ。まあまあ。こないだも湯殿権現《ゆどのごんげん》に祈禱《きとう》を願ったところでござる」

守棟はあいまいなことをいう。

「殿のご病気をよいことに家来が勝手な真似するのは、国を乱す因《もと》だべ」

能登守は小声でひとりごとをもらす。守棟にきかせるつもりだったが、守棟はきこえぬふりをした。

「一度山形殿と一献酌みかわしながら話しおうてみたいと、殿はおおせなのだが。この願い、かなわぬものか」

「いずれ、折を見て……」

と守棟は答えた。能登守は業を煮やして、山形殿にその気があれば、わが殿は両家の和《わ》睦《ぼく》のために媒《なかだ》ちの労を惜しまぬといって、腰を上げた。

守棟は願正御坊の山門を出る能登守を境内に下りて見送った。能登守と歩行の一行が遠ざかると、参道の杉並木の陰から宗牛があらわれた。高擶城で休んでいるとばかり思っていた守棟がいぶかしむと、

「宿老殿にもしものことがあれば、お城の屋台骨がゆらぐ。いつでも出会えるように、林の中に伊賀者衆をかくしておいた」

といった。守棟は宗牛の指さすさきに目をやったが、杉林の奥に人影は見えない。よほどたくみに身をかくしていると見える。

宗牛が守棟の身を心配したのは、谷地城で戦じたくがすすんでいるという伊賀者衆の報告をきいたからだった。

守棟と宗牛は高擶城でつかの間の休息をとっただけで、山形へとってかえした。旅姿のまま着替えもせずに会所に上がり、義光に会った。宗牛は谷地にもぐりこませた伊賀者衆

の見聞を報告した。

「年があけてから、寒河江から谷地へしきりと鉄砲弾薬をはこびこんでおりもうす。柴橋からは橋間勘十郎《はしまかんじゅうろう》の手の者が、谷地城に入りこんでおりもうす。鉄砲は木箱に詰めて橇《そり》ではこび、人数は目立たぬように五人、十人ずつ歩いてくるそうでござる」

正月に高擶城の斎藤左源太が語ったところでは、武器弾薬が谷地河岸《がし》から寺津河岸に船ではこばれているというが、実はそれはほんの一部で、谷地城には大量の武器弾薬が貯めこまれ、合戦にそなえている。寒河江高基《たかもと》の実弟橋間勘十郎頼綱《よりつな》が、主戦派の大将格らしい。

谷地城が合戦にそなえて武器弾薬を貯めこんでいるときいても、義光は驚かなかった。すでに山形城ばかりではなく、旗本の諸城にも充分な備えがある。陣ぶれこそしていないものの、合戦ははじまっているといってよい。

「谷地の家来はなにをいってきたのだ」

と義光は守棟に問いかけた。守棟が関田能登守との会見の首尾を語る。

「またぞろ輝宗殿をかつぎ出そうというのか。輝宗殿の名を出せばわれらがおそれいると考えるのは笑止だ」

と義光は吐きすてるようにつぶやいた。敵対する城の背後の強国を味方につけて、物心両面で圧迫を加えようとするのは戦国の常である。織田信長《おだのぶなが》をはじめ、伊達輝宗や大崎義《おおさきよし》隆《たか》といった遠国《おんごく》の権威、強者にとり入り、うしろ盾にして隣国と対抗するのが白鳥長久の常套とする戦略である。

「あいかわらず白鳥十郎という男は、弓矢をとって戦うより、進物《しんもつ》と口先で戦おうとする。だが、それを腰ぬけとあなどることはできぬぞ。凡百《ぼんぴゃく》の猪《いのしし》武者《むしゃ》よりもよほど手強《てごわ》い。心してかからねばならぬ」

と義光はいった。守棟たちにきかせるというより自戒の言葉である。

守棟は関田能登守がなんどことわっても懲りずに、主君と義光との面会をもうし出てくると話し、病気を理由にことわっているといった。義光は少し考えて、

「会ってみるか」

とつぶやき、守棟の顔を見た。守棟が、意外そうな面もちで、

「およしなされ。会って話をする相手ではござらぬ」

と諫《いさ》めた。

義光は守棟の諫言《かんげん》に耳をかさず、めずらしく意地を張った。

「いや、会おう。顔を見たくなった」

守棟は当惑して救いを求める目を相談衆に向ける。光安が助け舟を出した。

「谷地では天童、寒河江と手を結んで、戦じたくをしているさいちゅうでござるぞ。いまさら会って、なんの相談をなさるご存念か。口車に乗せられたら、つまらぬ」

「丸《まる》のわがままをきけ」

と義光がぴしゃりといいきる。守棟も光安もそれ以上はなにもいえなくなった。

白鳥長久に会ってみたいという気になった理由を義光は話さなかった。自分に似たところがあると感じていたのである。はたからは臆病と見えるほど慎重である。みずからの軍勢は動かさず、動かしても極力損耗《そんもう》をおさえ、智略と外交でことを有利にはこぼうとする。白鳥長久がはたしてこの出羽国の無事をどう考えているのか。義光と同じ考えなのか、それとも水と油なのか。その口からじかにききたいという気がしてきたのである。

守棟は不承不承山形城へ長久を招くことを承知した。相談衆が会所からひきさがったあとに、宗牛がひとり残った。宗牛は義光のそば近くに膝をすすめ、

「谷地殿は進物と口先で戦をするとは、いいえて妙でござるな」

と語りかける。口元はゆるんでいるが、目は笑っていなかった。

「だが、もはや口先でおさまる形勢ではございませぬぞ」

「承知しておる」

「谷地殿をどうあつかうか、拙者と尾張《おわり》殿でよくよく相談しておりもうす。おまかせいただきたい」

と宗牛はいった。尾張殿とは守棟のことである。守棟をあらたまって尾張守の官名で呼ぶのは、相談衆の意思を義光につたえ、わがままを控《ひか》えさせる意図がある。

「まずは腹の底を割って話してみてからだ」

白鳥長久のあつかいを相談衆にまかせるとは、義光はいわなかった。

雪国の長い冬が去り、足元の地面が緑に染まるころには、武士たちは気持がたかぶり、勇ましいことばかり考えるようになる。中年の年まわりにさしかかった相談衆の面々でさえそうなのだから、若武者たちは勇みたち、はっきりと口に出して合戦を待ちのぞむ者もいる。守棟や宗牛はその勢いはおしとどめられないと感じていた。

四

五月になって間もなく、谷地の重臣関田能登守が、みずから白鳥長久の書状をたずさえて、二の丸の守棟の屋敷を訪れた。再三のさいそくにもかかわらず、義光が面会に応じると回答しないので、しびれを切らせたと見える。館に招き入れられると、

「しばらくお待ちもうしたが返答がござらぬ。山形殿はそれほどお悪いのか」

と怒りをおしかくして口をひらいた。義光がながく病床に伏していると信じているのである。

「いや、もうだいぶよろしい。返答がおくれたのはご海容《かいよう》いただきたい」

と守棟は詫びた。義光がとうに回復していることはかくしている。長久が守棟に宛てた書状は、病気の見舞いからはじまり、河北の無事のためには、谷地と山形が手を結ぶこと

が肝要だと説く。両家の絆をかたく結ぶために、長久の娘台姫《だいひめ》と義光の嫡男《ちゃくなん》四郎五郎を娶《め》あわせ、末長く親戚の交《まじわ》りをいたしたいと書いてある。

長久には女子がないはずである。台姫の名も守棟は初耳だった。あるいは婚約を急いで、家臣の娘でも養女にしたかと守棟は疑ったが、そんなことはおくびにも出さず、書状を額より高く捧げ持ち、

「ねんごろなごあいさつ、いたみいる。さっそく御所様に披見いたし、拙者からも口ぞえをいたそう」

といった。その日は能登守に義光の返書は持たせず、守棟から病気見舞いの礼状を書いて、後日義光の書状を届けると約束した。屋敷の外では、重臣たちがかかえる若い武士たちが、谷地の武将の顔を一目見ようと、物陰にひそんでいる。いざ合戦のさいに、大将首をとるために、顔をおぼえておきたいのである。大声を発したり、槍刀の音を立てたりするわけではないが、殺気が屋敷内につたわった。

五月なかばには、高擶から天童城の普請がおわった様子だという報告が届いた。いよいよ戦じたくがととのえられたらしい。山形からは、すでに雪が積もっているうちに、高擶、成生、中野の各所に弾薬をはこびこみ、準備は万端である。

守棟は義光の書状を五月末に谷地に届けた。おりかえし谷地の飛脚が、六月はじめに長久が山形城へ見舞いに参上するという返書を届けた。

七日の早朝、長久は天童領を騒がせることを遠慮して、渡し船を仕立てて船町《ふなまち》に渡り、中野から山形城をめざした。

中野城下を通りすぎる谷地城主白鳥長久の行列は人々を驚かせた。長持《ながもち》を背にくくりつけ、旗印を立てた荷駄が、いつ果てるともなくつづく。荷駄一頭ずつの両側に、歩行ひとりと槍をかついだ足軽《あしがる》ふたりがつき、先頭には長久を中にして近習の騎馬武者が数十騎、そのあとに馬廻《うままわ》りの武士がつづく。軍勢と呼ぶには少なく、荷駄の行列と見るにはものものしすぎる。

山形城内の公文所で、荷駄がおよそ三十頭、将兵がおよそ百二十余の行列が山形へ向かっているとの中野城からの報告を受けた志村《しむら》光安は、念のために二の丸の東大手門の門内に城兵をかくして、一行を迎えに出た。

やがて濠《ほり》ばたに行列がとまり、城下の町人たちが遠巻きに見物する。光安が濠に架かる橋を渡ると、長久をとりまいた騎馬のうち、関田能登守が下馬して歩み寄った。武士たちはみな烏帽子をかぶり狩衣《かりぎぬ》を着ていた。光安はあいさつを交してから荷駄を指さし、

「これはなんの荷物でござる」

と小声で問いかけた。都から届いた時服を土産に持参したと能登守が答える。京から送らせた古着である。そのほかにもめずらしい什器や茶の湯の道具、掛軸などもあり、あれもさし上げたい、これもお目にかけたいと選んでいるうちに、思いがけず大荷物になった

と能登守は答えた。

「それは大儀《たいぎ》なことでござった」

「どうやら東禅寺や古口《ふるくち》あたりも静かになり、船で運ぶこともできるようになりもうした。このまま最上川が静かになれば、上方《かみがた》の荷物もとどこおりなく届く。そうありたいものでござるな」

と能登守がいう。光安は荷駄を守る足軽たちの顔を見た。能登守の言葉とは裏腹に、どの顔もこわばり、殺気立っているように見えた。

光安はさきに立って一行を城内に案内した。荷駄と足軽は二の丸の馬場にあつめ、馬廻りの武士たちは重臣たちの屋敷に分け、長久と近習は守棟の館で休息した。

長久は近習たちより背が高く、肌が白く髭《ひげ》が濃かった。細い目の目尻が下がり、おだやかそうに見える。しばらく休息して、身なりをととのえてから、守棟と光安が先導して、長久と近習たちを本丸の会所にみちびいた。

会所には相談衆が居ならび、長久たちを迎えた。伽の堀喜四郎が腰をかがめ、手を前で払うように動かしながら、客を座につかせる。義光はさほど待たせることなく、会所にあらわれた。

義光は長久に会釈《えしゃく》をすると、上座《かみざ》につくことはせず、中段の間に下がり、左右にわかれて長久と対座した。会所の上段の間が空き、中段の間に義光と長久、下段の広間に義光の相談衆と長久の近習が二手にわかれて向きあうかたちになる。

長久は信じられぬような面もちで義光を見た。永わずらいでやつれているという話をきかされていたが、目の前の義光は精気がみなぎり、肌の色艶《いろつや》もいい。

「ご不例ときいておりもうしたので、見舞いの品など持参したが、どうしてどうして、ご壮健とお見上げいたす。かえって恥をかきもうした」

とまどいながらいう。読経でつぶした僧の声に似て、低いがよく響く声だった。

「ねんごろなごあいさつ、かたじけのうござる。湯殿権現の霊力のおかげで、ようやく本《ほん》復《ぷく》つかまつった」

と義光が応じた。

「それは、それは……」

長久は義光の病気見舞いのつもりが当てがはずれて、つぎの言葉がすぐには出てこない。長久に気をとりなおす余裕をあたえず、

「豚児《とんじ》とこなた殿のご息女を夫婦《めおと》にいたしたいとのご意向だと家来からききおよびもうした。しかし小僧はまだ鼻たれで、さきざきのことは知れぬ。ちと気の早い話ではござらぬかな」

と義光がいう。長久は顔の前で払うように手を振り、

「いや、早いことはござらぬ。むしろおそすぎたくらいだ。出羽百年の計を考えれば、われらと山形殿が手を結ぶのが上の上策。実はご宗家にも、米沢の遠藤基信殿とも相談いたした。ほかに道はないとご宗家ももうされた」

といい、反応をうかがうように義光を見る。義光が口をつぐむと、追い討ちをかけるように、

「ご宗家は山形殿と天童殿、親戚同士が内輪で争うことに胸を痛めておられる。拙者に仲人《ちゅうにん》に立ってことをおさめてくれよともうされた。米沢の遠藤殿も同様でござる。このまま東根が乱れれば、やむなく軍勢をさし向けねばならぬと、輝宗殿もご心痛だそうな」

おためごかしに脅迫するも同然の言葉をならべた。

「米沢がどうするか、拙者の知らぬこと。しかし甘言を弄して大崎に近づくのは、やめてもらおうか」

義光がそういったとき、相談衆の中から光安が片膝立ちになり、

「なにが仲人だ。小馬鹿《こば》くせえ。天童殿さ武器弾薬ばせっせとはこびこんで、戦を焚きつけているのはおめえだだべ。同じ舌の根で出羽百年の計とは、よくいったもんだ。これがさむらいのすることとか」

とわめき出した。長久の近習たちも片膝立ちになり、

「無礼な。妄言そのままに捨ておかねえぞ」

とわめき返す。

「御前だ。しずまれ」

と守棟が叱りつけ、みなを黙らせた。

「家来のもうす通りだ。こなたのすることは、拙者が信ずるさむらいの道とはちがう。戦をするなら、自分の槍で立ち会え。他家《よそ》の鉄砲を当てにするな」

と義光がいった。長久の白い顔に朱がさした。

「心配無用。わが城にもよい槍がそろっておる。見せてくれようか」

「おう、見しぇろ、やい」

相談衆の末席にいた氏家左近《さこん》が怒鳴る。義光が腰を上げた。

「白鳥殿、つぎは戦場で見《まみ》えようぞ」

長久の近習たちが駈け寄り、円陣をつくって守りながら会所を出ようとする。

「汝《にさ》なんぞ城盗《ぬす》っ人《と》の城取十郎《しろとり》だ」

またしても左近がののしった。

長久たちはひとかたまりになって会所の玄関から外に出た。そのとき、二の丸で銃声がきこえ、叫び声がした。本丸の外壁をよじ登った武士がふたり、白刃を提げて駈けてくる。

長久の供をしてきた武士だった。頭から胸前《むなまえ》にかけて浴びたような血である。

「逃げろ」

と叫びながら駈け寄ろうとしたが、力つきて倒れた。

「なにごとだ」

「だまし討ちだ」

近習たちが口々に叫び出し、脇差《わきざし》をぬく。会所から左近がまっさきに抜刀して躍り出た。二の丸で騒ぐ声が大きくなり、銃声がたてつづけに響いた。左近におくれてはならぬと、数十の城兵があとを追い、長久の近習たちに襲いかかった。近習たちはたちまち斬り立てられ、長久を守ってひとかたまりになって後退する。ひとり倒れ、ふたり倒れる近習の輪の中から、関田能登守に支えられた長久がのがれ出た。

「十郎、待て」

左近があとを追う。本丸のくぬぎ林の手前に、桜の古木がある。地上にあらわれた根に足をとられて長久が転倒したところへ、左近が追いつき、背から胸にかけて刃を突《つ》き通した。声をあげる間もなく長久は絶命し、桜の根が血に染まった。

関田能登守は長久を助けることができず、駈けつけた城兵にとりかこまれた。坐りこんで腹を切ろうとしたが、肩を槍で突かれて脇差をとり落とすところへ、何人もの城兵が重なってとりおさえた。

左近は長久の首級《しるし》を提《さ》げて会所にもどり、義光と相談衆の首実検《くびじっけん》に供した。西方に向けて置かれた長久の首級は、遠くをながめるように目をあけ、口はなにかをいいかけたようにひらいている。守棟はのぞきこんでいた顔を上げて義光を見た。

「かくなる上はただちに陣ぶれを」

間をおかずに谷地に攻めこもうといった。

五

そのころ二の丸は、戦場の様相を呈していた。そこかしこに死体がころがっていた。もともと意図してひきおこされた闘いではなかった。二の丸の馬場に、谷地の土産をはこんできた荷駄と足軽たちがあつめられていた。足軽たちは山形城に入ったらなにがおこるかわからないと、緊張のきわみに追いこまれていた。長持を片づけに行った城兵と、ささいな行きちがいからけんかが起こり、はじめは少人数の斬り合いだったが、鉄砲足軽が出て発砲したのをきっかけに、二手にわかれて槍合戦となった。

谷地の歩行《かち》と足軽は、百人をこえる勢力である。守棟の館に馬廻りの大将が休息していたので、歩行が押し寄せ、守棟の郎党を襲った。七十の老人から十に満たない少年まで、守棟の叔父甥が殺された。

谷地の足軽は鉄砲による手負《てお》いが多く、討ち死には氏家党のほうが多かった。鉄砲足軽が陣形をととのえて撃ちはじめると、足軽たちはばらばらになって逃げまどった。

多くは二の丸の馬場に追いこまれて、槍や刀を捨てて降人《こうじん》となったが、外壁を乗りこえて逃げて行った足軽も少なからずいた。

守棟は会所の外の死体を始末することを城兵に命じ、長久の首を首桶におさめてから二の丸にもどった。一族郎党に犠牲が出たことを知らされると、言葉を失い、血が飛び散った壁や、血染めの足跡がいりまじる床を、茫然とながめて立ちつくした。

変事を知った武将たちがつぎつぎに山形城に馳せ参じた。城下町の家々は戸を閉ざして、商家が軒をならべるせまい通りには、槍をかついだ足軽たちがあふれかえる。日がかたむくころには、成沢《なりさわ》館、長谷堂《はせどう》城、山家《やんべ》城、若木《わかぎ》城など周辺の諸城から援軍があつまった。

本丸の会所には、鎧《よろい》をつけた武将たちが集合した。まだ陣ぶれはしていないが、会所の壁ぎわに立てられた燭台《しょくだい》の明かりに照らされた武将たちの顔は、合戦にのぞむ気概がみなぎっている。ひとりが武者ぶるいをすると、隣から隣へと伝染した。

上段の間に義光が坐り、中段の間には相談衆が居ならぶ。氏家左近は白鳥長久を討ったさいに、腕にかすり傷を負ったが、血どめをした晒《さらし》から血がにじむのをかくしもしない。

守棟がその日のできごとを語り、

「夜明けとともに総出陣だ。おのおの、おくれをとるな」

と声を張り上げた。

「谷地は手薄とはいいながら、屋形《やかた》を討たれて復讐の一念にこりかたまっておろう。死に働きで立ち向かってくると覚悟せねばならぬ。あなどるなよ。このたびの合戦は、国中《くになか》の無事が成るか成らぬかの決戦とこころえよ。寒河江が刃むかえば寒河江、天童が横槍を入れれば天童へ、さえぎる者は蹴散らしてすすめ。丸も勝つまでは城にはもどらぬつもりだ」

と義光はいい、武将たちを鼓舞した。

翌六月八日の朝、まだ暗いうちに、守棟を大将とする山形勢およそ三千が出陣した。天童領の成生には、すでに山家九郎二郎が代官所を設け、百ばかりの手勢を置いてある。宗牛は守棟を大将とする寄せ手に先んじて成生におもむき、高擶城の斎藤左源太の手勢を借りて、渡河《とか》の準備をはじめていた。

谷地領に入るには、どの道をすすむにしても最上川を渡らなければならない。宗牛は船町の船頭たちの話をきき、最上川の浅瀬と急流の難所を調べて、大軍が渡河する場所を何カ所かえらんでおいた。もっとも渡りやすいのは、成生から溝延《みぞのべ》に渡るあたりと目算していた。夏の水枯れのときを選び、浅瀬を渡り、深い場所には船をならべ、丸太をさしわたして船橋をつくるという策である。成生の一部を成生城主から奪いとったのは、さきざきそのことがあると見越した深謀遠慮だった。宗牛は山家、高擶の足軽たちを指揮して、朝日が最上川の川面を輝かせるころには渡河の準備をととのえた。

成生蔵人《くらうど》は最上八楯《もがみはちたて》と称する天童頼久の旗本のひとりだが、宗牛が渡河の準備にかかるのを知りながら、城門を閉じて立て籠もり、いっさい妨害しようとしなかった。やがて高揃の斎藤左源太を先手《さきて》とする山形勢の大軍が旗差物《はたさしもの》をはためかせて成生に到着し、抵抗にあうこともなく、浅瀬を渡り船橋を踏んで最上川を渡った。

守棟と左近の手勢は、氏家党の仇《あだ》を討つのだと口々に叫び、左源太の先手を追い越す勢いで、水を蹴上げてさきを急いだ。

溝延城は寒河江氏の持ち城で、城主は大江を姓としている。東に最上川、南に寒河江川が流れ、その合流点から半里（約2キロ）ほどへだてた平地に立つ。守るには欠点のみが大きい立地だが、むかしから山形からの渡河に利用された場所で、川岸に陣を構えて渡河を防ぐのに利用された。大将の守棟や軍師の宗牛は、当然溝延勢が川岸で待ち構えていると予想したが、迎え撃つ兵の姿がなく、広々とした田畑にも人影は見えず、放たれた農馬がのんびりと草を食《は》んでいるだけだった。

守棟は最上川に沿って全軍を谷地に駈けさせた。軍勢のあとから農夫がひとり追いかけてきて、宗牛を呼ぶ。春さきから溝延に忍びこませておいた伊賀者である。宗牛に追いつくと、溝延城の主《あるじ》だった人々は昨夜のうちに寒河江にのがれ、百にも満たぬほどの将兵が谷地城に加勢に行っていると報告した。

高揃勢、山家勢を加えて三千数百となった山形勢が谷地の城下に入ったのは、日が高くなってからである。白鳥長久が築いた谷地城は前年にようやく全容がととのったばかりだった。そこはかつて溝延城と同様に寒河江氏の持ち城があった場所である。東に最上川をのぞむ南北二町十二間（約240メートル）、東西一町（約110メートル）の広大な敷地を濠と土塁で囲み、さらに切り跡も新しい逆茂木が要所要所に組まれて敵の侵入を防いでいる。山形方面にむかってひらけた城下町は、南大手門の前小路《まえこうじ》から大辻まで、旗本屋敷や鉄砲鍛冶《かじ》、刀鍛冶などの職人の家がつづいているが、山形勢が攻め入ったときには戸は閉め、人は逃げ去ったあとだった。

　刀鍛冶や鉄砲鍛冶は、どうやら城内に囲いこまれ、その他の商人たちは寒河江川の上流のほうへ難をさけたらしい。無人の大辻から城門を見ると、本丸の館のまわりに旗が無数に立ち、籠城の備えをかためていると見てとれる。城内はひっそりと静まりかえっていた。

　守棟は南大手門を正面に見る前小路に鉄砲足軽を三列にならべた。東町に構えた本陣から法螺《ほら》が鳴りひびくのを合図に、弓奉行の熊沢《くまざわ》主税《ちから》が、抜き放った刀をそれっと声をかけて振り下ろす。前列の足軽が火蓋を切ると、交代で中列の足軽が撃ち、さらに後列に交代する。城内からも鉄砲で応戦した。

　しばらく撃ち合ううちに、城内から反撃した銃弾が火元となり、大辻の商家から火の手が上がった。ふたたび本陣から法螺の合図があり、主税は弓組と鉄砲足軽をひきいて、火の手をさけて濠に沿って北へ移動する。

　三たび法螺が鳴ると、前小路の通りを火の粉をかぶりながら宗牛の馬が駈けてきた。宗

牛は鎧に身をかためているが、兜はかぶらない。僧形の頭を見せるためだった。南大手門の前で馬をとめると、

「山形御所様の使者、伊良子《いらこ》宗牛入道ともうす。ご開門を願う」

と大声で呼ばわった。ことさら入道を称して仏門にある者だと強調する。すると南大手門の横の逆茂木の陰から、黒糸威《くろいとおどし》の鎧をつけ額に白い鉢巻を巻いた三十歳ばかりの武者が姿をあらわし、よくひびく甲高《かんだか》い声で、

「門はあけねえ。用があればそこから語《かた》れ」

といいかえした。宗牛は馬上で馬をなだめながら、

「ならばここからものもうす。そこもとの御大将白鳥十郎殿は、昨日山形城で生害《しょうがい》あそばされた。ご近習の関田能登守殿は手傷を負われ、ただいま城中で養生してござる。いらざるお手向かいをなされたのが、身の破滅でござった。これまでのいきさつがござれば、やむを得ず合戦におよびもうすが、上は旗本衆から下は農商にいたるまで、無用の害をこうむらしむるは御所様の本意にあらず。お屋形をうしなった上は、この城を支えるのも容易ならず、また領民も頼るべきよすがをうしなう。みすみす自滅するか、一揆に逐《お》われるのは目に見えておる。早々に城を捨てて、どこぞに逃げのびられよ。去る者は逐わぬ。降参する者は、あつくとり立てる」

と一息にいい切った。

「片腹いてえわ。誰《どう》がほだな嘘八百を真に受けるか。城をとりたくば、力ずくでこい」

武者はいったん逆茂木の陰にかくれたかと思うと、弓に矢をつがえて姿をあらわした。

逆茂木から身を乗り出し、ひょうと射る。矢は宗牛の坊主頭をあやうくかすめた。

「名のらずに矢を射かけるとは武士の名折れや。その醜名《しゅうめい》をきかせろ」

と宗牛が怒鳴る。

「曽根田監物《そねだけんもつ》ともうす。おぼえたか」

と武者は名のった。

「おう、監物ともうすか。いずれその首、掻きとってくれよう」

宗牛は憎まれ口をたたいた。逆茂木の柵の間から銃口がのぞくのを見て、宗牛は馬首をめぐらす。銃口が火を吹く。宗牛は馬上で身を低くして逃げもどった。

城下町の火は燃えひろがる。東町の本陣にも火の手が迫った。守棟はいったん本陣を城下町の外へしりぞかせた。

六

弓奉行の熊沢主税が指揮する鉄砲足軽は、三百人におよぶ。南大手門から濠に沿って北の搦手《からめて》に向かって散開して、城内に激しい銃撃を浴びせた。弾丸に当たった城兵は逆茂木の柵にもたれて息絶え、あるいは濠に落ちる。城内からの銃声が間遠くなるのを見て、

氏家左近の郎党が山形城で討ち死にした同朋の名を呼びながら、

「仇討ちだ」

と叫んで南大手門に殺到した。氏家党におくれまいと、二百ばかりの将兵が駈け出す。門にしがみつき、土塁をよじ登る。たちまち城兵から反撃を受け、門から落ち、土塁からすべって濠に落下した。ひるむ者はなく、ひとりが突き落とされればそのつぎが、土塁に武者ぶりついた。


日が落ちるまで一進一退をくりかえし、本陣の法螺の音を合図に、山形勢は百に余る死傷者を出していったん退却した。そのころには風向きが変わり、火は谷地城へ向かって燃え移る。濠と土塁にさえぎられて、延焼はまぬがれているが、煙は本丸の館まで包んだ。


この日、義光はまだ山形城を出陣していない。武士たちはことごとく具足《ぐそく》をつけた戦じたくで出陣の触れを待っていた。義光は若木城の城番の神保《じんぼ》隠岐《おき》を会所に呼んだ。出陣の下るものと勢いこんで会所に上った隠岐は、

「こなたは手勢をひきつれて中野城へ参れ」

と命じられて、不服そうな顔をした。平伏して、顔を上げると、

「谷地へ行かせてけらっしゃい。ずいぶんと働いて見せもうす」

と口を尖らせ、顔を赤くして訴える。

「中野はおろそかにできぬぞ。大事な働き場所だ。寒河江勢にそなえねばならぬ」

と義光はいった。

「寒河江勢が攻めて参りますか」

「くるかもしれぬ。こぬかもしれぬ。だが、もし寒河江勢が攻めこんでくれば、むしろ天《てん》佑《ゆう》だぞ」

中野城の城兵は大半が谷地攻めに加わっていて、城の守りは手薄なのに、寒河江勢が攻めこんでくるのがなぜ天佑といえるのか、隠岐には理解ができない。

「よもやそのようなことはあるまいと思うが、もしも寒河江勢が中野城を攻めたら、城門を固めてしばらく我慢しておれ。ゆめゆめ自棄《やけ》になって暴れ出すでないぞ。そんなことをしたら、これだ」

義光は腹に拳《こぶし》を当てて切腹の真似をして見せた。隠岐が会所から去ると、義光は入れ替わりに新関六兵衛《にいぜきろくべえ》を呼んだ。六兵衛は隠岐を補佐して若木城を守っている。義光は隠岐を中野城へ行かせると六兵衛に告げたあとで、そば近くへ招き、なにごとか耳うちした。

義光は翌日も山形城にとどまり、谷地に攻めこんでから三日目になって、ようやく出陣した。伽の堀喜四郎は供奉《ぐぶ》を願い出て許された。

緋縅《ひおどし》の鎧を着て、前立に鍬形《くわがた》を打った金覆輪筋兜《きんぷくりんすじかぶと》をかぶり、連銭芦毛《れんせんあしげ》の駿馬にまたがった義光の武者姿は遠くから目を引いた。鉄の指揮棒を背に負い、馬廻りの武士たちに前後を守られながらすすむあとを慕って、城下町の人々がついて行く。千を超える山形勢の行進を見物する町人は数百を超え、馬見ケ崎河畔まで見送った。

谷地城の守りは固く、守棟が指揮する寄せ手は攻めあぐねていた。城下町の過半を焼いた火事は、谷地城には飛び火しなかった。溝延まで宗牛が出迎えて、先導して谷地に入ってくる姿が、遠くからながめられる。金覆輪の兜が日に輝くのを目にして、涙を浮かべる将兵が少なくなかった。本陣からときの声が上がり、義光着陣を知らせる法螺貝が鳴った。義光の姿は谷地城本丸の櫓からもながめられた。

山形勢は谷地城をとりかこんだが、搦手門外だけは手薄だった。守棟の指示で、あえてそうしたのである。義光が着陣したその日の夕方、南大手門と搦手門がひらいた。谷地勢はよく城攻めに耐えたが、もはやこれまでと弓矢をおくことにしたのである。

降参する者は刀、槍をおいてその場に坐り、城を捨てて逃げる者は搦手から去った。左近の郎党とともに真っさきに城に乗りこんだ宗牛の前に、降参の口上《こうじょう》をのべにすすみ出た家老の斎藤市郎右衛門《いちろうえもん》は、城をあけわたすことをつたえると、突然小走りに石垣のそばに寄り、片膝をついて短刀を腹に突き立てた。

かねて覚悟の上の切腹と見えて、ひとりの若武者が走り寄って介錯した。降参した武士たちは声を放って泣く者もあり、鎧の草摺《くさずり》をつかんで口惜《くや》しさをこらえる者もある。

宗牛は城内を検分《けんぶん》してまわった。本丸の館の広い仏間に入ると、香が焚かれていた。床の莚が新しいものに代えられているのは、血の痕を見せないためだろう。つづきの間に蒲団を敷き、四体の遺体を寝かせてあった。いずれも髪や髯《ひげ》に白いものが混じった初老の武士である。白鳥長久の死を知り殉死した重臣たちだった。

宗牛が検分をすませてから、義光が軍勢をひきつれて入城した。馬場にひき出した降人たちに、義光は馬上から、

「奉公をはげめよ」

とみじかく声をかけた。とりあえず高擶城の斎藤左源太を仮の城番とさだめ、降人たちをその支配下に置いた。

館で休む間もなく、氏家左近が義光と守棟の前に出て、搦手から脱出したのは主に柴楯から加勢に馳せ参じた橋間勘十郎の手勢で、寒河江領に逃げこんだと報告した。左近は山形城で郎党が多く長久の近習たちに討たれたことを遺恨としているから、義光が降参した武士たちを許して奉公させ、槍を捨てて帰農する武士たちを勝手しだいとするなど、寛大な処分をいいわたしたことを不満に思っている。守棟はさすがに不満を面にあらわすとはないが、思いはひとつだった。

義光は鉄の指揮棒を杖にして立ち、一度大きな音を立てて床を突いた。

「敵は寒河江にあり。左近、先陣をまかせる。存分に働け」

左近の面が喜びの色にあふれた。

「はっ」

と息を吐いたが、感激のあまり言葉が出ない。むろん義光は左近の胸の内を察して寒河江攻めの先陣をまかせたのである。

「行け、左近」

守棟が左近の背中を力強く叩いた。

左近は馬場に兵をあつめ、降人となって義光に奉公を誓ったばかりの青木孫兵衛《あおきまごべえ》という若武者を嚮導《きょうどう》にして、およそ二千の軍勢が法螺の合図とともに押し出した。

山形勢は溝延から南西に下って、寒河江川を渡る。このときになってようやく成生城は旗色を鮮明にして、山形勢に参陣した。いっぽう橋間勘十郎を総大将とする寒河江勢は、全軍を投じて城を守る策はとらず、手薄となった山形城を攻めるという奇策に出た。

橋間勘十郎はみずから先頭に立って駒をすすめた。勘十郎は近郷に名を知られた荒武者である。穂先四尺四寸（約1・3メートル）、柄をふくめた総長が一丈一尺（約3・3メートル）という長い槍を自在にあやつる剛力の主で、その長い穂先が光るのを遠くから見ただけで、勘十郎がそこにいるとわかる。柴橋や寒河江の雑兵《ぞうひょう》たちは勘十郎を鬼神のごとくおそれ敬い、不死身だと信じている。

谷地を出陣した山形勢は午《うま》の刻（正午ごろ）近くには増水した寒河江川を渡り、寒河江城からほど遠からぬ西根まで迫った。そのころ勘十郎の手勢は雑兵を加えても数百という寡勢《かせい》で、船を出して須川を渡った。船町から中野にかけて須川の岸に山形勢の姿はない。勘十郎は怪しむことなく、手薄と見えた中野城へ攻め寄せた。

義光が予想したうち、もっとも愚策ともいうべき行動である。このときにそなえて、義光は神保隠岐を大将に、鉄砲組を主力にした兵に中野城を守らせておいた。

神保隠岐は鉄砲組を城外の六十里越街道に沿って伏せておいた。鉄砲の数は三百挺を超える。城中の銃眼《じゅうがん》と街道の杉並木の陰と、寒河江勢は前後左右から銃弾を浴びた。近習たちは勘十郎をかばって盾となり、つぎつぎに倒れる。

隠岐は刀をふりかざして中野城兵を鼓舞し、大手門を開いて追撃した。寒河江勢は岸から須川に追い落とされた。勘十郎は馬上で槍をかかえたまま須川に飛びこんだ。馬が川の深みを泳ぎ渡った。土手に駈け上がったとたんに、勘十郎は長い槍をとり落とし、馬からころげ落ちた。銃弾が中《あた》っていたのである。生き残った近習が助け起こし、馬上にかつぎ上げて皿沼《さらぬま》まで運んだところで、息が絶えた。

寒河江高基は頼みとする実弟の勘十郎が討ち死にしたという知らせをきくと、城を包囲される前に脱出した。寒河江城の武士たちのうちでも血気にはやる若武者や、谷地城の残党が踏みとどまり、達磨寺《だるまじ》や西根、日田あたりで山形勢とたたかったが、鉄砲の威力に圧されて散り散りに敗走した。

山形勢は労せずして寒河江城を落城させた。高基と弟隆広《たかひろ》はわずかな数の近習に守られ、追手をのがれて貫見館《ぬくみ》にたどりついた。

貫見館は深い渓谷に囲まれた小山の尾根に建つ。高基の甥にあたる松田彦次郎の持ち城だった。

山の上の館《たて》には井戸がなく兵糧《ひょうりょう》の備えもとぼしかった。館の主の松田彦次郎はふだんは麓《ふもと》の居館で暮らしている。高基、吉川《よしかわ》隆広兄弟はついに万策つきて、自害して果てた。勘十郎頼綱とあわせて三兄弟が死に、鎌倉いらいの名家大江氏は滅亡した。

谷地城の本陣にいた義光が、敵将の橋間勘十郎が討ち死にし、達磨寺の兵が敗走したことを知ったのは六月十日の夜である。寒河江攻めの嚮導をつとめた白鳥旧臣の青木孫兵衛が谷地城にもどり、義光の露払となって寒河江に出陣したのは、翌朝暗いうちだった。

斎藤左源太に谷地城を任せ、本陣の大半の軍勢およそ二千が出陣した。寒河江川を渡り切ったところへ、先陣の大将氏家左近の近習が駈けつけて、寒河江の城兵はすすんで大手門を開き、戦わずして兜をぬぎ降参したと告げた。本丸の館《やかた》には留守居《るすい》の重臣たちが残り、城主高基とその家族、近習たちは逃亡して行方が知れないという。

義光が大軍をひきいて寒河江城下に入ったとき、住人たちの多くは戦火のおよぶことをおそれて慈恩寺領に逃げこんだり、白岩《しらいわ》領、左沢《あてらざわ》領まで逃げたりしていた。寒河江城に入城した義光は、留守居の重臣たちを主殿《しゅでん》の広間に集めた。

長崎《ながさき》城の城主中山玄蕃頭《なかやまげんばのかみ》を頭として、勘定役の小野内記《ないき》など大江氏譜代の旗本たち八名ばかりが広間に居ならんだ。いずれも死を覚悟した白装束で、中には髷《まげ》の元結《もっとい》を切って髪をざんばらにした者もいる。その姿を見るなり、義光は親しげな口調で、

「ほだな姿《なり》して、こなたら、なにしたな。死ぬことはねえべした」

と語りかけた。谷地城をおさめたときと同様に、兜をぬいだ武士は望みとあれば旗下《きか》に加える、帰農を望む者は勝手しだい、在所《ざいしょ》にもどって鍬《くわ》をとるがよいといいわたした。玄蕃頭は切腹をもうしつけられると思っていたから、その言葉に驚いた。ほかの留守居も同様に驚き、肩の力がぬけてがっくりと首を垂れる。義光は言葉をあらためて、

「領民にもうしつたえることがある。城下のほかにも、白岩、長崎、西根、村々の乙名《おとな》どもを呼び集めよ」

といい、勘定役の小野内記の顔を指さして、こなたが奉行せよと命じた。留守居の重臣たちは、いやも応もなく、義光に奉公することに定まったのである。それだけを命じると、義光は鉄の指揮棒で床を突き、はやく仕事にかかれとうながした。

中山玄蕃頭と小野内記が奉行となって、寒河江の旧臣たちは領内を走りまわり、名主や村役人を呼び集めた。慈恩寺領の山中に逃げこんだ領民たちは、城下に戦火がおよぶことはないと見きわめがつくと、三々五々もどってきた。

義光は内記たちに命じて、本丸の前庭に旧臣と村役人をならべさせた。先陣の大将をつ

とめた左近をはじめ山形の武将たちは二の丸にかくれて、姿をあらわさない。

村役人たちはひとまとめに命をとられるのではないかと怖れ、ふるえて平伏していた。義光は主殿の玄関前に姿をあらわした。村役人たちは鎧兜の武者を想像していたが、義光は狩衣に野袴の平服である。供は左右に小姓の鹿丸と伊良子宗牛がつくだけで、宗牛はわざと遊行《ゆぎょう》僧のような破れた墨染《すみぞめ》の衣を身にまとっている。鹿丸が、

「みなの者、山形の御所様の話をきけ」

と大声をあげた。

「毎年毎年、戦だ、けんかだと、たいへんだったな。苦労したべ。みなの衆、よぐこだえたもんだ」

と義光は語りかける。村役人たちは親しみのこもった言葉を耳にして顔を上げる。緊張がとけて思わず顔をほころばせた。

「だが、おしめえだ。戦はすんだ。無事だはぁ」

義光が朗らかなひびきのある大きな声を出す。村役人たちの間から、笑い声がもれた。

宗牛が歩み出て、

「安心せい。谷地城のことは、こなたらもきいておろう。逃げた者に追手はかけぬ。在所にもどる者にとがめはない。谷地も寒河江も仕置《しおき》は同じじゃ。段銭も夫役も前の地頭《じとう》のときと同じじゃが、不服があれば、なんなりともうし出るがよい。寺も社《やしろ》もいっさい手はつけ

ぬ」

と、村の暮らしに変更のないことを告げて村役人たちを安心させた。

「今日《こんにち》ただいまから、なんの心配もねえ。枕を高くして寝ろ。鳥が啼いたら、鋤鍬をかついで畑に出ろや」

義光は狩衣の袖をひるがえして、主殿の玄関にむかって歩き出す。村役人たちはひざまずいたまま、たがいの顔を見合わせた。義光の口から出た言葉がききまちがいではないことをたしかめるように、

「枕ば高くして寝ろとよ」

「鳥と一緒に稼げと」

と義光の言葉を口々にくり返し、主殿の玄関のほうへ手を合わせた。

義光は守棟や宗牛と肩をならべ、本丸の櫓から外の様子をながめた。村役人と地侍《じざむらい》たちが、十人、二十人とひとかたまりになり、搦手から城外に出て行く。城山の麓には、村役人を心配して村人たちが群集していた。群集の中から、自分たちの村の役人が城外に出てくるのを見つけて、歓声をあげて駈け寄る者がいる。その姿を見て、

「あの者らは、丸を鬼のように思っておったのだろうな」

と義光がつぶやいた。かたわらの宗牛が、

「いまは仏と思うておりましょう。時に鬼となり、時に慈父とも仏ともなる。それでこそ

出羽の大守でござるわ」

といった。義光はその言葉がきこえなかったように、城下をながめまわし、

「本願寺はいずこか」

と宗牛に問いかけた。

「あれでござろう」

宗牛は南町の杉林にかこまれた伽藍《がらん》を指さした。南町の本願寺は、承久三年（1221）に大江親広《ちかひろ》が創建したとつたえられる。天童の仏向寺との因縁が深く、天童合戦のさいのように、寺僧や宗徒が槍、薙刀《なぎなた》をとって刃むかうことを守棟などは警戒していた。

「存外静かなものでござった。一揆のおそれはござらぬ」

と宗牛はいった。同じく時宗《じしゅう》を信仰する仏縁を口実にして、寒河江に討ち入る前に探りを入れてあったと手の内を明かした。領内の寺社もことごとく敵対の意思はないとのことである。

先陣の大将の氏家左近が、寒河江の一族の白岩も左沢もみな兜をぬぎ槍をおき、降参をもうし出たと報告した。寒河江城から脱出した高基の行方はそのときはまだ知れなかったが、最上川の西岸はほぼ義光の旗下に伏した。わずかに山間の沼平《ぬまのたいら》楯にこもる東海林《しょうじ》隼人《はやと》という国人《くにびと》が抵抗しているばかりだった。

「よし、山形へもどるぞ。こなたも成沢の嬶《かか》が恋しかろう」

義光は左近に陣ばらいを命じた。

陣ばらいの触れは、ただちに船町から中野、山形へとつたえられた。出陣のときとは逆に、義光の本陣を先にして、殿軍《しんがり》を左近の先陣がつとめ、旗差物を風にはためかせて、意気揚々と寒河江城をあとにする。橋間勘十郎を待ち伏せて激戦の舞台となった中野は、陣ばらいの号令をきくと死骸を片づけ、街道は掃ききよめられていた。おびただしい数の村人が街道わきに居ならび、義光の軍勢を歓呼の声をあげて迎えた。

十章　伊達政宗

一

義光《よしあき》は苦い顔をして腕を組んだ。ほとほと困り切った表情である。

山形城本丸の奥の納戸は人ばらいをして、義光と御所《ごしょ》の方《かた》のふたりきりだった。御所の方は床に額をこすりつけて、

「なにとぞ、おゆるしくだされ」

と同じ言葉をくり返す。出家させてくれというのである。義光はなにゆえの出家かと同じ疑問を口に出す。

「実家《さと》に仇《あだ》をなす白鳥十郎殿のお命を縮めようと呪詛《じゅそ》をいたしました。わたくしが手にかけたも同様でございます。殺生戒《せっしょう》を破り、罪障を重ね、後生《ごしょう》がおそろしゅうござります」

「桂《かつら》、妄言も大概にいたせ。十郎が滅びたは、こなたの呪詛のせいではないともうすに」

御所の方は白鳥十郎が大崎に手を出し、家臣の内輪もめの火に油をそそいだことをうらみ、十郎を討てと義光に懇願したばかりでなく、羽黒の修験《しゅげん》者を頼んで呪詛をおこなった

という。じっさいに十郎の死をまぢかで見ると、自分が手を下したと思いこんだのである。

「思いなおせ」

と義光はいうが、御所の方の発心《ほっしん》はどうやらほんものである。白鳥十郎の呪詛は口実にすぎないことは義光もわかっている。

寒河江城を落とした四カ月後、氏家守棟《もりむね》を大将とした山形勢が天童に攻めこんだ。天童頼久は合戦にそなえて城を堅固《けんご》に改修していたが、最上八楯と称した旗本の諸城はことごとく背いて山形につき、城は孤立していた。

義光は延沢城の野辺沢満延《のべさわみつのぶ》にあらかじめ軍状を送り、山寺道から二口《ふたくち》峠を経て陸奥国《むつのくに》にいたる道や関山《せきやま》峠を通る道はあけておくように命じておいた。山形勢が城下に迫ると、頼久と宿老の草刈将監《くさかりしょうげん》は天童城を捨て、国分《こくぶん》氏を頼った。主の去った天童城はたちまち落城し、義光は城番をおかず廃城とすることを命じた。

これで最上川流域のあらそいの種はつきた。南出羽の国中は名実ともに無事となったと、義光はじめ山形城の誰もが、ひと息ついたところである。そこへ御所の方が出家したいという難題をもちこんだ。

御所の方はいったんひきさがったが、それであきらめたわけではなく、伽《とぎ》の堀喜四郎に義光を説き伏せるように頼みこんだ。会所で喜四郎と会った義光は、その顔を見ただけで事情をのみこみ、

「こんどは坊主だのみか」

とつぶやいた。

喜四郎は御所の方から懇願されたことを打ち明けた。

「こればかりは合戦よりむずかしゅうござる。槍で人は突けても、信心はどうにもならぬ。お方様は本気でござるぞ。いざとなればおんみずから髪を切って廊下から飛びおりかねませぬ。あたかも女西行や」

「落飾《らくしょく》はゆるさぬ」

義光と喜四郎は顔を見合わせた。御所の方の発心はきのうきょう思い立ったのではなく、ながい間の宿願であることを義光は知っている。義光は喜四郎と相談して、寒河江領内もどうやら平定したことであるし、すでに御所の方が決めてある土地に草庵を建て、有髪のまま念仏三昧の日々を過ごさせることを決めた。

喜四郎が奥の女房を通じて義光のゆるしが出たことをつたえると、御所の方は納戸のつづきの道場を出て義光に目通りして、合掌して感謝の涙をながした。

御所の方が城を去れば、納戸は次男義親《よしちか》の生みの母の居室となり、お方様と呼ばれるようになる。近習の女房の役替えからはじまって、長局の女中たちも替わる。義光がその手配を守棟に任せる相談をしていたとき、二の丸の番衆《ばんしゅう》が状箱を届けてきた。

妹の義姫が米沢から書状を送ってきたのだった。義姫は伊達輝宗に嫁ぎ、嫡男の政宗《まさむね》を生んでいる。米沢ではお東《ひがし》の方と呼ばれていた。義光は書状に目を通すと、読めと守棟に手渡した。

「甥っ子が家督《かとく》を譲られた。めでたい」

　と大きな声を放った。

　輝宗が政宗に家督を譲ることを知らせる書状である。いまだ年若いことを理由に政宗は辞退したが、親族や老臣たちが強くすすめて相続が決まった。輝宗は受心と法名を名のり、米沢城の北の館山城という古城《こじょう》を改築して隠居所とするといい、普請がおわるまで家臣の鮎貝宗重《あゆかいむねしげ》の館に寓居《ぐうきょ》すると書いてあった。館山城は小高い山の上に築かれ、合戦のおりには伊達勢はそこを本城とする。米沢城は平城《ひらじろ》で守りに難がある。隠居所とはいいながら、輝宗はもともと館山城にいて、山の中腹の東の館に義姫が住んでいるのである。

「輝宗殿はおいくつになられたかな」

　守棟は書状から目をはなしてつぶやいた。義光は指を折り、

「丸よりふたつ上だから四十一か。政宗は十八になった。若いな」

と感慨ぶかげにいった。

　守棟は東と黒印のある書状を声に出して読み上げた。

「なおなお申候《もうしそうろう》。米沢おやこ、家督の儀　めでたくあいさだまり候……」

とはじまる書面から、義姫のよろこびがつたわってくる。父義守と兄義光、義父晴宗《はるむね》と

夫輝宗、どちらも家督をめぐっては家中を二分する騒動をひき起こした。おびただしい血が流され、恨みを遺した。夫と子との間にはそのようなあらそいが生じぬようにと神仏に祈る思いだったのが、無事に相続が決まったのである。

輝宗の代には不幸にも義光と干戈《かんか》を交える仕儀にいたったが、政宗の代には、なにとぞ両家むつまじく交わることをねがうと書いて、書状はおわっている。

守棟はめでたいとつぶやいて、義光に書状をもどした。よけいなことは口にしないが、なにを思っているか目が語っている。伊達父子の間で無事に相続がおこなわれたことに、軽い驚きをおぼえているのだった。

義光はさっそく小姓に硯を持ってこさせ、墨をすらせた。義姫にあてて祝意をあらわす返書をしたためるとともに、政宗に祝いの品を届けるよう守棟に命じた。

守棟は二の丸の屋敷から相談衆を呼びあつめた。会所に顔をそろえた光安《あきやす》や左近、宗牛《そうご》に義姫の書状のことを披露する。それぞれの反応はまちまちだった。光安はこのままおさまるとは信じがたいとつぶやいた。

「ふるくは天文《てんぶん》の大乱のためしもある。ちかいためしでも、元亀《げんき》元年（1570）の中野、牧野《まきの》の反逆がある」

と伊達の重臣中野宗時《むねとき》と牧野久仲《ひさなか》の反逆を例にあげて、決して家中がひとつにまとまっているわけではないと語る。中野、牧野の反乱のさいには、戦火が米沢の城下町を焼き、山の上の館山城にまでせまったと伝わっている。

「家督あらそいがはじまって天文の大乱みてえになるってか。そりゃ思い過ごしだべ」

左近が光安の狩衣の袖をひいて、たしなめる口調でいった。あきらかに義光は政宗の家督相続をよろこんでいるのに、光安が水をさすようなことをいいだすからである。

「こたびのことがまるくおさまったのは、お東様が目を光らせているからだ。山形城におわした姫御前《ひめごぜ》のころから、こわいお方だったからな」

と守棟がいう。義姫は気の強い、活発な姫だった。みなが声をそろえて笑った。

光安は不安をもらしたが、ほかの相談衆は若い政宗が伊達の当主となることを歓迎した。あたらしい風が吹き、輝宗の代にもつれた両家の関係がよい方向にすすむと期待される。

義光もまた同じ思いだった。


最上川流域にようやくおだやかな日々が訪れた。その年の夏、川の水量が減り、川底にかくれていた岩が水面に頭を出すころ、義光は宗牛に命じて最上川の難所に船を通すために、岩を砕く工事にとりかからせた。

船町から大石田までの最上川には、何カ所もの難所があり、雪どけや梅雨《つゆ》どきに増水したときには、水面下の岩に船底を破られ、破船する事故が頻発する。山形城下の商人にとってはそれが悩みの種だったから、数年前から公文所に願い出て、川底の石を割る工事をおこなってはいたが、流域は大小の合戦が絶えることなく、工事は一向にはかどらなかった。ようやく東禅寺の河口から、古口、清水《しみず》まで船の通行をさまたげる者がいなくなったので、工事が再開されたのである。

宗牛は配下の伊賀者衆を隼《はやぶさ》という土地に集結させた。伊賀者衆と呼ぶのは乱波《らっぱ》のたぐいの忍者ばかりでなく、諸国から呼びあつめ召《め》し抱《かか》えた石工や算術家、鍛冶、大工たち職人の集団である。普請奉行に伊賀者頭《がしら》の鹿島五郎次《かしまごろうじ》が任ぜられた。右岸の岸辺に奉行が寝泊まりする番屋を建て、その前後に職人の長屋を建てた。

隼は船町から最上川を下る船頭がもっともおそれる難所だった。その地名があらわすように流れが急で、川底全体を岩礁が埋めつくしている。獅子岩、ビッキ（蛙）岩などと名づけられた巨岩が川の面に突出していた。船はいったん急流にのみこまれると、棹《さお》も役に立たず、風に吹かれる木の葉のようにきりきり舞いして、水面下の岩礁に船底を破られたり、頭を突き出す有名無名の岩に衝突する。

梅雨がおわり秋風が吹くまでの短い夏の間が勝負だった。手伝いの雑兵たちが、浅瀬をえらんで岸から対岸にわたした綱に、一列になって身をくくりつけ、水柱を立てながら玄《げん》翁《のう》を振りおろす。巨岩の上には手練《てだ》れの石工が乗り、割りやすい石の目をさがして、たがねと玄翁で割る。川底の岩礁はすこしずつ剝がすようにしか割れず、一日玄翁で打ちつづけても、水面をのぞきこむと徒労のようにしか感じられない。気が遠くなるような根気のいる作業だった。

夏のおわりに、宗牛は義光に命じられて、川普請の視察に行った。朝のうちに隼の番屋に着くと、普請奉行の五郎次が案内をした。番屋は川岸の崖の上に建ち、庭から白波を立てる急流がながめられる。

「あれが獅子岩、あれが釜石……」

と五郎次が指揮棒で奇岩を指して名を教えた。岩の上に石工がとりつき、一心不乱に玄翁をふるう。岩を打つ高い音が谺《こだま》する。浅瀬には半裸の雑兵たちが数珠つなぎになって働いている。

川上を見ると積荷を満載した川船が数艘《そう》つらなって下ってくるところだった。船頭は曲芸のように棹をあやつり、水面下の岩礁をさけて下ってくる。流れが速く、またたく間に川船は番屋の建つ崖に近づく。通り過ぎるとき、舳先《へさき》に立った船頭が、石工たちに向かって手を合わせるのが見えた。

五郎次は宗牛を長屋の裏へつれて行った。裏山の杉を伐った斜面に土饅頭《つちまんじゅう》が七つ八つ盛り上がっている。川原の石が載せられていた。

「こないだ急に水が増えて雑兵が流されもうした。十四、五人流されて、死骸が上がったのがこれだけでござる。あとはどこに沈んだやら。宗牛殿、坊さんでっしゃろ。回向《えこう》してくだされ」

「そないに人死《ひとじ》にが出たかい。かわいそうなことしたな。これは合戦で討ち死にしたのと同じことや。香も花もないが、念仏だけでええかのう」

伊賀者の五郎次と宗牛は上方言葉で語り合った。五郎次は手代《てだい》を呼び、かわいた流木を細長く削ったほだ木をこしらえさせた。土饅頭の前にほだ木を積み、火をつける。五郎次のほかに手代がふたり、宗牛が唱《とな》える念仏に唱和した。

宗牛は白木の柱を手代に用意させ、某村の何兵衛と手代が知るかぎりの俗名を墨書して、仮の墓標とした。

宗牛はその夜は番屋に泊まり、五郎次から石割りの苦労話をきいた。川底の岩礁が相手の工事は難渋《なんじゅう》をきわめる。

「川底をさらうまでにはどれほどの年月がかかるのや」

と宗牛が問うと、

「五年、いや十年……」

といいかけてから、五郎次は首を横に振った。

「わしや宗牛殿の目の黒いうちは無理とちがいますか」

自嘲《じちょう》の笑いを口のはしに浮かべた。

二

翌天正十三年（1585）にかけて、義光は諸道の普請、改修に全力を傾けた。城兵は槍、鉄砲を置き、二口峠や関山峠に出張《でば》って雪が降る季節と競争するように道普請に精を出した。

寒河江、天童の合戦の余波はまだつづいていた。寒河江城、柴橋楯の滅亡後、義光は降参する武将は罪《つみ》せず、本領は安堵するという寛典《かんてん》でのぞんだから、寒河江高基の旗本たちはごく少数が殉死したほかは、つぎつぎに軍門に降《くだ》った。しかし月山《がっさん》の麓の沼平楯《ぬまのたいら》に蟠踞《ばんきょ》する東海林隼人佐《はやとのすけ》と二百余の農兵は山形になびかず、天然の要害を利して、抵抗をつづけている。義光はあえて軍勢をさしむけず、旧白岩城の重臣の松永右衛門佐《うえもんのすけ》を城番として、沼平党との戦いは任せておいた。

寒河江からは十日ごとに使者が山形の公文所へきて様子を知らせることになっていたが、天正十二年の秋までは、何人討ちとった、何人虜囚《とりこ》にしたという話ばかりだった。公文所の相談衆は、雪が降り出すまでには、東海林隼人佐は降服するだろうと、松永右衛門佐の報告を信じて、高をくくっていた。だが冬になっても、沼平党は屈服しなかった。

さらに年が明けた天正十三年二月、乱川上流の川原子《かわらご》の楯主《たてぬし》滝口兵部《ひょうぶ》が反乱をくわだてたが、これも蔵増安房守《くらぞうあわのかみ》によって間もなくたいらげられた。こうした小さな戦いはあったが、義光にとっては残党退治といったようなもので、関心は治水《ちすい》工事と道普請にそそがれていたのである。

ところがその年十月なかば、米沢から急飛脚《きゅうびきゃく》が山形に駈けつけ、伊達輝宗の横死を告げた。飛脚の届けた書状は義姫の近習の女房がしたためたものだが、とり乱した筆づかいで輝宗の死をつたえるだけで、くわしい事情はわからない。守棟と宗牛が相談して、米沢に間者《かんじゃ》を送りこみ、ややくわしい事情をさぐり出したのは、十月の末になってからである。そのころには城下の商人たちにも噂が流れていた。

守棟、光安、宗牛の三人だけが本丸の会所に上り、人ばらいをして義光に報告した。伊達勢はこの夏から総力をあげて奥州《おうしゅう》小浜城主の大内定綱《おおうちさだつな》と戦っていた。九月末には定綱を本拠の小浜城から追い出し、定綱が逃げこんだ二本松《にほんまつ》城に迫っていた。すでに勝敗の帰趨は誰の目にもあきらかだった。

受心殿が……と宗牛は輝宗を隠居の法名で呼んだ。

「受心殿が参陣なさり、安達郡《あだちごうり》宮森城に着陣なされたのは、今月はじめのことでござった」

宗牛は床の上に扇のさきでまるい印を書いて見せた。すぐ横にもうひとつ印を書き、

「これが政宗殿が本陣とした小浜城。宮森城とは半里（約2キロ）しかはなれておらず、宮森を上館《かみだて》、小浜を下館《しもだて》と呼んでおったそうでござる。上館に入られた受心殿の手勢はごく

手うすで、合戦のためではなく、家督をゆずられた政宗殿の采配ぶりを間近で検分なさるご所存であったやにうけたまわりもうす」

と見てきたように語る。

「十月六日、二本松城主畠山義継《はたけやまよしつぐ》が、上館を訪れて受心殿に拝謁《はいえつ》を願い出もうした。武具は身につけず、狩衣姿で少数の旗本をひきつれただけだそうでござる。大内定綱の命乞いに参ったと、だれもがそう思いもうす。受心殿が館に招き入れると、義継は、政宗殿には大内退治ののちには二本松を攻める腹づもりだとききもうしたが、それは本意でござろうかと、泣いてすがらんばかりに問いかけたそうでござる。なに、定綱の命乞いではなく、自身の命乞いに参ったのでござった。二本松勢は大内定綱に加勢して、援軍を小浜城に送りこみ、さんざん伊達勢を苦しめたのに、そのことには口をぬぐい、われらは代々伊達殿におすがりして身を立てて参った、受心殿に弓ひくつもりはござらぬと古証文を持ち出して歓心を引こうとする。受心殿は仏心を生じて、つい政宗殿に口ぞえしようと約束なさったのでござる」

輝宗は小浜城へ行き、政宗や近習と会い、畠山義継が詫びを入れてきた、許してやれと相談を持ちかけた。政宗たちが熟議を重ねる間、義継は小浜城へつれて行かれ、見張りをつけてとめ置かれた。

「二日後のことでござった。老臣たちのとりなしがあり、政宗殿は義継の領地を五ヶ村をのこしてとり上げ、あとは勝手しだいとすると決められた。命はくれてやるということでござる。義継は小浜城から追い放たれ、従者とともに上館を訪れもうした。受心殿はなにを疑うこともなく、ことが穏便にすんだと喜び、義継を引見《いんけん》なされた。ところが、義継はなにを思うてか、玄関口でいきなり受心殿につかみかかり、脇差をぬいて切先《きっさき》を首すじに突きつけると、従者六、七人とひとかたまりになり、上館から出て行きもうした。受心殿の御家来《ごけらい》衆はそばにおられたが、手の出しようもなかったそうでござる」

宗牛は口のはしに泡をためて、軍談を読むような調子で語りつづける。義光はその語り口にひきこまれたが、現実のような気もしなかった。

「受心殿をお救いしようとあとを追うたのは、留守政景《るすまさかげ》、伊達成実《しげざね》のおふたかたときいてござる。倉皇として武具もつけず、あとから駈けて参った。小浜城に注進が駈けこみ、すは一大事と鉄砲隊を先頭に足軽たちが槍をかついで城を走り出たときには、上館の山の麓にひかえていた義継の手勢五十ばかりが駈けつけて主従を受心殿もろともおし包み、ひとかたまりになって二本松へ向かって逃げて行くところでござった。小浜城の追手は間もなく追いつきもうしたが、受心殿を人質にとられてよう手が出せぬ。鉄砲をかまえて、受心殿を放せ、卑怯なりと怒鳴るばかりでござった」

追手が義継主従に追いついたのは高田原という場所で、そこはもう二本松領だと宗牛は説明した。二本松勢をとりかこんだ鉄砲隊のうち、ひとりが火蓋を切った。それがきっかけとなっていっせいに鉄砲が放たれ、あたり一面を覆った煙が風に吹き飛ばされたあとには、二本松勢の死体の山がのこされた。どれが義継で、どれが受心か、死体がおり重なって見分けがつかなかったという。

そこまで一息に語って宗牛は息をつぎ、義光たちの顔を見まわす。みな声もなかった。

やや間をおいて守棟が、

「誰が鉄砲をうてと下知《げち》したのだ。政宗殿か」

と問いかけた。宗牛は顔の前で手を大きく横に振る。

「いや、いや。政宗殿はその日は大軍をひきいて鷹野《たかの》ともうす土地で大内の残党を討伐なされていたそうな。危急をきいて高田原に駈けつけたのは夜になってからでござる」

鉄砲足軽のひとりがあやまって引金を引いたのがきっかけだったらしい。

「もののはずみか」

義光はため息とともにつぶやいた。ながい間最大の敵であった義弟の輝宗の、あまりにもあっけない最期である。

「米沢では、人質となった受心殿が、おれごと撃て、ためらうなと鉄砲隊に向かって叫ばれたという話もつたわってござる。しかし……」

それは浮説《ふせつ》でござろうという言葉を宗牛は口に出さずに、腹におさめた。宮森城でむざむざと人質になってつれ出されたのは受心の不覚である。その名誉を守るためにつくられた話だろうと宗牛は考えていた。

それから数日たってから、米沢の間者が商人の飛脚に托して、よりくわしい報告を宗牛のもとへ届けた。

高田原で味方の鉄砲に撃たれた受心の遺骸は、足軽たちが必死に探し出して、宮森城にはこびこんだ。政宗はその夜、鷹野の戦場から高田原に駈けつけると、義継の死体を探せと命じた。足軽たちが松明《たいまつ》をかざして、およそ五十の死体の山から、義継とおぼしき死体をみつけ出し、面体《めんてい》を見知る者が首実検をした。政宗はその夜のうちに、足軽たちに命じて、義継の首、手、足、胴を断ち、いったん切断したものを藤蔓《ふじづる》でつなぎ合わせて、小浜城下に晒《さら》した。

宗牛からその話をきいたとき、義光はうむと一声もらしただけで、なにも語らなかった。父を仇敵に殺された若い政宗のはげしい怒りがつたわってくる。しかしそれだけではない、なにか底気味のわるいものを覚えた。かたわらで話をきいていた守棟をはじめとする相談衆の面々も、同じ思いだったと見えて、黙りこんだ。

受心の遺骸は九日に小浜城に運ばれ、安置された。政宗は学問の師である虎哉和尚《こさいおしょう》を米沢から呼び、導師とした。信夫郡《しのぶごうり》佐原村の寿徳禅寺《じゅとくぜんじ》で亡骸《なきがら》を沐浴し、後日長井荘夏刈村の資福《しふく》禅寺に葬ることになった。

伊達勢は合戦のさなかであり、義光は悔みの使者を戦場の政宗に送ることは遠慮して、光安に指示して、米沢の義姫にねんごろな悔みの手紙を届けさせた。

十月の末になると、大雪が降って山形城は雪にとざされた。米沢からもどった使者が、この月二十一日、受心の二七日にあたり、遠藤基信ほか二人の重臣が殉死したというたよりをもたらした。

光安は遠藤基信の殉死を知っても、さほど驚きはしなかったが、公文所で守棟に出会うと向きあって坐りこみ、右拳を腹にあてて切腹の手ぶりをした。

「遠藤殿は忠義の士だ。ほだなこともすんべと思った。小憎たらしい相手だが、死なれてみると惜しい。だべ」

と感慨深げに語りかけた。基信は享年五十四で、光安よりひとまわり以上の年長である。無事のときも合戦のときも、光安や守棟の交渉の相手としてつねにたちあらわれた。光安から見れば、老練の手強い交渉相手だった。その人の死は、いかにもひとつの時代が過ぎ去ったという感慨をいだかせた。

雪が出羽の国中《くになか》をおおいつくすと、最上川の川普請は止《や》む。隼の岸の番屋や長屋は雪の下にかくれ、雪の玉をのせた屋根があらわれているだけだった。普請奉行をはじめ石工や大工たちは山形にひきあげた。

流域の諸城も、斥候《ものみ》の兵が国境《くにざかい》を見まわるだけで、合戦の兆しはない。城は眠っているように見えるが、雪におおわれた屋根の下では、諸城の動勢をうかがい、城主の考えをさぐる相談がくりかえされる。

山形城の相談衆にとっては、庄内の大宝寺義興《だいほうじよしおき》の動向と、伊達の当主となった政宗とどのようにつきあうかが、懸案となっていた。十一月の下旬、米沢の間者が伊達勢と二本松勢の合戦の情勢を守棟に知らせてきたのをうけて、会所に守棟、光安、宗牛があつまり、義光と相談した。

政宗は父受心（輝宗）の初七日をすませるとただちに二本松城へ大軍をさしむけ、決戦を挑んだ。伊達勢にとっては、先主《せんしゅ》の仇討という思いがある。二本松城は義継の嫡子で十二歳になる国王丸《くにおうまる》を盟主にいただき、義継の従兄弟《いとこ》新城弾正《しんじょうだんじょう》という武功の士が大将となって抵抗している。義継の死をきいた本宮、渋川など領内の将兵はことごとく二本松城にあつまり、かたく守りを固めた。伊達勢は二本松城を包囲したが、城兵の必死の反撃と、おりからの大雪にさまたげられて、苦戦を強いられた。

十一月十日に、佐竹《さたけ》、芦名《あしな》、岩城《いわき》、石川《いしかわ》、白河《しらかわ》の諸城が同盟して、三万の大軍が二本松救援に向かったというしらせが、政宗の小浜城の本陣にとどいた。この大軍にたち向かう伊達勢は安達郡岩角《いわかど》城に拠るおよそ八千だった。

十七日、政宗は本陣を観音堂山に移し、北上する同盟の大軍にそなえた。亘理元宗《わたりもとむね》、国分政重《まさしげ》、留守政景、片倉景綱《かたくらかげつな》、原田宗時《はらだむねとき》をはじめ旗本たちが観音堂の本陣の前、青田ケ原に着陣して大軍にそなえる。その数はおよそ四千という。

同盟の大軍は三手《みて》にわかれ、一手は大勢で高倉城を攻め、一手は政宗の本陣をめざして青田ケ原の人取橋《ひととりばし》に寄せ、一手はその中間をすすんだ。高倉城の守りの要《かなめ》は、千余の軍勢をひきいて高倉海道の小山に宿陣する十八歳の伊達成実だった。

高倉城と人取橋は激戦の地となった。成実の軍勢はついに高倉城に敵が攻め上《のぼ》るのを防ぎぬいたが、この一日の合戦で、伊達勢はおよそ百余の討ち死にを出した。

守棟は米沢の間者の報告を語ってから、

「人取橋の合戦は、政宗殿の大負けでござった。佐竹、芦名の軍勢が主力を人取橋にさし向け、一気に観音堂の御本陣を衝けば、あやういところでござった。しかしそうはせず、翌日には兵を引いて、それぞれ国もとへ帰陣いたしたそうでござる」

と話した。宗牛が同盟の大軍が兵を引きあげた理由を問うと、守棟は小首をかしげ、

「それがわからぬ」

とつぶやく。

「関東でなにかあったか。それとも同盟の内輪もめでもあったかいな」

と宗牛がいう。実はそのころ、常陸国《ひたちのくに》の佐竹の本領が、江戸重通《しげみち》の手勢に侵されたので、遠方の二本松に助勢する余力がなくなり、急に引きあげが決まったのだが、山形城ではそんな事情は知るよしもない。

「政宗殿はよほど運が強《つえ》えお方だ」

と光安がいった。

「政宗はよい旗本を持ったな」

義光がぽつりともらした。政宗は十九歳、成実は十八歳、近習のうちでは年長の片倉小《こ》十郎《じゅうろう》景綱でも二十九歳だった。みな若く、向こう見ずだった。

受心が不慮の死をとげる二月前に、政宗からとどいた書状を義光は思い出した。閏《うるう》八月、小浜城主大内定綱を攻めた政宗が、支城の小手森《おでもり》城を攻略したおりの、戦況をつたえる手紙だった。

初陣ではないが、政宗が大将としてのぞんだはじめての合戦といえる。小手森城を攻め落とした寄せ手の大将伊達成実は、本丸にたてこもった男女八百人をひとりのこらず殺した。目付《めつけ》までつけて討ちもらしのないようにする念の入れようだった。そのことを政宗は書状に、

――もっとも城主を始めとして、大備（大内定綱）親類ども相添え五百余人討ち捕らえ、そのほか女・童《わらわ》は申すにおよばず、犬までなで切りに成させ候《そうろう》条、以上千百余人きらせ申し候。

と書いていた。戦場の気のたかぶりがそのままあふれ出たような政宗自筆の書状を、伯父にたいする稚気のあらわれと義光は受けとり、女、童をみなごろしにしたというくだり

も、大げさな誇張と見て、相談衆には書状を見せずに、胸のうちにおさめておいた。鬼神のごときふるまいが武勇の証《あか》しと政宗が思いこんでいるふしがあることに危惧をいだいた。

とりわけ義光が危惧したのは、政宗が小手森城を落とした勢いのままに、

――大備（大内定綱）居館小浜より前には敵地一ケ所もこれ無く候。拙子名理《せっしみょうり》（冥利）も候やと存じ候。この上は須加河《すかがわ》まで打ち出《いで》て、関東中も手安く候。

と書いたことだった。わが甥のことながら局地の戦勝にこのように浮かれていては、大局をあやまると義光は背すじが寒くなる思いがした。

「政宗殿は観音堂では大雪に助けられたが、二本松城にてこずっておるようでは、先があぶねえ」

と光安がいった。

「どっちにしろ春までは佐竹や芦名は手を出さぬ。一息ついたな」

と守棟が応じる。雪にとざされた暮らしがつづくと、他国の合戦の話が娯《たの》しみとなる。

「やはり先代のころとは伊達殿も様《さま》がわりしてござるな。政宗殿は御所様を慕ってござるようやな」

と宗牛は義光に語りかけた。宗牛にとって、先代の輝宗や遠藤基信は宿敵というべき人物だったが、政宗の人となりは知らない。

「政宗がどう思うか知らぬ。旗本がどう思うかではないか」

小手森城のふるまいは、政宗が成実の暴走にひきずられた結果だと、身内びいきかもしれないが、義光はそう思っている。書状にあった小手森城のくだりは口に出さず、関東一円を手中におさめると政宗が豪語したことを義光は話した。

「それはまた気宇壮大《きうそうだい》な話でござるな」

と宗牛が皮肉な口調でいった。もっと辛辣なことをいいたかったが、義光に遠慮をしたらしい。光安と守棟が笑いをかみ殺した。

「まだこどもだ。つい筆がすべったのだろう。あまり真に受けるな。人取橋では佐竹に灸をすえられた。よい薬になったろう」

と義光は政宗をかばった。

「春になれば、また騒がしくなりもうそう。二本松のことを気にするどころではござらぬぞ」

と誰にきかせるともなく宗牛がいった。そのことだ……と光安が身をのり出す。

「東禅寺から助勢をおくれとさいそくが参っておる。またぞろ大浦《おうら》城の動きが怪しいとか。なかなか無事におさまるというわけにはなんねえ」

「それは話がちがう」

と宗牛が異を唱えた。

「なにがちがう」

光安がいぶかしげにきき返す。

「助勢をおくれと頼みこんできたのは、大宝寺のほうや」

「ほだな小馬鹿《こば》くせえこと」

めずらしく宗牛と光安がやり合う。待て、待てと守棟が間に入り、双方のいいぶんをきいた。申次《もうしつぎ》（外交係）の光安に東禅寺氏永《うじなが》から助勢をもとめる書状がとどけられたのは、つい先日だった。いっぽう同じころ宗牛のもとにも、羽黒の修験者が密使となって訪れ、大浦城の武藤《むとう》義興の近習から、助勢をもとめる書状がことづけられた。

ふたりともまだ義光にも、ほかの相談衆にもはからず、その書状を手元においていた。その理由は書状が本物かどうか、一抹の疑いがのこるからだと、異口同音に語った。

「持ってきて見せろ」

と守棟がいった。ふたりは二の丸の屋敷にもどり、書状をとってきた。光安の書状は状箱におさまり、宗牛の書状は桐油紙《とうゆがみ》につつまれ、紐でしばってある。見た目からいえば、宗牛の持ち出した書状のほうが、怪しいといえば怪しい。

「よこせ」

義光はふたつの書状を読みくらべた。どちらも相手方が刺客をおくりこみ、命をちぢめようとしていると訴えている。城を改修し、鉄砲弾薬を買いあつめ、戦じたくをしているというのも同じである。義興方は相手を、主君の寝首を掻いた不忠者だとなじり、氏永方は兄の悪屋形《あくやかた》が領民の怨みを買い、臣下の信望をうしなって滅びたあと、武藤の家を絶やさぬよう弟の義興を丸岡城から呼んで大浦城の城主におさめるように骨折ったのはわれらなのに、その恩を忘れて仇討などといいだす忘恩の徒だと相手をなじる。

「こういうことをいい出せば、おさまりがつかぬ」

義光は書状を重ねて守棟に手わたす。

「光安、こなたに任せる」

「はっ」

光安はとまどった顔つきで義光を見た。

「せっかく川下までおさまりかけたところだ。どちらかに助勢を出すもおろか、いいぶんごもっともと一声かけるだけで、あらそいの火種に息を吹きかけるも同然。こなたの力の見せどころだ。双方を説き伏せて、和議をまとめるべし。決して戦にはすまいぞ」

義光が命じた。

三

山形のながい冬が過ぎると、本丸の庭に、明るい緑がのぞく。雪に圧しつぶされた枯れ草の間から蕗《ふき》のとうが頭をもたげ、けやきの林から流れ出た雪どけ水が無数の細流となり、ところどころに水たまりをつくる。

春になるのを待って、御所の方は遁世《とんせい》の素志をまっとうするために、城を出た。実家の大崎には去年のうちからあいさつをして了解を得、慈恩寺の末寺の最上院《さいじょう》には、将来菩提寺を建立するために、領地と手元金をあずけて、万端の用意をととのえていた。

義光は出家を許さなかったから、御所の方は髪をおろさず、飾りのない切り髪の頭を黒い頭巾でつつみ、紫に染めた木綿の単衣に黒く染めた紙子の羽織をまとい、手甲《てっこう》、脚半《きゃはん》の旅じたくで城を出た。輿入のさいに大崎から供奉《ぐぶ》してきた一栗玄蕃を奉行にして、荷はこびの足軽が数人、同じ黒染の衣の侍女房《さむらいにょうぼう》三人が供としてしたがう。御所の方は輿にはのらず、杖をつき、歩いて行った。

義光は御所の方を見送らなかった。あとから伽の堀喜四郎に、出て行くときの様子をきいた。

「お駒がまだ泣いておるわ」

と義光は苦い顔をしていった。御所の方は溺愛する駒姫に泣きつかれて決心がにぶるのをおそれて、なにも知らせずに別れたのである。生みの母が去ったあとになってから乳母から事情をきかされた駒姫は泣きじゃくった。駒姫が母を呼ぶ声と、乳母がなだめる声は義光の座所にもきこえてきた。

「よほどのご決心でござりますな。お出かけのさいにも、不浄門からお出になりもうした」

と喜四郎が話した。本丸の西北にあたる不浄門は死人《しびと》か罪人を通す門である。御所の方は義光にはことわらずに、俗世の桂という女は死んだと宣言したことになる。

「なにも不浄門から出ずとも」

と義光はつぶやいた。

「おゆるしなされ」

喜四郎はとりなした。喜四郎は破戒のあやまちで京の道場を追放された身分だが、当人の気持では在家の遊行聖《ゆぎょうひじり》のつもりである。御所の方には同情を寄せていた。

「つまらぬ。それよりお駒の泣き声が耳についてならぬ。弱った。こなた、奥へ行ってあやして参れ」

「うけたもう」

山伏のような返事をして、喜四郎は腰を上げ、ひょうきんな足どりで廊下を歩いて行った。

寒河江領内の草庵に御所の方を送りとどけた一栗玄蕃は、十日ほどたってから山形城にもどった。ただちに伽の堀喜四郎にともなわれて、義光に拝謁した。城中で呼ばれた御所の方とかお方という呼び方はせず、桂様ともとの名で呼ぶ。もう山形の奥方ではないのだからそう呼べと命じられたのだという。

「つまらぬ意地を張る」

義光は苦笑した。もともと信心深く、出家の素志はあった。白鳥長久の滅亡を望み、呪詛までしたことを後生の障りになると悔んだのがきっかけになったと桂は語っていたが、義光が側室《そくしつ》でもない奥女中に手をつけて、男子を生ませたことにひそかに腹を立てたにちがいないと義光は思っている。

「桂様の庵室は、蓮心院様の住んでおられた庵室とそっくりに建てたものでござる。庭に前栽《せんざい》があり野菜を育て、梅と柿の木がござる。裏の崖に曼珠沙華が植えてござるのも、蓮心院様にならいもうした」

去年のうちに、慈恩寺の末寺の最上院に力添えを頼み、義光の生母の蓮心院の庵室を模して建てさせたのである。異なるのは、大崎からずっと側に仕えている侍女房三人のために、別棟をそばに建てたことだった。三人は桂の世話をするとともに、修行の同行ということになる。

「なんとか落ちついたか。玄蕃、苦労をかけた」

義光は玄蕃をねぎらい、今後の身のふりかたをたずねた。玄蕃は輿入の供侍《ともざむらい》として大崎から山形にきたのだから、義光ではなく桂の家来である。その桂が山形城を出て奥山の庵室に移ったからには、御役御免となる。

「大崎へもどるか、丸に奉公をつづけるか」

玄蕃は考える暇《いとま》もなく、

「ご奉公、つづけとうござる」

と即答した。床に両手をつき、一息ついてから顔を上げる。

「桂様が庵室に住んで念仏三昧のお暮らしをなさることを御所様はおゆるしになったが、落飾はお許しにならなんだ。遁世は見のがすが、出家はならぬとのご存念でござりましょう。さすれば、いずれ桂様を、お方様としてお呼び返しになる。拙者はそう見もうした」

「なるほど。そう見たか」

義光は否定も肯定もせず、かすかに顔をほころばせた。玄蕃はふたたび床に両手をつき、

「拙者を寒河江城にやってくだされ。門番であろうが代官の手代であろうが、不足はもうしませぬ」

と願った。


仙北《せんぼく》の国境の大森山から流れ落ちる大沢川は、途中、鮭《さけ》川と名が変わり、同じく国境の黒森、水晶森の沢水をあつめる塩根川と合流する。名前があらわすように、鮭や鱒《ます》が遡上する川である。鮭川は本合海《もとあいかい》の下流の津谷で最上川に合流するが、数多い支流の中でも、もっとも流域が広い。

鮭川と真室川が交わるあたりの左岸の丘に、鮭延《さけのべ》城が建っている。鮭川の岸から見上げる丘の高さはおよそ十六丈余（約50メートル）、丘の屋根の先端に本丸があり、土居がめぐらさ

れた城地は、東西百四十間ほど（約250メートル）南北五十五間（約100メートル）だった。出羽の諸城の内では大きなものではない。

軍師の宗牛などは、

「兵法でもうさば、ところ堅固の城でござる」

と評している。場所柄に意味がある城で、領国を治める要となる城ではないというのである。

鮭川の流域は、義光の祖父にあたる義定《よしさだ》の時代、山形の勢力がおとろえていたころには、仙北の横手城を本拠とする小野寺《おのでら》氏と庄内大浦城の武藤氏のとりあいの地となっていた。天文年間（16世紀前半）に、横手城主小野寺輝道《てるみち》が、客将の佐々木貞綱《ささきさだつな》を送りこみ、城を築かせたという。土地の人々は領地を鮭延廻り、城を鮭延城と呼んだ。

佐々木貞綱は永禄《えいろく》六年（1563）、武藤氏との合戦にやぶれ、年若い嫡子の秀綱《ひでつな》を人質としてさしだし、和睦した。宗牛が「ところ堅固の城」と評するのは、庄内、仙北の勢力あらそいの最前線の城という意味である。仙北の小野寺氏が最上侵攻の足がかりのために築いた小さな城に、武藤氏は合戦に勝ってから、しばらくは城番を置いて治めていた。

人質として成人した秀綱は、武藤義氏《よしうじ》に恩義を感じていた。鮭延城に戻り当主となり、鮭延と称した。義氏が東禅寺氏永に弑逆《しいぎゃく》されてからも、大浦城を継いだ弟の義興に義理立てしていた。山形の義光が再三山形への臣従をうながしても、秀綱は首をたてにふろうとしない。義光が裏から手をまわして氏永に謀反《むほん》をおこさせたと信じこんでいるらしかった。

使者をおくりこんでも埒が明かないと見た義光は、去年の夏、延沢城主の野辺沢満延を大将とする軍勢を鮭延城へさしむけた。秀綱は降服を拒み、籠城した。寄せ手の大将の満延は、まだ二十五歳の若武者の秀綱を見くびっていた。

丘の端に建つ鮭延城は西に鮭川を帯し、南北が谷地で、東が丘のつづきである。三方《さんぽう》の川と谷地から攻めるのはむずかしく、東側の尾根から攻めこむしかないが、深い空濠《からぼり》を掘り、逆茂木を堅固にめぐらして組み、守りをかためた。

寄せ手は大軍だったが、山づたいにすすむには少数にせざるをえず、空濠にはばまれて城に攻め入ることができない。南、北、西の川岸と谷地に陣どった寄せ手は、丘の上から鉄砲でねらい撃ちされて、けっきょく玉のとどかぬ所まで退却せざるをえなくなった。

野辺沢満延は無謀な城攻めで手勢をうしなうのはさけて、遠巻きにして兵糧攻めにした。しかし秀綱はいっこうに音をあげない。丘に近づく兵はねらい撃ちし、東の尾根から迫る兵は、逆茂木から突き落として抵抗をつづけた。満延は鮭延城近くの谷地に土塁を築いて陣場《じんば》をつくり、長期戦にそなえた。

五月になってから、山形から氏家守棟が手勢をひきいて参陣した。寄せ手の数は増えたが、守棟も満延の軍略にしたがい、やみくもな突撃はひかえた。

鮭川の下流に庭月《にわつき》城がある。城主の庭月広綱《ひろつな》は鮭延氏の庶族にあたるが、大崎氏ともつながりが深い。庭月広綱は秀綱に義理立てして助勢をおくるべきところだが、どちらにも与《くみ》せず静観している。守棟は庭月城にのりこみ、無益な籠城をやめて城をあけわたすよう説得しろと広綱に迫った。

あくまでも秀綱が意地を張り通すなら、山形から大軍を送りこんで、庭月城もろとも滅亡させるとおどしたり、双方に死人を出さずに城をあけわたすなら、鮭延廻りの領民はあっぱれなお屋形だと秀綱と広綱をほめそやすだろうとおだて上げたりした。ようやく広綱が納得して鮭延城に使者となって出むいた。

降参しても命をとったり、領地を没収したりはしない。鮭延も庭月も元のままに安堵すると約束したが、それでもしばらく秀綱は意地を張って籠城をつづけ、五月末になってようやく、大手門をひらき、数人の近習とともに、具足を外し、槍、刀は置いて、脇差をさしただけの姿で、満延の陣場に降った。

鮭延からもどった守棟は、秀綱降参までの一部始終を、会所で義光に報告した。かたわらできいていた宗牛が、

「いやはや汗顔《かんがん》のいたりでござるわい」

と大きな声を出す。言葉通りに額に玉の汗が浮かんだ。

「城を見もせんと話にきいただけで、辺土《へんど》のとるに足らぬ小城とあなどった。先代屋形の

佐々木典膳《てんぜん》（貞綱）が、さしたる働きもせぬうちに庄内の悪屋形に攻め落とされたときいて、よほどの弱兵と思いこんでおったのが不覚や。こないな虚仮《こけ》が軍師をつとめたら、お味方を死地に追いやる」

「虚仮はこなたばかりではない。丸も一緒だ」

義光が口をひらいた。鮭延秀綱は年も若く、人質暮らしで成長したから実戦の経験もない。豪勇の名を近隣にとどろかせる野辺沢満延が出陣して、法螺貝とときの声をきかせたら、たちまち秀綱はふるえあがって城から逃げ出すだろうとみくびっていた。

鮭延城攻めを満延に任せたあと、そのことさえ忘れていたのである。

「籠城してひとりの欠落《かけお》ちも出さず、みなが死なばお屋形ともろともと心をひとつにしておりもうした。能登殿（満延）の話では、山側の空濠を守る足軽まで、一歩もひかず立ち向かい、寄せ手をてこずらせたそうでござる。青二才とあなどったのが大きなまちがい。よほど家来に慕われておるようで」

と守棟が語った。

「どのような男だ」

義光がたずねると、守棟は小首をかしげて見せた。降参してきた秀綱を、満延の陣場で見たが、

「小《ちゃっ》けえ男で、色白で、とても勇将には見えねえ」

とつぶやいた。そうかともらして、義光は遠くを見る目になった。

「そやつ、欲しくなった。山形へ呼べ」

と守棟にねだった。

守棟は延沢城へ飛脚をやり、鮭延秀綱を山形へつれてくるように手紙でうながしたが、なにを手間どっているのか、なかなかことがはかどらなかった。そのうちに秋になり、雪の季節になったのである。

四

延沢城の重臣笹原石見にみちびかれて、鮭延秀綱が山形へきたのは、天正十四年（1586）春、あたかも御所の方が寒河江の庵室へおもむいたあとのことだった。

騎馬の武士が五騎、三十人ばかりの足軽が供をして城下に歩み入った。秀綱は石見と駒をならべてすすんだ。髭のうすい質《たち》らしく、顔は色白で、小柄である。胸を張り、顔をあおむけて、堂々とした物腰が、小柄であることを感じさせない。降人であるはずの秀綱が主君で、駒をならべる石見が近習のように、だれの目にも見えた。

供の歩行《かち》の武士や足軽は、城下の鉄砲組屋敷にとどめられた。笹原石見と鮭延秀綱は大手門をくぐり、迎えに出た氏家左近と志村光安に案内されて、二の丸の守棟の屋敷に上った。

秀綱は狩衣の下に絹の白小袖《こそで》を着こんでいた。死装束のつもりである。義光から切腹を命じられれば、その場で命を捨てる覚悟だった。ところが、秀綱を迎えた光安と守棟は、降人のあつかいをせず、客人として応対した。秀綱はとまどった。

女中たちがあらわれて秀綱をとりかこみ、死装束のはずの白小袖を汗がしみたからといって脱がせ、肌着から狩衣、袴まで仕立ておろしのものに着替えさせる。若い女中たちは、少年を着替えさせるようにころころと笑いながら着つけをする。秀綱が当惑の顔つきになるのを、守棟たちはおもしろがってながめた。

鮭延から延沢の霧山城を経て、一晩泊まりで山形に着いたが、道中思いがけず時を過ごし、すでに日がかたむいている。守棟は長旅の疲れもあろうから、今晩はゆるりと過ごし、明朝本丸の会所に伺候《しこう》するがよいと秀綱に告げた。

伽の堀喜四郎が御所様からの心づけだといって、足軽に酒樽をかつぎこませた。日が落ちると侍屋敷から武士たちがあつまり、守棟が主催する宴の座に加わった。喜四郎が秀綱の膳の前に坐り、大盃《おおさかずき》を持たせて酌をしながら、これはまず御所様からの馳走、とことわって、

「強力《ごうりき》をもってかくれもない野辺沢能登守殿を向こうにまわして、一歩もひかず、城を守り通した豪の者はどのような大将か、ご尊顔を一目拝みたいともうして、若い衆があつまりもうした」

といった。秀綱ははじらって白い顔に朱をのぼらせる。

「拙者は兵法知らずでござる。ただ亀を真似て甲羅に首を突っこんでいただけで、強いのは家来どもでござる。能登殿に素っ首《そくび》をひきちぎられずにすんだのは、ただ運がよかっただけ」

と秀綱は謙遜し、家来に花をもたせた。

「それ、それ。強い家来をかかえるのが、将の器量《きりょう》というものでござるわ」

と喜四郎はいい、秀綱のとりもち役をつとめる笹原石見の前に座をうつした。酒好きの石見は、喜四郎が酒をつぐ前に、すでに大盃をなんどか飲み干していた。

「おとり持ち、御苦労でござる」

と喜四郎はいってから、まわりの者の耳に入らぬよう声をひそめて、

「今夜は裸踊りはあきまへん。鮭延殿にとってはたいせつな日でござる」

と釘をさした。喜四郎は延沢や山形でなんども石見と酒を酌みかわしていて、酔うと裸踊りをする癖《へき》があるのを知っている。石見は頭に手をのせ、濃い髭を生やした顔を笑いくずして、

「これは痛い。肝に銘じる」

と答えた。しらふのときは殊勝にしているが、生酔するとすべてを忘れる男である。

宴がたけなわになると、秀綱のまわりに若い武士たちがあつまった。喜四郎はその様子

を見るともなしにながめる。秀綱は口数が少なく、問われればみじかく答える程度だが、なぜか人をひきつける人徳があるらしい。笑った顔に、まったく邪気がない。

「鮭延殿は差物に無一物《むいちもつ》て書いてあるときいたが、ほんとだべか」

とひとりが訊ねた。喜四郎は耳をそばだてる。んだと秀綱がうなずく。

「なして無一物や」

と若い武士がかさねて問う。

「人間、生まれたときは無一物、死んだら無一物。そう思えば、なにひとつ惜しいものはねえべ」

秀綱は同年輩の武士を相手に、気のおけないうけ答えをした。武士たちは納得のいかない顔を見合わせ、だか、無一物か、と口々につぶやいた。

やがて石見の声が高くなった。若い武士をつかまえ、合戦の自慢話をはじめた。よく響く声を立てて豪快に笑う。酔ったしるしだった。光安が立って宴のおわりを告げ、若い武士たちを座敷から追い出す。

石見は名残り惜し気に大盃を膳においた。秀綱はほのかに顔を染めた程度で、酔った様子もなく、しずかに笑っていた。

翌朝、秀綱が会所に伺候する前に、喜四郎は義光に会い、前夜の宴の様子を報告した。

「若い者は、一言二言話しただけで、鮭延殿を好きになりもうす。あのご仁《じん》には奇妙な力がござる。人たらしともうすべきか。将の器《うつわ》と見ました。旗本に加えれば一城をまかせるに足る。敵にまわせば、やっかいな男でござる」

「それほど家来に好かれるか」

義光はうらやましいと思ったが、それは口に出さなかった。

守棟、光安、延沢の笹原石見にみちびかれて会所に上った秀綱を、上段の間から義光は見すえた。秀綱はものおじする様子もなく、一礼して顔を上げると、胸を張って義光の眼光を見返す。なるほど喜四郎のいうように、どこか人をひきつける表情だった。

あいさつをかわしてから、義光は喜四郎からきいた差物の無一物という文字の由来をあらためて問いかけた。答えをきき、若いに似合わず禅僧のようなことをいうと感じたが、それは口に出さず、

「先年大宝寺殿（武藤義氏）がご生害《しょうがい》なされたおりに、こなたはおそばにひかえておったときいた。そのおりのことをきかせろ」

といった。はっと答えてから、秀綱はしばらく顔を伏せた。顔を上げて、

「すぐる年、大宝寺殿との合戦で敗れ、拙者の父貞綱と兄氏孝は城を落ちのびて仙北にのがれ、同時拙者は二歳、在郷《ざいご》の乳母のもとに養育されておりもうしたので、敵中に置き去りにされもうした」

と身の上を語り出した。秀綱は庄内兵にみつかり、ときの大浦城主義増《よします》の命により、庄内につれて行かれ、人質となって育てられた。同時、鮭延城は家臣に内紛があり、主家と頼む仙北の小野寺氏も同様に内輪もめしていたので、貞綱父子をたすけて鮭延城をとりもどす余力はなかった。大浦城からつかわされた家来が城番となり、鮭延廻りを支配した。

秀綱は成長して源四郎《げんしろう》と名乗り、武藤義氏の小姓となって仕えた。十二から二十一まで小姓をつとめ、義氏の命によって鮭延城にもどり城主となった。秀綱は佐々木（鮭延）氏を再興したが、仙北の小野寺氏とは縁を切り、義氏の旗本として鮭延の地を守ることになったのである。

翌年、二十二歳になった秀綱は年頭のあいさつのために大浦城に登ったが、寂しい鮭延にいそいでもどることはない、雪がとけるまでここにおれと義氏にひきとめられた。

「お屋形は日ごろ家来や領民のとりしまりがきびしいお方で、悪屋形と呼ばれて憎まれていたことはよく知っておりもうす。だが拙者にとっては命の恩人であり、ながく小姓として仕えたお屋形でござる」

秀綱の語り口は訥々《とつとつ》として、庄内の言葉が義光たちにはわかりにくかったが、いかにも真実を語るといった調子で、話にひきこまれた。のちに東禅寺殿と名乗る家老の前森蔵人《まえもりくろうど》が挙兵した三月五日、秀綱は大浦城にいたという。

「城中には一門衆など三百人ほどいたと存ずる。謀反ときいて外を見ると、大軍が坂を駈け登っておし寄せて参る。城門を固く閉じ、壁をよじ登ろうとする敵を、門の内から斬りはらおうと七度か八度はやり合ったかと覚えておりもうす。夜になるまで、拙者はひとつの首級《しるし》もとることかなわず、ふがいない思いをいたし、口惜しゅうて眠ることができませんでした。三百人もいた人々が、さして手向かいもいたさぬうちに、夜のうちに五人去り十人去り、半分ものこりませぬ」

「こなた、ひとりも討ちとらなかったか」

と義光は言葉をはさんだ。秀綱は首を横にふり、ひとりと指を一本立てた。

「山伏を斬りもうした。あとできけば、羽黒山伏で豪の者と名のある者だったそうでござる。その首をさげ、血刀を手にしたままお屋形のご覧に入れようとしたところ、女中が前に立ちふさがり、御前に出るなら、お刀を直しなされと声をかけたので、われに返りもうした。血刀をさげたまま御前にうかがうなど無礼のきわみでござるが、そのようなことも忘れるほど逆上《のぼせ》ておったのでござる」

秀綱は正直な男だと義光は感心した。合戦で不覚をとったり、恥をかいた覚えはだれにもあるが、みなそれを人にはいわないものである。

山伏の首級をさげて館に駈けこんだところまで語ると、秀綱はしばらく絶句した。やがていかにも苦しげに、

「ちょうどお屋形が、八つと九つになるふたりのお子を、手づからご生害なされたところ

でござった。お子たちの血に塗れた脇差を小袖でぬぐっておいでで、それを見ると山伏の首級《しるし》をご覧に入れる気は失せて、庭に首級を投げ捨てて木戸口に出もうした」

そのときは目に入る味方はわずか五、六人にすぎなかった。敵は城内に攻めこまなかった。それほどの無勢とは知らなかったのである。夜になると敵は本丸の下の曲輪《くるわ》に火をかけ、その火が櫓に飛び火して炎上した。

その夜、義氏が切腹の覚悟をさだめて近習と別盃《べっぱい》をかわしているところへ秀綱は数人の武士とともに駈けつけた。切腹を思いとどまるよう諫め、脱出して再起を期すようはげまして、その場をはなれた。

秀綱は斬り死にするつもりで、暗闇の中をさまよった。人影を見ると大声で名乗り、同士討ちをさけようとした。ふと人影を見て、

「誰か。これは鮭延源四郎だ」

と名乗りを上げたとたん、何者かに背後から抱き上げられた。

「放せ」

秀綱はふり払おうとしたが、背後からしめつける力は尋常ではなかった。前方の暗闇からあらわれた人影が、秀綱のきき腕をおさえ、

「源四郎殿、おしずかに」

と声をかけた。頬当《ほおあ》てで顔半分がかくれて、武士の人相がわからない。

「中村内記《なかむらないき》でござる」

と名を告げ、命運のつきたお屋形に義理立てし、命を捨てるのはつまらぬ、この場はひとまず落ちのびようといった。

中村内記は庄内の地侍である。先年、大宝寺勢が鮭延城を攻め落としたとき、先陣をきって攻め入ったが、そのとき城下に置き去りにされていた幼い秀綱をみつけ、抱き上げて庄内につれて行ったのが、内記だった。

前夜、前森蔵人の謀反を知り、内記は弟の孫八郎とともに大浦城に駈けつけたが、敵はすでに本丸の土塁の下まで押し寄せ、手の出しようもなかった。秀綱が本丸にいることは知っているので、もはや討ち死にしただろうとなかばあきらめたが、命がないにしてもせめて首級だけは敵にとらせまいと、今夜、夜陰《やいん》にまぎれて兄弟は本丸にしのびこんだ。すると、秀綱が名のりをあげる声を耳にしたので、喜んで駈けつけたのだという。

「生き恥さらすのはいやだ」

秀綱はお屋形を見すてて逃げ出すのをいさぎよしとしなかったが、兄弟は力ずくで秀綱を抱きかかえ、本丸からのがれ出た。しばらくは城下にひそみ、戦がやんでから、秀綱は鮭延にのがれたのだった。

中村内記には二度命を救われた。命の恩人という言葉では足りないと秀綱は述懐した。

「数奇《さっき》なる運命《さだめ》だのう」

義光は秀綱の話に感銘を受けた。かたわらの相談衆もみな言葉がなく、たがいの顔を見あわせる。秀綱が好んで無一物という言葉を口にし、若さに似合わず、およそ名利とは縁のない言動をするのも、幼いころからの経験がそうさせるのだと、みなが納得した。

「中村内記という武士は、まことに仁義の人でござるな。ほとほと感心いたした。秀綱殿を探して、落城間近の城に、おのれの身命をかえりみず、槍をなげうって駈けこむなど、できることではござらぬ。しかし、考えてみれば、親子でも兄弟でも、また主従でもない秀綱殿のために、そうまでするのは、秀綱殿に不思議な徳があるということではござるまいか」

それまで黙っていた宗牛がいった。

「鮭延殿」

義光は十五も年下の秀綱に敬意をあらわして殿と呼び、郭内《くるわ》に屋敷をあたえるからそこに住まぬかと語りかけた。守棟に顔を向け、

「こなた、差配をいたしてくれ。野辺沢殿も蔵増殿も一緒に呼ぼう」

と楽しそうにいった。心をゆるした家臣は膝下《しっか》におきたいのである。

守棟は即答しなかった。二の丸には譜代の家臣たちの屋敷があり、何代にもわたってそこで暮らしている。他国の新参の家臣に屋敷を分けあたえるとなれば、思わぬ軋轢《あつれき》を生じぬともかぎらないと守棟は心配した。しかし義光は頓着せず、

「鮭延殿、よいな。このまま山形へとどまれ。奥方も呼べ」

とたたみかける。秀綱は小声で、嬶《かか》はおりもうさぬと答えた。

「なに、ひとり身か。それはいかん。鮭延城の跡とりはどうなる」

と義光がいう。秀綱は笑うばかりで、答えようとしない。秀綱が妻帯しないのはなにか理由があると察して、義光はそれ以上の追及はしなかった。

義光は守棟に屋敷地の普請をはじめるように念を押した。笹原石見にはさっそく延沢にもどり、能登守を登城《とじょう》させるようにと命じた。思いたつと、ただちに手をつけなければ気がすまない。義光の気性をよく知る守棟は、二の丸の屋敷地を割《さ》くのではなく、新参の旗本には別の土地に新たな屋敷割《わ》りをすることを決めた。

五

笹原石見と秀綱はいったん山形城を去り、それぞれの領国にもどった。それから一月あまりたった五月はじめ、延沢の霧山城から急使が駈けつけてきた。延沢から山形へ、馬を乗りついできた急使は、番衆に両脇を支えられて、本丸の公文所に倒れこむ。応対に出た光安は急使のたずさえた書状に目を通すと、公文所の用人に命じて、ただちに相談衆を呼び集めさせた。

会所に義光と相談衆が寄り合った。光安が笹原石見から守棟に宛てた書状を披露した。

仙北の小野寺義道《よしみち》が国境に軍勢を集結させて、金山《かねやま》あたりへ攻めこもうとする形勢だという。

「急使がもうすには、院内あたりに宿陣する軍勢はかなりの大軍で、すでに有屋《ありや》峠にも斥候《ものみ》があらわれている様子。おくれをとるわけには参らぬぞ」

光安は表情をひきしめて相談衆の顔を見わたした。

仙北地方から最上地方に入るには、院内から及位《のぞき》峠を経て、塩根川、鮭川の渓谷沿いに鮭延に至る道と、有屋峠を越えて金山に至る道の二道がある。及位の道は山がけわしく、川づたいにすすむのは大軍の行軍には適さない。有屋峠もけわしい峠道であることは同様だが、往古から金山と湯沢を結ぶ要路としてひらけていた。小野寺勢が攻めこむなら、この道だろうとだれしも見当がつく。

東禅寺と武藤の間のいさかいはおさまらず、庄内地方はいつふたたび戦乱の地となるかもはかりがたい。鮭延城が山形に帰順したことは、小野寺義道にとっては累代の恩義に仇《あだ》でむくいるも同然と見えただろうから、庄内の不安定に乗じて、鮭延城をとりもどす好機にうつったにちがいない。

「あっちがおさまればこっちが乱れる。まこと一筋縄で行かぬものだ」

と宗牛がため息をついた。

「鮭延城があぶない。守棟、陣ぶれだ」

と義光はいい、膝頭を拳で打った。小野寺義道の目的は、秀綱を討って鮭延城を奪いかえし、かつて鮭延城が大宝寺（武藤）勢に攻められたとき、仙北にのがれた旧臣を城番にすることだと見た。

数日のうちに、守棟は延沢、新城、清水の諸城に陣ぶれを発して、軍勢を鮭延城と有屋峠の二方面に向かわせた。大将は野辺沢満延、山形からは宗牛が蔵増勢とともに参陣し、戦の検分をすることになった。

五月中旬に宗牛は有屋峠についた。敵味方のいずれが早く峠に宿陣するかが戦況を左右するが、満延の手勢が一足早く峠のいただきをおさえていた。

峠の麓の村に、小野寺勢が陣立《じんだ》てした。旗差物を立てた千にあまる数の騎馬武者が、峠から見てとれる。村の外に、無数の足軽がうごめいていた。斥候《ものみ》の報告は、その数五千、いや一万とまちまちだった。

宗牛が着陣した翌朝、暗いうちに、峠道を小野寺勢の足軽が駈け登ってきた。峠の着陣に先んじた延沢勢は、崖の上や切り通しの要所に伏兵を配置している。小野寺勢の先陣は、崖からの鉄砲組や、切り通しにひそんだ槍組によってつぎつぎに討ちとられる。しかしひるむことなく、味方の死骸を踏みこえて、上へ、上へと駈け登ろうとする。

峠道のところどころに、逆茂木を組んだり、丸木を綱で結び合わせて木戸を立てて、道をふさいでいる。崖の鉄砲組や切り通しの伏兵の槍をのがれた足軽が逆茂木にとりつき、双方槍を合わせる。峠の下からは騎馬武者が味方の足軽たちを峠から蹴落とすのもいとわず、駈けのぼってきた。

宗牛は鎧はつけているが、まるめた頭を白い頭巾でつつみ、鉢金《はちがね》のついた鉢巻を巻いたいでたちである。にわかづくりの木戸で守られた峠のいただきに、床几《しょうぎ》に腰かけて戦況を見守った。

昼すぎには、小野寺勢の騎馬武者の姿が逆茂木の向こうにはっきりと見えるほどに迫った。宗牛の馬廻りをつとめる蔵増の武士が、宗牛の身をあやぶみ、

「いったん立ちのいてけろ。麓まで下りんべ」

と声をかけた。

「うつけ者め。死んでも峠を下りるものか。峠を下りるのは、戦に負けたときだ。骸《むくろ》になってもとどまるべし」

と谷底に谺《こだま》するほどの大声で怒鳴った。味方にきかせ、鼓舞するためである。検分役の宗牛は戦に参加するつもりはない。ただ床几から腰を浮かせることなく、峠の激戦をながめていた。

崖の上からは鉄砲の射撃のあいまに、大石を転げ落とした。小野寺勢はせまい峠道をふさぐ逆茂木にくいとめられ、死体の山をこしらえた。木戸を守る延沢勢も、弓、鉄砲の犠牲となり、木戸をはさんで折り重なって倒れた。

せまい峠道を一列になって攻め上るのは不利と見て、無数の足軽が崖にとりつき、よじ登ろうとする。崖の上に散開した延沢勢は、石を落とし、槍で叩き落として戦った。やがて日が落ちると、法螺を合図に小野寺勢は峠を下り、怪我人を背負って麓の陣にもどった。延沢勢は夜襲にそなえて崖の上に鉄砲組を伏せ、要所要所に篝火《かがりび》を焚いた。

延沢勢の足軽は松明の明かりをたよりに、死者と怪我人を峠道からかつぎ上げ、金山へつづく道を下って行った。宗牛が峠のいただきからながめると、死体や怪我人をかつぎ下ろす松明の行列が蜒々《えんえん》とつながって見える。その数は小野寺勢のほうがはるかに多かった。

翌朝も暗いうちから、法螺が吹き鳴らされ、ときの声が上がった。まったく同じ光景がくり返される。鉄砲の玉にあたって味方が谷底に落ちても、木戸で槍に突かれても、小野寺勢はひるまなかった。

麓の村に在陣する小野寺勢は、一夜明けて数を減らすどころか、峠の上からはふくれ上がったように見えた。足軽の数が一万という斥候の報告も誇張とはいえなかった。

有屋峠を守る延沢勢は、およそ三千である。地の利はあるとはいえ、数の上では劣勢だった。朝から開始された小野寺勢の攻勢ははげしかった。前日の混乱にこりて、騎馬武者一騎と足軽三人が一対となって峠道を駈け登り、切り通しにひそむ伏兵も苦もなく突き倒して逆茂木にせまる。

逆茂木を守る延沢勢が打ち破られると、足軽が寄ってたかって丸木を引きぬき、後続のために道をあける。一刻（約二時間）もたつと、峠道をふさぐ逆茂木が一つ、木戸が二つ打ち破られ、あとは二つ三つのこるだけになった。いただきの宿陣にも、矢がとどくようになった。

宗牛のまわりを、馬廻りの蔵増勢が盾で守った。矢が盾に突き立っても、宗牛は動かない。腰の刀を鞘におさめたまま、ただ目をみひらいて戦況を見守る。

日がかたむくころには、延沢勢は百を超える討ち死にを出し、峠道を死体で埋めた。木戸は二つをのこすだけとなり、攻め立てられた延沢勢が木戸と木戸の間に押し合いする有様となった。小野寺勢の足軽は、木戸に綱をかけ、馬に曳かせて倒そうとする。木戸が破られれば、峠のいただきを奪取されるのは目に見えていた。

宗牛のいる場所から、敵味方の怒号と悲鳴がすぐ近くのようにきこえる。もはやこれまでとあきらめかけたとき、金山方面の峠道に法螺が鳴りひびき、ときの声が上がった。見ると、鎧兜の騎馬武者が百騎あまり、駈け登ってくる。そのあとから数百の足軽が槍の穂先を光らせて、ついて走った。鮭延城を守っていた延沢勢が加勢に駈けつけたのである。

先頭で馬を駆る武士が、

「われは尾花内膳《おばなないぜん》。加勢に参った」

と大声で呼ばわる。野辺沢満延の旗本のうちでも、剛の者と名がひびいた武士だった。

「内膳さんがきた」

という声が、峠の上から下へ口づたえにつたわる。勇気をふるいおこした延沢勢が、木戸から撃って出た。

加勢の軍勢が峠のいただきにたどり着いたとき、反撃に出た延沢勢は、もっとも下の逆茂木のあたりまで小野寺勢を押しもどしていた。

有屋峠には延沢勢の旗差物が林立した。加勢の軍勢をひきいる尾花内膳は三尺（約1メートル）近くある長い大刀をひきぬき、峠の麓に切先を向けて、

「敵の陣場を見よ。おろおろして赤児《あがむし》同然だ。数ばかり多いが、やじゃがね（役立たず）野郎《やろう》のあつまりだ」

とののしった。軍勢はどっと気勢を上げる。

「ほれ、ひと息に蹴散らせ」

内膳は大刀を頭上にさし上げた。勢いにのった足軽たちは、喊声をあげて峠道を駆け下りる。

「行くな。返せ」

宗牛は両手をひろげて仁王立ちになり、軍勢をおしとどめようとしたが、血気にはやり、勢いのついた足軽たちを呼び返すことはできない。

足軽たちが峠道を駆け下り、麓の村になだれこむのを、宗牛は歯がみしながらながめて

いた。これこそ義光がもっともきらう、猪武者の死にばたらきというものである。軍略もなく、ただ勢いにまかせて、死地に身を投じる。陣場になだれこんだ延沢勢は、はじめこそ走り下った勢いのままに、敵を突き崩すかに見えたが、槍先にかかるのは逃げまどう雑兵ばかりだった。騎馬武者たちはいったん散り、延沢勢を袋の中に誘いこみ、袋の口を閉じるように左右から馬をすすめる。

はなれた足軽は馬上から矢で射られ、ちかづけば蹄《ひづめ》にかけられ、槍で突かれる。延沢勢はつぎつぎに倒れていった。

味方の苦戦を見て、峠の上の将兵が加勢に駈けつけようとする。宗牛は侍大将の折原半《おりはらはん》兵衛《べえ》の前に立ちふさがり、はじめて刀をぬいて、胸元に突きつけた。

「行くな。下知にしたがわねば斬るぞ。抜け駈けはご法度《はっと》だ」

峠の将兵は動きをとめた。

「逆茂木を組みなおせ。木戸を立てろ」

それでは麓の味方がみな討たれてしまうと抗弁する武士の鎧の襟回《えりまわり》をつかみ、宗牛は力ずくで坂の下へ押しやった。

「つべこべもうすな。早く木戸を立てぬと、みなごろしになるぞ」

宗牛の言葉をきき、ようやく侍大将が足軽に号令をかけた。槍をおき、鎌と縄をかかえた足軽たちが峠を駈け下りる。逆茂木と木戸の前後に折り重なる死体をはこび、崩れかけた逆茂木を組みなおしにかかった。

　麓の陣場で包囲された延沢勢が、血路をひらいて峠を逃げ登ってきたときには、何段にもわたって峠道をふさぐ逆茂木と木戸は堅固に組みなおされたあとだった。尾花内膳が殿軍《しんがり》の大将となり、陣場から追撃してきた小野寺勢を相手に獅子奮迅の働きをしたために、峠に逃げ帰った延沢勢は木戸までたどりつくことができた。

　内膳は加勢にひきいた手勢の三分の一をうしない、みずからも深傷《ふかで》を負って、主君の野辺沢満延が宿陣する鮭延城にひきあげた。内膳の抜け駈けは、負け戦というべき、惨たんたる結果をもたらした。

　宗牛は侍大将の折原半兵衛を呼んだ。半兵衛はまだ二十歳《はたち》を越えたばかりの青年である。鼻の頭にこしらえたにきびが膿んで赤くなっている。このたびの合戦は、有屋峠を死守して、仙北の敵を鮭延廻りに侵入させないことが目的で、敵の陣場に攻めこんで多くを殺すことは意味がないと、わかりやすく半兵衛を喩した。

「いかに味方が多く討たれようとも、峠を越させねば勝ち。どれほど敵の大将首をとろうとも、峠を越されれば負けや」

「しかとわかりもうした。屍《かばね》となって木戸にはりついても、木戸は通させませぬ」

　半兵衛はようやく納得した。峠を守る兵力は減っていたが、旗を多く立てて麓の敵に人数を多く見せ、山づたいに峠を越そうとくわだてる敵にそなえて尾根に斥候《ものみ》を配した。

検分役として有屋峠におもむいたはずの宗牛は、はからずも軍師として参陣することになった。小野寺勢はしばしば峠を攻め上ろうとしたが、木戸と鉄砲にくいとめられて、はかばかしい戦果もあげずにひきあげた。

若い侍大将の半兵衛が、峠を守る将兵を指揮した。宗牛は半兵衛をもりたて、背後にしりぞいて助言をするにとどめた。

半月ほどたつと麓の陣場で動きまわる人馬の数が目に見えて増えたように感じられた。湯沢城から加勢がおくりこまれたのである。戦う前にはすでに一万を超える兵力が報告されていたから、それから五千は増えたようだった。若い半兵衛が守る峠の人数は、こけおどかしの旗で多くは見せているが、実際には三千あまりにすぎなかった。

小野寺勢は明るいうちは逆茂木近くまで攻め登り、弓、鉄砲でおびやかし、夜は陣場に数知れぬ篝火を焚き、松明を持たせた足軽の行列が峠道を埋めつくすように見えた。

城ならば小さくとも濠や土塁、石垣で守り、屋根で雨露がしのげる。峠の野陣《やじん》には、籠城とはくらべものにならない苦労があった。

初夏とはいえ、峠の夜は凍えるほど冷える。夜露がおりて、鎧の下の小袖を湿らせる。腹をこわし、熱を出す者が増えた。もはや半病人の集団である。さらに悪いことに、ほし飯《いい》やほし餅の兵糧もつきようとしていた。

篝火の下で、侍大将の半兵衛が小声で朋輩と語りあう声が、宗牛の耳に入った。いざとなったら、おれを木戸に縛りつけろ、死んでも肉の木戸となって峠を守ると、悲愴なことをいっていた。

宗牛も討ち死にを覚悟した。麓の小野寺勢が多少の犠牲を覚悟で総攻撃をかければ、ひとたまりもない。小野寺勢がそうしないことが、宗牛には不可解だった。

五月末の朝、峠の上から見ると麓は靄《もや》におおいかくされ、雲の上に浮かぶようだった。突然法螺が吹き鳴らされ、鉦《かね》を打つ音がして、ときの声があがった。音は足元からきこえるが、南北どちらから起こるのか、ききわけることはできない。木戸を守る足軽たちは坂を駈け下り、半兵衛は槍をしごいて靄に目をこらす。

風が吹きわたり、一瞬靄がはれた。

「ありゃ」

足軽たちが麓の陣場のあたりを指さし、口々に叫ぶ。陣場を埋めつくすほどの大軍が、いつの間にか消えていた。

法螺の音とときの声が足元から近づいてくる。加勢だ、加勢がきたという歓喜の声が起こる。やがて靄の中から、足軽の陣笠が浮かび上がった。山形からの加勢が、ようやく到着したのである。半兵衛は足元の石をひろい上げ、ざまをみろと叫びながら、麓をめがけてこどものように石を投げた。

加勢の大軍が近づいているという斥候の報告を受けて、小野寺勢は夜のうちに陣ばらいをしたと、あとになってから宗牛は知らされた。斥候はよほど過大な数をいったとみえる。

宗牛は腹をくだし、熱を出して、馬の背にしがみついて鮭延城に入った。城中では、しばらくは頭を枕から上げることもできなかった。

「お屋形はよいご家来をもたれた。折原半兵衛は、若いが胆のすわった武士でござる。寡《か》兵《へい》をひきいて、よく大軍から峠を守りぬいた。かなうことなら、拙者が御所様への土産に山形へつれて帰りたい」

見舞いに座敷をのぞいた野辺沢満延に、宗牛は、半兵衛を誉めた。

六

加勢に参陣した蔵増安房守《あわのかみ》とともに、宗牛は五月末に山形に帰陣した。会所で義光のもとにすすみ出たふたりは、多くの手勢を失ったことを詫びたが、鮭延城の秀綱の使者から、有屋峠の奮戦ぶりをきいていた義光は、

「よく守った。手柄だ」

寡兵でよく峠を守りぬき、仙北勢の侵入を許さなかったことに満足した。もともと宗牛は検分役として有屋峠に参陣したので、手勢を失ったことに責任はないと義光は考えていた。

仙北の小野寺義道が攻めこもうとしたことはただちに庄内につたわった。どうやら山形

勢が有屋峠で大敗を喫したと大袈裟な話がつたわったとみえて、それを好機と見た武藤義興の大宝寺勢が、東禅寺勢との合戦のしたくをはじめた。東禅寺城の前森蔵人（東禅寺氏永）は義興にとっては兄の敵《かたき》、家臣にとっては旧主の寝首をかいた反逆者である。火種はあいかわらずくすぶっていた。

はやくも六月はじめには、東禅寺城から加勢をもとめる使者が駈けつけた。そのころ、はるばる陸奥国相馬から、相馬義胤《よしたね》の家臣伊泉大膳亮《いいずみだいぜんのすけ》と名のる武将が、わずか数名の供侍をつれて、ひそかに山形城をおとずれた。

相馬義胤の祖父にあたる顕胤《あきたね》の岳父が伊達稙宗《たねむね》で、天文の大乱のさいには稙宗に味方してその子晴宗とたたかったのをはじめ、相馬氏と伊達氏は三代にわたってあらそいをくりかえした宿敵同士である。大膳亮は命がけで敵地を潜行してきたのだった。

守棟は大膳亮を義光に会わせる前に、中次の光安に話をさせた。光安はまず公文所の座敷に大膳亮を通した。大膳亮という官名をきいて、光安は不審そうな顔をした。伊泉という姓を名のっているが、それは変名で、もしや義胤の血族ではないかと思いあたったのである。無礼のないように茶菓でもてなし、来訪の真意をきこうとした。大膳亮は伊達と二本松の合戦には二本松に加勢を出して戦っていると語り、

「お国も庄内に出陣なさるとの噂を耳にいたした。武藤殿はひそかに米沢に密使を送り、お国の軍勢が出陣なさるときには、伊達殿より加勢を出して、はさみ撃ちにすべしと誘っ

ておる。これは嗅鼻《かぐはな》ともうす密偵がしらべあげたことで、信ずるに足る話でござる。山形殿はどうなさるか。伊達殿が参陣すればこれと戦うか。お覚悟のほどをおきかせねがいたい」

といい、探るように光安の目を見た。

「武藤殿が政宗殿に泣きついてお力添えを願っておるのは先刻承知しておりもうす。しかし庄内のことは、大宝寺、東禅寺両家の遺恨。米沢から手を出すすじあいでもございるまい。それに政宗殿は当家の主君にとってはかわいい甥っ子殿。ご先代のころはいささか行きちがいもござったが、御当代の政宗殿になってからは、むつまじく交際してござる。よもや武藤殿の口車にのせられて、当家に弓ひくことはござるまい」

光安は当たりさわりのない返答をした。

「甘い」

と大膳亮はひくい声をもらし、

「政宗殿はただいまは二本松で手いっぱいでござるが、いずれ庄内にまで手を出す所存でござる」

政宗と一門の野望は、長年戦ってきたわれらがよく知っていると自信たっぷりにいう。

光安は本音を口に出さず、二本松の戦況をしきりに問い質した。

別の間に守棟がひかえていた。光安は席を立って別の間に行き、守棟と相談した。

「話はもれきこえた。どうやら、庄内のあらそいを出しにして、われらと伊達殿をかみあわせるのが相馬殿の魂胆だ」

使者を義光に会わせるまでもない。馳走攻めにして体よく追い返せと守棟はいった。光安は使者はただの家来ではなく、変名をつかっているがどうやら相馬義胤の一門一族ではないかと思う、粗略にはあつかえないといった。けっきょく引見するかどうか、義光の一存にまかせることにした。

守棟がさきに会所に上って義光に会い、使者の口上をつたえた。義光は即座に、

「わざわざ相馬から命がけで微行《しの》んで参ったのだ。会わんなんねべ」

とくだけた口調でいった。

義光は小姓を公文所に呼びにやった。間もなく大膳亮が光安にともなわれて会所にあらわれた。義光は相馬義胤の使者に敬意をはらい、上段の座を下りて同じ高さで向きあった。矢玉の下をくぐりぬけてきた難儀《なんぎ》をねぎらってから、

「話は家来からききもうした。丸の存念をききたいとのことだが、つつみかくさずもうそう。東禅寺とはいきさつがあり、たすけてくれとたのまれれば無下にはことわれぬ。いずれ庄内に出陣することにあいなろう。だが、大宝寺のほうから和議をいいだせば、応じるつもりでござる。戦《いくさ》はせぬにこしたことはない」

と語った。

光安が大膳亮をうながして会所からひきさがると、義光は守棟と顔を見あわせて、ひくく笑い声をもらした。

「相馬殿もよほどお困りと見えもうす。われらに助け舟を出させるのに、ずいぶんまわりくどいやりかたをなさる」

と守棟がいう。

「二本松の合戦も、どうやらさきが見えたな」

義光の考えも同じだった。相馬からの働きかけは、二本松城を救うための苦しまぎれの策謀だと見ていた。

光安は大膳亮を二の丸の屋敷に客人として迎え入れた。相馬の小高《おだか》城にもどるには、出てきたときよりはるかに危険が増していることは予想できる。光安のすすめにしたがって、大膳亮はしばらくの間、山形に逗留して様子を見ることになった。

二本松の籠城は年をまたいで半年以上の長きにわたっていた。伊達勢は数次にわたって城攻めをおこなったが、そのたびに多くの討ち死にを出し、兵を引いた。冬には政宗が病床に伏したことも、二本松攻めがはかばかしくいかない要因のひとつだった。

四月上旬には政宗はようやく快気して、みずから二本松に出馬した。伊達勢は意気が上がり、東南北の三方から大軍で攻め寄せた。新城弾正を守将として、幼主の国王丸《くにおうまる》を守って籠城する二本松勢は、固く城門を閉じて応戦せず、五日間の総攻撃に耐えぬいた。政宗は佐竹、会津、磐城などの二本松に加勢する軍勢が、去年の人取橋の合戦のように、ふたたび参陣することを警戒して、二本松城を包囲する軍勢をそのまま残して、みずからは小浜城にひきあげた。

七月になると、小高城の相馬義胤が和議の仲介にのりだしてきた。義胤はすでに嫡子に家を譲って隠居している伊達栖安斎実元《せいあんさいさねもと》、亘理元安斎元宗《げんあんさいもとむね》などの老臣に働きかけた。実元たちは相伴衆《しょうばんしゅう》として、若い政宗や側近たちに助言をする立場にある。

七月六日の晩、実元をはじめとする相伴衆が小浜城に登城した。義胤は二本松城に籠城した人々が城をあけわたすかわりに、幼い国王丸をはじめ家臣たちの命を助けるように、詫びごとをいってきたのである。相伴衆はしきりに詫びごとをくり返し、国王丸の命乞いをする義胤に同情した。

しかし政宗は、あくまでも父輝宗の仇討《あだう》ちにこだわり、二本松城を攻めほろぼすと主張して、あとにひかない。

伊達の家法である塵介集《じんかいしゅう》には、親子兄弟の仇《かたき》たりともみだりに討つべからず、と仇討ちを禁じている。政宗は家法を忘れたわけではないが、それは家臣以下にあてはめるものだと考えていたらしい。

相伴衆の老臣たちは、政宗が二本松城あけわたしを受け入れず、あくまでも籠城の人々を全滅させると強情を通せば、敵味方に無益な血をおびただしく流すことになると説得した。政宗が相馬義胤の詫びごとを受け入れると首をたてに振ったのは、深夜になってからである。

今月十六日をもって二本松城をあけわたすこと。守将の新城弾正たちの進退は、本領ばかりを立て、領分であればどこに住もうが勝手しだいとする。畠山氏領分の城は本丸を焼き、城下の家はそのままとする。十四日に、相馬勢が乗りこみ、城をおさめること。

その条件に政宗は同意して、さっそく小高城の義胤に使者を送って通知した。

二本松の合戦がおわったことは、数日後には山形へつたわった。本丸の会所にあつまった重臣の相談衆に、宗牛が顚末を報告した。宗牛は語りおえると義光に顔を向け、

「伊達殿にとっては、はじめての勝ち戦でござるな」

と大きな声でいい、それから背後の相談衆にはきこえぬように、それにしてはうしなったものが大きゅうござるとつけ加えた。輝宗の横死や、二本松攻めの犠牲の大きさをいっているのである。

義光は宗牛のあとの言葉はきこえぬふりをして、

「甥っ子の勝ち戦だ。めでたい。こなた、祝い物をみつくろってくれ」

と宗牛に命じた。守棟をはじめ相談衆が声をそろえ、おめでとうござると義光を祝福した。

二本松城に籠城した家臣たちは、十六日に本丸にみずから火を放ち、幼い城主の国王丸は会津に落ちのびた。政宗は二本松領内を巡見したのちに、小浜城の本陣をひきはらい、八月四日に米沢城に帰還した。

山形で宗牛と光安が相談して、鷹一居を祝儀として届けたのは、米沢帰城の翌日だった。このたび二本松御存分にまかせられ、祝着《しゅうちゃく》のいたり……と、勝ち戦を祝福する義光の書状がそえられていた。

うちつづいた陸奥国の戦乱も、ようやくおさまるかに見えた。

七

天正十五年（１５８７）一月、三騎の武者が山形を訪れた。肩衣をつけ烏帽子をかぶり、ひょうたんの馬印《うまじるし》をつけている。京から豊臣秀吉《とよとみひでよし》の使者が親書をたずさえて山形城に訪れるという前ぶれだった。

翌日、十騎ばかりの武者と二十人ほどの足軽に守られた使者が山形城の大手門の前に馬をとめた。秀吉は二年前の七月に関白となり、昨年十二月に関白太政大臣に任ぜられ羽柴から豊臣に改姓した。とんとん拍子の出世である。関白の使者に無礼があってはならないから、城内の馬乗《ばじょう》を黙認して、義光をはじめ相談衆の重臣が玄関先に出迎えた。

義光たちは使者の姿を見て、拍子ぬけする思いだった。軽衫《かるさん》をつけ茶羽織を羽織り、宗《そう》匠頭巾《しょうずきん》をかぶっている。腰の脇差は鞘に螺鈿《らでん》の細工をほどこした拵《こしら》えだが、ものの役に立ちそうもない短さである。小柄で、意地の悪そうなしかめ面だった。

使者は山上道牛《やまのうえどうぎゅう》と名のりをあげた。どう見ても商人である。天下の御茶頭《ごさどう》の千利休《せんのりきゅう》の弟子筋にあたる茶人だとみずから語った。どうやら堺の商人らしい。弟子といわず弟子筋だというのは、山上宗二《そうじ》の弟子で、利休の孫弟子にあたるからだった。

道牛は会所に上がると勝手に上段の間につき、義光を下段の座敷に坐らせた。蒔絵《まきえ》をほどこした状箱から書状をとりだし、うやうやしく頭上にさし上げて一礼してから、妙な節をつけて読み上げた。

先年関白太政大臣に任ぜられたうえは、秀吉の書状は勅書《ちょくしょ》にひとしく、仕置は勅令を意味するというようなことをいう。つい最近関白に任ぜられたばかりだが、もったいをつけてあいまいにいい、永年その任にあるようないいかただった。関白の威令によって西国はことごとく無事に治まったと宣言し、今後は、関八州から奥羽まで隣郡ことごとく干戈《かんか》をおさめ、ねんごろにいたすべしと命じている。

道牛は書状を表に向けて両手にささげ、文面を義光たちに見せた。ていねいに巻いて状箱にもどすと、懐に抱くようにして上段の間から下りた。義光の正面に坐り、

「関白様の御下知のおもむき、おききとどけになりましたな」

こどもをさとすようないいかたをした。

「うけたまわりもうした」

義光は頭を下げる。道牛は唇の片はしを上げて笑い、いやはや奥羽は遠うござるとつぶやいた。

関白の書状は廻状で、読みきかせるだけである。山形のあとは陸奥国の大崎、葛西《かさい》に行き、南部《なんぶ》から庄内までまわると道牛はいかにも苦行を強いられたように語った。

会所に宴席をしつらえ、役目柄中次の光安と伽の喜四郎が相伴をした。随行の武者たちは二の丸の守棟の屋敷で接待をする。会所の広間を出るとき、義光は宗牛に目くばせをして、別間に呼び人ばらいをした。

坐ったとたんに、

「偽書ではなかろうな」

と義光はいった。使者があまりに貧相で、疑わしい思いがぬぐい去れない。宗牛はひくく笑って、

「右筆《ゆうひつ》の手になるもののようでござるが、花押《かおう》は疑いござらぬ」

と答えた。義光の顔をじっと見て、

「関東から奥羽まで悉皆無事《しっかいぶじ》などと夢のようなことをもうされるが、小田原の北条《ほうじょう》殿が黙っておられるやろか。徳川《とくがわ》殿はどうや。常陸の佐竹殿は。越後《えちご》の上杉《うえすぎ》殿は。そもそも西国は関白殿の御威光で無事におさまったともうされたが、九州の島津殿はどうやろ。なん

やこれのような気もしますわい」

といい、眉に唾を塗る仕草をして見せる。戦乱の世に生まれ育ち、諸国を放浪して血なまぐさい争いを見てきた宗牛のような男が、悉皆無事という言葉を素直に耳に入れる気にならないのは無理もない。

宗牛にかぎらず、山形城の相談衆の誰もが、その言葉を信じないにちがいない。現に義光自身がどうすれば天下悉皆無事の世の中を実現することができるのか、想像もおよばなかった。

「戈《ほこ》をおさめようともうしても、われからさきに槍を捨てる者はおらぬからな。そこがむずかしいところだ」

「さよう、さよう。陣中においてけんか両成敗の掟を守らせるにも、成敗する力のある大将がおってこそでござる。これを天下のことにして考えれば、関白殿にその力がござろうか。たとえば政宗殿のごときききかぬ気の若殿がいいつけにそむいて奥州で暴れていると、関白殿は大軍をさしむけて退治なさる気か。それではまたぞろ天下大乱の再来ではござるまいか」

宗牛は疑り深い。悉皆総無事というのは、秀吉の大風呂敷だと見ている。額面どおりに受けとる気はなさそうだった。

秀吉の使者山上道牛の相伴をして酒を汲みかわすうちに、光安と喜四郎はすっかり道牛と意気投合した。はじめは底意地のわるそうな面がまえに見えたが、人柄はわるくなかった。口から出る言葉が皮肉や嫌味にきこえるのは、腹蔵《ふくぞう》なくものをいうからで、根は正直者だとふたりは納得した。わけても喜四郎は、なじみのある京の寺や高僧の噂話をきくのが楽しくて、目尻に涙をためて笑いころげた。

光安は役目を忘れず、秀吉が発した関東奥羽の悉皆無事の号令の真意をきこうとした。光安も戦乱の子だから、遠い京で誰がなにをいおうと奥羽諸郡から戦火が消えるとは考えてもいない。無事が実現するとしたら、義光が武力で諸郡の武将をたいらげたときだと思っている。

「城が滅亡する瀬戸際をなんども切りぬけ、ようよう伊達殿と和睦し、最上八楯と称する武将どもにいうことをきかせ、寒河江の一党を追いはらい、仙北、庄内まで波しずかにおさめようとしているところでござる。いまわれらが槍をおくならば、またぞろ隣郡は戦乱にもどるのは必定《ひつじょう》」

義光の武力こそが、隣郡の安定を保っているのだと光安は力説する。

「伊達殿と和睦とか、仙北、庄内の無事とおおせられるが、あやういかな、あやういかな。そのような口約束、いままで守られたことがありますかいな。かわいいお子を人質に出そうが、神仏に二心《にしん》なきことを誓って起請文《きしょうもん》を書こうが、けろりと忘れてけんか場に駈けだすのが、武将の常やおまへんか。もはやそないなことはさせん。勝手にけんかしてはあかん、と関白殿はおおせ出されたのでござります」

道牛は皮肉な目で光安を見る。

「勝手にけんかするなとおおせられても、けんかには理由《わけ》があり、断ち切れぬ義理もあり、引くに引けぬ武門の意地もござる」

「それもこれも、みんなひっくるめて、けんかはあかんとおおせられました」

道牛は両手をひろげ、包みこむ仕草をして見せた。ふたりの意見はかみあわず、堂々めぐりをくり返す。道牛はそれを酒の肴《さかな》にして楽しんでいるように見えた。

「おふたかた、同じことばかりいうて、切りがござらぬわ。山上殿、本音のところをきかせてくださらぬか」

喜四郎がふたりの間に割りこんだ。

「本音とは」

道牛が喜四郎を見返した。顔は赤く、顔は笑いくずして酔いがまわったように見せているが、目は笑っていない。喜四郎は合戦をけんかにたとえる言葉をひきついで、

「子方《こかた》が親方のいいつけにそむいて、勝手にけんかをはじめたとします。そしたら、親方が出むいて行って、子方どもを張りたおして、力づくでけんかをおさめるということですかいな」

といった。秀吉は無事を守らず合戦をおこした武将の領国に軍勢をおくりこんで罰する覚悟があるのかと質したのである。

「そやな。張りたおすやろな」

と道牛はつぶやいた。

「それでは無事にならぬ。大げんかではござらぬか」

と光安がいう。光安の目がすわっていた。

「京の親方はおそろしいお人や。子方がそむいたら、とことんやる。張りたおすくらいのことではすまさんやろ」

道牛はあくまでもたとえ話で通した。

翌朝、本丸の会所に上った光安と喜四郎は、義光が朝餉《あさげ》をすませるのを待って、ふたりだけで御前に出て、ゆうべの道牛との話しあいを報告した。

「子方のけんかにたとえるなどと、迂遠な話をするものだ。日がいらしゃる（暮れる）わい」

と義光は苦々しげにつぶやいた。道牛にはいい印象をもっていない。秀吉の号令をきかぬ者は大軍をつかわして滅亡させると、暗におどされたのも不愉快だった。

「しかし関白殿は本気でござるぞ。ただの空念仏ではござるまい」

と喜四郎は道牛の肩をもった。光安は宿酔と寝不足で目を赤くして、

「屋敷にもどってからよくよく考えもうしたが、悉皆無事の号令はまことでござろう。ただし、いつ何月をもってとも、はっきりしたことは書いてござらぬ。ここは、ききおくだけにするのが上策でござろう」

といった。光安はあくまでも出羽国の国中の無事は、義光の任の下に実現されるべきものだと思っている。それは守棟はじめ相談衆の考えも同じだった。相談衆の中には道牛を信用せず、くわせ者ではないかと疑う者もいるのである。

義光は道牛は好かないが、国中の悉皆無事を夢物語としりぞける気にもなれなかった。

十一章　大崎内紛

一

志村光安《あきやす》が口をあけて笑った。その顔を見て、義光《よしあき》は不思議な思いがした。顔がちがう。光安の亡父九郎兵衛《くろべえ》が目の前に坐っているような気がした。義光はすぐに、光安の前歯が欠けているせいだと思いあたった。

「光安、歯をどうした」

といって顔を指さすと、光安は口を片手でおおった。

「今朝、朝餉のおりに、香のものをかんだら欠けもうした」

光安の髭には白いものが目立つ。歯が欠けると、ひどく年とった印象がある。

「じんつぁ（爺さん）になったな」

義光は思わずつぶやいた。その言葉が耳にとどいて、光安は口をとがらせた。

「なんの。御所様よりは三つも若《わけ》え」

天正十五年（１５８７）、義光は四十二歳になった。前歯をうしなった光安の顔を見て、あらためてみずからも齢《よわい》を思い知らされる。

「老《ふ》けたしゃっ面《つら》をさらすな。悲しくなるわ」

「ひでえことをおおせられる」

光安はまた大きな口をあけて笑った。

二月のなかばになっている。その朝、米沢から政宗の親書をたずさえて使者が山形城に到着した。使者は小関弥五郎《こせきやごろう》という若い武士である。伊達家累代の家士だが、家中での格は高くなかった。光安は本丸の公文所で弥五郎と面会し、親書をとりつごうとした。すると弥五郎は憤然として、軽輩《けいはい》ではござるが、ただの飛脚ではござらぬ、山形殿に手づからおわたしいたさねば使者の役目が立ちもうさぬといい放ったのである。

「いかがいたしましょうか」

光安は小関弥五郎を引見するかどうか、義光の意向をききに参上したのだった。

「使者の口上をきこう」

義光は引見をゆるした。弥五郎は衣服をあらためて肩衣をつけ、光安にみちびかれて会所に上った。状箱から封書をとり出し、うやうやしく額の高さにさし上げて、光安にわたす。光安から手わたされた封書をひらき、義光は書状に目を通した。

「うけたまわった」

とだけ、義光は答えた。弥五郎は膝行《しっこう》して前にすすみ、一礼して、上様《うえさま》には……と政宗

のことを呼び、

「ご心痛にござります。大宝寺殿と山形の御所様の御不和が一刻も早く解け、庄内が無事におさまりますよう願っておりもうす」

と声をふるわせて言上《ごんじょう》した。

「拙者も庄内の無事を願っておる。そのための手だても講じておるつもりだ。遠からず、東禅寺と大宝寺のいさかいもおさまるだろう。そう政宗殿にはおことづけ願う」

と答えて義光は封書を小姓にわたし、席を立った。返書を書くとはいわない。甥の政宗に意見がましい書状を送られて、気分を害したのはあきらかだった。

光安は弥五郎を公文所につれ帰った。内庭をのぞむ奥屋敷に案内する。伊良子宗牛《いらこそうご》が待っていた。宗牛は若い弥五郎を上座にすえ、使者の労をねぎらった。公文所つきの若侍が膳をはこんでくる。まだ日が高いが、酒の徳利もはこばれた。

光安が弥五郎の隣に坐り、宗牛が前に坐って、さあ盃を上げなされとしきりにすすめた。歩行《かち》の疲れと使者の重責をはたした安堵で弥五郎はすぐに酔いがまわった。

「ご苦労でござったな。ところで御使者は、楢下《ならげ》口から参られたか、中山口から参られたか」

と宗牛はたずねた。米沢から山形へ入るには、羽州街道の古い宿駅《しゅくえき》の楢下と、置賜郡《おきたまごうり》の中山の二口がある。もちろん宗牛は使者が中山口から入ってきたことを知らないはずがない。知っていて、わざと問いかけたのだった。

「中山口でござる」

弥五郎は素直に答えた。中山口には伊達輝宗の時代に中山弥太郎が築いた中山城がある。白鷹丘陵の丘の上に建つ小さな城だが、合戦のおりには重要な要害である。政宗はこの城を小国盛俊《おぐにもりとし》にあずけていた。

「ほう中山口から。それは山中難儀でござったろう。ところで中山城には昨秋から庄内の使者が逗留ときききおよぶが、いまだ帰りませぬか」

と宗牛は問う。弥五郎はためらいがちにうなずいた。嘘のつけない性格らしい。

「拙者などは、その使者に大宝寺殿もあまり意地をはらずに、東禅寺殿と腹をわって話しあえばよいと意見をして大浦城へお帰り願ったほうが話が早いと思いますのやが」

「上様からも中山城に使者を立て再三意見をなさりもうしたが、大宝寺殿はなんとも強情でござって……」

「さすがの政宗殿も手を焼いてござるか」

そういってから、宗牛が光安に目くばせをした。光安が弥五郎の盃になみなみと酒をそそぎ、無理強《むりじ》いするように飲み干させてから、ききにくいことをたずねるが、と口をひらいた。

「これはあくまでも浮説でござろうが、政宗殿と北の方（愛姫《めごひめ》）の間がご不和ときいた。

お実家《さと》の三春の御後室がいたくご心痛との噂があるが、どうであろう」

「そのようなことを拙者にたずねられても」

弥五郎は困惑した。

「これ、志村殿、そのようなぶしつけなことを口にするではない」

と宗牛がたしなめたが、それもふたりの小芝居である。光安がこれは不調法といって、頭をさすった。しかし、弥五郎の困りはてた顔を見て、政宗と愛姫の不和は家中で知らぬ者がない事実らしいと見当がついた。

愛姫の父の奥州三春城主田村清顕《きよあき》は前年十月に病死して、養嗣子宗顕《むねあき》が家督をついでいる。愛姫の輿入を機に、清顕は伊達と手を結んだが、愛姫が政宗と不和になり、実家に帰るような事態となれば、累代の家臣の中には伊達と手を結ぶことをよろこばない連中も多いから、家中が親政宗と反政宗の二派に分かれてあらそうという混乱も予想される。現に、宗牛の耳には三春のお家騒動の噂も入っていた。

「なににせよ嬶殿《かかどの》は大事にせねばならぬ。夫婦《めおと》の不和は、家中の不和のもとじゃ。のう、志村殿」

宗牛は光安に水を向ける。光安は冗談めかして、

「そのこと、そのこと」

とひょうきんに応じた。

「不和ともうさば、お旗本の国分殿も内輪もめのさいちゅうでござるな」

と宗牛は弥五郎に顔を向けた。酔いがまわった弥五郎は盃を宙に浮かせたまま、うつむいて目を閉じていたが、国分の家名をきいて目をひらき顔を上げた。

宮城郡国分城の当主盛重は政宗にとって叔父にあたる。盛重は家中のとりしまりがうまくいかず、常日ごろから家臣が不満をもらし、領民も城主を憎み、うらんでいるという噂は、境を接する山形にもつたわっていた。国分城が自壊でもするようなことがあれば、山形から義光が手をのばすのではないかと政宗はおそれている。

「国分殿の騒動はいつものことでござる。心配ない、心配ない」

弥五郎は手を横に大きく振った。

「東西南北、いずれを見ても忙しいことでござる。庄内のことを気にかける暇などござるまい」

宗牛は皮肉をいったが、弥五郎は酔いつぶれて、きいていなかった。

使者の小関弥五郎は山形に二日滞在して、米沢に帰って行った。光安の屋敷を宿所としたが、心をゆるして国分盛重の家中での評判や、中山城に滞在する庄内の使者の様子など、問われれば話して去って行った。しかし、宗牛にとって耳あたらしい話は、なにひとつなかった。

宗牛は仙北、庄内はいうまでもなく、相馬、葛西、黒川（会津）の各地に、草《くさ》と呼ぶ隠密をおくりこんでいる。米沢の領内では、下長井荘《しもながい》椿郷《つばきごう》に夫婦の草が入りこんでいた。

義光の妹義姫は城の東に居館があることからお東様と呼ばれた。長男の政宗はお東の上様と呼んでいる。お東は夫の輝宗から、輿入のさいに累代の家臣にもおとらぬひろい采地《さいち》を下長井荘にあたえられていた。ながく側《そば》に仕え、母親がわりになっていた小宰相《こざいしょう》という乳母が亡くなり、その永代供養の菩提寺を建てるために、お東は椿郷の土地を寄進していた。昨年秋、亡夫輝宗の一周忌を前にして、お東は念願の寺をその土地に建てた。霊山《れいざん》和尚という禅僧を招いて住持とし土地は寺領とした。寺名《じめい》を妙心院としたのは、生母の蓮心院が頭にあったからだろう。

建立されたばかりの妙心院には、亡き小宰相を慕う長局の女中たちが墓参におとずれる。その中には、山形城から輿入の行列に加わり、そのままお東の近侍として仕えた女中たちもいる。多くは輝宗の死後、老免を理由に宿下《やどさ》がりをして、山形へはもどらずそのまま米沢領内にとどまった女中たちである。

鍛冶となって椿郷に住みついた草の夫婦は、妙心院に熱心に参詣《さんけい》し、山形ゆかりの女たちと親しくなっていた。草からの報告は、伊賀者頭を通じて、宗牛につたえられる。使者の小関弥五郎などより、宗牛のほうがよほど米沢城中の動勢にくわしいのは、そのためである。

二月の末に、宗牛は人ばらいをしてがらんとした会所の広間で、草の報告で知った米沢の噂を義光の耳に入れた。

「政宗殿は北の方と御不和、お東様とも気まずいよしでござる。北の方のことは夫婦のことでござれば他人のよく知るところではござらぬが、お東様との仲たがいは、竺丸君《じくまるぎみ》のことで……」

竺丸は政宗の年のはなれた弟である。お東は長男の政宗とは距離があり、弟の竺丸をかわいがっていた。義光にとっては、若いころの弟中野義時のことを思い出させる、辛い話になった。

去年十一月二十二日に、黒川城主の幼い亀王丸《かめおうまる》が天然痘にかかって急死した。父は芦名盛隆、母は輝宗の養女とされるが実は妹で、政宗にとっては叔母にあたる。

芦名、佐竹、岩瀬、岩城、石川、白川の諸家とは、政宗は領地をあらそって戦をくり返していたが、去年冬、正室の愛姫の家来である田村の家臣たちのとりなしもあり、ようやく和議が成立した。和睦したとはいえ、これまでのいきがかりがあり、たがいに本心から弓を置いたわけではない。政宗は油断なく諸家の動勢に気をくばっていた。

そこへ芦名の幼主の夭折《ようせつ》がつたえられた。政宗は弟の竺丸を黒川へおくり、家督をつがせようとした。これは政宗ひとりの腹案ではなく、片倉景綱をはじめとする側近や、老臣たちと内々相談して決めたことだった。

「お東様はかわいい竺丸君を手放しとうはござらぬ。ましてやきのうまでの敵城におくりこむなど人質にやるも同然。首をたてにふりませぬ。政宗殿がお願いにあがり、館の池にめずらしい鯉を贈るなど、涙ぐましいくらいにご機嫌をとったそうでござる。ようやく内々におゆるしをいただいたところへ、芦名のあとつぎは佐竹の次男に決まったとの噂が耳に入りもうした。当てが外れたともうすべきか、当家にことわりもなく勝手に決めるとはなにごとぞと政宗殿はご立腹。お東様は破談になって内心胸をなでおろしたそうでござる。このような秘事が外にもれるのでござるから、長局の女中の口が軽いのは、おそるべきものでござる」

宗牛の話をきいて、義光は苦笑を浮かべた。若い政宗が苦心をしている姿が目に浮かぶようだった。それから、これは境目のことでござるが……と前おきして、宗牛は声をひくくした。

「今朝早く、伊賀者衆の小者が、首桶をひとつ持って参りました。関沢《せきざわ》の奥、秋保《あきう》の山中で、数人の怪しい者と出くわし、曲者《くせもの》のひとりを討ちとったそうでござる。小者がもうすには、国分殿が使う乱波《らっぱ》にまちがいないとのことで」

秋保は境目の土地で、これまでもしばしば小ぜりあいがおこっている。それが山形と伊達の合戦の口火となることもあった。

「国分殿が勝手に乱波を動かしたか、政宗殿のお指図《さしず》かわかりもうさぬが、油断はなりませぬぞ」

宗牛はひとつの首桶が合戦の予兆ではないかと警戒した。

二

小関弥五郎がふたたび政宗の書状をたずさえて山形城を訪れたのは、四月二十日夕方のことである。使者の名刺に小関大学《だいがく》と書かれていたので、公文所に迎えに出た光安がその理由を問うと、

「このたび加禄《かろく》をたまわり、大学と名のることをゆるされもうした」

と得意げに腕を張った。

「では、大学殿」

と光安が呼びかけ、来意を問うと、政宗の親書を届けにきたという。さらに大事なことは書面ではなく、使者の口上をもっておつたえすべしといいつかってきたと語った。

前と同様に、大学は光安に案内されて衣服をあらためて会所に上がり、義光に面会した。前回とことなるのは、守棟《もりむね》と宗牛が光安とならんで座についたことだった。義光は書状をひらいた。

昨年来、山形と庄内の和睦のために力をつくして周旋《しゅうせん》につとめたが、はかばかしい進展がない。山形殿にはいっそう奮発して和議をすすめていただきたいと催促する内容であ

る。義光は書状を封におさめ、大学を見た。

「うけたまわった」

とぶっきらぼうに返事をする。不機嫌が顔にあらわれていた。光安がとりなすように、

「使者殿のご口上は……」

と大学にうながした。大学は大任の重責を感じて、声がかすれがちになりながら、

「お家と庄内和睦のこと、はかばかしくすすみもうさず、あまりに際限もなきについては、周旋の実効もなく、自他の覚えもいかがなりやと上様もご痛心《つうしん》でござります。大宝寺殿（武藤義興）よりも、和議のととのわぬことにつき、たびたび怨み言をいって参りもうす。この上はぜひとも、山形殿にご決断を願いとうござる」

と一息に述べた。

「政宗殿がそうもうされたか」

と義光が念をおすように問いかける。はっと声をもらして、大学が頭を下げた。

「いささか思いちがいをなされておるのではないか。当方は昨年から、大宝寺殿には東禅寺殿と和睦をいたすように一度ならず二度三度ともうし入れておる。そのたびに言を左右にして和睦に応じぬのは大宝寺殿のほうでござる。のう、守棟」

水を向けられた守棟は、いかにもとうなずき、大学に正面から向きなおった。

「表向きは和議をのぞむといい、裏では軍勢をすすめて、境目の楯を焼いておるのは、大

宝寺殿でござる」

　守棟は射ぬくようなするどい視線を大学に向けた。

「大宝寺殿からさまざま怨み言をいってくるともうされたが、その怨み言とは、和議の催促ではのうて、政宗殿御出陣の催促ではないか」

「めっそうもない」

　大学は驚いて身をのけぞらせる。光安が口をはさんだ。

「これ、守棟殿、御使者の前で物騒なことをもうされるな。冗談にもほどがあるぞ」

「こちらが和議をすすめておるのだから、大宝寺殿がそれをのぞめば、ことは平らかになる道理ではないか。いつになってもそうならぬのは、大宝寺殿が起請文よりも弓矢を信用しておるからだろう。大宝寺殿が政宗殿を頼られ、なおかつ怨み言をもうすといえば、いっこうに加勢のために御出陣あそばされぬことを怨んでおる。そう考えるしかあるまい」

「決してそのようなことはござらぬ。出陣などとは滅法界《めっぽうかい》な」

　大学の額に脂汗が浮き出た。

「守棟、もうよせ。そのように理屈をいいたてて御使者を責めるでない」

　義光は笑いながら守棟をたしなめた。大学に目を向け、

「心配いたすな。当方は東禅寺殿と大宝寺殿の仲に立って、あくまでも和議をすすめる所存だ。仙北の小野寺殿にもその旨はつたえてある。小野寺殿は口も手も出さぬとの約束だ。

そう政宗殿につたえよ」

といった。大学は両手を床についた。うつむいた額から脂汗がしたたって、手の甲に落ちた。

光安は大学をうながして会所から下がり、二の丸の屋敷につれて行った。女中たちに酒席のしたくを命じてから、大学に肩衣を外してくつろぐようにすすめた。

「御所様がおおせられたように、仙北はおさえてある。しかし気がかりは南でござるよ」

といい、大学を見た。南というのは、越後の上杉景勝《かげかつ》とその幕下の村上城主本庄《ほんじょう》繁長《しげなが》の存在である。大宝寺義興が本庄繁長とよしみを通じ、いざとなれば加勢を頼む気でいることを光安は知っている。ところがちかごろ、政宗が繁長と連絡をとっているという噂を耳にした。その真偽をききだそうとした。

「南でござるか。はて……」

大学は政宗が繁長と使者の往来をしていることを知ってか知らずか、小首をかしげた。

光安は大学を酔いつぶそうとしたが、その手は二度は通用しない。大学は肝腎なことは口に出さず、早々に盃を伏せた。翌朝暗いうちに、大学は二の丸を出た。

これから六十里越えの山道を踏んで丸岡に出ると、大学は光安にいった。大浦城の武藤義興に政宗の親書をとどけ、和議をととのえるよう説得をしに行くのだという。大学が光安の屋敷から出たあとから、伊賀者衆が三人ついて行った。使者の一行はわずか六人だった。伊賀者衆は宗牛のいいつけで、月山を越えるまで見えがくれにつけて行くのである。大学が庄内へ向かうのをたしかめるためでもあり、途中で野盗におそわれぬように護衛するためでもあった。

月があらたまった五月のはじめには、東禅寺城から使者が山形城にきて、どうやら大宝寺方との和議が成りそうな見込みだと報告した。小関大学は政宗の使者の役目を果たしたようである。これで庄内は無事におさまり、関白豊臣秀吉の使者が年始に山形を訪れて伝達した奥羽総無事の令に違背することもなくなったと城中の人々は胸をなでおろした。

ところが、しばらくするとまたしても庄内の雲ゆきがあやしくなってきた。双方が納得したはずの和議がいっこうにすすまない。

七月末に延沢城から笹原石見が数人の供侍をしたがえて山形城にきた。光安と伽の堀喜四郎が大手門に出迎えた。下馬の橋のたもとで馬から下りると、石見は二度三度と頭を下げてあいさつしながら橋をわたった。人なつこい笑みを浮かべてふたりに歩み寄ると、懐を上から叩いて、

「めずらしいものを届けにきた」

といった。なにやと遠慮のない口をきいて喜四郎が手を伸ばすのを、大げさに目を向いて振りはらう。

「伊達政宗殿の書状でござる」

といってから、ひと呼吸おいてにやりと笑った。そうはいっても写しなのだと種を明かした。写しだから、折りじわがついても汗がしみてもかまわない。状箱におさめるよりも、懐に入れてあたためてきたと真顔でいった。

石見はただちに会所に上がり、義光に謁した。先日米沢から飛脚が届けもうしたといい、書状の写しを見せる。政宗は延沢城主の野辺沢満延とは一面識もないはずである。唐突に書状を送りつけた理由はなにか、義光は興味をいだいた。書面に目を通す義光の顔を、石見はにやにや笑いながらみつめた。

義光は書状を膝の上におき、目を上げた。

「延沢にはよほどめずらしい鷹が棲むとみえるな」

「どこからほだな噂が出たもんだか……」

と石見がいった。石見につきそってきた光安が、なんだべと口をはさむので、義光はほれと声をかけて書状を手わたした。光安はまず政宗の花押をたしかめてから、書面に目を通した。

書状の前段は政宗が昨年冬いらい庄内の和平のために力をつくしているにもかかわらずいっこうに進展がないことを訴え、野辺沢満延に力ぞえを依頼する内容である。東禅寺側と大宝寺側は、まだ会うこともできないという。しかし政宗は大宝寺（武藤義興）の話だけをきいているから、和平がすすまない原因は陰で義光が妨害しているからだと信じこんでいる。

光安は書状を大きな声で読みながら、なんだべ、おらだばかりが悪者か、と言葉をはさむ。後段は、満延が鷹好きだという噂を耳にしているが、ことに逸物の鷹をふたつみつ持っているとのことなので、そのうち一居を無心したいと書いてある。義光と石見が笑った理由がそこまで読んで光安にもわかった。

「なんだ、こいづは鷹の無心状でねえか」

と声をあげて、光安は石見を見た。石見は、んだ、無心状だといって、うなずく。

「どうする。能登殿（満延）は鷹をやるつもりか」

と義光が問いかけると、滅相もないといいたげに石見は強くかぶりを振った。

「逸物の鷹は持ってねえとおことわりするとおおせられもうした。そもそも、鷹を献上しろなどと、横着《おうちゃく》ないいぶんでござる」

「そうか」

義光は小さくうなずき、その書状には興味をうしなったような顔をした。

しかし、義光は政宗が野辺沢満延に親書をおくりつけたことに、なにか意味があると疑っていた。庄内の和平のことも、鷹のこともおもてむきの口実にすぎない。延沢城とつながりをつけることが目的にちがいない。

政宗の真の意図がわかったのは、それから数日もたたぬうちだった。延沢城から飛脚が満延の書状を届けた。飛脚は重臣の有路但馬《ありじたじま》が氏家《うじいえ》守棟に宛てた分厚い書状を、べつの状箱におさめていた。満延の書状は時候のあいさつと、大崎でなにやら内紛がおきたと簡潔に知らせていた。

三

義光にとって宗家にあたる大崎の危機は、一大事である。守棟にとっても大崎の幕下の一族、氏家党の盛衰は座視できない。守棟はただちに会所に上り、義光と会った。守棟は他聞をはばかり、小姓まで人ばらいした。騒動の火種は大崎義隆の男色にかかわりがあり、余人にきかせたくない話だったのである。

義隆には新井田《にいだ》刑部《ぎょうぶ》という寵愛する小姓があった。刑部の悪口を義隆の耳に入れる者があり、その悪口を信じて刑部を遠ざけ、伊場野惣八郎《いばのそうはちろう》という小姓を側《そば》近くに召しつかえさせたのがことの起こりである。刑部も惣八郎も美男だった。お側からしりぞけられた刑部は、惣八郎が主君の耳にあることなきことをささやいていると疑心暗鬼におちいり、このままに捨てておくとおのれの身に害がおよぶと恐怖にとりつかれた。

刑部が恨んでいることは、惣八郎も知っている。刑部には一族郎党がついているが、惣八郎は有力な親族にめぐまれなかった。窮余の策で、重臣の玉造郡《たまつくりごうり》岩手沢城主、氏家弾《だん》正吉継《じょうよしつぐ》に助力を乞うた。弾正は惣八郎の頼みをきき入れ、向後《こうご》のことはいっさいまかせろと胸を叩いた。

義隆の居城は名生《みょう》城で、刑部も主君にうとまれたとはいえ、城中に陪従《ばいじゅう》する身である。氏家弾正と惣八郎の密謀によって、いつ御前に呼び出されて仕置を命ぜられるかわからない。たがいに疑心暗鬼していた。

「われらにとっても同族のかかわる騒動でござれば、口にするのも恥ずかしい。弾正によって討ちはたされることをおそれた刑部の一党は、大崎にとっては年来の敵、伊達殿にひそかに通じ、伊達殿の加勢を頼んで氏家一党と惣八郎を討ち、主君義隆殿には詰め腹を切らせるべしとひそかに語らい、米沢に密使を送りもうした。その密事が、弾正の知るところとなりもうした」

「新井田刑部とやら、話の通りなら敵に内通し主家に仇なす謀反人ではないか。なぜすぐに討たぬ」

と義光は疑問をさしはさむ。

「刑部の謀反のくわだては、弾正から大崎殿のお耳に入れもうした。すみやかに刑部に死をたまわるか、牢獄に下したまえと言上いたし、大崎殿もそうすべしといったんはおおせられたが、いざとなるとお迷いになられたそうでござる」

守棟は苦い顔になった。

義隆は刑部を御前に召すと、そこもとの一統《いっとう》の謀反のくわだてはあきらかになった、われまで口惜しい、死罪に処すべきところだが、幼少のころから召し仕えたるよしみで、罪をゆるす、早々に在所の新井田にもどってひきこもれと命じた。

旧家が衰運にむかうときは、このようなものかと義光は嘆息した。もはや政《まつりごと》とはいえない。恋の未練である。かつての寵童《ちょうどう》の首は斬れないのだった。守棟もまた同じ思いとみえて、大崎の内情を語る口が重くなった。

死罪を免じられた刑部は、御意《ぎょい》かたじけないとうわべは感謝したが、しかし城中にはそれがしを憎む輩《やから》がおり、本丸を退出したとたんに、ご勘当の者なり上意討ちすべしと口実をもうけて命をとろうとするにちがいない、はばかり多きことながら、今日《こんにち》まで召し使われたる恩顧《おんこ》に、中途までも召しつれくだされと哀願した。

「かんのごとき策略にうまうまとたばかられるとは、主君もなさけないが家来衆も困りものでござる。大崎殿は不憫におぼしめして、しからば新井田までの途中、伏見《ふしみ》まで召しつれようとおおせられて、庭に馬二匹を曳かせもうした。刑部とならんで馬に乗ると、かねてしめしあわせてあったとみえて、刑部の郎党二十人ばかりが、大崎殿の馬をとりかこみくつわをとったそうな。なにをいたすと馬廻り衆が追いはらおうとしても、きかばこそ、いざとなれば刀にものをいわせようと馬廻り衆を逆に追いはらい、そのまま新井田城まで曳《ひ》いて参った」

「なんと。それで御所殿はどうなさった」

「そのまま新井田城に留めおかれておるそうでござる」

「人質ではないか」

義光はあきれた。守棟は不機嫌に口をとじ、とうとう黙りこんだ。

それから時をおかずに、寒河江城に目付として入っている一栗玄蕃が馬を飛ばしてきた。危急の用でござると門番を突き飛ばす勢いで本丸の公文所に駈けこみ、守棟に面謁を求めた。守棟が会うと、名生城につかえる親族から書状がきたと、玄蕃は息をつきながら語り出した。

玄蕃の話は、守棟が延沢城の有路但馬の書状で知らされたことと同じである。大崎義隆は新井田城に押しこめられているが、身は安全らしい。玄蕃も先祖をたどれば守棟と同じ氏家党である。家来たちの動向は有路但馬の書状より、ずっとくわしかった。


大崎義隆の寵童の嫉みと猜疑心に端をはっした城中の内紛が、とうとう領内の諸城を二分するあらそいに発展しつつある。一栗玄蕃は名生城の同族からききおよんだ領内の形勢を絵ときするように細かく守棟に語った。

新井田刑部にくみする一党は、新井田城のある加美郡《かみごうり》のうちでも、狼塚《おいのつか》城、谷地森《やちもり》城、柳沢城、米泉《よねいずみ》城、宮崎城、黒沢城といった六城の城主があり、志田郡、玉造郡、遠田《とうた》郡の数人の城主も刑部の一味だという。刑部の一党は義隆を新井田城に押しこめたことで意気が上がっていて、このうえは義隆のおおせをもって氏家、伊場野を退治すべしと相談した。主君のおおせとあれば、刑部を好まぬ諸城の城主もさからうことができず、氏家弾正さえ亡きものにすれば、お城は安泰だというのである。

「御所様の悪口めいたことをもうすのは気がひけるが、なにしろ煮え切らぬ。刑部も殺すにしのびない、惣八郎もかわいい、なんとかならぬかと泣いておられるときききもうした」

「刑部は伊達殿に内通して、ひそかに加勢をもとめたのではないのか」

守棟は延沢城の有路但馬の書状で、そう知らされている。玄蕃は故郷の恥を語ることに心を痛め、顔をしかめた。

「そのような計略もあったやにききもうすが、いまや玉を手中におさめた立場にござりますれば、伊達殿の加勢はいらなくなったということでござろう。おことわりの密使をつかわしたとききもうす」

大崎と伊達は何代にもわたって境目のあらそいをくり返している。仇敵同士だが、近い関係ともいえる。とくに大崎領内の諸将には、領内で立場がわるくなれば、伊達と通じて勢力をとりもどそうと考える悪癖があった。

「お方様には、このような恥ずかしい内輪もめをくり返していては、国が滅びてしまうとたいそうご心配でござる。御所様に義隆殿をお救いくだされとお願いもうし上げるよう、おおせつかって参りもうした」

と玄蕃はいい、守棟の前に両手をついた。御所の方は寒河江に庵をむすんで遁世したが、実家《さと》の危機となると、黙っていられないとみえる。

守棟は玄蕃とともに会所に上がり義光に面謁した。義光は玄蕃の口から最近の大崎の内情をきくと、小馬鹿《こば》くせえとつぶやき、舌打ちした。怒りのために顔に朱がさす。玄蕃は思わず首をすくめた。

義光はめったに怒りを面《おもて》にあらわすことはないが、怒ると眼光が炎を発し、身体《からだ》全体が黒々とした影になってふくれ上がるように見え、家来たちはふるえ上がる。

「玉を手中におさめたから、もう加勢はいらなくなったなどと、そのようないい草が通用するものか。城中に内通者がおれば、いずれ機を見て政宗は乗り出す。それくらいのことがわからぬか」

「お方様はそのことをご心配なさっておられます」

玄蕃が平伏したままいった。

「寒河江にもどったら、桂にこうつたえよ。政宗の手勢が大崎の境目を一歩でも踏み越えれば黙ってはおらぬ、槍にかけてもご宗家は守るとな」

と義光はいい切った。

「そのお言葉、さっそくにおつたえいたしもうす。お方様もご安心あそばされることでござろう」

と玄蕃は感激して声をふるわせた。

玄蕃が引きさがり、会所に守棟がひとりのこった。守棟は義光をみつめ、

「したくをいたそうか」

と小声でいった。義光の胸のうちを察している。庄内の形勢、大崎の内紛、どちらを見ても、無事にはおさまりそうもなかった。

「急げ」

と義光はいってから、忘れたことを思い出したように、

「関白殿の御使者が、奥羽総無事じゃと廻状をもって廻られたのは、ずいぶん昔のことのようだ。誰も守ろうとせぬわ」

とつぶやいた。

秀吉の使者が奥羽諸国を廻ってから、合戦はやむどころか、かえって増えたようだった。火種はそこかしこでくすぶり、煙を上げている。風が吹けば燃え上がりそうだった。政宗が庄内でそうしているように、和議をすすめるつもりで諸将に働きかけることが、逆に熾《おき》を吹いて炎を上げる結果になる。

どこの国でも、親兄弟、主従のあらそいが、隣国をまきこむ合戦の予兆となる。いつまでも決着のつかない庄内の東禅寺と大宝寺のあらそいや、伊達の旗本の国分氏の主従の反

目、大崎の内紛は、それぞれは小さな煙だが、やがて燃えひろがって、大乱となる予兆ではないか。

守棟と義光は、いままでの経験からそう感じていた。

その年の夏に、大浦城の武藤義興は東禅寺氏永との和議をもうし入れてきた。これまでにもたびたび、和議をしかけては決裂してきたので、東禅寺勢は半信半疑だった。志村光安は和議の後見のために金山城まで出張した。

有屋峠の合戦ののち、仙北の小野寺と山形との和議が成立して、たがいに領地をおかさぬ約束ができている。仙北方の申次をつとめたのが、関口という重臣だった。光安は庄内と境を接する仙北方と行きちがいを生じさせないために、関口との間に飛脚を往来させて、こまめに情勢を知らせていた。そうすることで、混乱に乗じて小野寺義道が庄内に介入しないように牽制するねらいもあった。

光安が金山城から飛脚をおくり、和議が成りそうだと関口に報告したのは七月だったが、書状をとどけてからいく日もたたぬうちに、東禅寺城の氏永がつかわした急使が金山城に駈けこみ、和議が破れて戦になったと報告した。光安は関口に嘘をおしえたかたちになり、面目をうしなった。

「東禅寺と大宝寺は手切れでござる。いよいよ合戦とあいなった」

金山城から駈けつけた使者の報告を耳にすると、義光は会所に守棟をはじめ相談衆を召し出した。すでに守棟には戦じたくを命じてあり、宗牛には陣立てと軍略をまかせてある。ただちに庄内への出陣を宣言した。

「いつまでもあでもねえこうでもねえとやっていてもしようがねえべ。こたびの戦は、早《はえ》えが勝ちだ。雪が降る前に片づけんべ」

と義光は親しみやすい口調で語りかけ、相談衆を笑わせた。守棟が代わって前にすすみ出ると、最上川を下って庄内に入り、東禅寺氏永に加勢する先陣に、金山城に出張中の光安と延沢城の野辺沢満延、鮭延城の鮭延秀綱の三将の名をあげた。東禅寺に加勢する軍勢の大将は満延とし、軍略は三将にまかせることとした。

東禅寺への加勢はむしろ大宝寺勢をひき寄せ、戦力を分散させるための陽動作戦だった。いままでの戦では、庄内の肥沃な平野の中を流れる赤川をはさんで、攻めたり攻めかえしたりをくり返してきた。こんども大宝寺勢は赤川の堤《つつみ》に主力を集めるだろう。しかし軍師の宗牛のねらいは、圧倒的な大軍に六十里越えから丸岡まで一気に進撃させ、義興の本拠の大浦城に攻めこむことだった。六十里越えの峠道に雪がふる前に、一気に片をつけようというのである。

四

山形城から遠く眺められる月山が雪化粧をした。背後の蔵王《ざおう》に麓から吹き上げる強い風が、雲を吹き流している。冬の到来も遠くはない。

十月初旬の早朝、山家《やんべ》城の山から狼煙《のろし》が上がった。狼煙は楯から山城へとひきつがれて、延沢の霧山城の物見櫓《ものみやぐら》から眺められた。野辺沢満延は狼煙が上がったという報告を櫓番から受けると、ただちに本丸に家臣を召しあつめ、陣ぶれをした。

ふだんは鋤鍬を手にする雑兵、足軽を呼びあつめ、三千におよぶ軍勢が、その朝のうちに金山にむかって進軍をはじめた。同じころ、狼煙の合図を見た鮭延城からも、千余の軍勢が金山城をめざした。金山城で志村光安と合流し、おくれて到着する延沢勢と合わせて、先陣、本陣、後陣の陣立てを決める。その手はずは山形城の氏家守棟の書状によって、前もって定められていた。

山形勢は二陣にわかれた。一陣が五千を超える。米沢領との境目の城である畑谷《はたや》城、南の守りの要である長谷堂城、羽州街道を守る上山城の城兵は温存して、最上川西岸の寒河江、白岩の城兵は参陣した。

義光はみずから鉄の指揮棒をたずさえて出陣した。義光の本陣の軍勢は最上川に沿って下り、清水城に宿陣する。いっぽう氏家左近と伊良子宗牛が指揮する先陣は、六十里越えをすすんで月山を越えた。

山中の志津の宿坊を通るあたりの六十里越えには、すでに熊笹にうっすらと雪がのっている。ぶなの林の間に、行者《ぎょうじゃ》が踏みならした細い道が延びる。熊笹に縁どられたせまい道は荷駄一頭を通すのがやっとである。大軍は一列になり、途切れることなくつづいた。道はときには崖に沿い、渓流の岩を踏んでわたらなければならない。騎馬の将も馬を下り、みずからくつわをとって歩んだ。

先陣は山中で露宿《ろしゅく》し、翌朝湯殿山《ゆどのさん》を一気に下った。そのころすでに最上川を下った延沢勢と鮭延勢は東禅寺城にいたっている。光安は城主の東禅寺氏永とともに城に在陣し、延沢、鮭延の軍勢は東禅寺勢に加勢して赤川の河畔に迫った。

大宝寺勢は河畔と堤に陣立てして、寄せ手を待ちかまえた。延沢勢が堤に鉄砲足軽をならべて、いっせいに撃った。河畔の大宝寺勢は盾ごと撃ちぬかれて将棋だおしになるが、雷のような銃声がやむと、ひるまずに倒れた味方を踏み越え、浅瀬をわたって斬りこむ。赤川の川面は血に染まり、敵味方が入り乱れ、死体は流れ、手負いはもがきながら浮き沈みする。大宝寺勢は寡勢だが、ひるまない。東禅寺勢は逆臣《ぎゃくしん》で、みずからに大義があると信じている。

そのころ六十里越えを山下りした山形の先陣は丸岡城を攻めた。丸岡城は平地にあるが、青龍寺川、赤川に自然に防備されている。最上口の松根、伊達領長井口の大鳥《おおとり》の固めとされる要害だった。しかし丸岡に居城して武庫《むこ》屋形と呼ばれた武藤義興が、大宝寺の屋形義氏の滅亡後に家をついで大浦城の城主となってからは、城番をおくだけで城は手うすである。山形の先陣は苦もなく攻め落とし、大浦城をめざして駈けた。

丸岡から一里（約4キロ）ほどはなれた赤川下流に大宝寺城がある。もとは羽黒山別当をかねた武藤氏の本城で、城下に一の鳥居を建て、羽黒山衆徒三千五百坊と称せられるほどの宿坊が建ちならんで栄えた。武藤氏を大宝寺殿と呼ぶのはそのためだが、いまは大浦城に本城がうつり、大宝寺城は北方の守りの要となっている。

東禅寺城から南下した延沢、鮭延勢は、山形の先陣が丸岡を過ぎたころには、はやくも赤川をわたり、城下にせまっていた。山形の先陣は大宝寺城には目もくれず、義興が居城とする大浦城をめざした。

大浦城からは城兵の多くが大宝寺城の加勢に出陣していたので、腹背《ふくはい》を突かれたかたちになる。しかも山形勢は城兵の数倍にもおよぶ大軍だった。その大軍が見わたすかぎりにひろがる田畑を埋めつくすほど、押し寄せてきたのである。

大浦城は本丸が山の上にあり、城主の義興の居館が壕と土塁に区切られた二の丸にある。山裾《すそ》に侍屋敷があり、さらにその外が城下町になっている。氏家左近が先手《さきて》をつとめる山形の先陣が城下に殺到したとき、城下の町人たちはすでに逃げ去り、侍屋敷の家臣たちは義興を守って山上の本丸に立てこもっていた。

左近は城下町と山裾の侍屋敷を焼きはらうよう手勢に命じた。城東の大山川のほとりにいったん滞陣し、侍屋敷が焼けつきるのを待った。本丸の城門がひらき、数騎の武者が急な坂を駈け下りて、左近の陣にせまったが、それは死に場所をもとめたのとひとしく、たちまち足軽たちの槍ぶすまに囲まれて、命を落とす。

武者をふり落とした馬たちは後ろ足で立ち、前足で空をかいた。首を大きくふり、足軽たちを蹴ちらす勢いで駈け出す。半数は城へもどり、半数は行き場をうしなって城山の急坂を堂々めぐりする。騎馬武者たちが討ち死にしたあとにつづく城兵はおらず、城門はとざされた。

ときの声がおこり、法螺が吹き鳴らされた。大宝寺城を攻め落とした延沢、鮭延勢が、指物を風になびかせて、北と東の二方面から城山に寄せてくる。大山川のほとりの山形勢はその軍勢の勢いを見て、

「おくれるな」

「一番槍だ」

とわめきながら、さきをあらそって急坂を駈け上る。大手、搦手の二門にはたちまち無数の足軽がむらがった。重い玄翁をふるって門扉《もんぴ》を叩き、あるいは土塁をよじ登り、郭内におどりこむ。城兵は抵抗をやめ、逃げまどった。

本丸への一番のりは山形勢だったが、城主の義興を発見したのは、鮭延勢と東禅寺勢の先手だった。義興は本丸の館にはおらず、かつて前の城主が愛児を手にかけて切腹した曲輪下の館にかくれていたのである。

しばらくたってから大将の左近が曲輪下に行くと、義興は庭にひき出されていた。鎧は着けているが、兜はかぶっていない。太刀《たち》、脇差はとり上げられていた。元結の切れたざんばら髪の頭をふり、

「首を落とせ、やい」

と悲鳴にちかい声をあげた。庭にあぐらをかき、赤児《あかご》が駄々をこねるように両手で地面をたたく。その前に歩み寄って片膝をつき、

「大宝寺殿か」

と左近が声をかけた。義興をとりかこんだ将兵のうち顔を見知る東禅寺勢の武将が、

「お屋形だ。まちがいね」

と指をさした。

「おれは山形の御所様の家来、氏家左近ともうす。このたびの合戦の先陣をおおせつかった」

と左近は名のった。

「氏家殿、はよう首を落とせ」

義興は大声をあげる。まだ三十をわずかに越えたばかりである。覚悟を決めて髷を剃り、鎧の下の小袖には、香を焚きしめてある。力のかぎりたたかって討ち死にするつもりだったが、思いのほかはやく本丸が攻め落とされ、近習たちも逃げてしまったので、斬り死に

する間もなくとりおさえられたのだった。

「そのように死にいそぐこともござるまい。勝ち負けは時の運ともうす。このうえは、どうかおたいらに。さすがに庄内大宝寺のお屋形と、領民があがめたてまつる堂々たるふるまいをしてくだされ」

と左近がさとすと、義興は肩を落とし、頭をたれてしのび泣きをはじめた。

義興をとりかこんだ武者たちが左右から具足をむしりとった。白絹の小袖の上に肩衣だけつけ、髪はざんばらのまま馬にのせられる。縄こそかけられていないが、罪人のあつかいである。

大浦城下の町人たちは合戦の前に家財道具を荷車に積んで近郊に避難していたが、思いのほかに早く大浦城が落城したので、おそるおそる様子を見に、まだ残り火のくすぶる城下の焼け跡にもどりつつあった。左近にかわって中山玄蕃が二の丸の高台の端に立ち、

「戦はおわった。生業《なりわい》はもとどおりだ。焼けた家を建て直す者どもには、材木を与える。前よりも大きな家を建てるがよい。物売りは、東禅寺だろうが、山形だろうが、思うがままに往来して商《あきな》いをするがよい」

と大声で語りかけた。山形を出陣する前から、大浦城を攻略した暁《あかつき》には、領民を安心させるように玄蕃が演舌しろと、義光に命じられていたのである。

玄蕃は名を光直《あきなお》といい、寒河江氏の滅亡前は長崎の楯主だった。寒河江の旗本のなかで

は勇将として知られた人物である。義光の軍門に下ったあとには、命を助けられたばかりか、そば近くに重用されるようになった。寒河江城が落城したとき、義光が降参した将士や領民をあつめて、もう戦はおわりだと叫んだのを、玄蕃はその目で見ていた。その言葉にいたく感動して、義光に命をあずける決心をしたのだった。玄蕃はそのときのことを思いだしながら、領民に語りかけた。

義興が馬にのせられて曳かれて行くのを、稲刈りのすんだ水田や畦《あぜ》にかくれるようにして、おびただしい数の農民たちが見送った。嘆き悲しむ者もいない代わりに、石を投げて憤満を晴らす者もいない。悪屋形とおそれられた旧主とちがい、恩もなければ怨みもないといった風情で、遠いできごとのように眺めていた。

先手の大将の左近を先頭にして、山形勢と鮭延勢、延沢勢の大軍が東禅寺城に近づいたとき、出迎えた領民と足軽たちは、道の傍《かたわら》から馬上の義興にたいして、口々に悪口を浴びせ、罪人の身を嘲《あざけ》った。

義興は本丸の館の前庭にひきすえられた。縁側には義光を中心にして、東禅寺氏永、野辺沢満延、鮭延秀綱、志村光安たちが居ならび、とらわれ人《びと》となった義興を見下ろす。義興は仇敵の氏永をしばらくにらみつけたが、やがて目をとじ、口をつぐんだ。

「大宝寺殿、拙者が山形の小僧だ。よく戦われたな」

と義光がねぎらいの言葉をかけたが、義興は目をひらかず、貝のように自分の殻の中にとじこもったように見える。氏永が声をかけたが、まったく声がきこえぬふりをした。

その日は祝勝の宴が催された。大宝寺城の本丸の庭からは、夕陽を浴びる鳥海山が手をさしのべればとどきそうに眺められる。やがて海が夕陽をおさめて空が黄金に輝く。その光景を義光は気に入り、

「いずれこの土地に住みたいものだ」

と氏永に語りかけた。

「大浦城を別邸《やしき》になされ。なんなら拙者が大浦の城番となり、東禅寺をゆずってもようござる」

と氏永は応じた。

しかし義光は東禅寺城にはながく滞在しなかった。中山玄蕃を城番として大浦城を預《あず》け、山形、鮭延の将兵を千ばかり城の守備にのこして、東禅寺城をあとにした。

凱旋の山形勢は意気ようようと最上川をさかのぼった。手柄を立てた武士たちは槍のさきに首級《しるし》を入れた袋を提げ、歌をうたい、気勢をあげる。道々の諸城の領民に勝利を知らせ、大宝寺城主の義興が罪人として曳かれる姿は、庄内一円が義光の版図《はんと》におさまったことを一目で納得させる効果があった。

義興は谷地城に幽閉された。いずれそう日をおかずに義興を切腹させろと光安に耳うちして、義光は山形城にもどった。

五

鮭延秀綱は義光の凱旋の行列には加わらず、数人の馬廻りの武士をしたがえて、大浦城におもむいた。城下はまだ木の焦げたにおいがただよっていたが、早くも焼け跡では普請がはじまり、焼けのこった寺では討ち死にした人々のとむらいがおこなわれていた。

秀綱は城番の中山玄蕃に会うと、

「頼みごとがござる」

といった。なにごとかと問い返す玄蕃を、いいにくそうに見て、まわりの武士にきかれぬように小声で、

「女子《おなご》を探してくれぬか」

といった。意外な言葉を耳にして、玄蕃は目をみはった。

秀綱ははにかんで顔を赤くした。

「拙者がこの城に人質となって養われていたころ、前のお屋形の娘御に、鷹姫《たかひめ》がござった」

鷹は鳥の鷹と掌の上に指さきで字を書いて見せ、前の城主武藤義氏の正室の腹ではなく、腰元に生ませた娘だといい添えた。

「その鷹姫様がどうなされた」

と玄蕃はいぶかしむ。

「前のお屋形が亡くなられた年に十五であられたから、いまでは十九におなりだ」

義氏が前森蔵人（東禅寺氏永）の謀反にあって滅亡したとき、秀綱はまだ源四郎と名のっていたが、城中で前森勢と闘った。そのとき、城中の女房たちとともに鷹姫は城を落ちのびたはずだった。秀綱はあやうく危地を脱して鮭延城にのがれ、その後鷹姫の消息をたずねたが、東禅寺勢と大宝寺勢のいがみあいがつづいて、たずねあてる手蔓《てづる》さえつかめなくなった。

「その姫は鮭延殿にとってはたいせつなお方なのでござるな」

「この城でともに育ったので、妹のようなものでござる」

妹以上の愛着があるらしいことは、語らずとも知れる。

「拙者は城番をおおせつかったばかりで、この土地のことはよく知りもうさぬ。大宝寺の当代の義興殿のご家族、お側の者どもさえ、このたびの合戦でちりぢりになり、にわかには消息もつかめませぬ。まして四年前の先代のころの女子衆となると、はたして旧臣のうちでも事情を知る者がおるかどうか」

玄蕃はすまなそうにいい、鷹姫を探すことをやんわりとことわった。

「いかにも、こなた殿のおおせられる通り、無理な相談だった。ご放念くだされ」

といって秀綱はひきさがったが、探すことが困難と知れば知るほど、思いがつのった。

鷹姫は幼な馴染みだが、十四、五になると急におとなびて、目をひく美人になった。鷹姫のほうは妹のつもりで、兄様と呼んでなついているのだが、無邪気に腕にしがみつかれると秀綱は胸が苦しくなり、顔が火照《ほて》った。恋していると気がついたのは、目の前から姿が消えてからだった。

秀綱は玄蕃に頼ることは断念して、地侍の中村内記と孫八郎の兄弟を探すことにした。このたびの合戦では、これまでの義理から、兄弟は義興に味方して山形勢にはむかったはずである。大宝寺に小さな所領があるが、そこは逐《お》われているにちがいない。

秀綱は馬廻りの家臣に命じて、手分けして大宝寺領内を探させた。中村内記が住んでいた城下の屋敷町は焼きはらわれていたが、地侍の多くは降参して、城番の中山玄蕃に奉公をもうし出ていた。それらの地侍に様子をきき、中村内記の一族が大浦城の落城後は大宝寺にもどらず、大山川の中流あたりの田川郡興屋村《たがわごうりこうや》という土地に逃げのびたという消息をききだした。

秀綱は大浦城下の商人を案内に雇い、馬廻りをふたりだけしたがえて大浦城を出た。城下をはなれれば、旧主の武藤義興恩顧の落ち武者がひそみ、山形勢への復讐の機会をねらっているにちがいない。玄蕃は秀綱が興屋村へおもむくことをおしとどめようとしたが、ひとたびこうといいだしたら、異見に耳をかす秀綱ではなかった。

見わたすかぎりの芦の原だった。海にいたるまで肥沃な土地がひろがるが、たびかさなる大山川、赤川の氾濫と、海から吹きつける潮風が開墾をむずかしくしている。川沿いのところどころに風よけの屋敷林《やしきりん》を植え、新田を拓《ひら》いて住みついた農家がある。

案内の商人は農家を訪ね、中村内記の一族を知らぬかときいてまわった。知っていると答える農民はいない。秀綱はみずから土間に入り、鮭延城主の鮭延典膳だと名のった。農家の主はおそれて土間にころげるように下り、平伏した。家の奥では女やこどもたちが戸の陰にかくれた。

「中村内記という武者が、この土地にいるときいて参った。拙者は内記とは因縁のある者だ。害をなす者ではない」

と秀綱は声をかけたが、主は額を土間の土にこすりつけて顔を上げようとしない。裏の土蔵のあたりから、人が駈け出す気配があった。

秀綱はむなしく表へ出た。商人をさきに立てて、しばらく大山川に沿って馬をすすませていると、芦の原の中から頬かぶりをした若者が姿をあらわして、

「殿様」

と声をかけた。馬に踏まれそうなほど近くに寄り、膝をつく。頬かぶりをとると見覚えのある顔だった。内記の屋敷で下働きをしていた五助《ごすけ》という若者である。

秀綱たちが歩いてくるのは、だいぶ前から気づいていたが、落ち武者狩りの役人ではな

いかと警戒してかくれていたといった。

五助にみちびかれて秀綱主従は芦の原に分け入った。大山川の堤からは見分けられなかったが、踏み跡が細い道になっている。やがて芦の原に島のように盛り上がって見える松林に出た。ながい間空き家になっていたらしい古家が見えた。板ぶきの屋根に白い重石をのせている。土壁はところどころ崩れ落ちている。五助が先ぶれに家に入り、中から中村内記が姿をあらわした。

「源四郎様、ようござったの」

と内記が声をかけ、手招きする。

「おう。中村の小父《おん》つあん。生きておったか」

秀綱は歩み寄り、内記の手を握った。内記はよろめき、倒れそうになる。腰のあたりに鉄砲傷を負っていた。

秀綱は内記をささえて家に入った。座敷は広いが床板の上に古い莚を敷いただけで、家具調度の類《たぐい》は見あたらず、がらんとしている。台所に妻と息子夫婦が坐って、秀綱を迎えた。

「なんの御馳走《ごっちょ》もごあんすね。恥ずかしいあばら家でござります」

と白髪の目立つ妻がいった。秀綱は馬廻りの家臣たちは庭に待たせ、座敷に内記と向きあって坐った。

「負けた、負けた。また負けた」

と内記は大声でいった。前森蔵人の謀反のさいはふたりとも負け戦だったが、こんどは敵味方に分かれたのである。

「こんな芦の原で苦労するより、鮭延へ参らぬか」

と秀綱は誘った。内記には二度までも命を救われた。こんどは恩を返す順番だと手をとってすすめたが、首を横にふるばかりである。内記は槍を鍬にもちかえて、この地に新田を拓く決意だった。秀綱は内記一族を鮭延につれ帰ることはあきらめ、

「それならば、城番の中山玄蕃殿に、興屋村には手を出すなとよくいっておこう」

と約束した。それがせめてもの恩返しのつもりだった。ゆっくりしていけと内記がすすめるのを、秀綱は辞退して、帰りがけに、

「鷹姫様の消息を知らぬか。無事に城を落ちのびたと風の噂にきいたが」

とたずねた。内記は妻と顔を見合わせた。

「くわしいことは知らぬが……」

と内記は言葉を濁す。どうやらふたりとも知っているらしい。口に出していいにくい事情があるのだろうと秀綱は察した。

「どんなことでもよい。知っておるならおしえてくれ」

と秀綱はおがみたおすように懇願する。内記はようやく重い口をひらいた。

「姫君と女房どもはみな越後表に逃げのびたときもうす。ただ鷹姫様は、途中の湯温海《ゆあつみ》という湯治場でおたおれになり、そのまま湯宿でご療治なさっておりもうす」

「や、無事であったか。ならばすぐにでも迎えに参ろう」

内記は首を横にふり、いかにも心苦しそうに、

「湯宿は遊女屋でござるよ」

といった。鷹姫たちは売られたのである。湯温海の遊女屋には、城から落ちのびた女房たちが遊女となっているという。

「拙者はその噂をきき、湯温海まで参りもうしたが、姫様にはあえませぬ。遊女はだれも前身を語らず、無理にさがし出そうといたせば、舌をかんで死んでしまうと、土地の者がもうしております。あきらめなされ。行きだおれてお亡くなりになったと、あきらめなされ」

と内記が語る背後で、妻が袖で涙をぬぐった。

六

大手門の前がさわがしくなった。守棟の悴《せがれ》の十右衛門《とおえもん》が郎党をひきつれていそいで駆けつけると、三人の旅姿の若い武士と槍をかつぎ具足櫃《ぐそくびつ》を背負った数人の足軽が門番につめ寄っていた。なにごとかと門番に問うと、武士のひとりは鮎貝城の鮎貝宗重の嫡男藤太郎《とうたろう》

づきの歩行小姓《かちこしょう》だという。山形殿に直訴のことがあり、至急お目通りをゆるされたいといっているらしい。

十右衛門は、義光が山形城から追放されているころに氏家屋敷で生まれ、ことし二十一歳になった。父の守棟に似て大柄で色白で眉が濃く、齢《とし》よりもおとなびて見える。鮎貝の武士たちの前にすすみ出て、おれは山形の代官の悴で氏家十右衛門ともうす、と名のった。武士たちはようやく落ちつき、歩行小姓が畔藤三郎右衛門《くろふじさぶろうえもん》と名のった。年は十六、七に見える。

義光は庄内を陣ばらいしてもどったばかりである。鮎貝宗重は伊達政宗の旗本だから、その家来が前ぶれもなく城へ押しかけてきて、目通りを願ったところで、ゆるされるはずがない。十右衛門はさとすようにいいきかせた。しかし三郎右衛門の落胆ぶりがはなはだしかったので、

「ことしだいによっては、われから父守棟にとりついでもよい」

となぐさめるつもりでいった。十右衛門は郎党とともに城門を出て、十日町の検断《けんだん》屋敷に武士たちをつれて行った。座敷に三郎右衛門たちを上げて話をきくと、鮎貝城はいま城主の宗重と嫡男藤太郎が仲たがいし、家臣も二派に分かれていがみあい、一触即発の形勢だと語り出した。いずこも変わらぬ家督あらそいの内輪もめである。

宗重は入道して日傾斎《にっけいさい》と名のっている。とうに隠居したはずだが、城主の座をゆずらな

い。家臣の大半は、宗重を高玉《たかだま》城に引退させるつもりだが、形勢不利となった宗重が米沢に密使をおくり、政宗に訴え出たというのだった。

「その訴えともうすのは、藤太郎君が山形殿と内通し、兵を領内に引き入れて父君を追い出そうとしておるというものでござる。このまま手をこまねいておれば、伊達公の軍勢がわが城をおさめるために出兵いたすのは必定でござる」

「それはまことのことかよ」

思わぬ一大事をきかされて十右衛門はあわてた。鮎貝城の親子げんかに伊達勢が介入するだけでもおおごとなのに、陰で山形が糸を引いていると讒言《ざんげん》されているとは……。

二十一歳の十右衛門には手に負えない大事だった。十右衛門はいそいで本丸の公文所に駈けこみ、父の守棟に報告した。守棟はひととおり話をききおわると、

「あわて者め。あだげる（騒ぐ）前《めえ》に、まずその歩行小姓の身元をたしかめるのが筋だべ。鮎貝の悴殿のお墨つきでも持《たが》ってきたか」

と叱りつけた。そもそも宗重が米沢に密使をおくりこんだというが、密書の中味がどうして悴の藤太郎側にもれたのか、納得のいく説明をきいてこいと命じた。

「待ちなされ。そう頭ごなしに悴殿を叱りつけるものではないわい」

かたわらで話をきいていた宗牛が口をはさんだ。もしも歩行小姓のいうことに嘘いつわりがないとすれば、山形と米沢の手切れにも発展しかねない一大事だから、拙者が話をき

こうと宗牛はいい、十右衛門とともに城外の検断におもむいた。あらためて宗牛が話をきくと、密書の内容は右筆からもれたので、疑う余地はなかった。以前にも宗重は、境を接する山形勢が、鮎貝領に手を出して困ると米沢に訴えていたこともわかった。

宗牛は公文所にもどり、

「悴殿はあわて者やない」

と笑いながら守棟にいった。畔藤という歩行小姓のいいぶんに嘘はないと請けあう。

山形勢が電光石火の早業《はやわざ》で大浦城を攻略し、武藤義興を虜囚《とりこ》にしたことが米沢につたわると、政宗はおどろき、一年以上も前から庄内の和平のために尽力してきたのに、その努力が水泡に帰したと、歯がみして口惜しがった。これでは顔に泥をぬられたも同然で、世上の評判にもかかわると怒った。それもこれも、裏で義光が画策したせいだと恨みごとをいった。その噂は椿郷に潜入させた草(隠密)から宗牛は報告を受けていた。

「伊達の相伴衆の老臣どもは、都合がわるくなるとなんでも山形の密謀《みつぼう》のせいにしますのや。東禅寺の謀反も山形のせい、無事の約束が反故《ほご》にされたのも山形のせい、こんどは鮎貝城の親子げんかも、裏から手をまわす山形のせいかいな。かないませぬな」

と宗牛はいった。

守棟と宗牛はそろって会所に上がり、義光に鮎貝の内情を説明した。

「政宗もそれほどあわて者ではあるまい。鮎貝城の内輪もめなど、わざわざ軍勢をさし向けるまでもなかろう」

義光は笑ってとりあわなかった。

鮎貝の歩行小姓の訴えを義光は真にうけなかったが、守棟は用心に越したことはないと考えた。翌朝早く、悴の十右衛門に十名ばかりの手勢をつけて、畔藤三郎右衛門を国境まで送らせた。

三郎右衛門たちが山形におもむいたときには狐越《きつねごえ》街道を通った。荒砥《あらと》城から山形領の門伝《もんでん》村にいたる山間の道である。三郎右衛門がつれてきた露払の足軽が、街道の様子を探るためにさきに駈けて行った。

一行が雑木林の中の道をしばらく歩んで行くと、露払が両手を振って引き返せと合図をしながら駈けもどってきた。森の中に伏兵がひそんでいるという。向こう山の尾根に、中山城番の小国蔵人《おぐにくらんど》の馬印が見えたとも語った。

「畔藤殿、畑谷城さひき返すべ」

十右衛門が手首をつかんでひきもどそうとすると、

「行かねばなんねぇ」

鮎貝城に駈けつけなければならぬといい、手首をふりほどく。

「道はふさがったはぁ、わがんね（だめだ）」

十右衛門はおしとどめようとした。三郎右衛門は必死の面もちで手をつかまれまいとする。命にかえても主君の鮎貝藤太郎のもとへ馳せ参じようというかたい決意が、あおざめた表情にあらわれていた。ご免と声をかけて、三郎右衛門は十右衛門の胸を両手で突いた。ひるんだ隙に、馬をおいて足軽たちとともに雑木林の中に駈けこむ。街道をさけて、狐越の山中を走るつもりらしい。

十右衛門は追うことをあきらめた。三郎右衛門たちが置いて行った馬のくつわをとり、葛籠《つづら》を足軽にひろわせて、街道をひき返す。山形城にもどったあとから夜にかけて、沼木城や畑谷城、あるいは長谷堂城からあいついで伝令が到着して、米沢勢が国境に出兵していると報告した。

守棟は日が落ちる前に、相談衆をはじめ出城《でじろ》の城番の将たちを本丸の会所に呼びあつめた。会所の広間に百匁《ひゃくめ》ろうそくの燭台が数おおく立てられ、あかるく照らし出す。伊達勢出陣ときいて、相談衆の顔には緊張がみなぎった。

中山城の小国蔵人、築茂《つくも》城の粟野勘解由《かげゆ》など山形との境目の城を守る将たちが、軍勢を国境にくり出していた。山形から置賜《おきたま》に通じる諸道はすべて日が高いうちにふさがれたと斥候《ものみ》が報告してきた。

「まさか政宗が動くとは思わなんだ。おくれをとったか」

と義光は守棟にささやいた。

鮎貝城は山形との境目の城で、越後に通じる交通の要所ではあるが、小さな城だった。その城の親子のあらそいに、政宗が本気になって兵を動かすと予想しなかったのは義光ばかりではない。

畑谷城は狐越街道の伊達領との境目の城で、伊達勢が山形領に攻めこむたびにいつもまっさきに攻められるのだが、城主の江口五兵衛はきょうになって伊達勢が国境を固めているのを守棟の悴の十右衛門の注進で知って、おどろいたくらいである。

政宗にたいする警戒心を忘れなかったのは宗牛くらいなものだった。志村光安は庄内の東禅寺城で合戦のあと始末にあたっていて、山形にはいない。

その日、政宗は米沢で相伴衆の老臣たちと会議をしている。老臣たちは義光を警戒して、米沢から兵を動かせば、かならず山形勢が鮎貝藤太郎に加勢して、合戦になるだろうといいだした。鮎貝城の重臣たちのうち、藤太郎のほかにも山形に内通する者があるかもしれない。それを見きわめるのがさきだという。

「ご出馬の儀は、様子をご覧になってから然《しか》るべき」

という老臣たちの主張に政宗は耳をかさない。老人のとりこし苦労と感じて、かえって出陣の意思をかためた。こなたたちが相談して、そうもうすのにも一理あるが……と一応は顔を立てておいて、

「しかしさように遠慮しておっては、向後米沢を出ることができなくなるではないか。こ

の節は鮎貝に出向いて是非をきわめるべし」
と断じた。老臣の伊達碩斎《せきさい》（宗澄《むねずみ》）、富塚近江《おおみ》（宗綱《むねつな》）、五十嵐芦州斎《ろしゅうさい》に留守居を命じて、あわただしく陣ぶれをすると、急に兵をあつめて、十月十四日の午後に出陣した。夕方には宮《みや》に本陣をかまえた。

下長井荘の総鎮守総宮神社が鎮座するので宮の地名がある。軍《いくさ》奉行の片倉景重《かげしげ》の采地だった。政宗の大軍が宮に着いたころには、先陣を命じられた粟野勘解由の軍勢が鮎貝城下に攻めこみ、五十人ほどを討ちとり、家に火を放っていた。

鮎貝城は最上川左岸の丘の端にたつ平山城で、西側に深い谷があり、周囲に二重の壕をもうけている。城兵は寄せ手に追われて城にたてこもったが、けっして堅固な城とはいえなかった。翌朝、夜明けを期して伊達勢は城攻めにかかった。籠城の人数は女やこどもをあわせても千人に足らない。

鮎貝城は十五日の午後には落城した。城門を破って乱入した伊達勢は、籠城した鮎貝勢のうち五百名ばかりを刀で斬り殺し、槍で突き殺した。先陣の大将の粟野勘解由の前に、大将首と見られる首級《しるし》がならべられ、生け捕られた鮎貝の家臣に首実検をさせた。しかし藤太郎の首はなく、本丸、二の丸にころがるおびただしい死体をあらためたが、それらしい死体はみつからなかった。

翌十六日の朝、山形城二の丸の氏家屋敷に山辺城から早馬の使者が駈けつけた。十右衛門に用があるという。玄関に出た十右衛門に、畔藤三郎右衛門という武士が、山辺城にきたと使者が語った。

　あいにく父の守棟は本丸の会所に泊まりこんで義光と軍議をしているから、相談をすることができない。事後に報告することにして、郎党ふたりだけを供にして、馬を急がせた。

　山辺城の城主は山辺右衛門だったが、かつて義守、義光父子があらそったさいに義守方についたために、あらそいが決着したあとで城を逐われている。日野備中守宣久《びっちゅうのかみのぶひさ》が山形からのりこんで城番となり、右衛門は城外の広い屋敷に住んでいた。

　十右衛門は使者に案内されて、右衛門の屋敷に行った。城は遠く、稲を刈りとり、水をたたえた山ぎわの深田《ふかだ》の中に浮き島のように杉の屋敷林がある。門の前に城兵が数人、槍を立ててものものしく番をしていた。

　右衛門は老いて武将らしさがなく、一介の老農にしか見えなかった。十右衛門は右衛門の口から、はじめて鮎貝城から脱出してきた若殿をかくまったときかされた。指さされた奥座敷を見ると、ふたりが蒲団をならべて横たわっている。そのうちのひとりが、声に気づいて起き上がり、柱にすがって近づいてきた。

「おう畔藤殿、生きてござったか」

　と十右衛門が声をかけると、三郎右衛門は床にくずおれた。端正な顔半分を晒でおおい、片腕にも晒を巻いている。そばについてきた使者が、三郎右衛門は顔と腕に火傷を負っているので、馬の油を塗って療治をほどこしたと十右衛門に耳うちした。

三郎右衛門は右手で身体をささえて顔を上げた。肩で息をしながら、

「山形殿をうらみもうすぞ」

といった。

「なして御所様をうらむのや」

と十右衛門が問いかけると、何騎も使者に早駈けさせて加勢をもとめたが、とうとう一騎も加勢はこなかったと三郎右衛門はいった。

「鮎貝から急使などこなかったぞ」

十右衛門は口をとがらせた。急使を出した、こないと押し問答をしたが、奥座敷から、

「よさぬか」

と弱々しい声をかけ、鮎貝藤太郎がはい出してきたので、ふたりは口をつぐんだ。急使は山形へ行く途中で討ちとられたか、脱走してしまったのだろう。ともかく十右衛門は加勢をもとめる急使を見たこともないし、話もきかない。

藤太郎は十右衛門よりやや若い。色白で福々しい頬が愛敬がある。十右衛門があらためて床に両手をつき、あいさつをすると、頼むぞといった。尻に玉傷を負い、立つことができない。

三郎右衛門が鮎貝を脱出するときの仔細《しさい》をものがたった。

三郎右衛門が鮎貝城にもどったのは夜ふけで、伊達政宗の大軍が宮に宿陣し、混雑をきわめていた。鮎貝の城下はすでに火が放たれ、風上は焼け跡となり、そこかしこに炎が上がっていた。伊達勢の先陣の粟野勘解由はいったん城下から兵をしりぞけ、最上川の河畔に宿陣していた。

三郎右衛門は炎上する城下を駈けぬけて、城にたどりついた。籠城の人々で本丸の館は身体を休める場所もない。女とこどもたちが泣き、老人が叱っていた。

藤太郎は斬り死にする覚悟だった。三郎右衛門は必死に説得し、夜明け前に城から脱出した。藤太郎の鎧を外して被衣《かつぎ》で頭からおおい女に見せた。籠城の家臣たちにさえ気づかれぬように歩行小姓の数人とともに城を出たが、炎上する城下町を通りぬけるときに粟野勘解由の手勢にみつかり、鉄砲を撃ちかけられた。そのとき藤太郎の尻に玉があたり、三郎右衛門は火傷を負った。狐越の山中を手さぐりで越えたときには、藤太郎にしたがう歩行小姓は、三郎右衛門のほかにはたったひとりが残るだけになっていたという。

十右衛門は山辺城に上り、城番の日野宣久に会い、先日歩行小姓の畔藤三郎右衛門が加勢をもとめて山形にきたいきさつを話した。鮎貝藤太郎主従の傷が癒えるまで、山辺右衛門の在所で養生させるよう、あらためて頼みこんだ。

「御所様から鮎貝のことでなんのお指図もねえなが」

宣久は当惑の表情をかくさない。そこを曲げてと十右衛門は両手を床について懇願した。

十月十五日、伊達政宗は粟野勘解由と大津将監に鮎貝城の仕置を命じて米沢に帰陣した。行方の知れない鮎貝藤太郎は義光を頼って山形へ落ちのびたと政宗は考えている。藤太郎はいったんは父の日傾斎（宗重）を高玉城へ追いやり、鮎貝城主となったのだから、彼が義光の手中にあるかぎり、鮎貝城の回復という口実をあたえたも同然だった。

政宗は大橋城城主湯目《ゆのめ》景康《かげやす》に命じて、山形領との境目を厳重に警備させた。宮城郡の国分城の内紛も政宗の頭をなやませている。北方の大崎の騒動も沈静するどころかいよいよ対立が深刻になるばかりだった。山形領との国境に平穏な土地はなくなっている。

十二章　お東様

一

雪の季節になった。その年がおしつまったころ、寒河江《さがえ》城の目付の一栗玄蕃が若い武士をともない、山形城に上った。若い武士は同苗の兵部といい、玄蕃とは叔父甥の間柄だという。守棟《もりむね》がふたりをつれて、会所で義光《よしあき》にひきあわせた。

兵部は名生《みょう》城から、雪深い鍋越《なべこし》峠を越えて単身延沢に出た。そこから寒河江城の玄蕃を頼ったのだという。よほどの大事をつたえにきたにちがいなかった。兵部は義光の前に出ると平伏した。顔を上げぬまま、

「われらをお助けくだされ」

といったが、はなれすぎていて義光にはききとれない。近くへと義光が手招きをする。玄蕃がこれとひくく声をかけ、腰のあたりを叩いて前にすすませた。

兵部は義光のそばちかくにすすむと顔を上げた。口の重い質《たち》らしく、いいよどみ言葉をさがしながら、名生城の内情を語り出した。大崎義隆のふたりの寵童の嫉妬から、家中を

二分する騒動がおこったことは、すでに義光は知っている。はじめは伊場野惣八郎という新規に召しつかわれた小姓のうしろ盾となる勢力が優勢で、もとからの小姓の新井田刑部とその一党は旗色がわるかった。ところが、刑部の計略にはまった義隆が彼の在所の新井田城に誘いこまれ人質同然の身の上になると、形勢が一変する。刑部の一党は御所様の御意であるといってつぎつぎに命令を下すようになった。

「伊場野惣八郎のうしろ盾となっているのが、岩手沢城の氏家弾正《だんじょう》でござる。弾正は旗色わるしと見て、米沢の伊達殿に密使をおくり、助勢を願い出たそうでござる」

これだけのことを語るだけでも、かなりの時間がかかった。

岩手沢城主氏家弾正吉継《よしつぐ》が政宗に送った書状の内容が知れたのは、最近のことだと兵部は打ちあけた。

「弾正は伊達殿にご奉公いたすべしともうし、その手土産に大崎一国を差し出すから、早々にお手に入れるべしと書いたそうでござる」

守棟と玄蕃があっと声を放って兵部の横顔をみつめた。

「それはまことか。一身の安泰をはかるために国を売ろうとするか。それはさむらい道にもとるぞ」

義光は大きな声を出した。兵部はみずからが叱られたようにうなだれた。

「弾正が同じことをしたか。どいつもこいつも国を売るか」

と守棟が問うと、兵部はますます話しづらそうに口元をゆがめた。

「双方ともそのときは妙案だと思ったのでござろう」

新井田刑部は義隆を手中におさめたことで情勢が変わり、政宗の助勢が必要ではなくなった。弾正はその後米沢に使いを出すこともなく、奉公の約束はこちらから反故にしたつもりだったが、ついちかごろになって、伊達の家臣泉田重光《しげみつ》から大崎の家臣、加美郡小野田城主石川隆重《たかしげ》に急飛脚がきた。

「かねての約定通り、早々に出陣すべし。ついては石川殿、氏家殿には二心がないか、ただちに音信あるべしとのことでござった。そればかりか、泉田殿から合戦のしたくとして、鉄砲の玉まで少々送ってよこしたそうでござる」

といってから、兵部は天井をあおぎ、

「語れば語るほど身内の恥をさらすようなものでござる」

とつぶやいた。

義光は守棟の顔を見た。氏家弾正は守棟にとっては同族である。その同族が国を売るような真似をするのは、守棟にとっても恥である。

「泉田が送りつけた弾薬は、戦じたくか、ただのおどしか。守棟、どう思う」

「政宗殿は本気でござろう。大崎御所との長年のあらそいにけりをつける秋《とき》だとお考えになったにちがいござらぬ」

こなたもそう思うか、とつぶやいて義光はしばらく考えこんだ。宗家の危機である。兵部をするどい目で見て、

「政宗が大崎に手を出せば、合戦になる。この義光が黙っておらぬ」

といいきった。

義光はただちに戦《いくさ》じたくにとりかかった。政宗との合戦となれば、出羽国一円に戦火がおよび、義光と山形城の存亡を賭けたお戦となることは覚悟しなければならない。まず延沢城に使者を走らせ、大崎と伊達の合戦にそなえさせ、追いかけるように鉄砲、弾薬を橇《そり》で送った。

庄内の仕置を指図していた志村光安《あきやす》は義光の指示で急ぎ山形へ呼びもどされた。狐越、中山口、楢下といった境目のそなえには兵を増やし、それぞれに軍奉行《いくさ》を置いて、あらたにがんじょうな木戸を築いた。

秋のおわりまで、内憂をかかえた国分の兵たちが、草《くさ》調議と称して二口峠を越えて山形領に入りこみ、畑を焼いたり籾倉《もみぐら》に火をつけたりしていた。山形からも山家勢が秋保あたりまで入りこんで国分勢と小ぜりあいをくり返したが、峠が雪にとざされると小ぜりあいはやんだ。そのころ政宗は国分城主の彦九郎盛重《ひこくろうもりしげ》を米沢城に呼びつけ、家内不取締りを叱って内紛をおさめようとしていたのだが、山形城にはつたわっていなかった。

その冬の山形、米沢は例年にない大雪になった。天正十六年（1588）が明けた。米

沢城の正月行事は、元旦の総登城による年賀の祝いにはじまり、月末まで数日をのぞいて礼酒のふるまいがつづく。一月十六、十七の二日間が行事の中休みである。政宗は十六日には朝から伊達鉄斎《てっさい》、石母田左衛門《いしもだざえもん》など一門の老臣を招いて饗応《きょうおう》し、十七日は御鷹屋《おたかや》に側近の伊達成実《しげざね》、白石宗実《しろいしむねざね》の家士たち十数名を召して、したしく酒を供している。この両日で、一家一門の老臣や側近たちに大崎攻めの意向をつたえ了承させた。政宗はただちに陣ぶれを発した。

大崎攻めの陣代は、天正十三年（１５８５）の人取橋の戦で手柄を立てた浜田景隆《かげたか》、政宗にとっては叔父にあたる留守政景、名取郡《なとりごおり》岩沼城主の泉田重光が両将となり、軍奉行は六十四歳の老将小山田頼定《おやまだよりさだ》がつとめ、総勢五千をひきいるという布陣である。家臣のうち奥州各城の将が在所を発して一堂に勢ぞろいし、今月二十五日に岩手沢城に着陣、翌日を期して兵をあげるという段どりになった。

さだめられた軍略にしたがって、泉田重光の岩沼城、留守政景の利府城、小山田頼定の柴田郡小山田城の将兵を中心にした伊達勢の大軍は北上を開始した。春が近いとはいえ、雪が深く行軍に手間どったのが誤算だった。二十五日には岩手沢城に着陣するはずが、月末にいたってようやく志田郡の松山城に着陣した。

松山は小牛田《こごた》の南にあたり、大崎義隆の本城である名生城は遠く、氏家弾正の居城岩手沢城はなおはるかに遠い。伊達勢に内通するはずの弾正たちの大崎家臣に使者を送ろうにも、深い雪にはばまれて連絡がつかなかった。陣代の浜田景隆をかこんで、留守、泉田の両将、軍奉行の小山田の面々が善後策を相談するところへ、松山城主の遠藤出羽が口をはさんだ。松山の遠藤氏はふるく南北朝の大乱のころに、鎌倉管領から奥州志田、玉造、加美三郡の奉行人に任ぜられた由緒ある家柄である。新沼城主上野甲斐《かい》ともうす者がいるが、数代にわたって当家に通じる者で、それがしの姉婿にあたる。この者に加勢させて、加美郡へ押し通り、中新田《なかにいだ》城を攻めれば、名生城攻略のよい足がかりとなるといった。

留守、泉田の両将はもともと仲がわるい。軍議のたびに意見がくいちがう。遠藤出羽の進言を容《い》れるべきかいなかでも、いいあらそった。留守政景は、

「当地から中新田までは田舎《いなか》道二十里とききおよぶ。途中師山《もろやま》城などの敵城があり、押し通ることはこころもとない」

とつよく反対した。奥州の武将が田舎道というのは、田舎の道という意味ではない。里程のかぞえかたで小道《こみち》ともいい、田舎道の一里は六町（約６６０メートル）にあたる。政景は松山から中新田までの距離をじっさいには百二十町（約13キロ）とみつもったのである。松山の西の三本木から中新田に通じる南部道《みち》は、広い田畑の間を行く平坦な道で、雪さえなければ行軍をさまたげる障害はない。

泉田重光は、

「こたびの合戦はそもそもわれらが言上してはじめられた戦ではござらぬか」

大崎と境目を接する伊達氏の支城の武将たちが、長年の領土あらそいに決着をつけようと、政宗に出陣を願ったのがことのおこりだといい出した。敵城を目の前にして、遠いの近いのといい出すのは、武将として恥ずかしくないか。そうとまではいわないが、いかにも政景をあざけるように口のはしを上げる。

戦場では勇ましい意見が通るのが常である。中新田までの強行突破を主張する重光が、けっきょく慎重論の政景を黙らせた。

中新田城はもとは大崎義隆の本城だったが、義隆は新井田刑部の計略におとしいれられて、いまは新井田城にとじこめられている。南条下総《しもふさ》という武将が城番をつとめているが、守りは手薄だった。

泉田重光を先手の大将とする伊達勢の先陣およそ五千の軍勢は、遠藤出羽の松山勢を嚮導《きょうどう》にして、二月二日に松山城を出陣して中新田にむかった。

北に雪をかむった駒ケ岳の高い峰をのぞみ、見わたすかぎりの雪原の中を鳴瀬川が流れている。馬も人も深い雪に足をとられ、すすむのに苦労をする。鉄砲や弾薬を積んだ橇が雪の吹きだまりにはまりこむと、足軽たちが総がかりでひき出さなければならなかった。

川北の師山城に先手の軍勢がさしかかると、大軍におそれをなしたか、城門をかたくとじて立て籠もり、手向かう兵はいなかった。重光はその様子を見て、師山城は弱兵ぞろいとあなどり、押さえの兵を置いて見張らせることもなく通りすぎた。

師山城には大崎一門一家の古川弾正忠隆《ただたか》をはじめ石川隆尚《たかなお》、葛岡《くずおか》太郎左衛門などの重臣たちが立て籠もっている。いずれも譜代の家臣たちで忠誠心があつく、けっして弱将とあなどれる相手ではない。

川南の桑折《こおり》城には黒川月舟斎《げっしゅうさい》晴氏が立て籠もる。大崎一門のうちでも別格の家柄で、家祖の氏直《うじなお》は斯波兼頼とならび立ち、黒川郡の総領職だった。三十三城とも称せられる支城、楯を旗下におさめ、その武力は奥州一帯に鳴りひびいている。

伊達勢は雪に足をとられて歩調がみだれ、行列がしだいに間のびした。先手と後詰《ごづ》めは大きなふたつの集団に分かれ、その距離もひろがるばかりだった。泉田重光の先陣五千余は中新田城にせまり、城下に火を放った。川南、川北の両城の城門がひらかれ、城兵がつぎつぎに撃って出た。そのとき留守政景の後詰めの軍勢四百騎は進路をふさがれ、師山城の南の広々とした雪原にとりのこされた。

中新田城の城代《じょうだい》南条下総が指揮する城兵は、伊達勢が城下にせまるのを見て町曲輪《まちくるわ》の外まで出たが、遠矢を射かけた程度で槍を合わせることもなく城にひきのいた。

先陣の軍奉行は小山田筑前《ちくぜん》頼定という老将である。中新田の城兵がさして手向かいもせず城に立て籠もったのを見て、馬上から大声で深追いをするなと号令した。敵にそなえありと見て、味方の総勢をまとめて陣形をととのえようとした。

師山城から押し出た城兵は、二重にめぐらせた用水堀の橋を引きはずした。道は通ることができなくなり、先陣は退路を絶たれ、後詰めは進路をふさがれた。

中新田城、桑折城、師山城の三城からいっせいに城兵が押し出し、雪原に迷って右往左往する伊達勢を攻める。人馬が踏みかためた道を外れると、深い雪の下には人の胸まで沈む深田や沼がかくれていた。

軍奉行の小山田筑前は師山城の兵を追い散らし後詰めの味方と合流しようと、馬を乗りまわして奮戦した。しかし道から外れて雪原に踏みこみ、雪の下の深田に馬が前脚からはまりこみ、逆立ちになった。雪原にほうり出された筑前を見て、あれは大将首だ、討って手柄にすべえと声をかけ、雑兵たちがむらがる。筑前は太刀をとって斬りむすんだが、敵は大勢、年齢はあらそいがたく、ついに討ち死にして首をとられた。

すでに日が落ちて夕闇がせまっていた。泉田重光をはじめとする伊達の先陣は、雪原に数多くの死者や重傷者をのこしたまま新沼城に押し寄せた。新沼城主の上野甲斐は大崎の家臣だが、松山城主の遠藤出羽の姉婿にあたる。親戚の義理を立てて城をあけわたし、およそ五千の伊達勢は立て籠もった。

伊達勢は黒川月舟斎の軍略に敗れたのである。大将の泉田重光と留守政景は、大崎攻めにあたって、政景とは婿舅《むこしゅうと》の間柄にあたる月舟斎をはじめ諸城の武将がみな奉公をもうし出るはずだとあまく考えていた。ところが大崎の旗本たちの結びつきはかたく、戦意はさかんだった。なによりも加勢を願い出たはずの岩手沢城主の氏家弾正が、伊達勢が中新田城に攻め寄せたことを知っても、城から出ようとしなかったのが痛手だった。

後詰めの留守政景の軍勢は、桑折城、師山城の城兵に雪原の上で包囲され、身動きができなくなった。政景は桑折城に使者をやり、兵を引いて立ちのきたいから、異議なく通せともうし出た。月舟斎の返答は、そこもとひとりは勝手に立ちのくがよい、ほかはかなわぬという高飛車なものだった。

政景はつづいて使者を送り、無事に通さなければ討ち死にの覚悟だと親戚の情に訴える。桑折城でも諸将が相談をくり返した。月舟斎ははじめ伊達勢は一兵たりとも帰さぬと強硬な意見を吐いていたが、叔父の八森相模《さがみ》にさとされ、さすがに婿の政景を手にかけるのもいかがなものかと翻意した。

使者が桑折城からもどり、月舟斎が後詰めの伊達勢の撤退をみとめたことをつたえると、政景はただちに号令を発し、隊列を組みなおして退却をはじめた。いかにも落ち武者の体《てい》である。大崎勢は歓声をあげ、罵声を浴びせて見おくった。

大崎攻めの味方が大敗したというしらせは、二月七日には米沢城につたえられている。政宗は大将の泉田重光をはじめ旗本のおもだった武将が新沼城に立て籠もったことをきくと、胸を痛めた。彼らを救い出す手だてを心がけよと近臣に命じ、同時に境目の諸口の警備に念を入れるよう諸城に急使をむかわせた。

山形城の義光が大崎の戦況を知ったのも、同じころである。延沢城の野辺沢満延は、大崎領の境目の城、加美郡の小野田城に氏家党の家臣をおくりこんでいた。その家臣から日をおかずに報告がとどいていたのである。

重光たちが立て籠もった新沼城は五千の大軍を収容するにはあまりにも小さな城である。城内に備蓄された食糧にもかぎりがあり、食糧を調達するために城外に出ようとすれば、包囲した大崎勢の鉄砲の的になるだけだった。たちまち伊達勢は飢餓におそわれた。

大崎方にしても、籠城した五千もの軍勢のあつかいには困った。そのまま包囲していれば、いずれ餓死か討ち死にかのふたつにひとつとばかりに、死にものぐるいで城から討って出るにちがいない。

二月二十二日、大崎方から鈴木伊賀《いが》、北郷左馬允《さまのじょう》というふたりの武将が出て、新沼城の間近にきて使者をおくった。新沼城には上野甲斐の家臣が居のこっている。使者はそのうちふたりを城門の外に呼び出して、泉田重光と長江《ながえ》月鑑斎勝景《げっかんさいかつかげ》の両名を人質にさし出せば、のこりのすべての人数は解放しようとつたえた。

ふたりの家臣から大崎方の条件をきいた籠城方はおもだった人々があつまって相談した。

泉田重光の家士は、主人が人質に名ざしされたので、

「みなが一度に討って出て、いさぎよく斬り死にするのはもとより覚悟の上でござる。主ひとりを人質にさし出し、みずから命をたすかろうとは思いもよらぬ」

重光を人質に出せば、首を切られるのは目に見えていると、涙ながらに訴えた。月鑑斎は、わずかふたりが人質となり、大勢が救われれば、これは大いなる奉公でござるといい、重光の意見をもとめる。重光は人質となることに同意し、なおも月鑑斎と口論しようとする家士を叱りつけた。

重光と月鑑斎が新沼城を出て、蟻《あり》ケ袋《ぶくろ》城に入ったのは二月二十三日である。米沢城でこの始末の報告をうけた政宗は、いずれ桑折、師山の両城を攻め落とし、大崎を滅亡させるべしと決意をあらたにした。

二

春になると峠の深い雪はかたく緊《し》まり、かんじきで踏み越えることがたやすくなる。野辺沢満延はわずかの手勢をひきつれて鍋越峠を越え、加美郡の小野田城に入った。

小野田城は一名を夕日館ともいう。城主の小野田玄蕃は大崎では外様《とざま》だった。義光の名代《みょうだい》として登城した満延を上席に坐らせ、礼をつくした。合戦が大崎勢の大勝利に終わり、人質をとって伊達勢を領外に追いはらったと得意になって語ってから、手を拍《う》って近習を呼んだ。近習は黒地に白馬櫛《はくばぐし》の指物をうやうやしくささげ持ってきた。

「これは敵の軍奉行、小山田筑前殿の指物でござる。名もなき雑兵が分捕《ぶんど》りもうした」

といい、小山田筑前の最期を語った。誰が討ちとったか、誰が首を持ち去ったか、混乱をきわめてわからなくなっている。戦利品の指物は山形の御所様に献上すると玄蕃はいった。たしかにおあずかりいたすと一礼して、満延は指物をおさめた。小山田筑前のものか雑兵のものかわからないが、血が染みている。

「小山田筑前殿は音にきこえた豪傑でござった。さすがに指物もみごとなもの。よき形見となりもうそう」

とほめたたえた。

満延は小野田玄蕃に案内させて、三本木から近い蟻ケ袋城へおもむいた。人質となっている泉田重光と長江月鑑斎の命をたすけ、できることなら味方につくよう説得しろというのが義光の指示だった。満延はまず月鑑斎に面会した。七十歳になる月鑑斎は、石巻《いしのまき》から松島あたりまでを領有する豪族である。人質となったからにはすでに命はないものと思っていると、みずからの運命には恬淡《てんたん》としていた。命をたすけてやるというのはありがたく思うが、それを恩義に感じて山形に奉公するつもりはないという態度である。

満延は蟻ケ袋城に近い桑折城に宿陣している黒川月舟斎に使者を出し、伊達の人質両名をもらい受けたいと願い出た。名代の満延の願いは義光の願いである。月舟斎は満延の願いをききいれた。月舟斎は大崎義隆にとっては叔父にあたる。義光とは親戚の縁につながる。

満延はさっそく月鑑斎を蟻ケ袋城から解きはなち、領地の深谷に帰した。重光は小野田城へつれ行き、客として粗略なくもてなすように小野田玄蕃に頼みこんだ。人ばらいをしてふたりきりになると、こなたの身は拙者があずかったと満延は口をひらいた。

「こなたをあずかったのは別儀ではない。われらが御所様はかねてからこなたの勇名を耳にして、戦上手と評判される泉田氏に会って見たいとおおせられておった。加美郡で人質となったと耳にされて、泉田氏を討たせるな。山形へつれて参れと拙者に命ぜられた」

と義光の旗下に加わるようすすめる。

「なんの、戦上手がこのざまでござるわい」

と重光は自嘲の笑いを浮かべた。それから満延の顔に目をすえて、

「われらは主君のため、郎党のため、一命を捨てて新沼城のとらわれ人となりもうした。合戦の勝敗は是非におよばず。降人となったるうえは、無駄飯をくわせるまでもない。早々に首をはねるべし」

といった。満延は感激しやすい性質である。目に涙をためて、

「まさしく比類なき忠節の士でござる」

と重光をたたえた。それでもあきらめきれず、

「このたびわが君は、伊達殿が宗家に仇なすときは、合戦におよぶべしと約束いたした。この上は相馬、会津、佐竹の諸侯と同盟して、政宗殿をこらしめるために旗を上げる。すでに相馬から軍師が山形へ入り、軍略を練っておる。小野田城のとりことなって主家の滅

亡を見ることはござらぬぞ」

と説得した。相馬や会津と同盟を結んだとまでいったのは、重光を味方につけたい一心で、つい口がすべったのである。逆にこの言葉が重光の忠誠心に火をつけた。

満延は重光の返答いかんによっては、小野田城からつれ出し、鍋越峠を越えて延沢城に客としてむかえるつもりでいたが、重光の決意は固く、早く首を打てというばかりだった。

満延はあきらめて、重光を小野田城にあずけて去った。しかし身柄はあずかる約束なので、大崎方は満延にことわりなく重光を殺すことはできなくなった。

満延はその足で山形へおもむき、山形城に登城して義光に首尾を報告した。泉田重光がどうしても味方につかないことを残念がると満延は考えていたが、

「それでこそ武士だ」

と義光は重光を誉めた。

満延は大崎公からのちょうだいものといい、指物を献上した。義光は指物をさすりながら、軍奉行小山田筑前の最期をきき、しきりにうなずいた。老将の奮戦ぶりに感銘をうけたのである。遺品の指物は手元におかず、羽黒山に奉納して老将をたたえることにした。

総数一万にもおよぶ大軍をくりだしながら、軍奉行を討たれ、陣代を人質にとられて敗走した。政宗にとってこれほどの恥辱はない。大崎攻めの失敗は、政宗の威勢に影をさし

た。

伊達勢大敗の報が諸国につたわって間もない二月下旬、奥州小浜城主の大内定綱が、手勢をひきいて伊達成実の所領苗代田に斬りこみ、農民を殺した。なんのための狼藉か、領主の成実にたいして大内定綱が弁明してきたところによれば、定綱が政宗に奉公することが会津方に知られ、切腹をもうしつけられそうになった。そこで方便として、いったん米沢とは手切れをしたと思わせるためにこのような仕儀にいたったので、本心は政宗君に奉公をすることに変わりはないというのである。

定綱は政宗が家督を相続した天正十二年（１５８４）、奉公を願い出て米沢に屋敷まであたえられたにもかかわらず、無断で領地にもどって帰らなかった過去がある。口では奉公するというが、敵につくか味方になるか、本心のうかがいしれない人物だった。このような人物が伊達成実の領地を荒らすのは、政宗を見くびっている証拠である。弱みを見せると、会津、佐竹、相馬の軍勢がかさにかかって襲いかかる不安があった。

伊達成実は領地の苗代田を荒らした定綱を許していない。ここから戦端がひらかれれば、たちまち会津が手を出してくるおそれがある。

定綱の所領の塩松《しおのまつ》では、石川弾正という家臣が逆心を発し、相馬の家臣と通じて成実の所領に忍び入って放火をした。足元に火がついた定綱は、あわてて三月五日になると米沢に駈けこみ、成実に詫びを入れて政宗への奉公の口ぞえをしてくれと頼みこんだ。あいかわらず本心が知れない行動だが、政宗は定綱の謝罪をうけいれることにした。

大崎合戦いらい、山形の境目も騒がしくなった。滅亡した鮎貝城の遺臣が、狐越口や中山口の山中にひそんでいて、境目を守る米沢の兵を襲う。その討伐のためと称して米沢の兵が入りこみ、山中の農家を荒らし、火を放った。今日はふたり、明日は三人と斥候《ものみ》や番兵の死者が増えていった。

四月十八日の夜、本丸の会所に伊良子宗牛が上がり、義光への面会を願い出た。いそぎの話と見える。義光が会所に出ると、宗牛がひとりで坐っていて、膝行《しっこう》して近くに寄った。

「米沢の草が殺されもうした」

と小声でいった。宗牛は伊賀者を隠密として米沢に忍びこませている。その伊賀者の正体が知れて捕らえられたのだった。

宗牛は無頓着な態度で、残酷なできごとを、あまり表情をうごかさず、しずかに語る。

「椿郷の男がふたり、いずれも遊行僧に仕立てておりもうした。密告する者があって検断に捕らわれ、手ひどく拷問にあったようでござる。ひとりは責め殺され、ひとりはなにもしゃべらぬまま、松川の河原で磔《はりつけ》にかけられもうした」

すでに責め殺されていた僧も磔にかけられ、腹から肩にかけて槍を突き通された。河原には群衆があつまり、槍が引きぬかれて血が流れ落ちると喝采し、亡骸《むくろ》に石を投げた。群衆にまぎれこんで見とどけた伊賀者が、山形にもどって報告したのである。

処刑を見物する群衆が、それを見世物のようにたのしみ、酒売りが出たり餅売りが歩いたりするのは珍しい光景ではない。しかしおのれに奉公する伊賀者がそのような目にあったとなれば、宗牛の気持ちがおだやかでいられるはずはないが、あいかわらず無頓着な顔つきである。

「城下でたてつづけに火付けがあったそうでござる。その下手人と疑われ、庶民のうらみを買いもうした」

「草に火付けを命じたのか」

と義光は問う。宗牛は頭《かぶり》をふった。

「そのようなことは命じておりもうさぬ。おそらく隣国から入りこんだ盗賊のしわざでござろう。この節、米沢城下に火付けや盗賊が出没すれば、なんでも山形衆のせいにされもうす」

庄内では和平に失敗し、大崎合戦には一敗地にまみれて恥辱をこうむり、大内定綱には領内をひっかきまわされて、米沢城の家臣から城下の庶民にいたるまで、不平不満がたまって腹がふくれるばかりである。そのいらだちが、境を接する山形に向かっている。

「これはあぶのうござるぞ」

と宗牛は予言めいたことをいった。身分のひくい武士たちや城下の庶民のいらだちは馬鹿にできない。それがおさえきれぬほどふくれ上がると、政宗や相伴衆の老臣たちも山形攻めにはけ口をもとめざるをえなくなるというのである。

　宗牛が一礼してひきさがろうとしたとき、会所の廊下をあわただしく走る足音がして、ご注進と怒鳴りながら、守棟の悴の十右衛門と氏家左近が競いあうように会所に入り、膝をついた。その不行儀をとがめて、しっと宗牛が小声で叱るのも耳に入らぬ様子である。

「さきほど狸森《むじなもり》に米沢勢が攻めこみ、合戦となっておりもうす」

　と十右衛門が甲高く声をはり上げた。宗牛は向き直ってふたりを見すえ、敵勢はどれほどかと問いただす。米沢勢出陣の知らせは宗牛の耳にも事前に入ってはいなかった。十右衛門と左近は心もとなく顔を見合わせた。

「敵の数も知れぬのか。あわてなさんな」

　と宗牛は若い十右衛門をたしなめた。義光にはくわしいことがわかればあらためて報告に上がると宗牛はいい、ふたりをうながして会所をしりぞいた。

　本丸の公文所には守棟や光安がすでに出仕《しゅっし》していた。間もなく長谷堂城から使者が早馬を飛ばして駈けつけた。具足をつけ、兜はかぶらず烏帽子の上から鉢金をつけた鉢巻を巻いている。

「お味方の討ち死に五十、敵の首級《しるし》三十」

　と土間に片膝をついた使者が怒鳴るように報告する。大ざっぱな数で、当てにはならない。

「敵将は誰や。小梁川盛宗《こやながわもりむね》か」

宗牛は使者に問いかけた。狸森は上山から北条荘《ほうじょうのしょう》にぬける山間の村である。敵襲があれば中山口からだった。高畠城を居城とする小梁川盛宗は伊達輝宗と義光が戦ったとき、先陣を切って最上勢を苦しめたかつての宿敵である。盛宗が出陣することは、やがて伊達勢の総出陣となることを意味する。

「湯目又次郎《またじろう》と見もうした」

使者の答えをきいて、宗牛は胸をなでおろす思いだった。湯目又次郎景康は、中山口から鮎貝まで、山形、米沢の境目の警備を政宗に命じられた武将である。いわば代官で、湯目の手勢がうごいたのは、本格的な参戦というより、警備の兵と斥候の兵とがたまたま出くわして斬りあいになったにすぎないのだろう。それにしては、敵三十、味方五十の討ち死にの数が多いので、宗牛は守棟とともに急いで会所にとってかえし、長谷堂城からの報告を義光につたえた。

「敵将は湯目又次郎ときこえもうす。湯目の手勢は、おそらくわれらの斥候か、鮎貝の遺臣を追って狸森まで深入りしたと察する。しかし長谷堂の城兵が多く討ちとられたとあっては、そのままには捨ておけますまい」

義光は宗牛と守棟の顔を交互に見て、

「用心に越したことはない。長谷堂城、畑谷城に加勢を出し、守りを堅固にいたせ」

と下知した。

三

五月一日の午後、米沢城の政宗は東の館に母のお東を訪れ、近々出陣をするとあいさつをした。お東から茶を馳走された政宗は上機嫌で、帰りには弟の竺丸を抱き上げて馬に乗せ、本丸までつれ帰った。

その晩、片倉小十郎を使として、伊達（梁川）鉄斎（宗清）、鮎貝日傾斎（宗重）、小梁川泥蟠斎《でいばんさい》（盛宗）たちのほかに評定役の家臣たちを会所に召し出した。その席で政宗は石川弾正を退治するために出陣する決意を表明した。

石川弾正は陸奥国百目木《どうめき》城の城主である。かつて天正十三年（１５８５）に政宗が小浜城主大内定綱を攻めて滅亡させたときには、弾正は与力として手柄を立て、政宗から所領をさずけられたが、政宗の舅の田村清顕が死んでから、政宗にとっては先代からの宿敵というべき相馬義胤と手を結んだ。あきらかな寝返りである。

評定は深更《しんこう》におよび、弾正退治の軍略から出陣後の山形との境目の警固、鮎貝城の跡目のことまで話しあわれた。

翌日、政宗は陸奥国の諸城に陣ぶれの使者を走らせた。米沢城は戦のしたくであわただしくなり、そこに山形との境目から、秋保直盛の手勢が討ちとったという山形兵の首桶が百二十余も荷駄に積まれて送り届けられ、出陣の門出に供するものとして喝采された。首桶は日によって二つ、三つのこともあるが、板谷や作並の境目から連日届けられる。

首級は米沢城の御厩口《おうまやぐち》に届けられ、持参した武将から野伏《のぶせ》りの軽輩にいたるまで、恩賞をさずけられた。きょうは首級ふたつ、きょうは三つと、大きな戦果のように城下に喧伝される。出陣を間近にして、城の内外は熱にうかされたようになった。

東の館のお東は胸を痛めた。御厩口の喧騒が風にはこばれて耳に届くと、いかにも大きな合戦がはじまったような気がする。一日にあいさつにきた政宗が、石川弾正退治に出陣するが、そのまま相馬義胤とたたかうことになろうと語っていたのも、素直にはうけとれなかった。二本松へ向かうと見せて、方向を変えて山形へ攻め入るのではないかという疑いをぬぐい去れない。

十三日には山伏の祈禱があり、勘文《かんもん》が献じられ出陣の日どりがえらばれた。政宗の出陣は十五日である。

出陣の日、お東は竺丸とともに城外に出て、小高い丘の上から見送った。万を超す大軍が、指物を風にはためかせ、兜を日に輝かせ、槍を林立させて行進していった。

お東は館にもどると、侍女房の小宰相を呼び、ひそかなくわだてを打ち明けた。小宰相は輿入のときに山形から供をしてきた侍女で、お東にとっては心をゆるせる幼なじみである。

「わが子と実の兄者《あにじゃ》の殺しあいなど見とうない。たくさんじゃ。境目に輿を寄せて、矢玉の的になってもとめて見せよう」

とお東はいった。

「そのようなあやういことを……」

小宰相は思いとどまらせようと言葉をつくしたが、お東はききいれない。ついには小宰相が折れて、

「上様、それならわたくしめが段どりをいたします」

と協力を約束した。

ただちに人をあつめ、輿をしたくした。身のまわりの品や衣服、少しばかりの什器《じゅうき》を長持におさめた。全軍が出陣してから、二刻《ふたとき》（約四時間）もたたず、まだ日は高かった。

露払の足軽をさきに立て、輿の両脇に館付きの衛士《えじ》をつかせ、供の女房たちと、しんがりの小宰相の輿、長持をかつぐ仕丁《じちょう》たち、あわせて三十人ばかりの行列が米沢城を出発した。

米沢城の留守居の家臣がお東の出奔《しゅっぽん》に気づき、あわててあとを追った。しかし輿の前に馬をまわりこませ、道をさえぎる無礼をおかすことはできない。ただあとからついて行くばかりである。しんがりの輿の小宰相が簾垂《みす》をあけて顔をのぞかせ、

「上様には中山城へお成りあそばす。護衛は無用じゃ。方々、お城へおひきとりなされ」

と叱りつけるようにいった。留守居の家臣たちは、輿の行列をひきとめることもできず、むざむざと米沢に帰城することもならず、行列の供となった。

中山城は混乱をきわめた。お東の露払が先ぶれしたが、突然のお成りでどのように対処してよいかわからない。城主の小国蔵人が門前に出て迎えたが、お東は輿をとめさせず、そのまま通りすぎた。行列が城山の崖下をすぎ、山形兵との戦場となっている掛入石《かけいりいし》という奇岩に向かいかけたころ、蔵人が号令を発して、城兵が坂道を駈け下った。道は狭く、坂はけわしい。お東の輿を百ばかりの城兵が追い越し、先まわりして平伏した。

輿の行列の前には、人間の塁壁ができた。輿がとまり、お東が顔をのぞかせる。草履をかかえた侍女が走り寄った。

四月末から五月初めにかけて、境目の諸口の伊達勢の動きは活発になっている。中山口からは少人数が連日攻めこみ、鉄砲の撃ちあいを挑んで日暮れには去って行く。秋保では国分勢と山家勢が二口峠をはさんで槍を合わせ、双方に百を越す死者を出している。高畠城の小梁川盛宗の手勢は楢下の陣屋に陣立てして、上山に雑兵をおくりこんで名主を殺し、田畑を荒らした。

義光は境目の警備を厳重にしたが、味方が米沢領内に攻め入ることは許さなかった。長谷堂城や山辺城からは、領内を荒らして逃げ去る敵兵を追って鮎貝や高玉、中山まで攻めこむ許可をもとめてきたが、政宗が陣ぶれを出さぬ以上、みずからは手を出さぬと決めていた。

政宗は無二《むに》手切れという強い言葉をつかって、山形との絶縁を通告してきた。父の輝宗の代にとり決めた無事の約束は反故にするというのである。言葉は強いが、実際に大軍を動かしているわけではない。相馬との境目には一門一族の大身の家臣を配しているが、長井、山形の境目に配しているのは小身の家臣だった。その配置を見るだけで、政宗のねらいがどちらにあるかが知られた。

五月十五日の夕方、長谷堂城から使者が山形城にきて、本丸の公文所に駈けこんだ。中山城の城兵の動きがあわただしいと斥候《ものみ》の兵が注進してきたという。中山城は小国蔵人の居城だが、大崎合戦以来、米沢から加勢がおくりこまれて、人数が倍にふくれ上がっている。

出陣のしたくというのではなく、城下の村を人数が駈けめぐり、なにやら混乱した様子だというのだった。その夜、上山城の城兵二十人ばかりが、松明をかかげて山形城下に歩み入った。中山口で怪しい者をとらえたが、その者は米沢のお東様の小宰相《こざいしょう》という侍女房の使いと名のっているというのだった。

公文所には宗牛が詰めていた。お東様にかかわりのある者がとらえられたときいてはなおざりにはできないから、とりあえず二の丸の屋敷につれてくるように、番士に命じた。

宗牛が公文所を出て二の丸の拝領屋敷に行くと、不審な男はすでに座敷にはこびこまれていた。

　とらえられたとき上山兵に殴られたり蹴られたりしたと見え、顔は血だらけではれあがり、片目がふさがっている。眉目すぐれた若者らしいが、ひどい顔になっていた。気をうしなっていて、宗牛が声をかけると、ようやく顔を上げた。

「小宰相様のお使いときいたが、名をきこうか」

　と宗牛が声をかけると、ふさがっていないほうの目でにらみ、

「そなたの名をさきに名のれ」

　といいかえす。宗牛が苦笑してさきに名のると、お東様の館の衛士《えじ》で、遠藤若狭《わかさ》という
と答えた。声変わりをしたばかりの、十六、七の若者だった。書状をあずかってきたが、山形殿以外に見せるわけにいかないという。

「本物ならば拙者が御所様にとりつごう」

　と宗牛がいうと、若狭はみずからお手わたしをしなければ役目が立たぬという。しかし立ち上がろうとしたが、脚の骨でも折っていると見えて、苦痛のうめき声をもらしてうずくまった。

「無理をしなさんな。拙者がとりつぐともうしたやろ。たしかに小宰相様の使いだという証拠の品でもあるのかいな」

宗牛は若狭をいたわって横にさせながら、おだやかな口調で語りかける。若狭はためらいがちに、胴巻の下から錦の袱紗《ふくさ》の小袋をとり出した。

「これがその品でござる」

「どれ」

と宗牛が手にとると、若狭は、あけてはなりませぬと強い調子でいった。

宗牛は若党に若狭を手当てするよう命じて、会所に上がった。小姓を呼んで義光に目通りをもとめ、袱紗袋をあずけた。

やがてあらわれた義光は、袱紗袋を手にしていた。宗牛を手招きしてそばに寄せると、袋から貝をとり出して裏を見せる。烏帽子をかぶった公達《きんだち》の姿がえがかれている。百人一首の貝合《かいあ》わせの絵だった。

「あてて見ろ」

と笑いをふくんだ目を向ける。藤原基俊《ふじわらのもととし》公と、宗牛がたよりなく小首をかしげながら答えると、ようあてたと義光が大きな声を放った。遠くを見る目になって、

「契りおきしさせもが露を命にてあわれ今年の秋もいぬめり。この貝を合わせるのが、おさなきころの丸の得手だった。得手というより、みながとらせてくれたのだ」

という。母の蓮心院の嫁入り道具のひとつで、義姫がゆずり受け、伊達家に輿入れするとき持って行った。義光にとってもおさないころの思い出の品だった。たしかな証拠であ

る。

「遠藤若狭とやらを、すぐにここへ呼べ」

と義光は命じた。

遠藤若狭は半面を布で包み、小姓の肩を借りてようやく会所に上がった。宗牛のわきに坐ると平伏した。

「ひどくやられたな。気の毒なことをした」

と義光が声をかけると、若狭は顔を上げた。懐中におさめていた桐油紙の封筒をとり出し、額の高さにささげ、これをという。宗牛が受けとり、義光にとりつぐ。桐油紙に厳重に包まれていた書状には小宰相の署名があったが、お東様の代筆であることはあきらかだった。長文の書状である。義光が目を通す前に、

「お東様はただいま中山城にお輿を寄せられてござります」

と若狭がいった。なに、と義光と宗牛は同時に声を発した。

「本日、米沢を発せられ、中山城にお輿を寄せられもうした。さっそく城下に仮小屋の普請にかかってござる」

「仮小屋をこしらえて、なんとする」

義光が書状から目をはなしたまま問うと、

「御兄君《おあにぎみ》であらせられる山形殿に、無事をお誓いいただくまでは、境目から退《ひ》かぬとおお

せられました」

と若狭は答えた。

「なんと、ふんだえない（無分別な）ことする」

義光はつぶやいた。小座敷にこもって絵巻物《えまきもの》をながめていた童女が、みずから輿を境目の城に寄せろと命じる勇ましい女に、いつどのように変化《へんげ》したのか、不思議な気がした。

義光は若狭をいったんひきさがらせて、長文の書状を読んだ。返書をしたためるにも、独断では答えかねる重大な内容である。小姓に命じて、公文所に相談衆を呼びにやった。

書状は山形と米沢の戦をただちにやめ、双方が無事の誓書を出すことを求めている。和睦の条件の第一に、大崎合戦で人質となった伊達勢の大将泉田重光の解放を求めていた。しかし山形から見れば、それは理不尽な要求にきこえる。大崎に攻めこんだのは、伊達の方である。五千人もの将兵を無傷で帰して、大将ほかわずかな数の人質をとったのは、むしろ感謝されるべき処置ではないか。米沢と山形の戦にしても、手切れを宣言したのは政宗のほうで、義光はなにもいっていない。境目を荒らして血を流すのは米沢兵のほうで、山形兵はやむなく応戦しただけではないか。

会所に召し出された相談衆は、口々にそういうことをいった。和睦を求める書状が、かえって政宗にたいする敵愾心《てきがいしん》に火をつけたようだった。

四

その日の評定には志村光安が欠席していた。光安は延沢城に逗留して、野辺沢満延とともに大崎領内の重臣たちとの連絡にあたっていたのである。義光は延沢に使者を走らせ、光安と満延を山形城へ呼びもどした。

山形城の評定では、中山口に輿を寄せて立てこもったお東の和平のもうし出は無視して、こちらから米沢へ手切れを宣告すべきだという強硬な意見が大勢を占めていた。義光の手前、はっきりと口には出さないが、他家に嫁《か》した妹君《いもうとぎみ》に指図されて矛《ほこ》をおさめるなど武士の恥辱だという思いがあった。義光は家臣たちのその思いには気づいている。

上山兵に袋だたきにされて負傷した使者の遠藤若狭の療治がながびいていることを理由に、中山口へは使者も送らず、返書もしたためなかった。ところが、四、五日たって野辺沢満延とともに山形城へもどった光安は、あらためて会所に召集された評定の席で、無事をうけいれるべきだといいだした。

「なしてほだな因循《いんじゅん》なこと、ぐずらぐずらいうべか」

血気さかんな氏家左近は光安につかみかからんばかりになる。まず話ばきけと光安は左近を坐りなおさせた。

「しからば無事を上策とする理由《わけ》を話す」

と態度をあらためる。

「大崎殿のあつかいをめぐって、われらと米沢との間が不和となったことは、上方筋にまで知れわたっておる。ことは奥羽両国のあらそいですまぬ」

光安は徳川家康《いえやす》のことを語り出した。光安は昨年庄内の武藤義氏を滅亡させたあと、義光に代わって京の関白秀吉に、出羽探題《たんだい》山形出羽守義光に出羽国中がしたがうように命じる朱印状を発給するように願い出た。その橋わたしを徳川家康に依頼しておいたが、この春家康からどうやら朱印状がいただけそうだと色よい返事が山形に届いた。

「その書状に、なおまた伊達の儀、骨肉の御間《おあいだ》のよし、ご入魂《じっこん》にてよろしくそうろうと徳川殿はお書きなされた。大崎殿をめぐるたてひきを知らぬはずがない。わざとかように書かれるのは、不和がながびけば朱印状も立ち消えになるぞと釘をさされたようなものでござるわ。お歴々は先年京から参られた御使者が、奥羽総無事を令して行かれたことをお忘れか」

といって相談衆の重臣たちの顔を見まわした。みな忘れたわけではない。しかし総無事など夢ものがたりだと真剣にとりあわなかった。

「徳川殿にはご尽力のお礼として、このたび寒河江外記《げき》に命じて若鷹を一羽献上したばかりでござる。それもこれも無事であればこその話でござる」

寒河江外記は滅亡した大江一族で、降参して山形に召しかかえられた人物である。光安は申次（外交）の役目柄、秀吉の朱印状をとりつけるという大手柄が、合戦によって烏有《うゆう》に帰すことはなんとしても避けたい。

「殿下（秀吉）の御朱印状のことは、光安のもうす通りだ。遠からず京から御使者の下向《げこう》があるときいた」

と義光が言葉を添えた。それまで黙って光安の話をきいていた守棟が、めずらしく異をとなえた。

「逆臣の弾正めはいかがいたす。彼こそこのたびの大崎騒動の張本人ではござらぬか。弾正めが伊達殿に寝返り、大軍を誘いこんで国を売るような真似をしなければ、そもそもこのような大事にいたらなかった。弾正めに腹を切らせねば、さむらい道は立ちもうさぬ。伊達殿との無事も手切れも、そのさきの話でござる」

大崎義隆に叛旗をひるがえした岩手沢城主氏家弾正吉継は大崎領内の氏家党の総領で、守棟とは家祖を同じくする同族である。それだけに弾正にたいする守棟の怒りは強く、弾正に切腹させなければひきさがれない。守棟の怒りは相談衆の心を動かした。

「御朱印状といっても紙きれ一枚だべ。紙きれで世の中がおさまるべか。ものをいうのは槍だ」

と左近がつぶやき、失笑がもれた。さすがに守棟が、

「左近、言葉がすぎるぞ」

とたしなめた。

光安はまったく孤立したわけではないが、さむらい道に照らして氏家弾正をゆるしてよいのかという守棟の主張が相談衆の耳には入りやすい。評定は深更におよんで結論を見ず、義光のあずかりとなった。

義光はみなが会所から退出したあとに、守棟、光安、満延の三将を居のこらせた。泉田重光はどうしておると満延に問う。

「小野田城に無事におられるとききもうす」

陣代としてあずかった大軍を敗北させ、五千もの軍勢をあやうく餓死させようとした責任を感じて、死を覚悟しているようだと満延は語った。

「政宗は泉田殿をいたく気にかけておるようだ。小野田城にこのままおいておくのはどうしたものか」

と義光は語りかけた。

泉田重光を小野田城に人質にしておいて、脱出をはかって城兵に斬り殺されたり、みずから敗軍の責めを負って切腹するなど、不測の事態が生じることを義光は心配した。

野辺沢満延は義光の胸のうちを察して、

「されば、拙者が小野田城へ参り、泉田殿を延沢城へおつれ参らそう。客としてねんごろにおもてなしいたす」

と膝をすすめた。

「おう、こなた、行ってくれるか。めんどうをかけるな」

「なんの。鍋越峠などひと走りでござるわ」

満延は豪放に笑った。


翌日、さっそく満延は山形城をたって延沢にむかった。それからいく日もたたぬうちに、庄内の大浦城の城番、中山玄蕃から早馬の使者が山形城につかわされた。公文所で使者の話をきき、玄蕃の手紙を読んだ守棟は、光安と宗牛を呼んでそろって会所に上がった。義光が会所にあらわれると、

「庄内が再乱でござる」

と守棟が大声を出した。庄内はいったんは平穏になったが、この春あたりから、大宝寺勢の残党が温海《あつみ》や丸岡《まるおか》あたりに蜂起して、豪農の屋敷を襲って蔵を破ったり、火をつけたりして暴れるようになった。追えば残雪の山中に逃げこんだり、船で越後にのがれたりするので、中山玄蕃も手を焼いていたという。

先月から領内を侵す残党の数が目立って増えたと玄蕃は思っていたらしいが、月末になって越後の国境から、本庄繁長《しげなが》の軍勢が押し寄せ、戦になった。

「本庄繁長、一癖ある男や」

と宗牛がつぶやく。年は五十そこそこで宗牛とかわらないが、十六、七のころから武名を上げ、上杉謙信《けんしん》につかえて武田信玄《しんげん》とのたびかさなる合戦で手柄を立てた。謙信に臣従したといっても忠義一徹とはいえず、武田側に寝返ったと疑われて謙信に攻められたことがある。謙信が亡くなった後《のち》、天正六年（1578）に甥の景勝が遺言があるといって春日山《かすがやま》城の本丸をのっとったさいに、本庄繁長は景勝の味方について地歩をかためた。乱世を泳ぎわたってきた歴戦の武将である。

繁長ひとりでもやっかいだが、そのうしろに上杉の大軍がひかえている。

「しまった。油断したわい」

義光は膝を拳で叩いて悔いた。

「玄蕃殿ではようさばききれぬ。加勢をおくりもうそう」

と宗牛が進言した。

庄内に攻めこんだ本庄繁長の軍勢がどれほどの数か、大浦城からの急使の報告ではわからなかった。相談衆の意見はふたつに分かれた。宗牛は、

「緒戦が大事でござる。川西の寒河江、左沢《あてらざわ》、白岩の諸城をはじめ、川北の延沢、庭月、鮭延の諸城にも陣ぶれして、大軍をもって一気に本庄勢を押しつつみ、越後には雑兵ひとりたりとも帰さぬ構えで立ち向かうべきと存ずる」

と主張する。守棟は大崎を伊達から守ることが第一と考えた。

「政宗殿の大崎御所を滅亡させる決心は固うござるな。これは意地でござろうな。われらとの手切れをふれまわり、境目を侵そうとねらっておる。ただいまは相馬、二本松に出陣なされておるが、いずれそちらが片づいたときには、全軍馬首をめぐらせて北口に向かうのは必定。そのときには必ず山形へも攻め入って参ろう」

あくまでも大崎をめぐる攻防が、山形城の運命を左右すると考え、伊達勢との合戦にそなえて主力を温存すべきだと主張する。庄内と大崎、どちらを重視すべきかという立場のちがいは、上杉と伊達という大勢力のどちらに脅威を感じるかという立場のちがいでもあった。宗牛に賛同する者、守棟にしたがう者、相談衆はふたつに分かれ、どちらもゆずらない。ころあいを見て守棟が、

「加勢は送るべし。しかし川北の軍勢を動かし、政宗殿にすきを見せるのは得策ではない。拙者の名代として、悴の十右衛門を大浦城につかわす。陣ぶれは寒河江、白岩、左沢の三城にかぎる。この策ではいかが」

と折衷案を持ち出した。悴を出陣させるという覚悟が、相談衆の心を動かした。

義光の本心は、守棟と同様に、宗家の大崎を守ることを重く考えていた。宗家を滅亡させては先祖にもうしわけが立たないという思いが、どうしてもぬぐい去れない。

「よし。守棟の策を採ろう。こなたら、異存はないか」

と宗牛の顔を見ていった。もはや大勢は守棟の意見にかたむいている。宗牛は頭を下げ

た。評定が果ててみなが退席しはじめたとき、宗牛が守棟に声をかけてひきとめた。

「拙者が陣幕をかついで倅殿について参る。それでどうじゃ」

「御坊、後見をしてくれるか」

「あっぱれ手柄を立てさせて見しょうぞ」

と宗牛はいい、守棟の肩を叩いた。

五

庄内への加勢は十右衛門が軍奉行となり、氏家左近の成沢館《なりさわだて》の兵千ばかりを主力として、二日後に山形を出陣した。寒河江城で、白岩、左沢の将兵を合わせる手はずだった。宗牛は守棟に約束した通り、陣幕を荷駄にのせて、十右衛門のすぐうしろから馬をすませた。

翌日、白岩城から宗牛が走らせた飛脚が、山形城の守棟に書状を届けた。守棟が書状をひらいて見ると、大浦城の城番中山玄蕃の妻子と女房たち十数人が、羽黒山の山伏に守られて、六十里越えを逃げて白岩城にたどりついたと書いてある。城番が妻子を逃がすほどだから、思いのほか庄内の戦況は切迫しているらしい。守棟はいやな予感をおぼえた。


その日、義光は光安を会所に呼び、中山口に居すわったお東の使者、遠藤若狭の容態をたずねた。顔の傷はおおかた治ったが、まだ歩くのには難渋しているとの答えだった。

「歩けなくとも馬にはのれんべ。中山口さ帰してやれ」

「お東様への返書はどうすべえ」

ふたりきりになると、少年のころのような言葉づかいになる。

「手紙はわがんね（いけない）。人体《にんてい》あらため、手紙あらためがあるはず、とり上げられんべ」

お東に伝えるべきことは、若狭に口づたえで語りきかせることにした。光安は二の丸へ使いを出して、若狭を呼びにやった。若狭は以前のように若党の肩を借りこそしないが、脚をひきずっている。義光の前にひかえるときにも、とくにゆるしを乞うて立て膝になった。

「ひさしぶりの手紙を手にして、いたくよろこんでいたとお東にはつたえてくれ。もとより拙者とても甥っ子と命のやりとりをしたくはない。だが宗家の喉元に刃を突きつけられて、黙って見ておられると思うか。無事の話をするなら、まず突きつけた刃を鞘におさめるのがさきだ。そうもうしていたとつたえよ。ただし大崎へは、家中をただしく治めるよう、意見めいたことを手紙に書いてやった」

と義光は若狭に話してきかせた。

「うけたまわりました」

と若狭は片手をつく。義光は光安に目で合図をして、光安が花押《かおう》をしるした通行手形を若狭にあたえた。義光はただちに中山口へもどれと若狭に命じた。

光安の家来の若党五人が若狭を送って行った。その行列のあとに、義光の命をうけて伽の堀喜四郎がつかずはなれず杖をついて歩みをすすめる。

中山城から下りる坂には掛入石と呼ばれる奇岩がある。岩の下に二十人ばかりが入りこめる穴があき、そのあたりは境目の戦がおこるたびにつねに戦場となるので、岩にこびりついた血痕がしみになって残っていた。中山城兵は掛入石の前に陣をかまえて、せまい坂道をふさいでいる。

光安の若党は掛入石の手前で馬のくつわをはなし、若狭を行かせた。喜四郎はすぐあとから、杖にすがってついて行った。城兵は若狭の顔を見ると下馬も求めず黙って通したが、喜四郎は通さず槍を構えて立ちふさがる。

喜四郎は袖も裾もすり切れた古い墨染の衣をまとっている。若いころの遊行の姿とことなるのは、城中の安逸な暮らしに馴れて、頬が福々しく、顔の艶がよくなったことである。

城兵が怪しむのには、理由があった。

「拙僧は堀《ほり》喜《き》吽軒《うんけん》ともうす聖《ひじり》じゃ」

と僧名を名のったが、とても一処不住の遊行僧には見えなかった。あえて通行しようとした喜四郎は槍先を喉元に突きつけられた。

坂の下から心配そうに見まもる若党たちに目で合図を送り、ひき返させる。

「通さぬともうすなら、通さずともよいわい。行雲流水《こううんりゅうすい》の身、いそぐ旅でもない。身はいずこにあろうがそこが諸行の場とこころえておる」

と喜四郎はもっともらしいことをいい、掛入石の穴に入りこみ、笈《おい》を置いて坐った。城兵はあつかいに困り、遠巻きにした。

日が暮れても喜四郎はその場から動こうとしない。やがて、松明が近づいてきて、穴の中を照らした。

「喜吽軒とやら」

と呼ぶ。闇に馴れた目を松明の明かりからかばいながら、喜四郎は笈を背負って外に出た。お東の館の衛士らしい若侍と中年の女中が立っている。

「お東の上様《うえ》がお呼びでござります」

と女中がいった。喜四郎はふたりにみちびかれて、城兵の槍の間をすすんだ。

陣地にほど遠からぬ場所に建てられたばかりの仮館《かりやかた》は外壁の新しい木肌が篝火に映えていた。多くの城兵の影が立ち、槍の穂先が輝く。破風《はふ》造りの玄関を入ると、衣服をあらためた遠藤若狭が出むかえた。

「お東の上様がお目通りをおゆるしくださりもうした。どうぞ奥へ」

と若狭が声をかける。喜四郎は首を横にふり、すり切れた衣の袖をひろげて見せた。

「このようなむさくるしい姿でござるによって、庭先でけっこう」

と喜四郎はいい、逃げるように玄関から出た。若狭が片脚をひきずりながら追って出て、玄関脇の枝折戸《しおりど》から喜四郎を庭につれて行った。喜四郎は土の上に膝をそろえて坐った。その顔が見えるように、奥の座敷の縁側に女中が燭台を置く。やがてお東が小宰相をしたがえて座敷にあらわれた。

喜四郎が義光にしたがって山形城に入ったのは、お東が伊達輝宗に嫁《とつ》いだあとのことだから、初対面である。身体はふっくらとして、頬はふくらみ、伊達の世つぎの母の貫禄がにじみ出ている。肌は白く燭台の灯に輝き、喜四郎の目には観音菩薩が現出したように見えて、思わず頭がたれた。

「喜吽軒殿、お名は米沢にもきこえておりますぞ。そこでは暗うてお顔が見えませぬ。もっとお寄りなされ」

お東は親しみのこもった声をかける。喜四郎は気圧《けお》されるものを覚えて、身をちぢめた。喜四郎が近寄らぬと見て、お東は小宰相が小声でたしなめるのもきかず、縁側に膝をすすめる。焚きこめた香が、喜四郎の鼻にとどき、胸が鳴った。

「兄上のお考えは、若狭からとくとききました。ごもっともの筋もあれば、わたくしの思いがようつたわらぬ口おしさもございます。いずれにしろ、つたない文では、思うことのなかばもつたわらぬもの。お目にかかって、思いのたけをお話ししたきものでございます。どうにかして、お目もじのかなう手だてはございませぬか」

お東は縁側から身をのり出しそうになる。喜四郎はようやく顔を上げた。お東の顔が思いがけない近さにある。その潤いをふくんだ目に、兄と子の両者の和解をのぞむ真情があふれているように見えた。

「お東様のお言葉でござるが、それはちとむずかしいことと存ずる」

喜四郎は口ごもりながらいった。

「むずかしいことは承知で御坊におたのみもうします。戦のさなかにこうして境目に輿を寄せ、矢玉をさえぎる覚悟でございます。命を惜しむものではござりませぬ」

とお東がいったとき、小宰相が片手で縁側を軽く叩いた。口をすべらせるなとたしなめたのである。お東の言葉を、だれが米沢に密告するかわからない。

「ようござる。せいぜい力をつくしもうそう」

と喜四郎は約束した。

その約束を果たすのがどれほど困難なことか、喜四郎が知らないはずがなかった。お東と義光を会わせるには、お東を中山口の仮館から城兵に気づかれぬようにつれ出し、上山城までつれて行くか、義光が手勢をひきつれず、微行《しのび》で中山口まで出むくしか方策がない。いずれも思いつくのはたやすく、実行するのはむずかしかった。

仮館の庭は造園がほどこされているわけでもなく、芒《すすき》や笹や蓬《よもぎ》が生い茂る野原である。笹を敷いて坐り、縁側のお東の顔を見上げているうちに、喜四郎はただ、このお方の願いをかなえてあげたいという気持ちになった。

お東が奥へひきさがると、遠藤若狭が喜四郎をうながして、中山太郎左衛門《たろうざえもん》という地侍の屋敷につれて行った。太郎左衛門はもとは中山城の城主の家柄である。翌朝早く若狭が太郎左衛門の屋敷にきて、義光に宛てたお東の書状と通行手形を喜四郎に手わたした。

喜四郎が中山の街道を下るのを、志村の若党は待っていた。もう半日待って帰ってこなければ、山形城にとってかえして、喜四郎が囚《とら》えられたと注進におよぶところだったと、若党のひとりが真顔で語った。

山形城にもどった喜四郎は、義光に会う前に公文所で光安に会い、お東には兄上と会って語りあいたいのぞみがあると耳うちした。光安は目をみはり、

「それは無理な相談だ」

と一蹴した。

「無理は承知だが、拙者、そののぞみをかなえると約束してしもうた」

「なしてほだな小馬鹿《こば》くさいことを。御坊らしくもねえ」

喜四郎は思慮ぶかいというより、損得勘定にこまかい男だと光安は思っていたから、無暴な約束をしたことにあきれた。

「お東様ののぞみを、御所様のお耳には入れるなよ。みずから中山口まで馬をすすめるなどといいだしたら、おおごとだ」

と光安は釘をさし、ほかの相談衆にも内緒だ、ここだけの話だとつけくわえた。

喜四郎は光安とともに会所に上がり、お東の書状を義光に届けた。義光はふたりの目の前で書状に目を通したが、たたんで封におさめ、懐中にしまった。

「またもや妹君の説法だ。政宗から誓文をとりつけるから信用しろと。梵天《ぼんてん》、帝釈《たいしゃく》、四《し》天大王《てんだいおう》、熊野三所《さんじょ》権現、八幡大菩薩《はちまんだいぼさつ》、塩釜大明神《しおがまだいみょうじん》と、神仏の名をあげておる」

義光は少しかなしげな顔になり、言葉を切った。ありがたい神仏の名をあげて誓文をやりとりしても、法螺貝が吹き鳴らされればあっけなく無事の誓いが破れるのが乱世の常である。それを知ってか知らずか、書状に神仏の名をつらねて、政宗に誓わせると書いて寄こすお東の心中を思うと、せつなくなる。

義光にすれば、大崎と庄内、腹背にわずらいごとをかかえて、妹の説法に耳を貸す心境ではなかった。

「いくども書状をもらって、打棄《うっちゃ》っておくこともなるまい。御坊、帰ったばかりですまぬが、また中山口まで出張《でば》ってくれぬか」

「うけたまわりもうす」

喜四郎は両手をついた。お東ののぞみをつたえることができなかった。

翌朝、喜四郎は義光の書状をたずさえて、ひとりで中山口まで出むいた。途中までは上山と長谷堂の城兵が陣がまえをして警戒しているが、掛入石に近づくと人の気配はなくなる。喜四郎が掛入石にさしかかると、槍をかまえた足軽が姿をあらわした。喜四郎は通行手形をかざし、片手で足軽の顔を指さすと、

「そなた、見覚えがあるぞ。きのうも会《お》うたな。お東の上様の御用や」

と大声を放って通り過ぎる。中山城の城兵の荷物あらためは、お東の上様の御用でおし通して陣地を通りぬけた。すぐには仮館を訪ねず、中山太郎左衛門の屋敷の門をたたいた。仮館の周囲は中山城の城兵が固めている。ここからお東をつれ出すのは容易なことではないと、喜四郎はあらためて実感した。太郎左衛門の屋敷から若党を使いに出して、遠藤若狭を呼んだ。

義光の書状を手わたすと若狭はおしいただいた。しばらく待てといい、仮館にひき返す。やがて仮館から、女房たちをしたがえて被衣をかぶったお東がでてきた。周囲を固めた城兵はとまどい、声をかけるのを遠慮して道をあける。中山太郎左衛門は驚いて、門内に郎党や女たちを坐らせた。お東はかまわず屋敷に入った。太郎左衛門が案内して、座敷に通す。つきしたがってきた女房が、座敷に上がれと喜四郎にすすめたが、喜四郎は遠慮をして、仮館のときと同様、庭先に膝をそろえて坐った。縁側からお東が、

「きけば御坊はお伽だそうではないか。遠慮なく上がりやれ」

と声をかける。米沢城でも伽衆は主君のそば近くに仕えるのが常である。座敷に上がるのになんの遠慮もいらない。しかし喜四郎は土の上から動こうとはしなかった。

「兄上様のお文は読んだが、お目もじのことは一字も書いておらぬ。喜吽軒殿、わたくしの願いは届けてくださったのだろうな」

とお東は喜四郎の顔を見つめて問いただした。喜四郎は伏目がちになり、お東の視線をさけた。

「たしかに上様のおのぞみは御所様におつたえいたしました。しかしなにぶん多端のおりでござる。すぐにはご返答がいただけませぬが、ご容赦くだされ」

「多端ともうしたが、この戦ほどの大事がほかにあろうか」

お東はやや怒りをふくんだ目を向ける。喜四郎ははっと声をもらし、頭を下げた。

「いいえ、御坊を責めるつもりはござりませぬ。わたくしの頼りは、御坊ばかりじゃ。くどいようじゃが、いま一度、兄上様にお願いしてくだされ」

とお東はいい、胸の前で指先を合わせて、合掌して見せた。

「うけたまわりもうした」

喜四郎は顔を上げてはっきりと答えた。お東の顔がよろこびにほころぶ。急にひとまわりもふたまわりも若返ったように見える笑顔だった。この上は、約束にたがえたら、腹を切らねばなるまいと喜四郎はみずからにいいきかせた。

六

中山口から山形城へもどってから、喜四郎は二の丸の氏家屋敷を訪れた。光安には相手にされなかったから、主戦派の頭領ともいうべき守棟に、お東の対面のことを直訴しようとした。

「御苦労でござった」

と守棟は喜四郎をねぎらい、座敷に招き上げた。お東に兄君との対面ののぞみがあることを口にすると、馬鹿をもうすなと叱りつけられるかと思っていたが、案に相違して、守棟は考えこんだ。脈ありと見て、

「いかが」

と喜四郎が返答をうながした。

「実は、貴公の留守のあいだに、大崎から飛脚が参った。これはまだ相談衆にもはからず、拙者と御所様だけの内々の話だが、その書状を見るに、大崎殿はかなうことならば合戦にはしたくないというのが本心だ。御所様から逆臣の氏家弾正に腹を切らせねばさむらい道が立たぬと意見の手紙をさし送ったのに、一向に弾正の首をとろうとせぬのは、伊達殿の顔色をうかがっておるからだ」

守棟は苦々しい顔をしていった。

「ご本尊が戦をしたくないとおおせられているのだから、はたから口を出して火を吹くこともない。なんとか無事におさめる橋わたしをしてくれと御所様を頼って参った」

「御所様のご存念は」

と喜四郎が問うと、

「無事に異存はないともうされた。ただし、これまでのいきさつを見れば、大崎殿から無事をいいだせば、家中は四分五裂となる。そも黒川月舟斎が黙っておるまい。弱虫の主君を押しこめて、幼君をかつぎ出そうとするかも知れぬ、そう心配なさっておられる。無事なら無事で、どのように運ぶかが頭の働かせどころだ。そこをあやまれば、宗家は滅亡する。そのようなお考えだ」

と守棟は答えた。

「それでは、お東様とのご対面もご一考を」

「うむ。言上はしてみよう」

と守棟はひきうけた。

義光は守棟から相談を持ちかけられると、すぐに喜四郎を呼んだ。喜四郎が会所に上がるとまず、

「お東と話してきたそうだが、どうだ、婆《ば》っちゃになったか」

と声をかけた。先日中山口の報告をしたときには、そのようなことはいっさいきかなか

ったのである。喜四郎は手を横にふり、

「とんでもござらぬ。お若く、おうつくしゅうござった」

と答えた。義光はふくみ笑いをした。輿入前の面影しかおぼえていない。長局の女たちが意地くされと陰口をいうほど、強情で活発な少女だった。義光が話題を転じて、

「中山城には桑折播磨《こおりはりま》（宗長《むねなが》）が加勢に参ったときいたぞ。固めはどうだ」

と中山城の様子をたずねた。中山城には千を超える兵がいて、さらに桑折宗長が千にあまる兵力をひきいて陣立てをしている。村は大騒ぎだと喜四郎は答えた。兵力は大きいが、山形へ攻めこむ様子はない。むしろお東を守るために着陣したのではないかと喜四郎は答えた。

「それならば、お東が中山口を出るのはむずかしいな。かといって、丸が出むけば、合戦になる」

と義光はいった。お東と対面する気はあるらしい。喜四郎は膝をすすめて近くに寄った。

「拙者に考えがござる。おまかせあれ」

と必死の面もちでいった。しかし、よい考えが浮かんだわけではない。敵と味方に立場を異にした兄と妹を対面させたい一心だった。

その年は閏《うるう》の月がある。喜四郎は義光とお東を対面させるために、相談衆の面々を説い

てまわったが、知恵も手も貸そうといいだす者はいない。庄内の戦況が思わしくなく、城番の中山玄蕃が単身大浦城を脱出して、東禅寺城に馬で逃げこんだという報告が届くかと思えば、加勢に参陣した氏家十右衛門の軍勢が戦況を盛り返したという報告も届く。一進一退でさきが読めなかった。相談衆も実現できそうもない兄妹対面の相談にのる気持ちの余裕はないらしい。

喜四郎から知らせがこないので、閏五月のなかばになると、しびれを切らしたお東は中山口から遠藤若狭を使いに出した。若狭がもたらした書状は義光宛てのもので、無事を祈って湯殿山大権現に願をかけ、僧を仮館に招いて護摩《ごま》供養をしたといってきた。若狭は二の丸の志村屋敷を宿とし、喜四郎を呼んだ。いつ兄上にお目もじがかなうのか、はっきりした返答をきいて参れと、お東に責められていると、若狭が喜四郎をうらみがましい目で見ながらいった。

喜四郎は若狭と話しこんでいるうちに、先月米沢から軍奉行として中山城にのりこんできた桑折宗長が、若いころ出家して相模国の藤沢道場で覚阿弥《かくあみ》と称していたという話をきいた。若狭にすれば、変わり種の武者だというつもりだったのだが、それをきいた喜四郎は小膝をたたき、身をのりだした。

「拙者は実をもうさば破戒僧の身で、大きなことはもうせぬが、京の金蓮寺《こんれんじ》の寺小僧だったこともある。桑折殿とは、京と藤沢、土地こそちがえ、同じ遊行の縁につながる同士だ。

会うてみたい」

と若狭に頼みこんだ。

お東の書状をうけとった義光は、たび重なる無事の催促に当惑した。喜四郎が若狭を代弁して、

「早うお目もじがかなうようにいたせと、お東の上様から日夜責められておるそうで。若狭殿も気の毒でござる。この上は拙者がふたたび中山口へ参上して、なだめ参らせようと存ずるが……」

と小声でいった。喜四郎の言葉には裏があると義光は感じとったが、

「そうか。では行って参れ」

といってうなずいた。喜四郎はその言葉を、兄妹の対面を実現するために下工作することが黙認されたと勝手にうけとり、はっと声をもらして平伏した。

お東が中山口に居すわってから、一月がすぎている。はじめは中山城の将兵は混乱したが、しだいにそれがあたりまえの日常となった。喜四郎が若狭とつれだって仮館に上ったときには、警護の兵も以前にくらべてずっと少なく、木戸に槍を立てかけて無駄話をしているありさまだった。

軍奉行の桑折宗長に若狭を使者に立てて、喜四郎は面会をもとめた。お東からの口添えがあったから、宗長はむげにことわることができない。しかし喜四郎を山形城からの使者

として迎え入れることは拒否した。遊行の僧とたまたま城の外で出会ったことにしたいと、まわりくどいことをいい出した。

喜四郎は若狭にみちびかれて、城外の堀端《ほりばた》の公孫樹《いちょう》の大木の下で待った。宗長は数人の若党をしたがえて城門から出てくると、若党が置いた床几に腰を下ろした。喜四郎と同じくらいの年まわりで頬骨が張り、髯が濃く、眼光がするどい。歴戦の勇将の面がまえで、藤沢道場で修行していたという経歴が嘘のようだった。

若党は床几を宗長の前に一間《いっけん》ほど離して置き、喜吽軒様と喜四郎を呼んだ。喜四郎が床几に腰かけると、宗長は、

「貴僧はお若いころ京の四条道場で修行なされたときいた」

面構《つらがま》えに似ぬ親密さのあふれたおだやかな口調で語りかけた。読経できたえられたよく通る声だった。四条道場は時宗の金蓮寺の別名である。

「修行とはおこがましい。末寺の門前を掃いていただけでござった。身についたのは、踊念仏ばかり」

と喜四郎は謙遜した。しばらく試すように四条道場の修行の様子を問いただしてから、宗長は片手をふって若党たちを遠ざけた。

「話をきこうか」

「お東の上様のおのぞみでござる」

お東から山形へ、兄上との対面をのぞんで、たび重なる書状の催促があることを、喜四郎はかくさずに話した。

「山形の御所様も妹君とのひさしぶりのご対面を心待ちにしておられる。ぜひともお東の上様のご宿願をはたしてさし上げたい。そう思うて参上つかまつった」

喜四郎が語りおえる前に、宗長は横を向き、片手で耳をおおった。

「そのような話は、きこえぬ」

「桑折殿……」

喜四郎は必死の面もちで語りかけた。宗長は耳から片手をはずそうとしない。

宗長に願いがききとどけられず、それどころか山形の間者《かんじゃ》と見なされて、目をつぶされ、舌を切られ、耳をそがれて磔にされるかもしれない。山形へもどっても、敵方に内通したと疑われ、首を斬られるおそれがある。喜四郎はそれは覚悟の上で、墨染の衣の下に死装束を着、背中に南無阿弥陀仏の六字を墨書してある。

宗長は耳から片手をはずし、

「なにもきかぬ。そもそもお東の上様の行蔵《こうぞう》（行うこと、思うこと）は、われらにははかり知れぬ。もとよりおとめすることができぬ」

と意味ありげにいうと、胸の前で手を合わせて、床几から腰を上げようとする。

「拙者を証人にとってくだされ。いつでも首をさし上げる覚悟はできておりもうす」

と喜四郎がいった。宗長は証人ともうすかとつぶやき、片手の掌を上にして高くさし上げ、片手の掌を下に向けて地につきそうに低く下ろした。一方がお東、他方が喜四郎を示している。

「釣りあいがとれぬわい。貴僧の首など烏《からす》も突っつかぬ」

といい捨てて立ち去った。

喜四郎はしばらくその場にたたずみ、宗長と若党たちが城門の内に消えるまで見送った。遠く離れた場所から見守っていた若狭が歩み寄り、首尾をたずねる。宗長がお東の上様をおとめすることはできぬといったことを喜四郎が話すと、

「そうもうされたか。かくなるうえは、ふたりしてこれを賭けようぞ」

手刀《てがたな》で首すじを叩く真似をして見せた。

「拙者の首など烏も突っつかぬそうだ」

と喜四郎はいい、高笑いをした。

仮館の手配は若狭にまかせ、喜四郎はただちに馬を早駈けさせて山形にもどった。本丸の会所で義光の前に出て、仮館の様子と桑折宗長との対面の一部始終を報告し、

「この期をのがせば、お東の上様とのご対面はなりもうさぬ」

このことに一命を賭《と》しているといって墨染の衣を脱ぎ、文字を墨書した死装束を見せた。

「こなたらだけに首を賭けさせるわけにはいかぬな。丸もそうするか」

義光ははじめて、お東との対面をみずからの口からいい出した。義光は小姓に命じて、二の丸の守棟と光安を呼びに行かせた。相談衆のうちふたりだけに声をかけたのは、人数が増えれば異見が出るのが目に見えているからである。

喜四郎は守棟と光安には諮らず、頭ごしに義光と語りあってことを決めようとした。いってみれば抜け駈けとなるので、ふたりからは恨まれる。ほかの相談衆の腹立ちは当然で、ことが破綻すれば喜四郎は詰め腹を切らされるだろう。

義光は喜四郎を控えの間にさがらせ、守棟、光安とは顔を合わせないように配慮した。小姓に呼ばれて会所に上がった光安と守棟は、お東と対面するという話を義光の口からきくと、驚いて、

「およしなされ。無益でござる」

「供が多ければ合戦になり、少なければ襲われて人質にとられる。みすみす窮地におちいるようなものではござらぬか」

と口々に反対した。深く先を読もうとする癖のある光安は、延沢城に人質となっている政宗の陣代《じんだい》泉田重光をとりもどすための計略だと主張する。政宗にたいする不信はどうしてもぬぐいされなかった。

しかし義光の決意が固いことを知ると、思いとどまらせることをあきらめざるを得なかった。

「光安、奉行をいたせ」

と義光は光安に命じた。そのあとでようやく喜四郎を呼んだ。光安は喜四郎が下工作をしたことに気づいたが、不服めいたことは口に出さない。

七

光安と喜四郎は数日かけて策を練った。義光とお東、どちらにも危険がおよばぬ場所をえらび、ひそかに対面させる工夫は容易なことではない。

ようやく策が成り、喜四郎は中山口へ馬を走らせた。仮館に上がり、若狭に会って策をさずけた。

その夜、お東の侍女の小宰相が中山城を訪れ、軍奉行の桑折宗長に会い、お東の上様が上山領の松山にある西光寺《さいこう》という時宗の寺に参詣したいとおおせられたともうし出た。宗長から見れば、上山領は敵地である。しかし時宗の寺は宗長にも由縁《ゆかり》があるから、参詣をとどめにくい。小宰相は喜四郎が山形からもたらした光安の書状を宗長に見せた。参詣のための通行をゆるし、往復の安全を保証することが書かれている。宗長は黙認せざるを得なかった。

翌朝暗いうちに、仮館から十数人の白装束に袈裟をかけた女たちが出てきた。女人講の集団に見える。先達《せんだつ》に墨染の衣の喜四郎が立ち、錫杖《しゃくじょう》を鳴らして歩いた。

白い手甲脚絆をつけた行者姿の女たちの中心にお東と小宰相がいる。遠藤若狭をはじめとする衛士たち数人は、少し間をおいてあとからついて行く。

さらにそのあとから中山城の城兵がついて行ったが、境目の木戸まで行くと足をとめて講中を見送った。

上山城下をはなれ、ちょうど中山口の境目まで道のなかばといったあたりに陣幕がはりめぐらされ、緋《ひ》の毛氈《もうせん》が敷かれていた。大きな傘がさしかけられて日ざしをさえぎっている。白装束の講中は肩衣をつけた小姓たちに迎えられて陣幕の内に入った。女たちのあとから、喜四郎と若狭も招き入れられる。

中央の傘の下に床几を置き、義光と光安が腰かけていたが、お東を見ると光安は床几から下りて毛氈の上に坐り、両手をついた。

「おひさしゅうござる。おぼえておられますか。志村新九郎《しんくろう》でござる」

光安は少年のころの通り名を名のった。

「おお、新九郎、よくおぼえておる。面影はのこっております。ほれ、このあたり」

お東は目尻のあたりを指のさきでさわった。光安は義光の近習の中でも年少だった。いまや歯が欠けて老人くさい顔になったが、下がり加減の目尻のあたりに少年のころの面影がのこっている。

「兄様、おひさしゅうござります」

床几に掛けたままの義光にお東は指をついてあいさつをした。義光はお東の顔をみつめ、二、三度うなずいた。

「おたがいに年をとった」

と声をかけると、お東はかすかに笑った。

かまどに炭火がおこり、釜の湯がたぎっている。野だての茶会のしたくがととのえられていた。

「ごぶさたばかりでございますが、父上はいかがあそばされましょうか」

お東はしばらくためらってから、ききにくそうにたずねた。父義守と兄義光の確執には、少女のころから胸をいためていた。

「このところ、よろしいようだ」

と義光はみじかく答える。城外の龍門寺で老後をやしなっている義守は、一時病みおとろえ、人の名も忘れるようになったが、本復して龍門寺の境内を歩きまわるほどになった。龍門寺の僧たちの祈禱の験《げん》があらたかだと、城中では噂をしている。それを義光が話すと、

「それはようございます」

お東は涙ぐんだ。

陣幕を遠くから巻くように、街道沿いの木立ちに鉄砲足軽や弓組の武士がひそんで、万

一の事態にそなえている。山裾の谷地にひらかれた田のそこかしこに農夫の立ち姿が見えるのは、伊賀者衆の変装である。

幕の内では、日よけの大きな傘の下に人々があつまり、茶のもてなしをうけながら、なごやかに話しこんでいる。主の義光の傘の下には、客のお東と小宰相のふたりだけで、小姓と侍女、光安、喜四郎、若狭たちは、声のとどくほどの近さで、日の光を浴びながら控えていた。

義光とお東はしばらくおさないころの思い出話に花を咲かせていたが、なごやかな空気が一変したのは、お東が政宗との和睦の話をもちだしてからだった。

「こちらから戦をしかけたことはない。輝宗殿の時代からそうだった。また、こちらから伊達の領内を侵したこともない。戦はいつもあちらからはじまる」

義光は米沢の方角を指さして、言葉をつづけた。

「このたびのことは大崎合戦が起こりだ。宗家から助けを乞われて、坐視することができないのは、そなたにもわかってもらえるだろう。政宗はこの冬の戦に敗れていったん兵を引いたが、戦はまだおわらぬ。中山城の備えを見れば、そなたにも知れよう。いつでも攻めこむ備えだ。あれを見、これを思えば、われにばかり和睦をもうしかけるのは筋ちがいともうすものだ。まず政宗から矛をおさめよ」

「山形のお立場は重々承知しております。そこをまげて、政宗には伯父上にあたる兄様から、さきに御無事の声を上げていただきとうございます。このたびばかりは、わたくしは山形へはもどれず、米沢へは帰らぬつもりで参りました。どうしても兄様がおゆずりくださらぬのなら、この場で矢玉にあたって果てる覚悟でござります」

「意地たかり（強情者）めが」

義光はつぶやいた。お東は義姫と呼ばれた少女のころから、いいだしたことはまげない強情者だった。兄の義光は理屈でいい負かすことも、腕力で屈服させることもできなかった。

「そなたも承知のことだが、当家譜代の家臣には大崎ゆかりの氏家党の者がおる。その者らが黙っておらぬ」

義光は氏家をうじえという。山形城では昔からそう呼んでいた。宿老氏家守棟とその一族のことである。

大崎合戦の火つけ役となったのは、玉造郡岩手沢城主の氏家弾正吉継である。伊達勢がいったん退却したあとも、弾正は一族の栗原郡一迫城主の一迫刑部、玉造郡鵙目《もずめ》村の豪族鵙目豊前《ぶぜん》と心を合わせ、ふたたび伊達勢をひきいれて主家を滅亡させようと画策している。

「このたびの合戦で、玉造郡の氏家党は、郎党あい反目し、親兄弟が刃を向けあう仕儀となった。ゆるせぬのは逆臣氏家弾正だ。政宗が無事をもうしでるのであれば、まず弾正の首を土産に持参せねばなるまい」

そうでなければ、山形の家臣たちが納得しないと義光は事情を語った。

「そのように血なまぐさい話をさきに出されては、なる話もまとまりませぬ。神仏の前で無事を誓ってくださりませ」

「誓紙《せいし》一枚がなにほどの役に立つか」

兄妹の話は堂々めぐりとなった。お東は義光がわれからさきに手を出したことはないといった言葉にすがり、

「お言葉通り、さきにお手は出しませせぬか」

と問いただす。義光がいかにもとうなずいて見せると、ようやく肩の力をぬき、息をついた。

「政宗が大崎から手を引けば、それですむことだ」

「評定方の老臣どもに、わたくしからよくよく願っておきます。老臣どもは御陣代の泉田重光殿が人質となっておるのが気がかりな様子。早く米沢へお返し願いとうございます」

「泉田殿は大崎からの預かりもので、われの一存では返すとも返さぬともいえぬ。これも大崎から手を引けば片がつくことだ」

お東は傘の上へ目をやり、途方に暮れた顔をした。ひとつものごとを解決すれば、そのさきにもっとむずかしいことが立ちはだかる。義光にさきに手を出さぬと約束させたのは、山の登り口に立っただけのことにすぎなかった。ひさしぶりの兄妹の対面は、なつかしい

話ではじまり、苦い話でおわった。

中山口へもどるお東を、義光は陣幕の外に出て、姿が見えなくなるまで見送った。土産の反物と衣服を入れた葛籠《つづら》をかつぐ足軽たちと一緒に、喜四郎が錫杖をついて送って行った。

境目の木戸は中山城の城兵が厳重に固めている。一行が近づくと、輿をかついだ足軽たちが駈け寄り、ひざまずいた。山形の足軽はその場に葛籠を置き、あとじさりする。

お東は輿にのる前に、木戸の前にたたずむ喜四郎をふり返り、軽く会釈をした。喜四郎は片膝をつき、一礼を返す。城兵が寄ってきて、槍を突きつけ、早く去れとうながした。

「喜吽軒殿、世話になった。この恩は忘れぬ」

と若狭が声をかけた。お東の輿は木戸をくぐり、すぐに見えなくなった。

十日ほどしてから、若狭が山形城に使いにきた。義光に宛てた茶会の礼状を届けにきたのだが、お東から喜四郎に下さりものがあるという。喜四郎は二の丸の志村屋敷に行き、若狭から桐箱を手わたされた。蓋をあけると新しい墨染の衣がたたまれていた。

「よほど着古されておったのが、お目にとまったらしゅうござる」

と若狭がいう。ありがたいと三度もいってから、喜四郎は衣を高くおしいただいた。感動すると、裏腹な言葉が口から出るのが喜四郎の悪い癖で、

「遊行の衣は、ぼろが値打ちでござる」

といわでものことをいった。

中山口のお東の居すわりは、八十日におよんだ。戦国乱世のながい歴史のなかでも、女人が戦場にのりこみ、居すわって合戦をやめさせたことは、前代未聞である。

政宗はお東の行動を迷惑とも笑止とも側近にもらし、中山口に使者をおくって、米沢に引きあげるよう再三うながしたが、ききいれる様子はない。かえって中山口から少納言《しょうなごん》という侍女房を通じて、はやく無事の誓いを立て、人質となった泉田重光をとりもどすべきだという催促の書状が届けられた。

六月の末には、山形城に大崎義隆の名代の使者と黒川月舟斎の使者が詰めて、事態を見守っていた。義隆たちは和戦の決定を義光にゆだねている。ただし伊達側が要求する義隆と月舟斎が詫びを入れることは、断じて受け入れることができないという。最後は意地と意地のぶつかりあいになり、話しあいは成りたたない。

お東は政宗の側近の片倉小十郎を動かして、政宗を説得しようとこころみた。七月になると老臣たちにも無事をうけいれる意見が大勢を占めるようになり、政宗もついに和睦をうけいれざるをえなくなった。

逆臣氏家弾正の首をさし出せという山形側の主張は通らず、大崎義隆と黒川月舟斎の詫びが先決だという米沢側の主張も通らない。ただ人質の泉田重光の解放のみが和睦のたまもので、どちらにも勝敗はつかない。お東ひとりが勝者だった。

十三章　奥羽仕置

一

新年の祝宴は喜びもなかばといったおもむきだった。本丸の会所の大広間を埋めつくすほど肩衣《かたぎぬ》をつけ正装した家臣が居ならび、声をそろえて賀詞をとなえたが、例年ならば義《よし》光《あき》のすぐ手前に坐る宿老の氏家守棟《もりむね》の姿がなかった。

守棟のいるべき座は、成沢《なりさわ》館主の氏家左近が名代として占め、祝宴の三献《さんこん》の盃を上げた。義光から下げられた大盃が、末座の家臣までまわると、長局《ながつぼね》の女中たちが祝いの膳をはこんで、銘々が膳の盃をとって祝いの酒をくみかわす。雑煮がはこばれるころには、例年であればめでたい歌や踊りが披露されるところだが、酔いを発する家臣はすくなかった。

義光はそんな座の空気を読み、小姓頭の奥山鹿丸《ししまる》をうながして中座をした。鹿丸はすでに濃い口髭をはやした中年となっているが、通り名は少年のころのままである。義光の姿が上座から消えると、会所の大広間はようやくにぎやかになった。

会所の奥の間に宴《うたげ》のしたくがととのえられている。大広間から呼び出された伊良子宗牛《いらこそうご》、志村光安《あきやす》、鮭延秀綱《さけのべひでつな》たち数名の側近が膳についた。

前年の天正十六年（1588）七月、お東の身を挺した仲介によって、大崎合戦に端をはっした伊達政宗との確執は合戦にいたる寸前で避けられ、和議が成立した。人質となっていた政宗の陣代泉田重光は無事に米沢に送り返された。ところが、山形、米沢両家の交渉のすきをつくように、越後村上の本庄繁長の軍勢が庄内に攻め入り、合戦となった。

義光は庄内の仕置《しおき》を大浦《おうら》城の城番中山玄蕃《げんば》光直と東禅寺城主東禅寺氏永にまかせていた。大宝寺勢の残党と手を結んだ本庄勢に庄内勢は押しまくられ、山形に加勢をたのんできた。義光は氏家守棟の悴十《とお》右衛門《えもん》を軍《いくさ》奉行とし、宗牛を後見の軍目付とする加勢を東禅寺城におくり出したのだった。

政宗との和議が成ったころ、東禅寺城から悲報がとどいた。十五里ケ原の合戦で庄内勢が大敗し、十右衛門が討ち死にしたというのである。十右衛門は守棟のあとをついで氏家一族の頭領となるはずだった。一族の左近はいきり立ち、とむらい合戦ととなえて出陣をねがい出た。

ところが義光は左近の出陣をゆるさず、みずから出陣することを宣言したのだった。守棟、光安は留守居として山形城にのこり、大崎、伊達との和議のあと始末にあたれと指示した。

別宴の場に席をあらためて、側近ばかりとなると話はそのときのことになる。

「城番の中山玄蕃がほうほうの体《てい》で城を落ちのび、裸馬の背にしがみついて東禅寺城に逃げ帰ったという知らせをきいたと思ったら、追っかけて十五里ケ原で十右衛門が討ち死にしたと急使がきたではないか。これは宗牛もいよいよくたばったかと思うたぞ」

と光安が宗牛の盃に酒をそそぎながら語りかけた。

「拙者は東禅寺城で、御所様御出陣の知らせを耳にしたときは正直にもうして耳をうたがった。城中に誰かおとめもうす者はおらなんだかと、腹も立った」

と宗牛はいう。大浦城をうばわれた庄内の東禅寺勢は敗色濃厚で、きょう明日にも本庄繁長の軍勢が赤川をわたって東禅寺にせまるかという情勢だった。そんなときに義光が参陣すれば、討ち死にの危険さえある。総大将が首をとられれば、西から本庄繁長と上杉景勝、南から伊達政宗がこの機をのがさじとばかりに一気に山形に攻めこみ、大崎、山形という奥州、羽州探題《うしゅうたんだい》の鎌倉以来の由緒ある名家が滅亡すると、宗牛は本気で心配したという。

「丸が出陣したのは、宗牛のもうすとおり、兵法からもうせば愚策かもしれぬ。だが、さむらい道から見れば、それが正しい。丸はそう思うた」

義光が出陣を決めたのは、合戦の勝ち負けが念頭にあったからではない。十五里ケ原で討ち死にした守棟の悴の十右衛門の亡骸《むくろ》をさがし出し、この腕で抱き上げるためだと義光は話した。そうきいたとたんに、鮭延秀綱は感激して肘を上げて両眼を腕でこすった。

「拙者は御所様のご威光にはあらためて感じ入った。実をもうせば、東禅寺城はもうすっかり敗《ま》け戦《いくさ》の気分で、城兵どもは山形の加勢はたいしたことがない、弱虫じゃと陰口をたたいておった。のう越前《えちぜん》殿」

と宗牛は秀綱に相槌をうながす。秀綱は顔から腕をはなし、いかにもとうなずいた。

「だが御所様の軍勢が清水に着陣したと露払の使者がふれたとたんに、悪口はぴたりとやみ、全城兵がふるいたちもうした。神仏の霊力におとらぬ験《げん》でござる」

側近たちはたがいに顔を見合わせ、同感だとうなずきあう。義光が出陣したのは七月末だが、数日のうちに山形の加勢をまじえた東禅寺勢は反撃を開始、たちまち大浦城をとり返したのだった。

義光は東禅寺城に入城すると、本庄勢が引きあげた十五里ケ原で、十右衛門の亡骸をさがさせた。軍目付として十右衛門のあとから陣幕をかついでついて参るといっていた宗牛だったが、激戦のなかではなれればなれとなり、見うしなってしまったのである。

東禅寺城の義光のもとに、十右衛門の亡骸の行方が知らされたのは、三日もたってからだった。十右衛門の馬廻りの若党ふたりが、奉行の首をとらせるなとたがいにはげましあい、亡骸をかついで逃げた。赤川の河口ちかくまで逃げ、若党たちも手負いのことで、もはや逃げ切れぬとあきらめ、亡骸を土中に埋めて、土饅頭の上から十右衛門の愛刀を差して目印とした。動けなくなった若党たちは、魂魄《こんぱく》となって奉行の亡骸を守ろうと神仏に誓いをたて、その場でさしちがえて死んだというのである。

赤川の左岸の味方は手薄だった。大宝寺勢の残党と本庄勢は、いったん退却したとはいえ、いつ体勢を立てなおして襲ってくるかもしれない。義光は宗牛、秀綱をしたがえ、危険をおかして赤川をわたり、十右衛門が埋められた土饅頭まで雑兵に案内させた。雑兵たちに土饅頭を掘り返させ、亡骸を盾の上に横たえさせた。

味方の戦死者に対面するのは、鎧兜の軍装が礼儀である。亡骸はすでに腐りはじめ、虫がたかり、眼球がうしなわれていた。義光は亡骸の頭を片腕で抱き、兜をこすりつけて、

「あっぱれ、十右衛門、よく戦った。そなたを討ち死にさせたのは、丸の一生の不覚だ。庄内を手薄にすべきではなかった。ろくに手勢もつけずに、むざむざと行かせるべきではなかった。ゆるせ」

と大声でかきくどいた。その姿を見て、義光にしたがう武将たちは、みな声をはなって泣いた。秀綱も地に伏して泣いたひとりだった。

「御大将にあのように手あつくされれば、十右衛門殿も浮かばれましょう。また忠義の若党も浮かばれましょう。拙者もその場におって、目頭が熱くなりもうした」

宗牛はその場に居あわせなかった家臣たちに、新年の祝宴の前に、その話を語ってきかせたという。十五里ケ原合戦の敗北の責めは、裸馬にしがみついて逃げた城番の玄蕃と加勢の軍奉行十右衛門が負うべきところだが、義光はふたりを責めるどころか、敵地に亡骸

をさがしもとめ、抱いて奮戦をたたえた。その話はみなを感激させた。

正月の行事に守棟は登城しなかった。六日には義光が主となって連歌《れんが》の会がもよおされ、宗匠の堀喜四郎が迎えの使者を出したが、遠慮するというあいさつがあった。

倅が早逝して、逆縁となるから、喪に服したというわけではない。守棟にすれば、軍奉行の重責をになう十右衛門の不首尾で味方を大敗させた責任を感じて、祝いの場には顔を出さず謹慎しているつもりらしい。

義光が出陣していったんは盛りかえした庄内の戦況も、秋が深まって義光が山形に帰城したあとには、ふたたび本庄勢が攻勢に出て、雪がふるころには、赤川の西岸はことごとく本庄勢にとり返されている。その戦況も守棟に責任を痛感させる原因となっていた。

八日の朝、義光は小姓頭の鹿丸と伽の喜四郎だけをともない、ふり積もった雪を下駄で踏んで、二の丸の氏家屋敷を訪れた。先ぶれもない急な微行《しのび》の訪問だったから、屋敷の郎党や女中まで、みなあわてふためいた。

玄関には守棟とともに竹姫《たけひめ》が迎えに出た。竹姫は早逝した側室の天童の方の忘れ形見で、この正月で十歳になった。

「お竹か。しばらく見ぬうちにおがった（成長した）な。母上によう似てきた」

と義光が声をかけると、竹姫ははにかんで守棟のうしろにかくれた。色白で黒目がちの目がうるみ、美人と評判された天童の方によく似てきた。義光は竹姫を十右衛門の嫁にやると守棟に約束して、氏家屋敷で養育していたのである。竹姫は守棟を実の父親のように慕っている。

「奥にこなかったな。お松《まつ》やお駒《こま》も一緒に遊ぶのを楽しみにしておったぞ。あとで遊びに参れ」

松尾姫と駒姫は、年がはなれていない。よい遊び相手だが、氏家屋敷で育てられたお竹は、自分が家臣の娘のように感じて遠慮していた。

義光たちは祝いの飾りもない広間に通された。奥の仏間から線香の香がながれこんでくる。守棟は悴が討ち死にした知らせを山形城で耳にしたとき、驚きを顔に出すこともなく平静をよそおっていたが、十右衛門はたったひとりの男子だったから、内実はひどく落胆していた。

酒のしたくをさせると守棟がいうのを、いらぬ心づかいだと手で制して、

「きょうは内々の相談があって参った」

と義光は語りだした。

「なんでござろうか」

守棟はあらたまった言葉づかいになる。

「十右衛門はかえすがえすも残念なことをした」

と義光が語り出すと、それをさえぎるように、

「軍奉行の大任をおおせつかったのに、兵法未熟でござった。氏家の家名を汚しもうした」

と守棟はいった。それをもうすな守棟、と義光はつよい言葉を発した。

「責めは丸にある。いうても繰り言になるが、庄内を手薄にしたのは、あやまちだった。このことは、もういうな。十右衛門は守棟にとっては実の子だが、丸にとっては婿になる男だった。相談ともうすのは、後つぎのことだ。成沢の氏家の分家に、左近の子があろう。たしか十右衛門より三つ四つ下だったな。あれを養子にして、あとあと家をつがせてはどうか。約束どおりお竹を娶《め》あわせよう」

「あの者なれば利発な男でござる。異存はござらぬ」

「そうか。これで決まりだ。よかった」

義光は手を拍《う》ってよろこんだ。本丸にもどると、さっそく左近を呼び、悴を本家にやれと命じた。左近には男子が三人いる。いずれ養子にやらなければならぬから、異存があるはずもなかった。

左近の次男は呼び名を十右衛門に変え、守棟の屋敷に住むことになった。

義光は再三二の丸に使者をつかわし、守棟の出仕をうながした。それでも守棟がひきこもろうとするので、

「主君が出仕せよと命じておるのに、家臣が勝手に慎みだというのはおごりもはなはだしい」

と使者を介して叱りつけると、ようやく重い腰を上げて会所に姿をあらわした。正月の十日を過ぎてからである。

その年、天正十七年（1589）の二月、ようやく春めいて本丸の庭の雪がとけたころ、京の医師玄悦《げんえつ》と名のる僧形の者が、山形城を訪れた。葛籠《つづら》をかついだ小僧をふたりつれていた。小僧は小刀を道中差しにしているが、玄悦は無腰《むごし》である。六尺（約182チセン）ちかい大男で、肩幅がひろく両腕も太い。頬骨の張ったいかつい面構えで、耳の横に刀傷がある。どう見ても医師に見えず、野武士のようだった。

徳川家康の使者だと口上をのべたが、京からきたというわりには言葉づかいが乱暴にきこえる。公文所の家臣たちは、玄悦が義光への面謁を求めたが、警戒してすぐにはとりつがなかった。

京からきたという怪しい人物の正体を見きわめるために、公文所に宗牛が呼ばれた。公文所の座敷で宗牛と玄悦が面会したが、二言三言語りあっただけで、たちまちふたりは旧知のようにうちとけた。乱暴にきこえる言葉づかいは三河言葉だった。野武士のような面構えは、玄悦が徳川家康にしたがって戦場をわたり歩き、ときには矢玉の下をくぐって生きてきた陣中の医師だからである。刀傷、玉傷にくわしい外科の医師で、陣中で腹くだしが流行《はや》ればその患者も診《み》る。

玄悦は家康の直筆の通行証を懐中に秘めていた。

「お人がわるい。それをご披瀝になれば一も二もなく主殿にご案内したものを」

と宗牛がいうと、大切なお墨つきをめったなことでは余人に見られるわけにはいかぬと理屈にあわぬことをいう。奇人ともいうべき人物だった。

「野陣には馴れているが、雪には参《めえ》った。峠を越えるのに突っころげて死ぬところだった」

と玄悦がこぼすので、一晩ゆっくりして長旅の疲れをとったらいかがと宗牛はすすめたが、善は急げだ、すぐにでも山形殿にお目にかかりてえもんだという。宗牛は玄悦を会所に案内した。

さすがに礼儀は忘れず、玄悦は装束はあらため肩衣はつけたが、頭は髪が伸びかけて黒くなったままである。

二

義光は守棟と光安を呼び、会所で玄悦と面会した。義光は先年、家康の口ぞえで、出羽庄内のことは山形出羽守に任せるという豊臣秀吉の朱印状を得ていると語った。金山宗洗という秀吉の使者が、わざわざ庄内に出むいて、そのむねを告知してもいる。それにもかかわらず本庄繁長が庄内に攻めこみ、合戦となっていると事情をうったえた。

「上様が心配してござるのもそのことで。京では話がちがっておるでな」

と玄悦は前おきして、越後の上杉景勝が太閤殿下にしきりに働きかけて庄内の紛争は、本庄繁長が平定したから、繁長を出羽守に任じて庄内の仕置をまかせるよう願い出ていると現状を語った。

「そんなでたらめな話はござらぬ」

光安が怒りをふくんで口をはさんだ。

「太閤殿下にとり入った者が勝ち。理も非理もねえ。それがご時世でござるわい」

山形殿も上洛して、太閤殿下に親しくお目にかかり、本庄繁長の非理をうったえるべしと玄悦はいった。

守棟と光安は話をきくうちに不愉快な表情をかくさなくなった。ついに守棟が、しばらくと声をかけて玄悦の言葉をさえぎり、

「御使者の前でござるが、なんでもかでも京にうったえ出て黒白をつけてもらうのでは、こどものけんかと同じこと。庄内の合戦ははじめからこちらに理があるのは明白でござる」

といった。玄悦は首を横にふった。

「貴殿は太閤殿下の総無事令をないがしろにするおつもりではあるめえか。甘く考えると

痛《いて》え目にあうべいぞ」

どちらに理があろうが、勝手に戦をしてはならぬというのが総無事令だと玄悦はいい、それにそむいた武将は大軍をおくりこんで滅亡させるというのが太閤の本意だと説明する。

「拙者にいわせれば、奥羽両国はあやうい、あやうい。尻に火がついているのに気づかず、夢中で棒っきれをふりまわすようなものだ。山形殿も伊達殿も、京から見ればそんなところだ。上様はそこを心配して、いまのうちに手を打てというておられる」

義光は腕を組み、黙って玄悦の言葉に耳をかたむけていた。庄内の合戦は表むきは本庄繁長と東禅寺氏永のあらそいだが、実際には上杉景勝と義光のあらそいである。玄悦の話が真実ならば、景勝は一方では繁長に戦をしかけさせておいて、一方では総無事令を逆手にとって太閤にとりいり、庄内の仕置をわがものにしようとしていることになる。

義光は氏家十右衛門をうしなって、庄内を手薄にしたことを悔やんだが、それ以前に、太閤への手くばりに立ちおくれていた。

「話はうけたまわった。家来ともよく相談して返答いたす」

と義光は答えた。内心では上洛の決意をかためているが、家臣を納得させなければならない。

玄悦は会所をしりぞくと、光安に案内されて二の丸の志村屋敷に入った。玄悦の話相手に、光安は宗牛を呼んだ。光安は台所の女中に馳走のしたくをせよと命じたが、まだ春浅い季節で、膳にならぶのは干物や塩漬の保存食ばかりである。玄悦はあまり箸がすすまなかった。箸を置いて、光安の顔を見た。

「貴殿は申次のお役だそうだが、これからは貴殿のお力がものをいう時代だぞ。いままではこれだ」

といって腕をたたき、これからはこれだといって、口先に手をもって行き、指をうごかす。しゃべりの意味だった。

宗牛と光安は顔を見合わせて苦笑した。腕ではなく口先で生きているのは、自分たちのことである。

「お城に登る前に城下で耳にしたが、道や川の普請は、伊賀者が差配しているそうな」

と玄悦がいった。いかにも、と宗牛がうなずき、浮浪に身を落としていた者々を、拙者が召しかかえるよう御所さまに進言したと語る。玄悦はわが意を得たりといった顔つきになった。

「どうやら山形の殿と上様は似たところがありそうだ。過ぐる年、織田信長殿が伊賀国を切りとらせたまいしことがあった。国衆《くにしゅう》をなで切りにし、落ちのびた者を探し出して引き寄せ、ご成敗あそばした。しかるに上様は三河国に逃げこんだ伊賀者をひとりもご成敗なく、織田殿にかくれてご扶持《ふち》なされた。まことに仁慈《じんじ》のお人柄でござる。山形殿のなされようもあい通じるものがござる」

宗牛はむずかゆさをこらえる顔つきになった。伊賀者を抱えることになったのは、さほど深い理由があったわけではない。天下人の信長に刃むかうつもりもなかった。

「因果はむくいるということがござる。織田殿はあまりにむごく、あまたの人を害された。例《ためし》をひとつあぐるに、天正三年（1575）、甲州の武田勝頼を征伐せんと美濃国《みののくに》岩村城を攻め落とされたおり、城中の甲州衆を二の丸におし入れ、鹿垣《ししがき》を結《ゆ》いまわして逃げられぬようにしておいて、ことごとく焼き殺した。天正十年（1582）四月、甲州へ攻め入り、恵林《えりん》寺の智識《ちしき》（高僧）たち、出家たちを鐘楼《しょうろう》へ追い上げ、火をかけてことごとく焼き殺した。無用の殺生《せっしょう》ではござるめいか。この因果をご覧《ろう》じろ。その二月《ふたつき》後に、明智日向守《ひゅうがのかみ》が謀反《むほん》をくわだて、本能寺で焼き殺された。太閤殿下のことは、はばかりがござればもうさぬ。貴殿がたご承知の通りでござる」

秀吉もまた無慈悲に人を殺しすぎたと玄悦は言外に匂わせた。

「上様の慈悲のことは、わが仏尊しの弁ときかれよう。あまりもうさぬが拙者の一身のことのみもうす」

拙者は門徒（一向宗）でござると玄悦は明かした。かつて三河国にも一向一揆がおこり、家康は手を焼いた。家来のうちにも門徒は少なくなかった。信長ならば長島の一揆や本願寺との合戦のように、門徒を殺しつくそうとしただろう。しかし家康はそうではなかった。

「ある日、門徒の家臣を御前にあつめられた。拙者もそのひとりで、信を捨てねば死をたまわると覚悟をしておった。上様はそば近くに召し使われていた家来をちかくへ呼び、宗門をはなれよと命じられた。家来がことわると、脇差をぬかれて、そなたが宗門のために意地を張るならば、刺しちがえて死ぬ覚悟だ。われを刺せとおおせられた」

家来は涙を流して、主君を刺すことはできぬ、宗門をはなれることもできぬといった。

けっきょく門徒の家臣一同はとがめもなく、御前をひき下がった。一揆が猛威をふるったとき、家来の門徒衆が一揆に加担することがなかったのは、そのことがあったからだと玄悦は語った。その話をするとき、玄悦は人目もはばからず涙を流した。

「慈悲の心がない天下人はながくはつづかぬ、かならず因果はめぐる」

と玄悦はくり返した。山形殿は出羽国の要として家康は頼りに思い、なんなりと力になるつもりだと京をたつときにいいつかってきたと玄悦はいい、

「末長くよしみを通じるよう、ご家来衆からもお口添えくだされ」

といった。


その日は玄悦はゆっくりと休んで旅の疲れをとり、翌日衣服をあらためて会所に上った。相談衆の重臣たちも呼びあつめられていた。宗牛が玄悦に代わって、上杉景勝が京に手をまわし、庄内を本庄繁長に支配させるよう太閤殿下のお墨つきを得ようとしていると説明した。

宗牛にうながされて玄悦が前にすすみ出ると、相談衆の末座にひかえていた蔵増《くらぞう》安房守が、御使者におたずねもうすと大きな声をあげた。一同の顔が安房守にむく。安房守は臆することなく、

「先日来、ご上洛という話を耳にいたすが、あぶないことはござらぬのか。上杉殿がさきにお手入れをしているときくと、よけいに心配になりもうす。方々、そこをよっくどお考えになったほうがいいんねが」

といった。玄悦は安房守に顔を向けた。

「おおせの通り、京はあぶのうござる」

といってから、反応をうかがうように、安房守の顔を見る。それから、しずかな口調で、天正十四年（１５８６）に、家康が太閤の誘いによって上洛したときのことを語り出した。家康はそれ以前、織田信長の次男信雄《のぶかつ》と連合して秀吉とことをかまえていたのである。

玄悦は織田信雄を内府《だいふ》（内大臣）殿と呼んだ。

「内府殿に頼られ、信長殿への義理を立てるため、やむなく小牧、長久手で太閤殿下と合戦におよびもうした。ところが、内府殿はわれらに沙汰もなく無事をつくらせ、われらばかりが太閤殿下と手切れのままとなっておりもうした。そこへ太閤殿下から無事のもうし出があり、上洛の御意でござる。上様は無事についてては、もともと内府殿からおこったことでござるから、内府殿がそのおつもりならば、当方に異存はあるべからずとご承知なさ

れたが、ご上洛の儀ははっきりと返答はなされなんだ。すると太閤殿下から、わが妹を進ぜようと、朝日姫様を輿入れさせるとおおせつかわせられた。その上、人質として大政所《おおまんどころ》様を岡崎につかわせられると御意があった。そこまで手くばりなされては、上洛はおことわりできぬと上様はもうされたが、家来たちはみな不承知でござった。酒井左衛門尉《さかいさえもんのじょう》（忠次《ただつぐ》）などは、太閤殿下とお手切れになろうとも、ご上洛は思いとどまりなされと必死においさめもうした」

宗牛や光安はまた玄悦の家康自慢かと思いながらも、ついつい話にひきこまれた。

「居合わせた諸大名衆も口をそろえてご上洛は思いとどまりなされともうす理由《わけ》は、さだめし太閤殿下には策略があり、上洛すればお命があやういとみながみな心配したからでござる。上様はそのとき、おのおのはなぜさようなことをもうす。上洛をことわれば合戦となろう。合戦におよんで民、百姓、諸侍の百万の民を殺すよりも、われひとり腹を切りて百万の民を救うほうがましじゃとおおせられた」

玄悦は家康が上洛するにあたり、家臣の井伊直政《いいなおまさ》と大久保忠世《おおくぼただよ》をひそかに呼び、もし京でわれが腹を切るようなことがあれば、家来のうちにはかならず人質の政所を切るべしといい出す者があろう。しかし政所を殺させてはならぬ、家康という男は女を切らせて腹を切ったと、異国までも汚名を流すことになるといいおいたという秘事を明かした。

玄悦のねらいは、このたびの上洛には、家康のような覚悟を要すると強調することで、義光の上洛に慎重な相談衆を挑発するところにあったらしい。玄悦の話をきくうちに、上洛に反対するのが臆病者のような空気が会所を支配した。危険であっても、その場にのりこんでおのれの正義を主張しなければ、庄内は上杉のものになってしまうのである。

玄悦は二の丸の志村屋敷に三日逗留した。その間に義光は、上洛に危惧をいだく相談衆を説得した。七月には上洛すること、そのおりには家康に頼ることを玄悦に告げ、帰京の土産とした。

三

ながい冬が過ぎると、庄内ではまたしても本庄繁長と大宝寺残党の動きが活発になった。京での裁定の前に、できるだけ戦況を有利にして、支配のおよぶ土地をひろげておこうという目論見である。義光もそのことは考えていたから、玄悦が去るとただちに、鮭延秀綱に出陣をうながした。

秀綱は山形城二の丸の外濠《そとぼり》に面した侍屋敷に家をあたえられ、郎党とともに住んでいたが、出陣の命をうけると義光にあずけられた千五百の軍勢を指揮して、最上川沿いに東禅寺へおもむいた。

山形できいた話よりも、庄内の情勢は悪かった。東禅寺城は孤立して、本庄勢は北進して高瀬川まで勢力下におこうとしていた。孤塁を守るかたちとなっていた北目楯《きためだて》に秀綱は着陣して、高瀬川の前に千五百の兵を布陣して、本庄勢を待ちかまえた。

秀綱の着陣のあと日数をおかずに本庄勢が攻め寄せた。本庄勢はおよそ五千、山形勢にくらべれば圧倒的な大軍である。秀綱が先陣としてのりこむ前に、山形城で義光がしたくがととのいしだい加勢をおくると約束していたが、加勢が着陣するまで秀綱の先陣は寡勢をもってもちこたえなければならない。

本庄勢は法螺を吹き鳴らしときの声をあげて河畔まで攻め寄せたが、一気に川を渡ろうとはせず、半町（約50メートル）ほど引いて陣をかまえた。双方が岸から鉄砲を撃ち合う手さぐりの戦いで、初戦がおわった。

川幅が広く、浅い。川の中ほどに中洲《なかす》があった。馬も雑兵も渡ろうとすれば造作もない川である。

秀綱が鉄砲をおそれず陣の前に立って対岸をながめると、敵陣の中に本庄繁長の馬印がみとめられた。翌朝、秀綱は家来の及位図書《のぞきとしょ》に命じて百人ほどの兵を川に入れ、中洲を奪取しようとした。それを見た対岸からも、百人ほどが川を渡ろうとする。双方とも中洲にたどりつく前に、腰までつかる深みを渡らねばならず、流れに足をとられて難渋をした。及位図書が先陣を切って中洲にたどりつき、おくれをとって川の中でもがく敵兵を槍で突いて討ちとったが、矢玉の的となる不利があり、敵もあえて中洲にたどり着こうとしないので、間もなく撤退した。

高瀬川の中洲のとりあいは、さして意味のあるものではない。川をはさんで鉄砲を撃ちあうのと同様、初手の手合わせといったほどのものだった。

日が暮れると対岸の陣から斥候《ものみ》が出た。具足はつけず、下帯《したおび》ひとつの半裸で川に入り、水深を足でさぐる。味方の鉄砲足軽が月光に浮かぶ人影をめがけて鉄砲を撃つと、あわてて泳ぎ帰る。そんな小ぜりあいが数日つづいた。

数日後の明けがた、対岸の本庄勢が川上にむかって移動をはじめた。斥候の報告をうけた秀綱は味方の半数を陣にのこし、みずから半数の兵をひきいて移動した。川をへだててたがいに相手の出方をうかがいながら動く。秀綱は副将格としてしたがう及位図書に、敵が川を渡りはじめたら、川の中央まで引きつけて一気に川に入り突きかかれと命じて、河原に鉄砲足軽を配置させていた。対岸に本庄繁長の馬印が豆粒のように見え、兜の鍬形の立物が輝く。大将の繁長を守るように軍勢は移動するが、秀綱の思惑通りに川に入ろうとはしなかった。

林立する敵の差物が川上に移動すれば味方も動き、川下にもどれば同じようについて行く。やがて繁長はなにを思ったか、兵を引けと命じ、合図の法螺を吹かせた。

繁長は川端から全軍を引かせると、もとの陣をひきはらい、遠ざかって行った。秀綱はその動きを見届けてから、もとの陣にもどった。夕方、川を渡って本庄勢の動きを見届けた斥候が、敵は一里ほど後退してから野陣を張ったと報告した。

陣中で篝火の明かりをたよりに、軍議をひらいた。数日間の戦で、味方の手負いはひとりも出さず、敵はひとり討ちとっただけである。繁長が渡れる川をあえて渡らず、さぐりを入れただけでひきさがったのが、かえって不気味だった。

「大宝寺の残党ば呼びあつめようとの魂胆だべ。じっとしていれば敵は増えるばかりだ。敵が川端さ着陣したとき、中山玄蕃殿が東禅寺城から死にばたらきの覚悟で討って出りゃ、はさみ撃ちにできたによ」

と及位図書が怨みごとをいった。

「語っても詮《せん》ねえこと語るな」

と秀綱がたしなめると、図書は口をつぐんだが、ほかの家来たちが、心細さをおさえきれず、

「山形からいつ加勢がくるべか」

と口々にささやきかわした。

山形には朝から春の強い風が吹いていた。本丸のけやきやくぬぎの森が、ごうごうと騒ぎ立てる。本丸の奥の納戸でくつろいでいた義光は、小姓頭の奥山鹿丸が大声で呼ぶ声をきいて廊下に出た。

「御所様、火事でござります」

と鹿丸が声をかけた。

「火事はどのあたりだ」

「侍町の鉄砲足軽の長屋あたりかと」

「煙硝倉《えんしょうぐら》は大事ないか」

鉄砲組の足軽長屋には、煙硝（火薬）の倉がある。煙硝に火がかかれば、火事は一気に燃えひろがるおそれがある。煙硝倉は足軽長屋の一カ所ではなく、二の丸にも、本丸の床下にもかくされているのだった。

義光は鹿丸と小姓たちをしたがえて主殿を出ると、本丸の隅の物見櫓《ものみやぐら》に急いだ。物見櫓に入ると鹿丸を押しのけてさきに立って狭く急な階段を上がる。三層になった櫓の二階に下見張《したみばり》と呼ぶ間があり、狭間から宗牛が外をのぞいていた。

宗牛の屋敷は二の丸にあるが、火事ぶれの声をきくやいなや本丸に駆けつけたのである。下見張にいたのは、最上階は主君が指揮をとるための場所で、家来が勝手に上がるものではないという宗牛の考えかたなのだろう。義光が上がってきたことに気づくと、宗牛は上を指さし、あとにしたがって急な階段を上った。

櫓から城下をのぞむと思いのほか火のまわりが早かった。

「風がわるうござる」

と宗牛が沈痛な面もちでつぶやく。おりからの強風にあおられて、城下町の東南から西北にむかって燃えひろがろうとしている。火元だという鉄砲足軽の長屋あたりは、本丸の森にさえぎられて見ることができない。やがて大きな爆発音がして、上空に火の粉が噴き上がり、四散した。

「煙硝倉に火が入りましたな」

宗牛が冷静な口調でいった。倉は漆喰で塗りかためられているが、どこからか火が入ったのだろう。しかし、もはや煙硝倉の爆発などものの数ではないと思わせるほど、火の勢いは強まった。

二の丸から百を超える武士たちが本丸に駈けつけた。指揮をとる氏家左近は、鎧兜の戦じたくである。足軽たちが井戸から水を汲み、主殿の前にならべて、延焼にそなえた。火勢はますます強まる。

火の粉が舞うと見るうちに、火炎が大きなかたまりとなり、おそろしい速さで飛びはじめる。

「や、龍門寺に火がついた。栄林殿はさしつかえねえべか」

と義光は声をもらした。外濠の北の龍門寺の森あたりから火の手が上がる。龍門寺で老後の身をやしなう父の栄林はふたたび病床につき、立ち居もままならなくなったときいている。

「人をやって見させましょう」

と宗牛はいい、階段の下に声をかけて人を呼んだ。

昼近くなると強風がやんだ。するとそれまで風に吹き飛ばされていた煙が空をおおい、あたりが暗くなった。物見櫓から外の様子は見えなくなった。義光は小姓頭の鹿丸にうながされて物見櫓を下り、会所に上った。会所には相談衆の重臣たちをはじめ、馬廻りの武士たちがあつまっている。みな戦じたくか、刺子《さしこ》の垂れがついた兜を小脇にした火事装束に身を固めていた。戦じたくの氏家左近が、

「栄林殿はご無事でござる。さきほど中野へお移りなされた」

といった。それはよかったと、義光はため息をもらす。火は馬見ケ崎川の河畔をなめるように燃えひろがり、城下の北半分を焼きつくして、さきほど鎮火したようだと、左近が報告した。会所に安堵の声がひろがるのを、たしなめるように宗牛が立ち上がり、

「方々《かたがた》、安心はできませぬぞ。火の勢いはおさまったように見えるが、消えたわけではござらぬ。城下は炭火の山だと思いなされ。風が吹き返せば、また燃えひろがる」

と声をはげましていった。宗牛は馬廻りの若い武士たちを呼び、足軽をあつめるように命じた。本丸に火が入ることにそなえて、主殿の床下に埋めた煙硝を掘り返し、二の丸に運ばせるのである。

火事はいったんおさまったかに見えたが、夕方になるとふたたび強い風が吹き出した。風の音をきいた宗牛は会所の縁側に出て、

「風の向きが変わりもうした。お城に火がかかるぞ」

と警告した。宗牛の言葉にしたがい、馬廻りの武士たちが、二の丸の侍屋敷に警戒をするよう呼びかけるために走り出す。

しばらくすると焼けのこった寺の鐘が、気ぜわしい間合で鳴りひびいた。火吹竹で炭火をおこすように、強い風が焼け跡の燠火《おきび》を吹きおこしたのである。

火の手が城に向かったときいた義光は、相談衆がとめるのをふりきって、物見櫓に足を向けた。氏家守棟と宗牛があとにしたがう。三階まで急な階段を一気に駈け登ると、狭間から顔を突き出すようにして外をながめた。

風が真っ向から吹きつける。木材の焼ける匂いが運ばれてくる。北の空が赤く染まったが、たちまち煙が強い風に吹かれて、狭間から流れこんだ。なにも見えなくなった。

上空を火の粉が舞い飛びはじめる。小姓頭の鹿丸が、火事装束をかかえて階段を上ってきたが、義光は無用だとそれをしりぞけた。本丸が焼け落ちるときは、ともに果てる覚悟だった。

北から吹く強風にあおられた火は、二の丸にせまった。侍屋敷はたちまち燃え上がり、城門も焼け落ちる。火は本丸にせまる。義光は仁王立ちになり、火の手をにらんで動かない。守棟と宗牛が背後に立ち、燃えつきようとする二の丸をみつめた。ふたりの屋敷も灰となりつつあった。

三人はそのまま、夜明けまで物見櫓に立ちつくした。真夜中に風はやみ、城下を焼きつくした火事はおさまった。内濠と森に守られた本丸に、火はうつらなかった。

北目楯にこもって本庄繁長の大軍と対峙していた鮭延秀綱のもとへ、山形の大火の知らせが届いたのは、二日後である。秀綱はただちに陣ばらいを命じ、千五百の兵とともに、夜を徹して山形に急行した。

天童を過ぎて馬見ケ崎川にさしかかるあたりから城下をのぞみ、秀綱たちは息をのんで立ちすくんだ。ところどころに焼け焦げた木の幹《みき》が立つばかりで、一面の焦土となっている。見なれた寺の伽藍も跡形もない。焼け跡を人々がものを探して歩きまわり、あるいは呆然自失して立ちつくしていた。

「お城がある。焼けねかった」

と指さして叫ぶ者がいる。二の丸から本丸にかけて、土塁が丘のように盛り上がっている。森のかなたに物見櫓と主殿の屋根が見えた。

「残った、残った」

と口々に叫びながら、軍勢は馬見ケ崎川の浅瀬を、水しぶきを蹴上げて渡った。

大火のために、庄内の合戦は本庄繁長勢のなすにまかせざるを得なくなった。義光は七月に上洛すると家康に約束し、それは家康を通じて秀吉にもつたえられたはずだが、断念しなければならなくなった。

四

天正十八年（1590）春、義光は四十五歳になった。大火の打撃は大きく、城下町の復興はおくれている。義光は大火を機に、山形城の大修理をおこなう計画をたて、宗牛を普請奉行とし、資材の調達は蔵増大膳亮《だいぜんのすけ》に命じた。大膳亮はかつての蔵増城主安房守の悴である。城郭をひろげて、焼け野原となった旧城下町を三の丸の内にとりこみ、外濠を掘ってその外側にあらたに町割をする壮大な工事だった。数年、あるいは十年余を要することも覚悟しなければならなかった。

山形城下はどこを掘っても清水が湧き出す土地である。濠を掘りすすめるのも容易な工事ではない。土地の低い城の西側から東の馬見ケ崎川の方角へ掘りはじめたが、地下の水脈に掘りあたって、そのたびに水びたしになり、工事を中断しなければならなかった。

武士、商人、職人のだれもが一番にのぞむのが焼亡した寺院の再建だった。町割が決まる前、はやくも前年の夏から、仮堂の普請が檀徒によってはじめられていた。雪がとけてからは、時宗の正明寺や法華宗の浄光寺、浄土宗の来迎寺、明王院といった寺の仮堂が、あらそうように建ちはじめた。

職人や人足が近在からあつまってくる。山形城下はにぎわいを見せはじめた。賃かせぎの人足たちは、延焼をまぬがれた馬見ケ崎川周辺や羽州街道沿いに住みつき、あらたな町をつくった。堰《せき》の両側ににわか普請の家がたつと、米をつき粉をひく水車小屋がすぐにたてられた。

土をかためる人足たちの土搗唄《どんづきうた》が城下のそこかしこできこえる四月中旬、宗牛が初老の女をともない、会所に上がった。宗牛は義光に人ばらいを願い、女をひきあわせた。

「この女は采女《うねめ》と名のりおります。米沢でお東様のおそば近くつかえる老女でございます」

という。采女は白い頭巾で頭を包み、墨染の衣をまとっていた。頭巾をとると頭の剃りあとが青々としている。お東が米沢へ輿入れするときに供をした侍女房だという。

「お東の上様の一大事でございます。お命があぶのうございます」

采女は声をうわずらせた。義光の顔を見て感きわまり、あとの言葉がつづかず、袖を目におしあてて肩をふるわせる。代わって宗牛が、

「今月七日、政宗殿が弟君《おとうとぎみ》小次郎殿をお手討ちになさったそうでござる。お手討ちの理由ともうすのが、お東様が我が子政宗殿を毒殺なされんとくわだてられたからだそうで……」

「なんと、お義《よし》がほだなこととするか」

義光は驚きのあまり、お東を輿入前の少女の呼びかたで呼んだ。采女が顔を上げ、

「濡衣でございます。根も葉もなきことでございます」

と訴えた。それから、事情を語り出した。

秀吉が関東奥羽総無事令を下知して私戦を禁じたあとも、政宗は宿敵の相馬義胤《よしたね》との戦をやめず、昨年五月には駒《こま》ケ峯《ね》城を奪い、六月には磐梯山麓の摺上原で芦名義広の軍勢を破り、勢いにのって黒川城を攻め落とした。政宗は黒川城に居城を移し、十月には芦名氏をうしろ盾とした須賀川城の二階堂氏を滅亡させ、さらに石川郡の領主石川昭光《あきみつ》、大館城主岩城重隆をあいついで服属させるなど、向かうところ敵なしの進撃をおこなった。

こうした戦はあきらかに総無事令に反するものだから、不快におもう秀吉は越後国の上杉景勝と常陸国の佐竹義宣《よしのぶ》に政宗追討を命じている。しかし佐竹義宣は政宗と前年和議を結んだばかり、上杉景勝は庄内の争奪戦のために政宗と結んで義光を牽制する必要があったから、政宗とあらそうことは避けたかった。

今年になってから、秀吉は政宗に書状を送り、小田原参陣を求めた。在京の諸将からも参陣をすすめる書状が届く。しかし政宗は動かなかった。重臣たちも参陣すべしと主張する者とすべからずと反対する者に分かれて、まとまらない。そのうちに秀吉が総出陣を号令し、三月十九日に京を発《た》ったというしらせが黒川城に届いた。

お東は小次郎とともに政宗にしたがって黒川城に移っていたが、四月七日、突然政宗が小次郎を手討ちにしたときかされたのだと、采女はいう。

「上様の御膳に毒を盛られたともうされるのでござります。母上をお斬りになるわけに参らぬから、弟君をかわりに刺したともうされます」

采女は話すうちに口惜しさがこみ上げてきて、涙をこぼした。政宗の近習たちはお東が毒を盛ったというが、鬼《おに》（毒見役）が死んだともきかず、典医《てんい》が罪に問われたともきかない。ただ近習たちが騒ぎ立てるばかりだというのである。

「で、お東はいまどうしておる」

と義光が問うと、黒川城の奥に押し込め同然に閉じこめられて、会うことができなかったと采女がいった。


お東は小宰相、少納言とともに幽閉同然にされ、その夜のうちに連累をおそれて黒川城を脱出して越後に逃げた衛士もいた。米沢の館で庭番をしていた若党の手引きで、采女も黒川城を出て、峠を越えて置賜の椿郷まで逃げたと語った。

お東の上様をおたすけくださいと泣いて懇願する采女を抱きかかえるようにして、宗牛は会所から下らせた。

宗牛がもどると、義光は膝がつくほど近づけて、

「真実お東が毒を盛ったのなら、人をして殺させるだろう。殺さずかくしておくのは、無実の証しだ。そうは思わぬか」

と語りかけた。宗牛はうなずき、

「小次郎君をお手討ちしたのが先、毒を盛るうんぬんはあとからの口実、拙者はそう見もうす」
と宗牛は答えた。総無事令にしたがわねば、一国ことごとくなで切り（みなごろし）にするという秀吉の脅《おど》しは、頭上を覆う雷雲のように不安にさせる。政宗が数万の大軍といえどもひるむものではないと意地を通そうとすれば、伊達氏は滅亡の道しかのこされていないと考え、政宗をしりぞけて小次郎に家督を相続させ、太閤殿下に詫びて臣従を誓おうと考える重臣たちもいるにちがいない。政宗は小次郎をあえて討って禍いの根を絶ったのだというのが、宗牛の考えだった。

しかし黒川城の騒動は、対岸の火事ではない。山形へも徳川家康を取次として、小田原参陣の命が下されている。昨年の上洛は、大火事があってことわったが、このたびの小田原参陣は、ことわるのはむずかしい。家康の使いの玄悦も京から急飛脚をつかわして、早く参陣すべしと催促してきたばかりだった。

義光は玄悦との書状のやりとりを通じて、小田原参陣を誓っていた。そのしたくをすすめていた五月二十七日、父栄林が大火から避難していた中野城から早馬の急使が駈けつけ、今朝栄林が亡くなったと告げたのだった。

壮健のころは鬼のようにおそれ、いつ首を搔かれるかとおびえ、殺してもあきたらぬと憎んだこともある父だが、老いて立ち居もままならぬ姿を見るうちに、憎しみも霧消した。

父栄林をとり巻き、義光を敵視した中野衆も、伊達家縁故の老臣たちもいまはこの世にいない。栄林は長生きをしたのである。

義光は栄林の亡骸《なきがら》を輿にのせて焼け跡の龍門寺の仮堂にはこばせ、盛大な葬儀をいとなんだ。

栄林の葬儀に日数《ひかず》をついやして、義光の小田原参陣はおくれた。京の玄悦からは、家康が二月十日に二万五千の軍勢をひきいて駿府《すんぷ》を出陣したというしらせが届いている。五畿内、山陽道、山陰道など諸州から集まった秀吉の本隊の軍勢は二十二万、伊勢、尾張二州の織田信雄の軍勢一万五千をあわせて、二十六万にもおよぶ大軍が、たがいに軍使を送り連絡をとりあいながら、小田原をめざした。あまりの大軍で、宿陣の地をさだめるのにも混雑をきわめたという。

諸国から太閤殿下の馬印の下に武将が参陣するなかで、いまだ去就のさだまらぬのは、伊達、山形、大崎など奥羽の諸将ばかりだと玄悦は心配していた。そのやりとりがあってから、もはや三カ月になろうとしている。

東海道からすすむ小田原攻めの先陣は家康の軍勢である。家康は世子《せいし》秀忠《ひでただ》とともに三月十日には伊豆長窪まで駒をすすめた。北陸道の先陣の大将をつとめる上杉景勝は家康と同じく二月十日に春日山《かすがやま》城を出陣し、三月二日には碓氷《うすい》峠に先手が到着している。上杉勢は五日おくれで金沢城を出陣した前田利家《まえだとしいえ》父子の軍勢と碓氷で合流した。東海道の徳川軍、中仙道の上杉、前田軍、海上からは九鬼、毛利の水軍に合流して、徳川の船《ふな》大将向井正綱《まさつな》が攻め寄せる。三方からの包囲網がせばまり、小田原城が孤立したのは、四月一日である。この日、秀吉の本隊は箱根を越えた。

義光も政宗もまだ参陣していない。政宗が弟小次郎を殺害したのは、小田原城包囲戦がはじまった四日後のことだった。義光は徳川家康を取次として、秀吉に馬五頭と金子《きんす》百枚を献上して参陣のおくれを詫びることにした。山形城の改築が端緒についたばかりの義光には、黄金百枚は大きな負担である。小田原攻めの軍用金のつもりだった。

小田原の籠城は六月に入っても動きはなかった。秀吉は前年から家臣の長束正家《なつかまさいえ》を兵糧奉行とし、その下に十名の小奉行を使わせて、年内に二十万石の兵糧をあつめ、駿河《するが》国清水に蔵をたてて船ではこんでおくほど用意周到だった。ほかに黄金一万枚を用意して、諸国で兵糧を買いととのえている。あえて犠牲の多い総攻撃に踏みきることなく、食の尽きた北条勢が音を上げるのを待った。

政宗が参陣したのは、小田原落城のおよそ一月前の六月五日、義光はさらに半月おくれた。義光の軍勢が小田原に入るとき、城下の境の酒匂《さかわ》川の河畔に、軍勢があつまりこちらを見ながら、口々になにかわめいていた。

五

酒匂川の西に小田原城の天守が見え、白壁が輝いている。町家《まちや》が屋根をならべる城下町からその外縁の広々とした田畑まで、征討の軍勢の旗差物で埋めつくされていた。箱根道の急な坂が、秀吉が本陣とした石垣山にいたるまで、旗差物の列がつづいていた。南側にながめる大海原には、無数の水軍の船が浮いていた。

義光の手勢は千に満たない。宿老の氏家守棟は山形城の留守にのこし、町割と築城の奉行の宗牛と蔵増大膳亮も置いてきて、義光の側にしたがう相談衆は志村光安と氏家左近のみである。

酒匂川は河口にちかづいても川幅はさして広くなかった。岸には堤防をきずき、決壊をふせぐために藪にして石を積んでいる。対岸には百ばかりの武将と雑兵がならび、数人が大石の上に立って、しきりにわめいているのだった。その声が荒く、山形勢にはののしられているようにきこえた。

やがて雑兵の数人が下帯ひとつの半裸になり、槍をかついで藪におおわれた河原に駈け下りた。やや上流にうつり、横一列になって川に入る。川底は浅く、流れもはやくはなさそうだった。川の中ほどまですすんだが、雑兵たちの裸の胸が水面から出ている。槍を立てて踏んばり、おおいと声を放って呼んだ。川底の浅いところを知らせているのである。

「あれから川をわたれ」

と左近が指揮棒をふり上げて怒鳴った。露払の武士たちを先頭に、馬を泳がせ、一列になって川をわたった。

対岸の大石の上に立っていた武士が、義光が川をわたり切るのを見て駈けおりて迎えた。神尾主膳《かんおしゅぜん》と名のる家康の旗本の侍大将だった。主君の命によりお出迎えに参上つかまつったといった。そこまで細心の手くばりをしてくださるのかと、義光は感動をおぼえた。

城下町には千戸に余る町家があり、狭い道がいりくんでいる。おくれて参陣した山形勢が宿陣する余地はなく、城下町の北の広々とした平地のはずれに追いやられた。麦を刈りとった跡の畑の脇に古寺があり、幾筋もの細流が流れる丘の麓の湿地である。そこからは小田原城は林にかくれて見ることができなかった。

「しばらくここでご辛抱《しんぼう》くだされ」

神尾は気の毒そうな顔でいった。足踏みをすると地面に水がしみだしてくる。野陣に適した土地とはとうてい思えなかった。

義光より半月前に小田原に参陣した政宗は、秀吉の陣所に近づくことを許されず、小田原郊外の底倉《そこくら》という土地に追いやられた。山深い足柄郡《あしがらごうり》の山中で、地名のあらわす通りの谷間である。攻められれば守る術《すべ》もない。政宗主従は斬り死にを覚悟した。

参陣二日後の七日、前田利家、浅野長吉《あさのながよし》たち五人が詰問使として底倉にやってきた。罪人のあつかいである。小田原参陣におくれたこと、秀吉の臣下である芦名氏を滅亡させ、その居城を奪ったこと、大崎、山形をはじめ親類の間柄にある諸家を敵として合戦におよんだことを、前田利家たちはきびしく詰問した。政宗はこれにたいしてひとつひとつ理由をあげて弁明し、芦名氏との戦は父輝宗の仇討ちの二本松城攻めがことのおこりだと、やむをえざる事情を述べた。

政宗が秀吉の陣所で謁見をゆるされたのは九日のことである。陣所の仮館普請場には、家康、利家はじめ諸大名がひかえていた。政宗は髪を水引で結び死装束をまとった。首をはねられる覚悟を見せたのである。実は秀吉とさしちがえるつもりで、小脇差を懐中に秘めていたという。

秀吉にこなたへと呼ばれて政宗はすすみ出た。秀吉は手にした杖で政宗の首すじを軽く叩き、さてもその方は愛《う》いやつだ。今少しおそくなったら、ここがあぶなかったという。秀吉は黒川城攻めの罪のみを責め、総無事令以後の私戦である黒川、岩瀬、安積の諸城はとり上げ、本領とそれ以前の合戦の結果である二本松、塩松、田村の所領は安堵することをもうしわたした。政宗は小田原城の降参を見ることなく、十四日に軍勢をひきいて小田原を去った。

このような事情を、義光は神尾主膳からきかされた。さきに参陣した政宗さえそのような仕打ちを受けたのだから、さらに半月も遅参《ちさん》した義光はどうなるのか。光安と左近は不安をかくさない。

「いやいや、そのように心配なさることはござらぬ。殿下には、大御所様からおとりなしがござる。なにせ山形殿は父上を亡くされたばかり、喪に服さぬは不孝、小田原に参陣せぬは不忠、いずれをとりいずれを捨つるか、誰しも悩むところでござる」

家康がすでに秀吉にたいして、山形殿には遅参のやむを得ぬ事情があると弁明していると明かした。義光主従はようやく愁眉をひらく思いだった。

小田原攻めもすでに三月におよぼうとして、大名衆の陣中には退屈のあくびの音がたえない。陣中には広大な屋形づくりの仮館をたて、書院、茶室までもうけている。庭には草花を植え、陣屋ごとに畑を耕して野菜を育てていた。城下町の商人も戦のないことを見越して小屋がけをして市をなし、店を出す。店棚には唐《から》、高麗《こま》の珍しい品々や、京や堺からはこばれた絹布までならんだ。諸国から流れこんだ遊び女《あそめ》が、小屋の簾《すだれ》の陰から客を呼びまねく。どこに戦があるのかとうたがわれるような町のにぎわいだった。

七月十三日に小田原城は開城、北条氏直は死を免《ゆる》され、氏政、氏照は自刃、秀吉は入城して豊臣と北条の合戦は幕を引いた。

義光のひきいる山形勢は血を見ることなく、恩賞にあずかることもなければ罪に問われることもなく山形への帰路についた。

山形城にもどった軍勢は歓呼《かんこ》の声でむかえられた。仮小屋がたちならぶ二の丸には、留守をまもった妻やこどもたちが出て、踊ったり飛び跳ねたりする。小田原参陣がおくれたことで重いとがめがあるという噂が、ひそかにささやかれていたので、夫や倅の無事な顔を見て、よろこびがあふれた。

その晩、会所には相談衆の面々が顔をそろえて、凱旋の祝宴がもよおされた。みなが浮き立ち、謡《うたい》が出て、乱舞もある。留守のみなが小田原合戦の話をききたがったが、光安が小田原城下のにぎわいを語ると、だれもが、

「ちょすな（からかうな）」

と怒り出し、信じようとしない。酒豪のはずの左近が、まっさきに酔いつぶれて、肘枕をして高いびきをかいた。

義光はころあいを見て、守棟と宗牛、光安を別間につれて行った。石垣山の陣所で秀吉に謁見したことを語り出した。

「奥羽二州から津軽のはてまで太閤の威光をとどかせようと仕置をするときいた。このたびの小田原参陣をことわった諸候のうち、所領召し上げ、廃城を命じられる者が、多く出るだろう。政宗もせっかく分捕った城を召し上げられたわ」

「われらはいかがなりもうす」

と守棟がたずねる。

「奥羽仕置の補佐をせよと、内々のご下命だ。つまるところ道案内をいたせということだ。しかし、本領は安堵され、領分については自分仕置となった。安心いたせ。まずもともとの出羽管領の職分を果たせということらしい」

「ならば、大崎、葛西《かさい》の仕置を政宗殿が補佐することになるのでござろう。大崎方がむざと仕置にしたがうとは思えぬ。また合戦になりもうすぞ」

と守棟がいった。義光が答えるよりさきに、光安が片手をあおぐように振って、

「合戦にはならね。敵《かな》うものか」

小田原征討の大軍が、広大な城下町はもとより、箱根に通じる山の稜線から海まで旗差物で埋めつくした光景を光安は語り、あのような大軍は生まれてはじめて見たといった。守棟は口を結び、考えこんだ。もはや秀吉の下知にしたがい、顔色をうかがうほかに生きのこる術はなさそうだった。

秀吉は奥羽仕置に着手するために、小田原開城の四日後に、小田原を出発した。手勢は飛驒高山《ひだたかやま》の金森長近《ながちか》、近江八幡の京極高次《たかつぐ》などの軍勢をあわせて、わずか千五百にすぎない。鎌倉、江戸を経由して北上し、七月二十六日に宇都宮《うつのみや》城に到着した。

宇都宮入城にさきだち、奥羽の諸将にあてて、宇都宮城を御座所《ござしょ》とさだめるから、早々に出仕せよと召喚する書状を届けている。

「五騎、六騎の体《てい》にて参るべし」

と、裸同然で出仕するようにとの命令だった。義光は命じられた通りに、光安のほかには若党三騎のみをしたがえて、ただちに山形を出発し、二十八日には宇都宮城に着いた。同じ日に政宗も入城したが、大崎義隆、葛西晴信《はるのぶ》は出仕しなかった。

義光は義隆のみならず晴信も気にかけて、宇都宮城への出仕をすすめる使者を送っていたのだが、それはききとどけられなかった。大崎氏も葛西氏も家中に内紛をかかえて、それどころではなかったのである。小田原に参陣せず、奥羽の諸将がほとんど宇都宮にあつまるなかで姿をあらわさなかった大崎氏、葛西氏の処分はきびしいものだった。

両氏の所領は没収され、家臣は路頭に迷うことになる。葛西氏は下総国葛飾《かつしか》の豪族葛西清重《きよしげ》を家祖とするとつたえられる。清重は源頼朝《みなもとのよりとも》の信頼あつい旗本のひとりだった。仙北から南部にかけて勢力をひろげた鎌倉以来の名家である。

大崎氏が陸奥国に進出したのは葛西氏より新しいが、足利《あしかが》幕府の管領家斯波氏の一族で、義光にとっては同祖同族にあたる。その両氏が、葛西は晴信の代で十七代、大崎は義隆の代で十三代を最後として、戦におよぶこともなく城をうしなうことになった。

大崎、葛西の所領召し上げが決まったその日、義光と光安は宇都宮城の会所に召し出された。上座には出羽奉行に任ぜられて仕置の指南にあたる大谷吉継と木村常陸介《きむらひたちのすけ》が坐った。吉継は秀吉の小姓上がりで、越前敦賀《つるが》城主に封ぜられたばかり、常陸介は若いころから秀吉につかえ、越前府中城主に封ぜられた。義光から見れば戦国の成り上がり武者だが、そういう人々が天下をうごかす時代になっている。

義光は小田原の陣で所領の安堵と自分仕置を耳うちされていたが、それは口約束にすぎない。すでに関東や奥羽の諸将の所領召し上げ、城滅却《めっきゃく》がつぎつぎに決められているので、最悪のことも覚悟していた。

吉継と常陸介は年は義光、光安とかわらない。吉継は神経質で癇《かん》がつよそうだが、常陸介は目尻の下がった福相で、口のききかたもやわらかい。まず吉継が、

「すでに小田原において内示したごとく、山形殿は所領安堵に決まっておりもうすが、領内の城は滅却していただく」

と切り口上で宣告した。義光はおどろき、

「城を破却せよとおおせられるか」

とききき返した。

「いかにも。関東、奥羽の諸城は滅却せよとのご下命でござれば」

吉継が追い撃ちをかけるような口調でいう。常陸介が扇の要でかるく床を突き、身をのり出して、

「城滅却ともうしても、山形殿は自分仕置と決まっておりますから、どの城をどれだけ滅却なさるかは、勝手しだいということでござる」

と意味ありげにいった。義光と光安は顔を見合わせた。どの城をどれだけ壊すかは勝手

しだいということは、それにいつ着手するかも同じことらしい。

「われらは仕置の奉行をおおせつかりもうしたが、なにせ土地不案内。山形殿が頼りでござる。手とり足とり、おみちびきくだされ」

人のよさそうな笑みを浮かべながら、常陸介がいう。吉継は口を結んで、義光を見すえていた。

会所から下がると、控えの間で茶がふるまわれた。光安が、

「ようござったな。御奉行の木村殿もよいお方らしい」

とささやいた。義光は、あのような愛想のよい御仁《ごじん》が油断ならぬ、心してかかれと小声で光安にいった。

義光と光安が小姓にもてなされて茶をすすっているところへ、常陸介が顔を出した。腰をかがめてすり足で歩み、義光の顔を見るとわざとらしくよろこんで見せて、膝を合わせるように坐った。

「大事なことをいい忘れもうした。うかつなことでござった。足弱《あしよわ》上洛の儀、かまえてお忘れなきように」

足弱というのは妻子のことである。すでに小田原の陣で、そのことはきいていた。妻子を人質として京に住まわせろというのである。宇都宮にきてまで念をおすところを見ると、秀吉はよほど人質にこだわっているらしい。

「その儀なれば、承知しておりもうす」

と義光が答えると、

「ようござった。足弱上洛がかなわぬと、本領安堵も無に帰することになる。いや、べつにおどすわけではござらぬが」

常陸介は声を立てて笑った。親しげに義光の膝を叩き、腰を上げた。

翌朝、光安をのぞく義光一行は宇都宮城を出発し、山形への帰路についた。宇都宮から白河へ通じる街道は多数の雑兵や農夫がかり出されて、道普請をしている。道を倍の幅にひろげ、荷駄が通りやすくするために石をとりのぞき、急坂には迂回路をつくっていた。白河から杉目《すぎのめ》までは、佐竹の兵と伊達の兵が、呉越同舟のおもむきで、道普請をしていた。奥羽仕置の軍勢が通行するための地ならしだった。

六

義光一行が山形城へ帰るのを追いかけて、急使が馬を駆って山形へ入った。大谷吉継の使者である。秀吉が宇都宮城を発ち、会津黒川城に御座所をうつす日どりが急に決まったと使者は口上をのべる。八月九日には黒川城入城となるから、義光は妻をともない、九日以前に黒川城に入り、出迎えるようにという急な命令だった。

八月一日、宇都宮城にのこった光安は、諸臣の控えの間の噂で、出羽庄内の仕置が、上杉景勝に命じられたと耳にした。あわてて木村常陸介に面会を願い出たが、会うことができたのは翌朝である。

常陸介は本丸の書院を宿舎にしていた。小姓に給仕をさせて朝粥《あさがゆ》をするのを、光安は入側《いりがわ》にかしこまって待った。小姓が障子をあけたが、光安は座敷に上がることはゆるされない。楊子をくわえた常陸介にむかって、

「おうかがいいたしたき儀がござります」

と光安は手をついた。

上杉景勝が出羽庄内の仕置の奉行に任ぜられたと噂を耳にしたが、それは実説でござりましょうかと、光安は問いかけた。

「いかにも、その通りでござる」

と常陸介が答えた。

「出羽国は手前主《てまえあるじ》の自分仕置となるはずでござるが」

庄内三郡は出羽国のうちで、大浦城も東禅寺城ももともと山形の支配だと、光安は力説した。上杉景勝の臣本庄繁長が次男の千勝丸《せんしょうまる》を大宝寺義勝と名のらせ、大浦城主とした。義勝は景勝をうしろ盾として天正十六年（1588）以来、二度にわたって上洛し、昨年ついに従五位下出羽守に叙任したが、それは官位を盗むようなものだといった。光安の主張をきいているうちに常陸介は苦い顔になった。叙任を批判されたことが不快だったので

ある。

「そこもとは叙任が不当だともうされるか」

「いえ、そのようなことは……」

光安は口をすべらせたことを後悔した。

「関東奥羽総無事令より以前のことは、むしかえさぬ。そこもとは庄内三郡のことをもうされたが、ならば置賜《おいたま》はなんとする。伊達殿からとりもどすか」

常陸介は蠅でも払いのけるように、光安に手の甲を向けてふった。上杉景勝が仕置奉行に着任することを、光安はくいとめようとしたが、まったく刃が立たなかった。

同じころ、義光は山形城で、御所の方を相手に手を焼いていた。急用がある、一国の大事だといって寒河江の庵室から御所の方を呼び寄せたのだが、わたくしは、お城を出た身だといいはり、本丸の門をくぐろうとしない。

城下の八日町にかつて義光が父栄林の病気平癒を祈願して建立した法華寺がある。大火で焼けたが、いちはやく再建したので、義光はそこに御所の方を休ませ、みずから足をはこんだ。

御所の方は城を出るときの約束で髪をおろしていないが、肩のあたりで切り、こよりで結んで、白い頭巾を外そうとしない。実家の大崎義隆が秀吉によって所領を召し上げられたことは、すでにきき知っていた。

足利幕府以来の名家があっけなく没落したことが信じられず、所領の召し上げを命じた秀吉の下に伺候することが無念でならない。わたくしは出家の身で、山形殿の室ではないといいだした。庵室に住むことはゆるしたが、落飾出家はせぬ約束だと、義光は応じた。

夜ふけまでろうそくの明かりの下で語りあったが、御所の方は我を折らない。実家の怨敵の前に膝を屈することはできないといいはった。城を出て質素な隠遁生活をつづけたせいで身体は細く痩せたが、気力は強くなっている。

義光はとうとう頭を下げた。

「足弱上洛をことわれば、本領安堵も自分仕置の約束も無に帰す。山形城は滅却され、所領は召し上げられ、家臣は浪人し、領民は追い散らされる。なんとか勘忍してくれ」

意地を通そうとすれば、大崎、葛西の二の舞いとなることを御所の方は悟った。頰をつたう口惜し涙をぬぐいもせず、ようやく首をたてにふった。

義光は守棟に留守を命じるとともに、やがて下向してくる大谷吉継、木村常陸介を奉行とする仕置の軍勢をむかえ入れるしたくを急がせた。楯下から山形城下、山形から天童、延沢にいたる羽州街道を突貫工事で普請させることにした。

秀吉の軍勢は八月四日に宇都宮城を出発したが、先陣はそれにさきだって街道筋の要所をおさえている。宇都宮城には飛騨高山城主の金森法印《ほういん》長近たちを在番にのこしておき、佐久山城には越前安居《あご》城主の戸田勝成《かつしげ》、白河城には美濃大垣城主伊藤盛景《もりかげ》、青木勘七《かんしち》を在番とした。いずれも秀吉にとっては気心の知れた腹臣で、小田原の合戦で手柄を立ててい る。秀吉は七日には、家人の黄母衣《きぼろ》衆小野木重次が在番する長沼城に入った。

会津黒川城には、すでに八月一日に会津の仕置にあたる豊臣秀次《ひでつぐ》が入城している。秀吉が黒川城下の興徳寺に入り、宿所とさだめたのは九日である。

義光は妻御所の方、長男義康、次男太郎四郎をともなって、八日には黒川城に入り、秀吉の到着を待った。

黒川城に出仕した奥羽の将は、義光、政宗、出羽横手城主小野寺義道《よしみち》、角館《かくのだて》城主戸沢《とざわ》光盛《みつもり》などのほかには、南部信直《のぶなお》のみだった。所領を召し上げられた大崎義隆、葛西晴信はこのときも姿をあらわさなかった。

角館の戸沢光盛は十八代当主の兄・盛安《もりやす》が小田原参陣中に病死したので、幼少の嫡男にかわってあとをついだのである。会津に出仕したことで、所領安堵がみとめられた。

会津での仕置は、政宗にとってはきびしいものになった。会津、岩瀬、安積など、初陣いらいおびただしい血を流して手中にした所領が没収されたのである。

大崎、葛西の旧領は木村吉清《よしきよ》が受封《じゅふう》することに決まった。木村吉清の名は、奥羽の人々には知られていない。もともと明智光秀の家臣だったが、山崎合戦のときに城代をつとめていた丹波国《たんばのくに》亀山城をあけわたして秀吉に仕えることになった。美濃国の検地奉行をつとめた経歴から奥羽仕置に適任だと認められたのだろう。

政宗が召し上げられた会津、安積、岩瀬は織田信長の旧臣の蒲生氏郷《がもううじさと》にあたえられた。政宗の妻愛姫《めごひめ》の実家の田村氏は領地を召し上げられ、当主宗顕《むねあき》の改易が決まった。

義光にとっては、庄内三郡が上杉景勝の支配下に入り、当面は手が出せなくなったことをのぞけば、おおむね安心できる仕置となった。政宗の所領が大きく削られ、力がそがれたことで、国境のあらそいの心配をしなくてもよくなったのである。

秀吉は浅野長政《ながまさ》に大崎、葛西旧領の検地を命じた。その朱印状の一節に、「国人ならびに百姓ともに合点ゆきそうろうように、よくよくもうしきかすべくそうろう、自然あいどかざる覚悟の輩これあるにおいては、城主にてそうらわばそのもの城へ追い入れ、おのおの相談ひとりものこし置かず、なでぎりにもうしつくべくそうろう。百姓以下にいたるまで相届かざるについては、一郷も二郷もことごとくなでぎりつかまつるべくそうろう」とあった。

仕置にしたがわぬ城や村はなでぎりにするという言葉は、すでに義光の耳にも入っていたが、はっきりと宣言されたのは、会津がはじめてである。なでぎりとは一城、一村を殺しつくし、死体を投げ捨てておくことを意味する。この言葉がたちまち人々の間にささやかれ、ふるえあがらせた。

秀吉は十三日に、仕置の達しをすませて、会津を去り、帰途についた。

大谷吉継たちの仕置の軍勢が黒川城を進発するにはまだ少し間があった。義光たちは会津を去り、峠越えで米沢に入った。米沢では合戦があるとおそれた城下の町民たちが浮き足だち、荷車に家財を積みこんで逃げだしていた。なでぎりという言葉がひとり歩きをはじめたらしい。

米沢城下で休止したとき、義光は光安を呼び寄せ、御所の方たちを護って、さきに山形に帰れと耳うちした。

「御所様はどうなさる」

と光安が問うと、黙って板谷峠の方角を指さした。

出羽と陸奥の国境の板谷峠が下りにさしかかると、急峻《きゅうしゅん》な坂の連続になる。ときには岩づたいに足場をえらんで下り、崖っぷちの狭い道を谷底をのぞきこみながら歩む。その峠道が、仕置軍の影におびえて逃散《ちょうさん》しようとする人々でふさがっていた。

五人十人と家族がひとつながりになり、若い男は身の丈と競うほどの家財を背負い、あえぎながら坂を下る。崖に沿った道では足元をたしかめながら一歩一歩すすむから、前がつかえて怒号が飛びかった。

義光は来年十歳になる次男の太郎四郎を小姓頭の奥山鹿丸に背負わせ、歩行《かち》小姓と足軽をあわせた供がわずか八名で、板谷峠を越えた。米沢から脱出する商人や職人の家族とあとさきになって坂を下るその姿は、誰の目にも出羽の大守とは見えない。

峠を下りきると、信夫郡《しのぶごうり》のひろびろとした平野がひろがる。すでに稲刈りがすみ、水田には人影がなかった。義光一行は仙道と呼ばれる東山道を南に上った。やがて街道の彼方《かなた》に牛が寝そべった形の小高い城山が見えてきた。城山の麓に、一の構《かまえ》、二の構と呼ぶ空濠と石垣の二重の塁がめぐらされ、山の中腹から山上にかけて二の丸の武家屋敷、城主のいる本丸の館と櫓がある。それが大森城である。

伊達稙宗が築城した大森城は、奥羽一円を戦乱にまきこんだ天文の乱では、稙宗方の重要な拠点となった。以来、仙道の要ともいうべき城となり、政宗の代になっても、天正十三年（１５８５）までは伊達成実、それ以後は片倉景綱ともっとも信頼のあつい家臣が城主となっている。

奥羽仕置の先陣を命じられた徳川家康は、大森城に宿陣していた。秀吉が会津からひきあげると家康も陣ばらいをして、新たに所領となった江戸に帰るところだった。二の構の兵たちは鉄砲、弾薬を箱におさめ、荷駄をあつめて陣ばらいのしたくにかかっていた。

街道から遠望する大森城の城山はなだらかな稜線にふちどられた山だが、近寄るとけわしい坂だった。義光と太郎四郎を抱いた鹿丸が騎馬で、歩行小姓たちが歩いて城山に近づくのを、一の構の守備兵が見とがめ、槍をかまえて立ちふさがった。

「山形の出羽守が、江戸大納言殿の陣中見舞に参上いたした。取次を頼む」

と義光が馬上から大声を放った。

兵たちは槍を引き、顔を見合わせる。ひとりがあわてて二の構のほうへ駈け上がった。しばらく待たされてから、姫御殿《ひめごてん》山と呼ばれる出丸から、二、三十人の武士たちが、追手のなだらかな道を小走りに下ってくる姿が見えた。先頭に立つのは頭を剃り上げた陣中医師の玄悦だった。

「これは、これは山形の御所様、ようござった」

玄悦は遠くから大声を上げた。徳川勢のうちで義光を見知るのは玄悦ひとりだった。人相をあらためるために呼ばれたのである。玄悦が案内をして、本丸に上った。本丸は見晴らしがよく、安達太良《あだたら》の連山、北は蔵王まで遠望でき、眼下には緑の信夫の盆地が一望できた。

義光は本丸の書院で、家康と面会した。家康は義光より四歳の年長で、この年四十九歳である。下腹が出て肩の肉が厚く見え、肌艶がよく髪も黒い。義光を見てよろこび、目を細くして笑った。

「わざわざ陣中見舞とはいたみいる」

義光は先年、本庄繁長との庄内のとりあいに際して、家康が京へ働きかけてくれた礼をのべたあとで、

「土産を持参いたしもうした」

といい、かたわらにひかえる太郎四郎をかえりみた。

「この小倅は拙者の次男坊で、太郎四郎ともうす。これをさし上げますれば、ねがわくばお側において、お使いまわしくだされ」

といい、太郎四郎の頭に手をのせた。太郎四郎は頭をおしつけられ、両手をついた。

「これはめずらしい土産だ。倅殿を拙者にあずけるともうされるか。それも、家の子にでもして使いまわせとな。大名の子を、他家の家の子にしろとは、はじめてきいたぞ」

家康は大げさに身をそらせて驚いて見せ、近習たちに顔を向け、のうと声をかけて同意をもとめた。そばにひかえた玄悦が、

「例《ため》しのないことでござります。これで、ご昵懇《じっこん》がいっそう深まります。なにせ、稀有なことで……」

と義光のあと押しをするようなことをいった。家康は太郎四郎を手招きして、横に坐らせた。太郎四郎は緊張して赤い顔になった。

「たしかに倅殿をもうしうけた。しかし家の子にして使いまわすというわけにはいかぬ。そばにおいて、いずれ元服《げんぷく》をさせようぞ」

家康は太郎四郎にいいきかせると、小姓に合図をした。長旅で疲れているだろうから、別間につれて行って休ませろというのである。

小姓が太郎四郎を案内して書院からひきさがるのを、家康は目で追いながら、

「さて、かんじんの上洛のことでござるが」

と義光に語りかけた。家康は昨年から義光に上洛をすすめ、秀吉に口ぞえしている。それを義光は一度目はことわり、二度目は日延べを願い出ている。父栄林の葬儀や大火といったやむをえない事情があったのだが、三度目は許されない。

「重々承知しておりもうす。上洛いたさねば、本領安堵も自分仕置もかないませぬ」

秀吉は会津黒川城で仕置を発表したさいに、所領の安堵をみとめた諸将には朱印状を発給したが、義光と政宗だけは京で発給することにした。妻子をつれて上洛することが朱印状発給の条件とされたのである。義光がそれを話すと、

「殿下（秀吉）はお人がわるい」

とつぶやき、笑い声をもらした。歴戦の武将らしいがんじょうな体軀《たいく》と、意志のつよそうな顔つきに似合わず、公家衆のようなつつましげな笑い声を立て、顔をややそむける。

「日どりはいかがなさるご所存かな。早いにこしたことはなかろう」

「年内にも出立いたす」

秀吉が義光と政宗には京で朱印状を発給するといいだしたのは、ふたりを疑っていることを意味する。上洛は死地におもむくことと同じだと、義光は覚悟していた。妻子ともども殺されるおそれもある。次男の太郎四郎を家康に託したのは、万一の場合に胤《たね》をたやさぬ用心だが、義光はそんなことはおくびにも出さない。しかし家康はその意図を察したとみえて、

「われらもほどなく上洛いたす。京で再会いたそう。そのおりには、遠慮なく頼ってくだされ。微力ながら、なんなりと力になりもうす」

と尽力を誓った。

義光一行はその晩は姫御殿山の館でもてなされた。本丸の家臣たちは陣ばらいのしたくであわただしく動きまわり、早駈けの使者がつぎつぎに搦手から出て行った。義光一行は混雑に気をつかい、日の出とともに城山を下りた。二の丸の侍屋敷を通り過ぎ、一の構の空濠をわたったとき、小姓頭の鹿丸が城山をふりかえり、

「あ、若がお見送りにござらした」

と声を上げた。姫御殿山の石垣の縁に、玄悦にともなわれて、太郎四郎が立っている。石垣から転落しそうにあやうげに見えた。

十四章　三条河原

一

義光《よしあき》が山形城へもどるとほどなく、出羽奉行の大谷吉継と木村常陸介《ひたちのすけ》が仕置軍をしたがえて会津黒川城を出陣し、米沢を経て山形に入った。山形城下はようやく町割がすんだばかりで、七日町《なぬかまち》、十日町の商家は仮普請の店がほとんどである。米沢ほどの混乱はなかったが、それでも戦乱をおそれて、せっかく普請したばかりの店を見捨て、家財を荷車にのせて最上川の西岸に逃げる商人が少なくなかった。

光安《あきやす》は御所の方を守って一足さきに山形へもどり、仕置軍を迎え入れる準備をととのえていた。大谷、木村の手勢は少数で、仕置軍の主力は山形勢である。先陣を任せられた義光は、まず先手の大将として鮭延秀綱を仙北へおくりこんだ。

奥羽仕置の奉行たちはおおむね秀吉の股肱《ここう》の臣の上方の武将で、上衆《かみしゅう》と呼ばれていた。上衆は仕置の指示を忠実に実行して、諸国の出城、支城のたぐいは滅却し、在郷の国人の刀狩りをおこない、検地を断行して年貢をあらためようとした。

義光が自分仕置を任された南出羽の領分は、刀狩りや検地があとまわしになったが、北出羽の仙北は一筋縄ではいかない。横手城主の小野寺義道は仕置によって三万一千石余の所領を安堵されたが、実際には三分の一の所領を削られたことになり、領内には不満がくすぶっていた。さらに仕置軍の先陣をつとめる山形勢は長年にわたる宿敵である。義光が横手に出陣するという噂がつたわると、仕置にしたがって支城を滅却するどころか、各地であらたに砦を築いたり、武器をあつめたり、動揺がひろがった。

九月から十月にかけて、仙北で一揆がおこった。同時に、陸奥の大崎、葛西でも領地召し上げに反発して一揆がおこっている。大崎では、領地を召し上げられた大崎義隆に代わって上衆の木村吉清が城番となったが、伝馬令のもうしつけにしたがわなかった領民三十人余を処刑したことが、怒りに火をつけた。大崎の旧臣たちが一揆の先頭に立ち、木村吉清父子を人質にとって佐沼城に立てこもった。

仙北の一揆を鎮圧するために義光は湯沢に向かった。さきに先手として出陣した鮭延秀綱が湯沢城に在陣している。秀綱はこのころ愛綱《ちかつな》と名のっていた。義光は湯沢城に入ったが、城内の倉には刀狩りで没収した槍、刀が、山のように積み上がっていた。義光はそれを見ただけで、冬の気配が近づく十月末には山形に帰城した。

仙北の一揆は平定されたわけではなかったが、仕置令がしめすように、領民ことごとくなでぎりにするわけにもいかない。大崎、葛西の一揆にくらべれば、小規模で散発的なものだった。むしろ同じ時期におこった庄内の一揆のほうが手ごわく、上杉景勝の手を焼かせた。

義光は家康との約束を守り、湯沢からとってかえすとただちに上洛のしたくにとりかかった。十一月中には山形を発ち、できれば新年の賀詞を京で秀吉に言上するつもりだった。そのあわただしいさなかに、野辺沢満延が目通りを願い出てきた。

満延は延沢城を出て山形城二の丸の武家屋敷に移り住んでいたが、大火のあとで病を発したから、しばらく登城していなかった。旗本の笹原石見の肩を借りて会所にあらわれた満延を見て、義光は思わず、

「能登、そのやつれようはどうした」

と声を発した。もともと人なみ外れた長身だけに、やつれが目立つ。首が細く長くなり、肉が落ちて胸がうすくなったことが、狩衣の上からもそれとわかる。かすれた力のない声で、

「ご上洛とうかがいもうした。それがしに先陣をおおせつけくだされ」

といった。正座して胸を張り、両手を股に置いているが、肘のあたりがこまかくふるえた。満延は義光より二歳年長の四十七歳である。三十人力の豪傑と称せられて出羽一円に勇名をとどろかせた往年の面影はなかった。

「無茶をもうすな。その身体で京への旅は無理だ。おとなしく二の丸で養生しておれ」

「これは、なさけないことをおおせられる」

満延は両肘を張り、かみつきそうな顔をした。

「御所様に奉公を願ったおりに、戦があればかならず先陣を切って駆けもうすとお誓いし、御所様はそれはたのもしい、頼りにいたすとおおせられたではござらぬか。お忘れではあるまい」

「たしかにそうもうした」

病人はつれて行かぬと義光はいいにくくなった。

「なればこのたびのご上洛に、先陣をおおせつけくだされ」

満延は仕置軍の軍勢に加われなかったことを口惜しく思っている。どうしても先陣をといいつのる痩せおとろえた顔に、覚悟の色があらわれていた。

つきそっている笹原石見が、両手を床につき、

「なにとぞ先陣をおおせつけくだされ」

としぼり出すようにいい、額をこすりつける。石見は主人の死期がちかいことを知っているのである。

「よし、ならば一緒に聚楽第《じゅらくだい》を見物するか」

義光は満延の願いをききいれた。満延は口をあけて、いかにも満足そうに笑った。

満延が退出するのを待っていたかのように、守棟《もりむね》と光安が会所に顔を出した。ふたりは

満延が京に同行することになったのを知っていて、あの身体では無理だ、旅の途中で死んでしまうと口々にいさめた。

「無理はご本尊が承知だ。死にばたらきのつもりで行かせろともうすものを、とめられまい」

と義光はいった。病人のせいで京への到着がおくれるのは覚悟している。留守居役の守棟には春になったら鮭延愛綱に命じて、中途で止んでいる仙北一揆の平定のために出陣させよといいつけた。

「どれほどの軍勢をつけもうそうか。このたびは手を焼きそうな気がいたす」

と守棟はいい、光安の意見を求める。

「さよう、仙北三郡のことがござるからな」

出羽仕置奉行の大谷吉継から、横手領の仙北三郡のうち上浦郡を義光にあたえるという言質を得ている。秀吉の朱印状は京で発給されることになっているから、いまのところ口約束である。小野寺義道から領地をとり上げることになれば、一悶着は覚悟しなければならない。

「あまり大軍を出せば、われらと小野寺殿との合戦となる。あくまでも大谷奉行の仕置にしておかんなんね。その兼合がむずかしい」

と光安はいい、義光の顔色を見て決裁をうながす。義光は黙って片手の指をひろげて見せた。

「五千でござるか」

と守棟が問い返す。

「五百だ。五千も出せば合戦になる。上杉殿も口を出してこよう。五百ならば角は立たぬ。仕置は上衆に任せておけ」

と義光はいった。

上洛すれば妻子ともども人質にとられたも同然で、いつ山形に帰れるかは秀吉の気分しだいである。頭の片隅には、最悪の事態も考えている。義光はあとのことはすべて守棟に一任して、十一月二十日すぎに上洛の途についた。


野辺沢満延と家臣数名を加えて、義光主従は三十騎である。参陣のためではなく、出仕のための旅の供ぞろえとしては、ほどのよい人数だった。騎馬武者のあとに、具足櫃や長持をはこぶ足軽の列がつづき、御所の方と侍女の輿がついて行った。

米沢から板谷峠の難所を越えて東山道に出る。宇都宮宿に着いたところで京から玄悦がつかわした飛脚に出会い、豊臣秀吉が鷹狩のために清洲《きよす》城におもむくのに家康が同行すると知らされた。まず清洲に豊臣秀次をたずね、ごきげんをうかがうのがしかるべきと助言された。

　義光主従が清洲に着いたのは、十二月二十一日である。清洲からはただちに秀吉のもとへ、山形殿到着を注進する使者がつかわされた。

　清洲城はもとは織田信雄の居城だったが、秀吉は信雄の所領を没収したあと、生母の姉の子にあたる秀次に信雄の旧領尾張国と北伊勢五郡をあたえ、清洲城を居城とさせた。秀次は清洲中納言と呼ばれ、つぎの関白はこの人と衆人が見ている。

　秀次は二十三歳の男ざかりである。恰幅がよく、目鼻が大きい派手な顔だちで、血のつながる秀吉には少しも似ていない。天守の主殿に上がると、上段の間に坐る秀次と義光、満延、光安の間には群臣が居ならび、およそ十間（約18メートル）ほども離れていた。義光があいさつをするのを、秀次は品さだめをするように見下していたが、

「そこではあまりに遠い。もっと近くへ」

　と扇でさし招き、重臣たちに席を空けさせた。はじめは横柄に見えたが、口をひらくと思いのほか気さくに、出羽国の国柄や山形の城下の様子などを、やつぎばやに問いかけた。

　義光主従は首尾よくあいさつをすませて、ひきさがった。清洲城は五条川の河畔にそびえている。大手門を出ると五条川に架かる御城《ごじょう》橋があり、橋をわたると街道沿いに商家が軒をつらねていた。東海道から美濃路にいたる宿駅だけに、休み茶屋や旅籠《はたご》がならび、人の往来が絶えない。義光主従は高札場に近い本陣に旅装をといた。

　満延は病を忘れたように元気になり、

「宿の小者《こもの》の話では、この近くの須賀口という所に、妓楼が何軒もあるそうだ。遊び女も百を超えるほどにぎわうときいたぞ。どうだ、今晩あたり出陣して、遊び女の大将首でもあげて見せようか」

と伽の堀喜四郎や家臣の笹原石見を相手に軽口をたたいた。

満延の声は大きすぎて、義光と御所の方の座敷にもとどいた。義光は笑ったが、御所の方は眉をひそめ、

「あのように空元気をお出しになると、あとが心配になります」

といった。病人が急に元気になるのは、よい兆候ではないというのである。

義光主従は翌日清洲を発ち、さきを急がずにすすんだ。義光は満延を馬には乗せず、清洲で輿を一台あつらえてのせた。四日かけて十二月二十五日に京に入ったが、満延は輿の中でぐったりとして、顔も上げられないほど容態が悪くなっていた。

義光がはじめて父につれられて上洛して足利義輝《よしてる》将軍に謁見したのは十八歳の年だったから、二十七年もたっている。ひさしぶりに見る京は面目を一新して、同じ都のようではなかった。

天正十四年（1586）に、秀吉が大内裏《おおだいり》の跡にたてた聚楽第の天守の瓦がまばゆく輝いている。本丸には御幸御殿《みゆきごてん》をはじめ、舞台、書院、長局など無数の御殿がたちならんでいた。町割は聚楽第を中心にして、四方にひろがっている。

義光は中立売通《なかだちうり》りに広大な屋敷をあたえられた。驚いたことに、秀吉から上洛の命が下った昨年のうちに屋敷は定められ、普請がすすめられて、屋敷を仕切る築地塀《ついじ》と、書院づくりの母屋《おもや》はすでにたち、義光を迎えるばかりになっていた。

隣の屋敷は政宗が拝領したが、そちらはまだ未完成で、千人にもおよぶ大工や人足が群がって普請をしているさなかだった。年内に間に合わせる予定らしい。大崎、葛西の一揆を平定するために、蒲生氏郷とともに出陣した政宗の上洛はおくれ、使者がふたりと供が数人、仮屋に住んでいる。大工の声と人足のわめき声が、義光主従を出迎えた。

中立売通りはその名が示すように、呉服や絹の反物を商う商人が立売りをする通りである。露天の店のまわりにはつねに人だかりがしている。門をくぐって通りに出ると、頭をおさえつけられるように、聚楽第の威容が彼方にそびえていた。

はじめて母屋の玄関に立ったとき、御所の方が、

「これがわたくしの奥津城《おくつき》でござりますか」

と不吉なことをつぶやいた。

「これ、なにをもうす」

義光がききとがめると、御所の方は唇のはしにかすかに謎めいた笑みをたたえた。

二

義光主従は天正十九年（１５９１）の正月を京で迎えた。京の冬は寒いと土地の者はいうが、雪国育ちの義光たちには、暦のとおり春の陽気に感じられる。元日、二日は内輪だけの年賀の宴を催したが、元日の祝いの酒を口にして元気をとりもどしたように見えた野辺沢満延が、居室にもどると吐き、そのまま床についた。

二日は中立売通りに古着市がたち、ひやかしの客が肩をぶつけあって通るほどのにぎわいになった。御所の方つきの侍女たちは、ひとかたまりになって門を出て、雑踏のうしろから露店をのぞきこんで歩いた。昼すぎに隣の伊達屋敷から、伏見の酒樽がとどけられ、小塚孫三郎と飯塚甚内と名のる中年の武士が、年始のあいさつに訪れた。

座敷に上げて義光と光安が祝いの礼をのべ、酒をふるまった。秀吉の足弱召し上げの命令にしたがって、昨秋宇都宮から京の聚楽第に入った北の方（夫人）の愛姫《めご》の供をして、ふたりは上洛したのだという。

孫三郎は義光が何日に聚楽第に上がるつもりか、しきりにききたがった。義光と同様、政宗にもいまだ所領安堵の朱印状は発給されていない。その日どりもはっきりつたえられていない。それで不安になったと見える。

光安に相伴を任せて、義光は自室にもどった。義光が去ると孫三郎は打ちとけて、光安

に、

「手前主人のことを、なにか耳にしてはおられぬか」

と探りを入れた。政宗は仕置奉行の蒲生氏郷の補佐として、大崎、葛西の一揆の平定に出陣したが、一揆勢が手ごわく平定に手間どっているうちに、政宗には逆心があり、一揆を裏から煽動しているという噂が京につたわっている。

「そのようなことを拙者に問うのは、お門ちがいでござろう」

光安は実際、なにも知らなかった。

「江戸大納言殿は、なにかおおせられてはおりませぬかな」

孫三郎は家康の動向も気にした。書状のやりとりがある国元よりも、京に先乗りした孫三郎や甚内のほうが、肝腎なことを知らない。耳に入るのは、不安をかき立てる噂ばかりだった。

「手前主人は八日に聚楽第に召されることになっておりもうす」

日どりまで伏せる必要はなかろうと、光安は判断した。

「八日でござるか」

孫三郎と甚内は顔を見合わせた。

「関東衆にはそのおりにご沙汰があるとききおよんでおりもうすが」

と光安が教えると、ふたりは期待と不安がいりまじったような顔になった。なにしろ主君がいまだに上洛していないことが、不安の因《もと》なのである。

ふたりは祝いの酒に酔い、手前主人に逆心があろうはずがない、一揆の平定に手を焼く蒲生殿の家来衆が、京に浮説をいいふらしているのだといいだした。甚内は顔が蒼くなり、額に筋を立てて、

「昨年来、ご右筆《ゆうひつ》を頼り、おとりなしを願っておりもうす。ご右筆の内話には……」

と口をすべらせた。右筆というのは、和久宗是《わくそうぜ》のことである。小田原参陣のときから、宗是は政宗のために奔走していた。その宗是の話では、奥州から蒲生氏郷の家来が政宗を讒訴《ざんそ》する書状をしきりに書きおくっているという。大崎の陣中で政宗が氏郷を茶をふるまうと誘い、毒を盛ろうとしたなどと根も葉もないことを書いているそうだと、甚内は怒りをおさえきれずに内情を暴露する。

「これ、飯塚」

と孫三郎がたしなめ、腕をとってひきずるようにつれ帰った。

八日、義光は光安とともに聚楽第に上った。銅の門扉と鋼鉄《くろがね》の門柱が固める本丸の庭に入ると、はるか彼方にそびえる天守まで、道の両側には数知れぬ衛士が立ちならんで警備をしている。城士に案内されて、左右に楽屋を配した舞台を見、三年前の後陽成天皇の行幸にさいして儲《もうけ》の御所とした檜皮《ひわだ》ぶきの御幸御殿にさしかかったとき、義光が思わず、

「合戦の用には立たぬ城だ」

とつぶやいた。光安はあわてて、案内の城士に気づかれぬように、目くばせをした。うっかりしたことを口にすると、どのように曲解されるか知れたものではない。

義光たちは天守の大広間に案内された。正装の武将たちが、大広間を埋めつくしている。しばらく待ってから、上段の間に秀吉が姿をあらわした。ご機嫌うかがいのあいさつは、秀次をはじめとする家門と、細川忠興《ただおき》など旧主織田家の遺臣がつづく。家康は大納言の位にあるが、あつかいとしては義光同様外様である。

家康が秀吉の家臣ではなく、客将であることがはっきりあらわれていた。

浅野長政、加藤清正《きよまさ》といった名だたる譜代の諸侯にさきんじて、義光は茶坊主にうながされて、とまどいながらあいさつのために中段の間に膝行《しっこう》した。秀次の側近の富田高定《たかさだ》が山形出羽守殿と呼び出しの声をあげる。義光は大声で新年の賀詞をのべたが、秀吉はちらりと目をやり、二、三度うなずいただけだった。

義光と光安が大広間と廊下をへだてた大名の控えの間にもどると、右筆の和久宗是が襖をあけて入ってきた。上座に坐り、これへと義光を呼ぶ。懐から三分の二ほど出た奉書が目につき、義光と光安はその場に平伏した。宗是はおもむろに奉書を懐からとり出し、広げて目の高さにささげると、

「山形出羽守殿、従四位下侍従《じじゅう》に叙せらる。また羽柴姓を許さる」

とよくひびく声で読み上げ、裏がえして書面を義光に見せた。ありがたきしあわせに存じもうすと光安が大声で受け、ふたりそろってふたたび平伏する。叙任の奉書をもとのように宗是はたたみ、義光に手わたした。義光をあらためて上座に坐らせ、

「おめでとうございます」

とていねいに祝いをのべた。譜代衆の加藤清正や細川忠興は、大身の大名だが位階は五位の諸大夫《しょだいぶ》にとどまる。義光が彼らよりさきにあいさつをゆるされたのは、このことがあるからだったかと、ようやく光安は腑に落ちた顔をした。今日以後、義光は羽柴出羽侍従と呼ばれることになる。

役目をはたしてひきさがろうとする宗是を、しばらくと声をかけて光安がひきとめた。

「本領安堵の御朱印状はいかがあいなりましたか」

「ああ、それはござりませぬ」

宗是はこともなげに答える。朱印状は上洛のおりに発給されるはずだった。義光と光安が納得のいかぬ顔つきになるのを見て、

「そのことでござれば心配ご無用。すでに宇都宮において、出羽侍従殿は自分仕置に任せるとご裁可があったはず。旧領はそのままでござる」

と宗是がいった。あらためて旧領安堵の朱印状を発給する必要はないというのである。上洛をうながすために、たばかられたようだった。

新年の祝宴の馳走にあずかり義光と光安が夜がふけてから中立売通りの拝領屋敷にもどると、すでに小姓から叙位の知らせを受けた家臣たちが、館にあかりをともし、祝宴のしたくをして待っていた。

義光は肩衣に長袴の正装のまま、祝宴の座についた。御所の方がまっさきに祝いをのべる。病床に伏していた野辺沢満延まで、宴席にくわわり、肩で息をしながら、かすれた声で祝いをのべた。

光安は聚楽第ではよろこびを顔に出さなかったが、館にもどると顔を笑いくずした。

「従四位下でござるぞ。公家成《くげなり》大名だ」

とくどいほどいう。家祖の斯波兼頼が従五位下に叙せられて以来、先代の義守にいたるまで、先祖は諸大夫にとどまっている。いちいち指を折りながら先祖の位をいい、御所様の代に家格を上げたと自慢する。

「もうよせ」

と義光がとめても主君自慢はやめなかった。家臣たちはその姿を見て笑い、涙をながしてよろこんだ。

しかし義光は手ばなしでよろこんではいなかった。位階をさずけ、羽柴姓をあたえて懐柔しようとしても、外様は外様のあつかいである。大納言に祭り上げて江戸に追いやった徳川家康にたいする、秀吉のはれものにさわるようなあつかいを見ればわかる。

どうやら秀吉は、心をゆるした家臣には素っ気なく、ときには意地わるく接し、油断ならぬ相手と見た者には、ねんごろに接するらしい。その筆法からすれば、聚楽第で素っ気なくあつかわれた義光は、いまのところ外様ではあるが、敵とは見られていないらしい。

義光の隣に席をもうけられた満延は、盃にかたちばかり口をつけただけで、家臣たちが酔って騒ぐのを目を細めてながめていた。にわかに腰を上げ、

「めでてえ宴だ。おらが舞うべ」

といきなりいいだして、謡《うたい》を家来の石見に命じる。

「お屋形、およしなされ」

と身体を気づかって石見が制止し、能登殿、おやめなされと光安はじめみなが口をそろえるが、満延はひきさがらなかった。とめようとする石見の手をはらいのける満延の姿を見ていた義光は、

「だれか鼓《つづみ》を持て」

と命じた。小姓が持ってこさせた鼓を義光が打ち、石見が高砂《たかさご》を謡い、満延が翁を舞う。病みおとろえた満延の鬼気せまる舞いを見るうちに、だれの目にも涙が浮かんだ。ひとさし舞いおさめたとたんに、満延はよろめき、義光は鼓を投げ出してくずおれる満延を抱きとめた。

八日を過ぎると、屋敷の普請が再開された。隣の伊達屋敷には三千をかぞえる大工や人

足があつまった。大工たちのかけ声や怒号が、満延の病にさわるのではないかと御所の方は心配した。

満延の病気平癒を願って、御所の方をはじめ侍女と家臣が熱心に念仏を唱えたが、その声がなにかの呪詛ではないかと、大工たちに疑われた。南無阿弥陀仏が、京の大工には、

「なんまえだんぶ」

ときこえるのである。

念仏の験もなく、満延の病勢は日ごとに募り、光安が手くばりをして呼び寄せた評判の名医の薬も効がなく、三月十四日に落命した。亡骸《なきがら》は東山の知恩院に葬られた。

大崎、葛西の一揆の平定のために出陣していた政宗は、正月三十日に留守政景、片倉景綱父子など三十騎をしたがえて米沢城を出立、ようやく上洛の途についた。仕置奉行の蒲生氏郷はすでに四日前に会津黒川城を発ち、京にむかっている。このころには、政宗に逆心ありという噂は、諸将の耳にとどいていた。政宗のほうでも、上洛したとたんに秀吉に切腹をもうしつけられることを、なかば覚悟していた。

政宗は小田原から東海道を経て、閏一月二十六日に清洲に着いた。秀吉は鷹狩りのために清洲に逗留していた。政宗はここにいたるまで、さまざまに伝手をたよって、謀反などという雑説《ぞうせつ》を否定して、秀吉にとりなしてくれるよう依頼している。清洲で秀吉に謁見するときが、危機だった。翌朝、清洲城で秀吉と会い、遅参を詫びた。奥州でのできごとを

直接報告し、謀反など毛頭《もうとう》事実ではないことをもうしひらきした。

政宗が入京したのは、二月四日である。千余の人数をしたがえた政宗は死装束をまとい、金箔をおした旗差物を馬の前に立てて、粟田口《あわたぐち》から京に入り、都の人々をおどろかせた。すでに二日前に清洲から京にうつっていた秀吉に六日に参礼し、もうしひらきが通ったことをたしかめた。

政宗は侍従に任ぜられ羽柴の姓をあたえられた。伊達左京大夫《さきょうだゆう》が羽柴伊達侍従と呼ばれることになった。しかし義光が従四位下に叙せられたのにたいして、位が下の五位にとどめられた。家臣はそれをくやしがり、義光の拝領屋敷の大工、人夫の数が伊達屋敷の十分の一ほどであることを、もののあわれを覚ゆるとか、みすぼらしいと評して、うっぷんをはらした。

三

山形城の留守をまかされた氏家守棟に、京の光安から義光が従四位下の侍従に叙せられたという朗報が届いたのは、二月末である。光安の書状では、叙任の儀はたいそうものいりで、手元金ではとうてい用が足りぬから、急ぎ金子《きんす》を送れと無心していた。

叙任の儀式に上卿《しょうけい》として介添をする公家にたいするお礼、禁裏、および院へのお礼、そのほかにも、公家や伝奏の武家に心づけを届けなければならないという。光安は同じころ叙任された常陸の佐竹義宣が、公家成のお礼として禁裏に金子三十枚、院へ二十枚を献上したことをきき、同額かそれ以上を献上しなければ恥をかくと、守棟にいってきた。

「公家成とは、ものいりなことだ」

と守棟は嘆息した。公家の仲間入りといっても、かたちばかりのことだとわかっている。

守棟が金子、銀子《ぎんす》、銭をかきあつめて御用金の荷駄を京へおくり出してから一月もたたぬうちに、野辺沢満延の病死という悲報が届いた。わざわざ義光から、跡目に相違なきよう一子《いっし》又五郎に家督をゆずるように守棟に託す書状がきた。それが満延の遺志で、側近の笹原石見が証人だという。

義光が叙任にかかわる儀式とお礼参りをとどこおりなくすませ、満延の埋葬もすませて山形へ帰ったのは、四月末のことだった。御所の方は、侍女や百ばかりの若党をつけて、中立売通りの拝領屋敷にのこしてきた。

守棟を頭に数百の武士たちが、楯下宿まで義光主従を出迎えた。

「おめでとうござる」

の声が、ひとつになってひびきわたる。山形城には仕置奉行の大谷吉継の家臣が城番となっていて、家臣たちは肩身のせまい思いをしていた。上衆に頭をおさえられる不満も高まっている。京でどのような仕置がなされるのか、わるく考えれば、義光はそのまま人質となり、山形城は滅却されるのではないかという不安を、家臣たちは胸の内にかかえてい

たから、義光の無事な姿を見て、よろこびが爆発した。出迎えの氏家左近や伊良子宗牛は、

「ご出世おめでとうござる」

と大声で祝福しながら馬を下り、義光の馬に駈け寄ると、われこそがくつわをとろうと、さきをあらそった。

義光の叙任を知った城下の町人たちが、南館から城下まで、街道わきに居ならんで義光を迎えた。首をねじまげて義光の顔をぬすみ見る者もあれば、手を合わせる者もある。行列が通りすぎたあとは、お祭り騒ぎになった。

奥羽仕置に服そうとしない北奥の国衆の一揆は、いっこうに平定しないどころか、ますます勢いを増している。検地や刀狩り、はては城の滅却まで強行しようとする上衆のふるまいは京儀と呼ばれて忌みきらわれ、先棒《さきぼう》をかつごうとする領主へ怒りがむけられた。

三戸《さんのへ》城城主の南部信直は、前田利家の引きがあって以前から秀吉に通じていたが、小田原合戦に参陣した功があって、奥羽仕置のため秀吉が宇都宮へ出陣したおりに、南部七郡の本領安堵の朱印状を給付されて、陸奥の仕置軍の先導役をつとめた。

ところが、信直の支配に服さない南部一族の九戸政実《くのへまさざね》が、信直に武力で立ちむかった。政実は九戸城主で、南部氏当主の晴政《はるまさ》が没して、弟実親《さねちか》と先々代政康《まさやす》の外孫の信直との家督あらそいで家臣団が二分したとき、政実は実親を擁《よう》して信直とあらそった。政実は信直を正統の領主とは認めず、われこそ南部の総領と主張して、十年来宗家あらそいをつづけ

ていた。上衆の朱印状、なにするものぞ、京儀にしたがう理由はないと信直に刃むかった。南部七郡には政実に味方する豪族が多く、形勢は政実にかたむき、三戸城もあやうくなった。

四月、信直は長男の利直と一門の腹臣北信愛《きたしんあい》を上洛させ、九戸政実の反乱を訴え、救援をもとめたのである。陸奥の戦乱のしらせは、北からではなく、山形に帰った義光を追いかけるように京から届いた。

そのしらせをもたらした飛脚は、大坂の豪商平野屋勘兵衛の雇い人だった。平野屋は姓を末吉といい、河内国平野庄の末吉家の分家である。商人ながら豊臣家の家臣の格で、諸国往還の自由を認められ、出羽国にも商売のつながりがある。京の伏見や堀川通りにも分店をもうけ、義光の拝領屋敷に手代が出入りしていた。

平野屋の手代の書状には、伊達政宗が義光の出発のあと間もなく、大崎退治のために京を発ち、出陣するはずだと書いてあり、南部の若殿が駈けこみ訴えをしてきたので、関白殿下が九戸退治の陣ぶれをするとしらせてきた。どこできききつけたものか、奥州奥郡《おくごうり》御仕置被差遣候《さしつかわれそうろう》人数として、一番羽柴伊達侍従（政宗）、二番羽柴会津少将（蒲生氏郷）、三番羽柴常陸侍従（佐竹義宣）、四番宇都宮弥三郎国綱、五番羽柴越後宰相中将（上杉景勝）、六番江戸大納言（徳川家康）、七番羽柴尾張中納言（豊臣秀次）と先陣から後陣まで名をあげていた。

六月二十日、秀吉は陸奥の乱平定のため陣ぶれを令したが、平野屋のしらせた通りだった。

京から江戸へ、江戸から宇都宮へ、会津、米沢へと使者が替わるがわる受けつぎ、早馬を乗りついではこんだ陣ぶれの軍状が山形城に届いたのは七月はじめだった。最上《もがみ》通りは上杉景勝が大将となり、義光たち出羽衆をしたがえて大崎へ進軍すべしと達せられ、米沢から北の各城は、それぞれに人数を入れおくべしと定められた。

二の丸の武家屋敷は、大軍を受け入れるために急いで家を空け、一族郎党は城下に退去した。仕置奉行の大谷吉継と木村常陸介が、上杉勢をひきつれて山形を通過したのは七月中旬のことである。山形城はあけわたすことはなく、少数の兵が嚮導として延沢城まで案内をするにとどまった。

そのころ先陣をおおせつかって東山道を北上した伊達勢は大崎の一揆勢がたてこもる佐沼城を攻め落とした。その前に攻略した宮崎城とあわせて、一揆勢の一万余をなでぎりにして、伊達勢には千余の討ち死にがあったという報告が、延沢からつたわった。延沢からは追いかけるように、佐沼城で伊達勢が討ちとった一揆勢の数は、佐沼城主石川彦九郎の一族をふくめて千人ほどで、そのほかに籠城の女、童《わらわ》など二千人がなでぎりにされたとくわしい報告が届いた。大崎家中随一の勇士と名がひびいた一栗城城主一栗兵部は佐沼城にたてこもっていたが、落城寸前に脱出し、同族の氏家党を頼って延沢に逃げこんだのである。兵部の口から、佐沼城の戦の実相が知らされた。

大崎一揆を平定した政宗に、南部信直をたすけて九戸政実を討つべしと秀吉から軍令が下ったのは七月三十日である。しかしその当時、政宗は病を発して出陣することができなかったから、家臣の白石宗実を名代として、南部境の胆沢郡《いざわごうり》水沢城へ軍勢を派遣した。

九戸攻めの総大将は秀吉の甥の秀次、先陣は蒲生氏郷が大将となった。徳川家康は秀次にしたがい、家臣の井伊直政を軍目付《いくさめつけ》につけた。南から北から西から、十数万にもおよぶ大軍が南部に攻めのぼると知って、九戸政実に心を寄せていた南部家の家臣はつぎつぎに離反して南部信直につき、九戸城は孤立した。

総大将の秀次が出陣したのは八月になってからである。秀次と家康の軍勢は五日には須賀川にいたり、七日に二本松に着いている。政宗は病をおして二本松城におもむき、秀次に面会した。

政宗が秀次と家康に会ったのは、奥羽仕置の郡《こうり》分けの沙汰がさまざまに京からつたわり、どうやら秀吉の内意は、政宗から米沢城をとり上げ、大崎に郡分けするときいたからである。政宗は生地の米沢に愛着があり、どうにか米沢城にとどまることはできないか、秀次と家康に口ぞえを頼んだ。このときのことが、のちのち政宗に厄災をもたらすことになろうとは、知るよしもない。

義光は秀次と家康の軍勢が二本松から東山道を北上するのを、大森城まで迎えに行った。前年、次男の太郎四郎を家康にあずけた城である。義光は出羽衆の大将として、軍勢を大崎口まで案内し、大崎一揆平定をおえて岩手沢から陣ばらいする大谷吉継を、最上道《もがみみち》を案内して山形にもどった。山形勢は九戸攻めには参陣することなく、嚮導役に徹した。

大軍にかこまれた九戸城は、容易に陥落しなかった。すぐに落ちると高をくくっていた寄せ手の大軍は兵糧がつき、領内の農村で掠奪をはじめる。寄り合い所帯で、軍規も乱れた。そのため農民の一揆がおこり、寄せ手を苦しめた。力尽きた九戸政実が城門をひらき、降参したのは九月になってからである。蒲生氏郷は城中から落ちる者があれば、女童《めのわらわ》とてもひとりのこらず斬り捨てよと軍勢に下知し、城内を血で染めた。

秀次と家康は岩手沢城に宿陣して、戦況を見守っていた。九戸城が陥ちると、家康は岩手沢城の普請にかかった。政宗にあたえ居城とさせることが、すでに決まっていたのである。秀次は九月末に岩手沢を発った。

義光は秀次凱旋の知らせを山形で受けると、大崎口まで軍勢をひきいて迎えに出た。最上道を案内して、山形城に迎え入れた。本丸の主殿をあけわたし、秀次と側近たちをもてなした。

義光は側室の浪江《なみえ》と嫡男の義康、末娘の駒姫をひきつれて秀次の前に出た。義光には松尾姫と竹姫、次男の太郎四郎がいるが、娘ふたりは家臣の野辺沢満延と氏家守棟の家に嫁にやり、次男は家康の家の子にして、手元においてあるのはふたりだけである。

秀次は永禄十一年(1568)生まれの、血気さかんな年頃である。岩手沢滞陣中も乱倫のおこないがあったという噂は、義光の耳にも届いている。秀次は広間にひかえる女中たちを眺めて、駒姫に目をとめた。小姓を呼び、なにごとか耳うちする。

駒姫は顔を伏せていた。小姓は腰をかがめ、すり足で義光に近づき、ちらりと駒姫の顔をぬすみ見る。小姓の顔が赤くなった。

小姓は義光の前に坐り、一礼すると、扇をひらいて口元をかくした。

「この女子《おなご》を伽に出せとのおおせでござります」

とささやいた。義光は小姓を突き飛ばしそうな勢いで、膝行して前にすすんだ。おそれながら、と言葉をしぼり出す。

「それぱかりは、ひらに御容赦を。駒はまだ童《わらべ》でござります。田舎者でござります」

駒姫は十一歳である。美人のほまれ高かった生母の御所の方によく似ている。唇は紅く小さく、人形がそのまま生きてうごき出したようだと、長局の女中たちが評判するほど可憐なうつくしさがある。

秀次はたちまち不機嫌な顔になった。

「これはきこえぬ。出羽侍従殿。江戸大納言に悴を差し出したことを耳にいたしておるぞ。大納言には悴をやるが、中納言のわしには娘はやれぬか」

嫌味な口調でいった。駒姫はみずからのことが語られているのにまるで気づかぬように、顔を伏せたままちらりと目をうごかして父の顔をうかがう。

「そのようなわけあいではござらぬ。中納言殿のお膝元に奉公に上がるのは、よろこびこれにまさるものはござりませぬ。ただ、なにぶんまだ童で、貴き方に上がる行儀作法のしつけも行き届きませぬ。せめて十四、五の娘になってから……」

義光は苦しまぎれに答えた。

「さようか」

秀次は機嫌をなおした。

「されば、いま二年もしたら、わしにくれ。聚楽第を見せてやろう。さむらいに二言はないな」

「いかにも」

と答えて、義光は秀次に気づかれぬように、さがれと浪江に合図をした。浪江はそれと察して、駒姫の手をとり、広間から引きさがった。

伽の堀喜四郎が義光のそばに寄り、

「拙者におまかせあれ」

とささやいた。広間には膳がならび、秀次の前には富田蔵人をはじめ、若江衆と呼ばれる秀次の幼な馴染みの側近たちが居ならび、山形の重臣たちは寄せつけない。盃も若江衆の間でまわした。喜四郎はそのひとりに近づき、耳元でなにごとかささやく。夜伽《よとぎ》をする女中のことを取り次いでいるらしい。義光は黙ってそれを見ていた。

秀次は二日間逗留した。機嫌のよいときとわるいときは別人のようで、側近たちも顔色をうかがうのに汲々としている。浪江は駒姫の身の上を心配して、あのような殿様に無事に仕えることができるのかと、泣き暮れていた。

秀次が山形城から去るのを待って、守棟が一栗兵部をともなって会所に上った。兵部は日焼けした顔に合戦の余韻をのこすような眼光を光らせ、精悍な顔つきである。大崎一揆のさいには一栗城の手勢をひきいて寄せ手の大軍をなやませ、一騎で百騎を追いはらう勇士と頼られたという。

「なんとか旗本に加えてやることはできませぬか」

と守棟は遠慮がちに口ぞえした。九戸一揆が平定された直後、秀吉は陸奥国に三条からなるきびしい法度を頒《わか》っている。その一条に、奉公人、侍、中間、小者、下働きにいたるまで、七月に奥州へ御出勢以後に新規に町人、百姓になった者は一切雇いおくべからずとある。兵部のような浪人をかかえることは法度にそむくのである。それが公辺に知られれば、その主人も成敗されることになる。

「もし侍従殿に奉公がかなわねば、拙者は腹を切らねばなりもうさぬ」

と兵部はいった。六人の若党をつれて佐沼城からのがれてきた。その若党ともども腹を切るというのである。

　義光は即答はせず、しばらく守棟と兵部の顔を見くらべた。

「よかろう。同族のよしみで守棟にあずける。だが、しばらくはおとなしくしておれよ」

　はっと声を発し、兵部は平伏した。顔を上げると、感激のあまり血の気がさしている。

上衆から見れば兵部は一揆の謀反人である。法度にそむいて謀反人を召しかかえることが、義光にとってどれほど危険なことか、守棟も兵部もよく知っているのだった。

　会所から引き下がり、二の丸の氏家屋敷にもどると、兵部は佐沼城から生死をともにしてきた若党たちをあつめて、

「飢え死にすることも、腹を切ることもなくなった。よろこべ」

　とつたえた。侍従殿はわれらを召しかかえるのに首をかけた。このご恩は忘れてはならぬ。侍従殿にことあるときは、われら一粟衆は命を投げ出してこのご恩にむくいなければならぬといいきかせた。若党たちはみな骨と皮ばかりに痩せ、無傷の者はいない。平伏して泣きくずれた。

四

　天正二十年（１５９２）正月二日、義光は五百余の手勢をひきいて、降りしきる雪をついて山形城を出立した。米沢在番の蒲生氏郷、南部の南部信直も同じころ国元を立ってい

る。岩手沢城に国替えになった伊達政宗は、義光、氏郷の出発をきき、いそいで上洛のしたくにかかった。前年末、京の秀吉から朝鮮渡海の軍をおこすからいそぎ参陣せよと下知があったのである。

秀吉の下知には上洛の軍勢五百と定められている。義光はそれにしたがったが、政宗はそれでは手うすだとして、馬上三十騎、鉄砲足軽百五十などを加え、つごう千の軍勢で義光より三日おくれて上洛の途についた。

山形を立つときは雪だったが、京には梅が匂っていた。西立売通《にしだちうり》りの屋敷につくと、御所の方がうらめしげな目で出迎えた。旅装をといて座敷にあらわれた義光に、上洛の祝いをのべるとすぐに、にじり寄って、

「お駒を関白様にさしあげるともうすのは、まことでございますか」

と問いかけた。昨年十二月、秀次は秀吉から関白の職をゆずられ、清洲城から移って聚楽第の主となっている。

「たっての御所望だ。いたしかたあるまい」

義光は苦しげに答える。御所の方はなにかいいたげだが、口には出さず目を伏せた。御所の方は駒姫をかわいがっていた。成長したら実家の大崎にもどし、嫡男と妻《め》あわせてあととりを生ませたいとひそかな希望をもっていたが、いまや大崎氏は滅びて伊達の軍門に降り、駒姫は秀次の三十人あまりいるという妾のひとりとされる。天を呪いたくなる。

「まださきの話だ」

と義光はいい、御所の方をさがらせた。しばらくすると、御所の方がひきこもった納戸から、女中たちと声を合わせて念仏を唱える声がきこえた。たしかにそれはかつて庭の大工や人足がささやいたように、なんまえだんぶときこえた。

三月になると義光に出陣の令が下され、七日に在京の家臣を加えて千の軍勢をしたがえて京を発した。堺から船に乗り、肥前名護屋《ひぜんなごや》城に向かう。船中は足をのばして寝るすきもないほど混雑していた。矢島満安《みつやす》が人をおしのけ、はうように近づいてきて、

「お頼みもうす」

と義光に声をかけた。満安は通称を五郎といい、出羽国由利《ゆり》郡矢島城主である。昨年十一月、山形城にきてはじめて義光と会ったばかりの武将だった。

満安は敵の多い男である。由利十二党と称される諸城とたたかいつづけてきた。昨秋、九戸一揆が平定されたあとで、由利十二党の城主たちが密談して、満安には九戸政実同様の逆心があると義光に訴え、討たせようと計った。由利郡の仕置は義光に任されているのである。

義光は十二党の仁賀保勝俊《にかほかつとし》の訴えをきき、満安を山形城に招いた。十二党の諸将は、義光が満安を問責して、仕置にしたがわぬと見ればその場で討ち果たしてくれるだろうと期待していた。すでに初雪が降ったあと、満安はわずかな数の供をつれて山形にきた。守棟

と光安が本丸の公文所で満安と会った。剛力の主とはきいていたが、六尺（約182チセン）

ゆたかな大男で、顔半分が濃い髯におおわれ、まるで熊のようだった。仁賀保勝俊の讒言があったことなど知らず、義光の世話で本領安堵の朱印状が手に入ると信じこんでいる。朴訥《ぼくとつ》で正直な人物だった。

守棟たちから人物評をきいてから義光は満安に会ったが、まさしく評判の通りの好人物だった。仁賀保勝俊が訴えてきたことはいつわりだと確信された。そこで義光は来春ともに上洛して朱印状を給付されるよう願い出ようと誘ったのである。満安は上洛の列に加わったが、義光の旗本ではない。客将だった。

「朝鮮渡海のあかつきには、ぜひとも拙者に先陣をおおせつけくだされ」

満安は長身を折り、義光の前に両手をついた。戦ときけば血が沸き立つ男なのだろう。

義光は当惑して、

「われが決めることではござらぬ。軍奉行の指図しだい」

と答えたが、満安は、

「さすれば、名護屋に着陣したら、軍奉行にお口ぞえくだされ」

と食い下がる。義光のそばについている伽の喜四郎はひややかに満安を見た。喜四郎や山形にのこった伊良子宗牛は、満安のような猪武者は好まぬのである。

名護屋に着いた義光は、名護屋在陣を命じられた。名護屋は肥前国松浦《まつら》郡にあり、背面は山、前面に海がひらけた風光明媚な土地である。ここから軍船を漕ぎ出せば、玄界灘の荒波をさけて朝鮮半島に達することができる。

名護屋のひろい平地に、在陣衆だけでも七万を超す大軍が陣を張り、仮屋を建てた。小西行長《ゆきなが》を大将とする先陣の兵は、義光が着陣すると間もなく、三月十二日に対馬《つしま》に着き、船団をまとめて渡海の準備をととのえた。


加藤清正の二万余、黒田長政の二万余、そのほか二十万の大軍は、順風を待って四月十二日に名護屋を出帆した。海上は無数の帆に埋めつくされた。

在番衆の敵は退屈である。渡韓した軍勢の武功をたよりにきき、絵図の上に攻め落とした敵城の名を書きしるすだけで、無為に日が過ぎて行く。義光は喜四郎を先導役にして、在番衆の陣を訪れ、暇をもてあました大名たちを連衆にして、連歌をつくった。

夏の暑さがたえがたくなったころ、矢島満安が義光の仮屋を訪ねてきた。渡海参陣のことはいかがあいなったかとたずねる。われが決められることではないと答えると、

「もう辛抱ならぬ。身体中がかゆくてたまらぬ。由利にもどってもようござるか」

と満安がいいだした。名護屋の陣をはなれることは掟にそむき敵前逃亡の罪に問われることになる。かたわらの喜四郎が剃り上げた頭をさすりながらそう諭すと、

「茶の湯も連歌もわしはきらいだ。戦をするために参ったのだ」

と、こどもが駄々をこねるように首をふった。喜四郎が満安を落ちつかせ、くわしくいいぶんをきいた。満安は上洛すれば本領安堵の朱印状が発給されると思いこんでいたが、京にきてそれほど簡単なことではないとわかった。それならば渡海して軍功を立てるしかないと思ったが、参陣もかなわない。あくびをかみころしている間にも、由利十二党の敵将が矢島城をのっとるのではないかと考えると、居ても立ってもいられぬと語る。

満安の話に耳をかたむけていた義光は、茶碗の白湯《さゆ》を口にふくむと、横を向いて吐き出した。

「まずい。この土地の水は合わぬ。城の水がのみたい。山形の水がのみたい。のう喜吽《きうん》」

と喜四郎を雅号で呼んだ。喜四郎はすっかり昔の連歌坊主にもどり、陣から陣へとわたり歩いているから、退屈とは無縁である。義光は満安に顔を向け、

「貴公の気持ちはよくわかる。われもこんなことになるとは思いもしなかった」

といった。喜四郎になにか知恵はないかと問う。さればと少し考えてから、

「矢島殿を飛脚に立てればよろしかろう。京の拝領屋敷に書状を届けて、そのままもどってこなければよろしかろう。あとのことは、われらは知りもうさぬ」

と知恵をさずけた。

丸に二の字の家紋を染めた白帆が波間に揺れていた。

「最上丸《さいじょうまる》が着いたぞ」

という浜からの呼び声をきいて、関東衆の陣屋がならぶ曲輪から、山形の武士たちが群れをなして走り出た。

名護屋在番衆には、持ち船があたえられている。九州、四国、西国一帯から徴発《ちょうはつ》された漁船や商船で、義光には十艘がわかたれた。三十石船に最上丸の名をつけて、名護屋と堺の間で、兵糧や日用品をはこんでいる。国元からのたよりも、最上丸がもたらした。

武士たちは浜辺で待った。やがて沖に碇《いかり》をおろした船から、小船が人と積み荷をのせて浜に漕ぎ寄せる。小船から浅瀬に下りた人々の顔が見えると、浜辺の武士たちは歓声とともに両手をあげて迎えた。先頭に立って波を蹴ちらすのは、鮭延愛綱《ちかつな》だった。

最上丸は国元からの書状の束とともに、漬けものの樽や塩びきの鮭や鱒をもたらした。武士たちはそれを奪いあう。松浦の海からは魚がほぼ無尽蔵に揚がるが、出羽衆は新鮮な魚は口にあわず、塩を吹いたような鮭や鱒をもとめるのである。

文禄二年（１５９３）初夏、渡韓の役がはじまってから一年が過ぎた。この年の正月、秀吉は前田利家と蒲生氏郷を征韓第二軍の将に指名し、増援の軍勢を渡海させることを命じた。前田勢七千人を主力として三万七千余の大軍が三月に出陣したが、わずか三百人ながら、義光の手勢も蒲生勢に組みこまれている。その人数の補充として、愛綱は百人の手勢をひきいて、名護屋に参陣したのである。

愛綱は陣屋に入り、義光に会うと、まず詫びごとを述べた。義光が上洛した留守に、愛綱は仙北、由利地方の仕置の先手となったが、仕置はいっこうにはかどらないのである。仙北横手城の小野寺義道は、義光が指図する仕置はうけいれる気はない。

「矢島殿が去年討ち死にいたしてござる」

愛綱の口から、義光は思いがけないことをきいた。矢島満安は去年の夏に名護屋を去り由利の居城にもどったが、小野寺義道をうしろ盾とする由利十二党の諸将と戦になり、多勢に無勢で戦に敗れ、十二月二十八日、矢島兄弟と近習ふたり、切腹して果てたという。

「そうか。満安は死んだか」

義光は嘆息した。野陣に馴れた身に畳の上の遊びは尻がこそばゆいと満安はうそぶいていたが、生まれてから戦場しか知らない一生だった。

五

渡海の当初は、連戦連勝の勇ましい報告が名護屋に届いた。梁山《りょうざん》、尚州《しょうしゅう》、忠州《ちゅうしゅう》など耳馴れない地名の城をつぎつぎに攻略したといい、攻め落とした城には韓人《からびと》が置いて逃げた兵糧が、十五万の大軍を四、五カ月も養えるほどのこされているという景気のよい話もつたわった。どこそこの城では、韓人は武器のそなえがなく抵抗もしないので、思いのままに数千をなでぎりにしたという話もつたわり、敵将の塩漬けの首級がつぎつぎに送られてきた。

しかし一年が過ぎると、韓勢《からぜい》の抵抗は思いのほか手強く、明《みん》国の国境まで半島の奥ふかく侵攻した日本勢は、兵糧がつきて苦しんでいるという話もつたわりはじめた。名護屋の在番衆の間には厭戦《えんせん》気分がただよった。

小西行長を大将とする先陣は、渡海後およそ二十日で漢城を攻略し、六十日で平壌を占領している。明国は朝鮮の兵乱を知り、大軍を編成して出陣したが、行軍は遅々としてはかどらない。鴨緑江《おうりょくこう》をわたり、ようやく平壌に着いたのは、天正二十年（１５９２）七月中旬になってからである。このとき平壌は、小西行長を大将として、宗、有馬、松浦、大村、五島といった九州各地の諸将の軍勢およそ一万数千が占領していた。渡海軍の本営は漢城にあり、兵力の大半は漢城にあった。

明国の遼東《りょうとう》副総兵官祖承訓《そしょうくん》という将軍が五千の軍勢をひきいて先陣を切ったが、小西勢に反撃されて撤退している。明軍はこれに懲りて慎重になり、小西勢もまた平壌から北へ進撃することはさけた。三月まで戦況は膠着した。小西勢は少数だが鉄砲を武器として、明軍は大軍だが騎馬隊が主で鉄砲は用いない。四月になると和議がもちあがった。

豊臣秀吉は四月に大軍をひきいて名護屋にいたり、みずから渡海するといい出したが、近臣たちにいさめられて断念した。つぶさに戦況をきくにつれて、ようやく大明国征伐が夢ものがたりにすぎないとさとったか、漢城の本営に軍書をおくり、漢城の兵、諸道の兵は釜山浦まで撤退すべしと指示した。

「高麗人ものいうこと通ぜざれば早々おさまりがたし」

という文言がある。言葉が通じない人々が相手では埒《らち》があかないというのである。釜山浦、熊川、西生浦など船着きの諸城を筑紫《つくし》勢に守らせて、残余は帰国すべしと下知した。秀吉は八月に名護屋をたって帰京し、翌月から渡海していた軍勢がつぎつぎに名護屋に帰った。

征韓第二軍は九月には名護屋にもどった。氏郷にあずけた山形勢も無事にもどったが、とても凱旋の兵とは思えず、口数も少ない。釜山で韓《から》の水軍に苦しめられたことには口をつぐんでいた。義光はその年十一月には、蒲生氏郷や伊達政宗とともに名護屋の陣屋をひきはらい、帰国の途についた。帰ると山形城は雪におおわれていた。ふだんの年ならば雪を邪魔にする兵たちは、雪におおわれた本丸の櫓を遠くからのぞみ、涙をながした。

義光が留守にした一年有余のあいだに、本丸、二の丸の修復ははかどり、あらたに濠を掘削して三の丸の造成もはじまっていた。城下町の町割もおおかたすみ、七日町、十日町の商家は、冬でもにぎわっていた。奉行をつとめる伊良子宗牛と蔵増大膳亮の功績である。宗牛は義光の許しをえて信濃守《しなののかみ》の官名を名のっていた。蔵増大膳亮は蔵増城主安房守の倅である。

家臣たちが無事帰城の祝いをのべてひきさがると、側室の浪江をはじめ奥の女房たちが、嫡子の義康と駒姫をかこんであいさつに出た。義康は十九歳になった。幼少のころは生母の御所の方によく似ていたが、うっすらと髭が生え、背丈《せたけ》が義光に近くなるほど成長すると、祖父の栄林に似てきた。駒姫はしばらく見ぬうちに手足がのびて、顔だちはますます愛らしくなったが、まだいかにもこどもである。義光の帰城をよろこんで笑顔をたやさなかった。一同のあいさつがすむと、義康が前にすすみ出て、おねがいがござりますと口をひらいた。

「いうてみよ」

と義光がうながすと、拙者は……とおとなびた口をきき、

「名護屋の話を、伽の喜四郎からききました。渡海して韓の戦に参陣したく存じます。父上がつぎに参陣なさるおりには、おつれくだされ。りっぱにはたらいて見せます」

という。義光は苦い顔になった。

「つまらぬことをもうすな」

義康が元服したころには、関東奥羽の総無事令が発せられて、仙北と庄内をのぞいて、領内はほぼ無事となっている。義康はまだ初陣をすませていなかった。それだけに戦にあこがれをいだいている。なにとぞ、名護屋におつれくださいと懇願する。

「くどい。ならぬものはならぬ。外国《とつくに》に出かけて、ものいうことが通じぬ相手とことをかまえても埒があかぬわ」

義光は秀吉の軍状《いくさじょう》にあった言葉を思い出した。

義康はひきさがらない。ついには従兄弟《いとこ》にあたる伊達政宗の名を出し、十八歳のころには小手森の合戦で城中の女こどもから犬にいたるまで、千余の生霊《いきりょう》をなでぎりにした例《ためし》を口にして、

「拙者もおくれをとるものではござりませぬ。存分に働いてみせもうす」

といった。

「慮外者め」

と義光が叱りつけた。女房たちは蒼ざめ、ふるえあがる。そのとき駒姫が、

「兄様、ものいうことが通じない相手に、どのように名のりをおあげなさりますか」

と口をはさんだ。義光は思わず笑い出し、凍りついたその場の空気が、やわらかく溶けた。

女たちがひきさがったあとで、会所で家臣たちとの祝宴のしたくがととのったと、喜四郎が襖の陰から声をかけた。喜吽と雅号で呼び、

「義康につまらぬことをいうでない。明国を相手に参陣したいといいだしたぞ」

と叱言《こごと》をいった。

「すまぬことを。あまり熱心にせがまれましてな。つい余分なことをもうしました」

喜四郎は剃り上げた頭をさすって詫びた。義光のそばへ寄ると、小声で、

「駒姫様は敏《さと》いお方でござるな。当意即妙。一言であの場をおさめなすった。拙者などに

はおよびもつきもうさぬ」

　といった。

「きいておったのか」

「襖の陰から、つい耳に入りもうした。京にはやりとうござりませぬな。なんとか打つ手はござらぬか」

　とささやいた。義光は胸の裡《うち》をいいあてられた思いだった。

「さむらいの約束だ。

　秀次は叔父の秀吉から関白の位をゆずられ、聚楽第の主となっている。つぎの天下人《てんかびと》たることを約束されたのである。その人にさからうことは滅亡を意味する。

「約束でござるな」

　喜四郎はため息をついた。


　年が明けて文禄三年（１５９４）二月、ようやく山形が春めいたころ、京から使者がきて、義光は上洛を命じられた。いそいでしたくをととのえ、百人ばかりの供ぞろえで山形城を出発した。

　出発の前夜、義康は氏家守棟にすがって上洛の供を願い出たが、義光は許さなかった。

　義光は山形から、蒲生氏郷は会津から、あい前後して上洛している。聚楽第を秀次にゆずった秀吉は、正月から伏見の桃山の丘に隠居城《じろ》の普請をはじめていた。諸国からあつめられた人足たちで、京はますます混雑し、盗賊が横行して物騒になっていた。

名護屋在番のひまつぶしに、義光は喜四郎を案内人にして陣屋ずまいの大名たちと連歌の会をもよおしたが、いつの間にか歌よみの巧者と評判が立ち、里村紹巴《じょうは》の一門と親しくなった。一門の高僧の世話で、貴重な一遍上人絵巻を手に入れ、山形に送って光明寺《こうみょうじ》に寄進したりもした。公家成大名にふさわしい風雅の日々をおくっている。

その年十月、秀吉が聚楽の上杉景勝の屋敷を訪れた。あたかも天子の行幸に擬するかのような大がかりな行列で、公家では聖護院《しょうごいん》道勝《どうしょう》法親王《ほっしんのう》、右大臣藤原晴季《はるすえ》、大名では徳川家康をはじめ、蒲生氏郷、伊達政宗とならび義光も相伴衆《しょうばんしゅう》に加わった。その日、上杉景勝は中納言に任ぜられた。景勝にとって一世一代の晴れがましい日となった。秀吉をはじめ高貴な公家衆、大名をむかえいれる大座敷は、数寄をこらした家具、調度、什器でまばゆいほどだった。上段の間の切り花ひとつをとっても、名人と称せられる池坊専好《せんこう》の手になるものである。宴席では相伴衆の義光の前に三方がはこばれた。相伴衆ひとりにつきふたりの加用の衆がつき、給仕をする。宴が果てるころ、木村常陸介が近づいてきた。奥羽仕置のおりに、奉行となった常陸介の案内を義光がつとめている。常陸介は顔を寄せて、

「山形の姫君はいかがあいなったかな」

とささやいた。義光が返答に窮していると、常陸介はにやりと笑った。

「そろそろ輿入の潮時ではござらぬかな。関白殿下が首をなごうして待っておられる」

あまり焦らすものではないといいたげに、義光の肩を叩いて催促した。常陸介は義光が駒姫を上洛させる期日を約束するまで、そばをはなれない。しかたなく、義光は、

「山形では間もなく雪になりもうすゆえ、雪がとけて道がひらけたら」

と約束せざるをえなかった。

義光は京から山形へ飛脚を走らせ、来春、駒姫を上洛させよと留守居の守棟に命じた。

六

文禄四年（1595）、義光が五十歳となった春、駒姫は輿にゆられて上洛した。山形の家臣たちが途中まで輿を守ってきたが、琵琶湖の大津の浦から、秀次の家臣たちが両脇についてきた。

行列が五条の大橋をわたる前に、馬廻りの武士がさきぶれとなって西立売通りの屋敷を訪れ、駒姫の輿がわざわざ屋敷の前を通るとしらせた。台所の女房たちが声をあげて喜び、たちまち門前に行列した。御所の方は被衣《かつぎ》をふかくかぶって顔をかくし、女房たちの列にまぎれこんだ。

やがて長い行列が見えてきた。輿のさきに立つ騎馬武者は、秀次の家臣、熊谷大膳亮《だいぜんのすけ》の家来である。行列が門前にさしかかったとき、正座して迎えた女房たちが輿に向かって

手をさしのべ、

「駒姫様」

と声をかけた。護衛の武士が駈け寄り、女房たちをさえぎる。御所の方だけは膝を屈せず、立ったまま輿を見送る。門前を通り過ぎるとき、輿の簾がわずかに動いた。

若党たちは庭から築地塀ごしに見守っていたが、長い行列が過ぎ去るといっせいに門外に走り出た。数十人の若党が行列のあとにつき、見物の町人たちと一緒になって堀川通りまで送って行った。

それから間もなく、蒲生氏郷が病にたおれた。秀吉は氏郷の病気平癒のために、国手《こくしゅ》と名声のある医師をつかわせたが、薬効なく死んだ。医師のみたては下血症という病気だというが、あまりにも急な死だったために、毒殺の噂がながれた。

京ではさまざまな噂が泡のように浮かんでは消える。人から人へささやかれてつたわるうちに、いつのまにか噂が噂でなくなる。だれがいいだしたものか、秀次が謀反をくわだてているという噂がささやかれはじめた。その証拠に、秀吉に遺恨をいだく細川や毛利といった西国の有力な大名に密使をつかわし、おのれにしたがうという誓紙を出させようとしたというまことしやかな話まである。

義光もその噂は耳にしたが、浮説だとして意に介さなかった。五月になると、聚楽第への武将の出入りが頻繁になり、なにやら聚楽第と伏見城のにらみあいの様相を呈してきた。

六月二十六日、石田三成《みつなり》はじめ五人の使者が伏見城から聚楽第を訪れ、秀吉の勘気をつたえ、秀次を問責した。

秀次は七月八日にわずか七、八十人の手勢をしたがえて聚楽第を出て、秀吉へのもうしひらきのために伏見に向かった。午後伏見の秀吉家臣木下吉隆《よしたか》の屋敷につき、その場で剃髪して詫びたが、秀吉は許さず、そのまま高野山に追いやられ、ついに切腹させられた。


門外でただならぬもの音がした。馬が駈けまわり、玄翁でものを叩くような重く鈍い音がひびいた。屋敷の前栽《せんざい》に出た若党が、悲鳴にちかい大声をあげた。

義光は大刀を提げて寝間を出た。喜四郎が廊下をすり足で近づく。

「おおごとでござる。外にはお出にならぬよう。しばしおひかえをねがいもうす」

と切迫した口調でいった。館の内を近習たちが駈けめぐり、槍を小脇にした若党が雨戸をあけはなって庭に飛び出る。

「ひかえい。うろたえるな」

喜四郎が大声を放ち、必死に若党を呼びもどした。朝早く、外はまだ暗い。義光は居間に入った。女房たちが急ぎ足で入り、義光の身じたくをととのえる。納戸から御所の方が出て、義光の足元に坐った。なにごとかと問うことはせず、黙って唇をひき結んでいる。万一敵が攻めこんだときには、主とともに果てる覚悟である。

間もなく光安が玄関から出て、門外の人物と語りあう様子だった。光安は広間に上がり、主だった家臣たちを呼びあつめた。義光が上段の間につくと、

「屋敷は囲まれもうした。寄せ手はおよそ五百、伊達殿には千。矢来《やらい》を組んで門を閉ざしておりもうす」

といった。

「政宗方もか」

光安は小さくうなずき、

「太閤閣下の御下命で、御所様にしばらく慎みをおおせつけられもうした」

門外で指揮をとる侍大将に、慎みの理由を問うたが、なにも答えないという。関白秀次が高野山で謹慎させられたことに連座したことはあきらかだった。

「是非もない」

と義光はつぶやき、腰を上げた。家来たちが軽はずみな行動をとらぬように取り締まれと光安に命じて、居間にもどり、女房たちにしたくを命じて、絹の白小袖に着がえると、元結《もっとい》を切らせて髪をたらした。御所の方も同じ白装束となり、納戸にこもった。

屋敷をかこんだ兵たちは西立売通りを埋めつくしている。商家はかたく戸を締め、店の者たちは息をころして外の様子をうかがっている。なにごともおこらずに時が過ぎて行った。

夕暮れちかく、裏木戸から親子ほど年のはなれたふたりの男が屋敷に入り、台所をのぞいた。大坂の平野屋の手代佐仲《さちゅう》と義光の家臣の浦山十兵衛《うらやまじゅうべえ》である。十兵衛は伊良子宗牛が支配する伊賀者衆の組下《くみした》である。すでに二年前から、武士の身分をかくし、前垂をつけて平野屋出入りの商人になっていた。

「侍従様にじきじきにもうしあげたいことがございます」

佐仲は台所の荒《あら》し子《こ》（下働き）に訴えた。ただならぬ様子に、女中が光安に注進する。台所まで出てきた光安は、顔見知りの佐仲を見ておどろき、

「よく裏木戸を通れたな」

と声をかけた。佐仲は袖を片手でつまんでふって見せ、

「それなりのあいさつをしてござります」

といった。光安は若い十兵衛の顔は知らない。十兵衛は役目柄、光安にも正体はあかさなかった。

ふたりの顔は蒼ざめ、唇はふるえていた。その顔を見て、光安はおよそのことを察し、いそいで義光にとりつぎ、広間に通した。

元結を切り、白装束をつけた義光を見たとたんに、佐仲は胸がつまり、言葉が出ない。

十兵衛がかわって、

「もうしあげます。明日、奥方の一の台様をはじめ、関白殿下ご寵愛のお女中方、姫君方

が三条河原でご生害になるとのお触れがござりました」

と声をしぼり出した。

義光は思わず大きな声を出し、腰を浮かせた。佐仲と十兵衛は答えるかわりに、平伏して額を床につけた。肩がゆれ、嗚咽がもれた。

駒姫は山形から旅をして聚楽第に上がってからまだ日が浅い。義光と御所の方は親の欲目で駒姫は連座せずにすむのではないかと、淡い期待をいだいていたのである。

「お駒もか」

「明日は浦山様と一緒に三条河原に参り、お今《いま》のお方様のご最期をしっかりと見とどけて参ります。いまから青屋《あおや》に手をまわして、形見のお品なりとお届けできるようにいたすつもりでござります」

佐仲は洟水《はなみず》をすすりあげながらいった。三条河原で処刑にあたる役人たちは青屋と呼ばれる染物師が支配している。佐仲は銀子を届けて、形見の品を手に入れようというのだった。

ふたりが台所から裏に出て行くと間もなく、納戸から悲痛な叫び声がきこえた。女中たちが御所の方に、駒姫の運命をつたえたのである。ああ、と身をゆるがすような嘆き声があがり、たちまち女たちの泣く声がひとつに和した。

七

一の台をはじめ関白秀次の寵愛する女たちは丹波亀山の前田玄以《げんい》の居城に預けられていたが、七月三十日に京の徳永寿昌式部卿《とくながながまさしきぶきょう》の屋敷にうつされた。秀次が切腹させられた十五日後である。女たちの処刑の日が決まり、前田玄以、増田元祥《ましたもとなが》、石田三成が三奉行に任ぜられている。

八月二日の朝早く、徳永式部卿の屋敷に、河原を取り締まる役人たちが押しかけた。罪人をひきとる作法である。高貴な身分の女たちが屋敷から追い出されるのを、遠慮会釈もなく、河原の役人が、

「はようせんか」

とののしり、肘をつかんで押しやった。牛車《ぎっしゃ》が十台ばかり屋敷の北の不浄門にならべられていたが、役人たちは女たちを突きとばして牛車にのせた。牛車には覆いはなく、空の荷台がつながれている。一台に二、三人ずつ身分の高下もあらばこそ、役人たちは荷を放り投げるように押し上げた。

見物の群衆が式部卿の屋敷から三条の大路まで埋めつくしている。白装束を着て牛車にのせられたあわれな上臈《じょうろう》の姿に同情して、群衆のなかから泣き声がもれひろがった。

三条大橋から河原まで、石田三成の家来を中心にした三千の将兵が、鎧に身をかため、

弓、槍、鉄砲までそろえて、警護していた。鴨川《かもがわ》をへだてた向こうの河原から土手は、見物の群衆が鈴なりになっている。平野屋の佐仲と浦山十兵衛は土手の群衆にまぎれこんで、見とどけていた。

河原には二十間（約36メートル）四方に堀をほり、竹の鹿垣が結いまわされていた。三条大橋の下、南に三間（約5・4メートル）はなれて塚が築かれ、秀次の首級《しるし》が西向きに置かれていた。

役人に追い立てられて、白装束の女たちが河原にころげ落ちると、見物の群衆から悲鳴があがる。乳母に抱かれたおさな子の姿もある。女たちは棒で突かれながら塚の下に追い立てられ、秀次の首の前にぬかづき、手を合わせた。

はじめは一の台の首が打たれた。一の台は公家菊亭晴季の娘で、無双の美女と評判が高かった。三十四歳だった。ついで十三歳の娘のお宮の方が打たれた。首斬り役人の刀が一閃するたびに首が落ち、群衆が悲鳴をあげ、念仏がとなえられる。しまいは万御用人《よろずごようにん》の女房たちで、東殿《ひがしどの》と呼ばれる六十一歳の女房まで刑に処せられた。

すべてを見とどけた佐仲と十兵衛が西立売通りの屋敷にもどったのは、日がかたむきかけたころだった。義光の屋敷と隣の政宗の屋敷を囲んでいた兵は、いつの間にかひきあげていた。

義光はふたりを座敷に通すと、襖を立て、庭に面した入側に衛士《えじ》を配した。話をきくのは義光と御所の方、おつきの女房、光安と伽の喜四郎の五人だけである。襖に背をつける

ようにかしこまるふたりに、

「そこでは話が遠い。近う」

と光安が手招きしたが、佐仲は遠慮して動こうとせず、十兵衛ひとりが膝行してそばに寄った。義光にうながされて、十兵衛は白装束の上﨟たちをのせた牛車の行列が、三千の軍勢が固める三条の大路をすすみ、橋のたもとまで近づく光景から語りはじめた。乳母に抱かれたおさな子が泣き騒いだことをきくと御所の方は目に涙をため、秀次の首級を置いた塚の下にみながひきすえられたことに話がおよぶと、悲鳴をおさえようと両手で口をふさいだ。

ひとりずつ斬られ、刺され、首を落とされたことは、名前とだれそれの娘という出自をのべるだけにとどめた。十兵衛、佐仲のいた対岸の土手からは、河原の鹿垣の中の人は、豆粒のようにしか見えない。しかし、駒姫がひき出されたときには、その顔がまるで目近で見るように、白く輝いてはっきりと見分けられたと十兵衛は語った。

「その前の姫君方は、とりみだして泣きさわぐお方あり、逃げようとして背から突かれるお方あり、すでにお気をうしない、河原の役人に抱き起こされるお方もありましたが、駒姫様は動じる色なく、お泣きにもなりませぬ。数珠を手になさり、西方を向いて手を合わされたと見えたとたんに、太刀取りがうしろにまわり、一太刀でお命をうばいもうした。見るものことごとくみごとなる御最期と感服いたしたしだいでございます」

「さようか。とりみだすことはなかったか」

義光がいった。それだけが救いである。御所の方は十兵衛に目をすえ、おこちゃはいかがしたと問いかけた。おこちゃはおさないころから駒姫に仕え、上洛するときに輿の供をした女中である。

「おこちゃの方様も、駒姫様と変わらぬ、しずかな御最期でござりました」

「そうか。ふたりともか」

そこまできくと、はじめて御所の方は床に突っ伏し、声を放って泣きだした。


聚楽第の本丸とはなれた山里丸という曲輪の館に、義光は閉じこめられた。手足の自由をうばわれたわけでもなく、座敷に牢格子がとりつけられているわけでもないが、館の外に出ることはできない。曲輪には鎧を着こんだ石田三成の手勢が、槍を立てて待機していた。

三条河原で駒姫が処刑されたその晩、義光の館は三成の手勢に突然囲まれたのである。

「おたずねいたしたき儀がござる」

という口上で、館からつれ出され、聚楽第に上った。小姓をつれて出ることもゆるされず、腰のものは脇差一口《ひとふり》だった。たずねたいことがあるといわれたにもかかわらず、誰も訊問しようとはせず、放っておかれた。

食事の膳は茶坊主がはこんできた。廊下には三成の家臣が数人ひかえ、茶坊主と口をきくこともゆるされない。駒姫のことがある。秀次の処分に連座して、なにごとか嫌疑がけられていることは、義光も察していた。命をとられることも、なかば覚悟していた。脇差だけゆるしたのは、切腹のためだろう。

三日目の朝、いつもの茶坊主と代わって、玄了《げんりょう》と名のる茶坊主が朝餉の粥の膳をはこんできた。小柄で頭の剃りあとが青々として、下ぶくれの頬に笑うとえくぼができる。尼だといわれれば、そう見えるが、名のった声はたしかに成人の男だった。

玄了は義光が粥をすするのを黙ってながめていたが、碗に茶をそそいで膳に置くときにわざとすこしこぼした。指さきで、えと大と書き、すぐに拭きとる。江戸大納言の徳川家康のことだと義光は察した。玄了は家康がおくりこんだ間者かもしれないが、石田三成のしかけた罠かもしれない。義光は気がつかぬふりをした。

翌日の夕方、玄了は膳をはこんで立ち去るさいに、紙縒《こより》をさりげなく落として行った。火を使うことを禁じられ、燭台はない。窓辺に寄り、夕方のうすあかりをたよりに紙縒をひらいて見ると、米粒のような小さな字がかろうじて読みとれた。

――うつつとも夢とも知《しれ》ぬ世の中にすまでぞかえる白川の水　おいまの御方

と書いてある。そのわきに、ぬれきぬをきつつなれにし妻ゆえに身は白川のあわと消《きえ》ぬる、最上衆と書いてある。駒姫とおこちゃの辞世らしい。義光の胸の底から、怒りと哀しみが突き上げた。声も涙ももらすまいと、口をあけ、肩をはげしく揺する。知らぬ者が見れば、声を立てずに笑っているとしか見えなかった。

聚楽第に閉じこめられてから五日目に、ようやく糺問のために義光は山里丸からつれ出された。館を出るとき、式台の衝立《ついたて》の陰にひかえた玄了が、迎えの武士に気づかれぬように、さりげなく口をひき結び指を立てて見せた。なにも語るなという家康の指示である。

天守の広座敷に通ると、つい二カ月前には関白秀次が坐っていた上段の間に、金銀でいろどられた屛風を背にして石田三成がおさまっていた。三成は従五位下で、義光より格下だが、太閤の威光を借りて、主従のようにふるまう。眉と髭がうすく青白い顔で、いかにも癇癪もちのような面貌である。三成は口をひらかず、目付が、

「出羽侍従殿には、ご不審の廉《かど》がござる。大崎侍従殿と気脈を通じ、両家の郎党野辺沢能登守、鮭延典膳、遠藤文七郎《ぶんしちろう》、原田左馬助《さまのすけ》、片倉小十郎なる者どもに命じて一揆をおこし、京大坂を焼きはらわんとの陰謀をくわだてておるとの風説がござる。もうしひらきはござらぬか」

と威丈高な口調で問う。政宗も同様な疑いをかけられ、糺問にあっているらしいことを、目付の言葉によって義光ははじめて知った。

玄了は黙っていろと合図をしたが、黙っていれば罪をかぶせられる。

「根も葉もない浮説でござる。お目付はただいま野辺沢能登守とおおせられたか。能登は

たしかに拙者の旗本でござったが、先年京で客死してござる。死人《しびと》が一揆をおこす道理はござらぬ。この一事をもってしても浮説はあきらかでござる」

　義光は目付をにらみつけた。目付はうろたえたが、気をとりなおして、

「関白殿に息女を与えられたことはいかが。関白殿とはいわば婿舅《むこしゅうと》の間柄になられた。息女輿入のおり、ことあるときには婿舅力を合わせて太閤殿下にお手向かいいたすとの誓紙をつけて送ったのではござらぬか」

　と問いただした。

「そのような誓紙があらば、関白殿がご滅亡のさいに、どこからか出てきそうなものでござる。お見せくだされ」

　義光は答えた。目付はさらに、九戸の乱のおりに秀次が奥羽へ下向して山形に立ち寄ったとき、どのような話をしたか、その後義光が上洛のおりに清洲城に立ち寄り秀次と会談したが、その中味はなにかと、細かいことを訊問した。目付の背後にいる石田三成は、秀次が秀吉の暗殺をくわだて、義光と政宗がそれに加担したという台本を書いているらしい。

八

　山里丸の館に義光がつれもどされたのは、日が西にかたむいてからだった。目付は重箱の隅をつっつくように些事にわたってしつこく問いただしたが、核心にたどりつくことは

できない。

座敷にははじめて燭台が置かれた。増田長盛《ましたながもり》の家来の安田治右衛門《じえもん》と名のる初老の武士があいさつに出て、主人の言葉をつたえるといい、紀問の非礼を詫びた。燭台に火が入り、女中が膳をはこんできた。治右衛門にはふたりの小姓がつき、義光の左右には見目かたちのすぐれた十六、七の女中がつき、盃に酒をそそぐ。

「どうやら行きちがいがござったようで、出羽様には憂き目にあわせてしもうたと、主《あるじ》もおそれいってござります。せめてものお気ばらしに……」

治右衛門は下から手をあおぎ上げて盃を干すようにすすめた。義光は酒を一口ふくみ、一息ついてからためらいなく大盃を飲み干した。

「おみごと」

治右衛門は追従をいい、みずからも大盃を飲み干した。女中たちが二の膳、三の膳をはこんでくる。治右衛門にすすめられるままに、大鯛の塩焼に箸をつけようとしたとき、茶坊主の玄了が襖の外から、声をかけた。

「ごめんくださりませ。ただいま伏見から出羽侍従殿に火急の飛脚がまいりました。おとりつぎいたしましょうか」

「伏見からだと。どなたか」

治右衛門が襖のほうへ顔を向けた。玄了はご無礼つかまつりますといいながら、治右衛

門には目もくれず、義光の膳の前に坐った。蒔絵をほどこした状箱を膝の上に置き、義光の顔をのぞきこむなり、

「顔色がお悪うございます。いかがいたしました」

といった。そのとたんに女中がうろたえて膳に酒をこぼし、治右衛門が腰を浮かせる。

「こちらへ」

玄了が義光を支えて、廊下に出た。縁側の厠《かわや》に入りこむと、

「なにか箸をおつけになりましたか」

と玄了が小声で問う。

「酒を口にしただけだ」

「それはようございました。酒には毒は入っておりませぬ」

玄了は懐から剃刀《かみそり》をとりだしてみずからの腕に傷をつけ、血を指さきですくいとって義光の口のはしに塗りつけた。

座敷にもどった義光は脇息にもたれて頭《こうべ》をたれた。口元に血がつき、いかにも具合が悪そうに見える。玄了があわてた口調で、

「ご不例でございます。はやく床をのべてくだされ」

といった。女中たちがうろたえて奥へ走る。義光の膳にのせられた向こうづけの小鉢を小姓がつかみ上げ、なますを袂に空けるのを、義光は見のがさなかった。治右衛門は小姓

を追い立てるように座敷から出て行った。

座敷にはひとときふたりだけがのこった。玄了は義光の背に手をあてて介抱するふりをしながら、

「手は打ってございます。万事お任せくだされ」

と早口にささやいた。

義光は奥座敷に伏せて、医師にも会わなかった。玄了が茶坊主の同僚に、義光の病状はかなり悪いといいふらしたので、山里丸には義光が重態だという噂がながれた。玄了がこの者ならば心配ないと折り紙をつけた十五、六歳の女中がはこんでくる白湯と粥だけを口にして、義光は三日三晩毒を盛られた病人のふりをして寝ていた。

義光が伏している間に、伏見の徳川秀忠の屋敷の門前に、なにものかが夜中に立札を立てる事件がもちあがった。立札には、

「出羽義光、陸奥政宗ふたりながら逆心をおこし、太閤殿下を害したてまつり、日本国を二つに分け、西三十三ケ国をば義光領し、東三十三ケ国は政宗領し、両将軍にならむと内談仕《つかまつ》り候《そうろう》あいだ、すみやかに退治なさるべく候、もし御延引においては由々しき御大事たるべき」

と大書してあった。朝になって立札に気がついた町人たちが秀忠の屋敷に見物におしかけ、黒山の人だかりになる騒動となった。立札に書かれていることは荒唐無稽だが、伏見

城下を騒がす騒動となっては、伏見の普請奉行布施小兵衛《ふせこへい》も放っておけず、三奉行がそろって登城して、ことのしだいを秀吉に報告した。

義光はそのことを、玄了が女中に持たせた紙縒の手紙によって知った。手を打ったと玄了からきかされていたが、立札とは義光には思いもよらなかった。おそらく伏見に忍びこんだ伊賀者のしわざだろう。

義光はその日に、もはや本復《ほんぷく》したと介抱の女中につたえて床を上げさせた。安田治右衛門の姿は、すでに館から消えていた。

義光はそのまましばらく山里丸の曲輪の内にとめおかれた。いつの間にか庭の鎧武者の姿は見えなくなり、肩衣《かたぎぬ》をつけた武士たちがのんびりと歩き、縁側に立つ義光を見て会釈をするようになった。

茶坊主の玄了は壁の目を気にする必要がなくなったのか、義光の座敷に茶をはこんできて腰をすえるようになった。伏見の秀忠邸の門前の立札は思いのほか功を奏し、伏見普請奉行の布施小兵衛から立札の報告をうけた秀吉は、伊達と山形はよほど世間から憎まれておると見えると笑ったという。関白秀次にくみして陰謀をくわだてたというのは、ためにする浮説であったとようやく得心がいったらしい。それも義光は玄了からおしえられた。

八月二十四日になってから、義光は謹慎をとかれ伏見城に呼びつけられた。その日は総登城のおもむきがあり、天守の大広間は肩衣をつけた大名たち、その重臣たちで埋めつくされた。思いがけず義光は政宗とともに、家康や前田玄以、上杉景勝、石田三成といった奉行たちに近い上席につかされた。

義光が秀吉を見るのは、上杉屋敷に相伴衆として供をした日以来だったが、わずかな月日のうちにひどく老いているのに驚かされた。秀吉は義光と政宗を見て、上座から呼びかけたが、その声もききとりにくくなっていた。

「そなたたちはよほど世上の憎まれ者と見えるの。このたびの落書を書いたは、憎き奴だ。たずね出して死罪に処すべし。そなたらも手をつくして探し出すがよい」

といい、政宗の閉門をゆるし、義光の謹慎をとくとあらためて宣言した。腰を上げて義光に歩み寄り、平伏した義光の頭の上から、

「息女は気の毒なことをした。さぞかし心憂く思うておろう。だが秀次逆心の上は、是非なきことと胸におさめてくれよ」

とささやいた。はっと義光は答えたが、さまざまな思いが胸にせまり、言葉にならなかった。

伏見城を下るときには、知らせをうけた光安が五十ばかりの供をしたがえ、義光の馬をひいて大手門外まで迎えにきた。義光の顔を見ると、光安は歯の欠けた口をあけて歩み寄った。笑っているのかと見えたが、近寄ると頬が濡れている。光安は義光の手をとり、

「お方様が、亡くなりもうした」

といった。

「桂が死んだと」

義光は耳をうたがった。

西立売通りの拝領屋敷の門前に、家臣たちが列をなして出迎えたが、だれひとり主君の無事な帰還をよろこぶ笑顔をうかべる者はない。みな沈痛な面もちだった。館の広間には伽の喜四郎をはじめ、主だった家臣が居ならび、義光を迎え入れた。末座に女房たちが坐ったが、御所の方の侍女たち数人が髪をおろし、尼の姿になっていた。

光安が前に出て、義光が聚楽第に幽閉されたあとのできごとを語った。駒姫が三条河原で斬首された模様は、翌日中にはくわしく知れわたった。ただ殺されただけでも口惜しいのに、ほかの女䕺《じょうろう》たちとともに、死体が河原に掘った穴に投げすてられ、穴を埋めた塚が畜生塚《ちくしょうづか》と名づけられたと知って、はらわたが煮えくりかえらぬ者はなかった。そのうえ一時は、義光が伊達政宗とともに逆心ありとうたがわれ、切腹させられたという噂がながれたので、家臣たちは激昂して、追い腹を切るか、かなわずといえども討って出て、奉行の石田三成や増田長盛の首をとるかと、屋敷中を二分する激論になったが、光安と喜四郎が必死になっておしとどめたという。

御所の方は駒姫の遺骸が畜生塚に投げ捨てられたときいたときから、悲嘆のあまり納戸にこもり、いっさいの食事をとらなくなった。侍女たち数人とともに、夜昼なく念仏をとなえた。

「駒姫様を害《あや》めた太閤殿下と石田治部を呪い殺すとおおせられて、念仏の合間には一心不乱に呪詛をなされもうした」

と光安が語ると、喜四郎が小声で、

「そのお声が外にもれてはどのようなおとがめがあるかわかりませぬによって、みなで納戸の外で念仏をとなえたのでござります」

といった。御所の方は鬼気せまる形相で、念仏と呪詛をくり返し、休ませることも食事をとらせることもだれにもできなかった。なんまえだんぶときこえる声が、しだいにかぼそくなるのを、みなが涙をながしながらきいていた。

御所の方の念仏がきこえなくなったのは、八月十六日の夜明け前である。念仏を唱和していた侍女たちが疲れきって寝入ってしまった間に、息が絶えた。初七日を過ぎてから仮の葬儀をして、近くの寺に埋葬したのだった。義光の疑いが晴れて、伏見城に召し出された七日前のことである。

「なにも知らなんだ」

義光は膝を拳で叩き、歯がみして口惜しがった。

御所の方の最期は悶死というべきものだった。義光が光安からそのありさまをききおわったとき、尼姿の侍女が前にすすみ出る。家臣たちが膝をおくって間を空けた。侍女は胸に抱いた包みを義光の前に置く。結び目をといて包みをひろげると、片袖と片手にのせるほどの髪の束が出てきた。

「平野屋の佐仲が届けもうした」

と光安がいった。平野屋の手代の佐仲が、河原の役人に手をまわして、駒姫の遺髪と形見の袖を手に入れたのである。侍女が袖に手をふれてなでながら、

「お方様のご最期には間にあいませんでした」

といい、袖で顔をおおった。佐仲が形見を届けたのは、御所の方が亡くなったあとなのである。

「間にあわなかったか」

と義光はつぶやき、形見の袖を手にとって膝にのせた。座敷で貝合わせに興じたり、中庭で蝶を追ってあそんでいたおさない駒姫の笑い声がきこえるようだった。

「ああ」

と悲痛な声をもらして、主君の前もはばからず侍女たちが泣き出した。

広間の家臣たちをしりぞけてから、義光は光安と語りあった。御所の方は生前、寒河江に庵をたて、さきざき伽藍をたてるための領地を義光からあたえられていた。そこを墓所とするのが、御所の方の願いだった。一周忌か三回忌か、おりを見て京から寒河江に遺骨

をうつす相談をした。

翌日、伊達屋敷から使者が訪れた。光安が応待をしたが、伏見奉行の布施小兵衛から金子を出せといってきたのだという。

「江戸中納言殿の門前にふとどきな落書をした曲者をたずね当てるために、訴人に褒美をやるそうでござる。手前主人に金子二十枚、山形殿に二十枚宛て、つごう四十枚を出せとおおせられます」

と使者はいった。伏見の秀忠の屋敷前に立札を立てたのは、家康の配下の伊賀者であることを義光は知っている。政宗も承知しているにちがいない。

「手前主人は明日にも京をたちもうす」

政宗は金子二十枚を置いて岩手沢にもどるから、同時に義光からも金を出してくれというもうし出だった。訴人に褒美を出すという立札は、伏見と室町の高札場に、すでに立てられていると使者はいった。伊達の使者が帰ったあと光安から報告を受けた義光は、黙ってうなずいた。捨て金にも、意味はある。

十五章　天下分け目

一

おそろしい力で床からつき上げられ、上座に坐っていた義光《よしあき》の身体が浮き上がり、横だおしになった。館がきしみ、大きな音を立てた。襖がたわんで裂け、柱が折れる。義光が肘で身体を支えて顔を上げると、光安《あきやす》も喜四郎《きしろう》も小姓頭の鹿丸《ししまる》も、みな倒れて頭をかかえていた。

「地震《うない》や」

と叫んで、喜四郎が這い寄る。腰がぬけたように立つことができない。喜四郎は義光におおいかぶさった。館の外でごうごうと地ひびきがし、あちこちに無数の雷が落ちるような音がひとつになって頭上から落ちてきた。

梁が折れ、屋根がかたむいた。義光は家臣たちと支えあって、ようやく庭に出た。土ぼこりが煙のように上がっている。見まわすと伊達屋敷との仕切りの土塀は崩れ、屋根瓦が落ちていた。

館は半壊した。家臣や女中たちがつぎつぎに這い出してくる。どの顔もほこりで汚れ、頭から血を流している者も少なくない。館の中からは泣き声や助けをもとめる声がした。

義光は家臣たちと庭にひとかたまりになって、坐りこんでいた。表通りを駈けて行く武士がいて、

「伏見のお城がくずれた」

と怒鳴った。遠くから、

「大仏殿もあかん」

と嘆く声がきこえた。たち上がろうとした義光を余震の揺れがなぎ倒した。

「馬ひけ」

と義光は叫んだ。鹿丸が厩舎《うまや》に走り、おびえて後ろ脚で立ち、前脚を足掻《あが》く馬の手綱をひいて庭にひき出した。ふだんは沈着冷静な鹿丸も気が動転して、

「鞍がねえ。鞍はどこだ」

と怒鳴っている。

「鞍はいらぬ」

義光は裸馬にまたがった。鹿丸がくつわをとり、馬をなだめようとする。馬が前脚を跳ね上げ、鹿丸をふりまわした。

「鹿丸、ついてまいれ」

大声をはり上げたときには、義光は手綱をゆるめ、はやる馬の駈ける気にまかせている。かたむいた門をくぐりぬけ、通りに飛び出した。

文禄五年（1596）閏《うるう》七月十三日の大地震である。駒姫が処刑され、御所の方が悶死してから、間もなく一年をむかえようとしていた。この年義光は五十一歳になった。

通りにはつぶれた家から逃げ出した町人たちが茫然と立ちつくしていた。寺院の屋根は瓦が落ち、漆喰が粉々になり白煙のようにたちのぼるのが見えた。

「御所様、お待ちなされ」

と呼びかけながら、鹿丸が馬におくれまいと必死に駈けた。義光も鹿丸も、腰に帯びるのは脇差のみである。義光は足袋、鹿丸は裸足だった。

伏見に近づくにつれ、被害は甚大になった。街道筋の家々はつぶれ、屋根だけになっている。道ばたに梁や柱、瓦をぶちまけたような光景がひろがり、下じきになった人の頭や腕が見え、助けをもとめる声もきこえるが、人々は余震におびえて逃げまどうだけである。

城下町に入ると、そびえていたはずの伏見城の天守が見えなかった。土ぼこりや漆喰の粉が空をおおっている。無数の武士たちが、鳶口《とびくち》や玄翁《げんのう》をかついだ足軽たちを怒鳴りつけながら、伏見城のほうへあらそうように駈けて行く。一刻も早く城へ駈けつけ、太閤にたいする忠義をしめそうというのである。

つぶれた屋根と屋根の間に義光は馬をとめた。追いついてきた鹿丸に、

「江戸殿はどこだ。大納言のお屋敷はどこだ」

と声をかけた。景色が変わり、なにがどこにあったかまるでわからなくなっている。

「伏見城には参られませぬか」

土ぼこりの煙がひときわ高くのぼる一画を鹿丸は指さした。石垣が崩れ、盛り土がむきだしになっている。大手前の橋が崩落し、無数の武士が二の丸にわたる道をさがして右往左往していた。

「江戸殿だ」

義光は馬上から叱りつけるようにいった。鹿丸は広い道に難をのがれて坐りこんでいる町人たちに声をかけ、大名小路の場所をきき出した。

さがしあてた家康の屋敷は、土塀が崩れていた。主殿は瓦が落ち傾いているが、つぶれてはいなかった。広い庭には馬場があり、火よけの頭巾をかぶり、鎧をつけた数百の武士が勢ぞろいしていた。鹿丸が崩れた門の外から、

「これは出羽侍従でござる。大納言殿お見舞いのため参上いたした。案内《あない》をたのみもうす」

大声で呼びかけた。

馬場に陣幕をはりまわし、緋の毛氈《もうせん》をしいて、家康は難をさけていた。義光は案内の武士にみちびかれて、陣幕の中に入った。

家康は床几から腰を上げ、両手をひろげて義光をむかえた。老年になるほど肥満して、秀吉の家臣たちから、あれでは袴の紐も自分では結べまいと陰口をたたかれるほど下腹が出ている。

「おお、出羽殿、無事でござったか。祝着のいたりじゃ」

義光が見舞いをのべるよりさきに、家康はいった。下腹をゆすって歩み寄り、義光の手をとって床几に腰を下ろさせる。

家康は義光が裸馬にまたがって駈けつけたことを近習から耳打ちされると、目にうっすらと涙をうかべて感激した。出羽侍従ほどの身分の高い大名が、自分のために裸馬で馳せ参じたのである。

「拙者の拝領屋敷のある聚楽界隈は、伏見にくらべるとだいぶ揺れが小さかったと見えもうす。なにか足らざるものがござれば、なんなりとおもうしつけくだされ。微力ながらお役に立ちもうす」

と義光はいった。そのときになって気がついたが、家康が狩衣を着て野袴をつけ、草履もはいているのに、見舞うほうの義光は小袖に袴、泥で汚れた足袋という姿である。野武士のようだった。

家康は真顔になり、お城へは参られたかと小声でたずねた。義光は首を横にふった。

「さようか。ならば目立たぬようにお帰りになるがよろしかろう」

京に住む大名たちがあらそって太閤の見舞いに馳せ参じる中で、義光があえて家康の屋敷に駈けつけたことに、その腹の底に秘めた思いを家康は感じとったらしい。

義光が退きあげるとき、家康は小姓の鹿丸に馬をあたえ、義光にはくつわとりの若党をひとりつけた。屋敷をあとにして城下町の広い通りに出ると、馬を急がせているときには気づかなかった異臭がただよっていた。伏見城と城下町が破壊された臭いとしかいいようがない。

街道には京から太閤の見舞いに馳せ参じる武士たちが、殺気だってさきをあらそっていた。裸馬にまたがって伏見城下から出て行こうとする武士が、出羽侍従であることなど、気づく者はいなかった。

逆心の嫌疑をかけられたとき、伏見の屋敷の門前に掲げられた立札の落書の細工と、聚楽第の毒の一件。義光は二度までも家康に命をすくわれた。いっぽうは妻と娘の敵《かたき》、他方は恩人。義光はどちらにつくか、迷いなくとるべき道をえらんだ。

東山の方広寺大仏殿も大地震によって崩壊した。大仏殿は文禄四年（1595）に豊臣秀吉が六丈三尺（約19メートル）の高さの盧遮那仏《るしゃなぶつ》を安置して創建した。つい昨年には、秀吉が亡父母を供養するために千人の僧をまねいて大仏千僧供養の法会を催したばかりだった。柱が折れ、大仏の頭から大屋根が崩れかかった無残な姿を見て、前関白《さきの》秀次の崇りに思いをいたす町衆も少なくなかった。

　義光は大地震の翌月、五十騎の供をしたがえてなかば廃墟と化した京をはなれ、山形への帰途についた。羽州街道の楢下《ならげ》宿にさしかかったころには、秋風が立ち空は澄んでいた。楢下を過ぎて、街道わきの崖から清水がしたたり落ちるのを目にすると、義光は馬から下り、両の掌《て》で清水を受けて口にはこんだ。一気に飲み干し、ああと声をあげる。

「おらが在所の水はうめえなあ」

　と家臣たちに声をかけた。楢下を過ぎれば山形領である。家臣たちはわっと喊声《かんせい》をあげ、清水に駈け寄る。相談衆の光安まで身分を忘れて押し寄せる家臣たちと肩で押し合い、清水をうばい合った。

　上山兵部《かみのやまひょうぶ》を大将として百を超える家臣たちが楢下ちかくまで出迎えた。行列が上町口《うわまちぐち》にさしかかったとき、義光は城下町の様相が一変したことに気がついた。伊良子宗牛《いらこそうご》と蔵増大膳亮《ぞうだいぜんのすけ》が奉行となっておしすすめた城下の町割《まちわり》は、義光が肥前名護屋に在陣中にほぼ完成していた。上町口には新築の旅籠《はたご》や商家がならび、義光を迎える町人たちが道ばたに列をなしてひざまずいていた。道は鈎形《かぎがた》に曲がりさきを見通すことができない。五日町《いつか》の通りも同じように鈎形に曲がっている。街道から攻めこむ敵をさえぎる工夫だった。

　義光は馬をとめた。修復のおわった山形城が目に入る。本丸の外濠あたりに高い石垣が築かれ、その上に三重櫓がそびえたっていた。他国の城とくらべれば天守ともいうべき威容である。実高《じつだか》五十万石を超える出羽の大守の居城にふさわしいと思えた。

「あんなものができたか」

義光は馬を寄せてきた上山兵部に問いかけた。

「ここからは北の櫓は見えませぬが、内濠の四隅に櫓をたててござります。もっとも形のすぐれたのが、坤《ひつじさる》（南西）の角の櫓で、われらは月見櫓と呼んでおりもうす」

と兵部は答え、石垣の陰からのぞく櫓の屋根を指さして見せた。

大火の前にはなかった三の丸が、義光の留守の間に造成されていた。三の丸は侍屋敷になるが、屋敷割は義光の指図を待ち、空き地のままになっている。その広さを見るだけで、この十年ほどでいかに家臣の数が増えたか、あらためておどろく。

もともと山形城は本丸、二の丸が同心円の土塁と濠に守られた平城だった。修復をまかされた普請奉行の宗牛が、上方や美濃、岡崎など若いころに諸国をめぐった見聞をもとに工夫して、縄張りをしたのだが、名城と名高い城の多くは山城だったから、守りの固い平城を造るのに苦心もし、手間もかけた。

大火で古い寺が焼亡したのを天佑と考えて寺を移し、町割にさいしては、五日町、七日町、十日町の通りは狭く、鉤形とした。

本丸と二の丸の輪郭はもとのままである。義光の居館は本丸御殿と呼ばれるが、大手口は東、搦手口は西、いずれも入口は内側がひらいた桝形《ますがた》の石垣で囲った。大手口の濠には橋が架かり、わたれば一の門、二の門と濠に沿って関門がある。

義光が城下からながめてよろこんだ三重櫓は外濠の門の南に高い石垣を組み、その上に築かれたのである。櫓は内濠の四隅にもたち、それぞれが間口四間から五間（7〜9メートル）、上の階でも三間（約5・4メートル）はあった。

二

その年十月になってから、京に居のこっていた堀喜四郎が山形にもどってきた。喜四郎が帰ったと二の丸からの知らせを耳にすると、義光は待ち切れずに、みずから御殿の玄関まで迎えに出た。

「待ちかねたぞ。あれはどうした」

と少年のように、手を伸ばして催促しそうな顔つきでいう。喜四郎は背負っていた葛籠《つづら》を置き、

「ちょうだいして参りました」

といった。それだけのやりとりで通じあえるのである。

長旅の汚れを洗い清めると休む間もなく御殿の会所に上がり、喜四郎は葛籠からとり出した状箱をささげもって義光の前にはこんだ。

「おお、これか」

義光は満面に笑みをたたえ、蒔絵をほどこした蓋をとる。写本や短冊を幾種も重ねた上に、桐油紙《とうゆがみ》の包みがのせてあった。貴重なものをとりあつかう手つきで義光は桐油紙をひらいた。連歌新式と義光みずからの筆で標題を書いた写本があらわれた。

「おお、これ、これ」

と義光はつぶやき、宝物のように表紙をさすった。

連歌新式は足利義持《よしもち》将軍の応安のころ二条太閤と呼ばれた二条良基《よしもと》が定めた連歌の式目である。それ以前には連歌本式という書物がもてはやされ、連歌師の宗祇《そうぎ》なども清水本式連歌百韻を詠んでいるが、義光が連歌に親しむころには、京の連歌界は新式が全盛で、清水寺あたりに本式の古風をつたえる連歌師がわずかにのこるばかりだった。

義光は京にいる間に、里村紹巴《じょうは》について連歌を学び、古写本を借りうけた。それが享徳元年（１４５２）に一条兼良《かねよし》があらわした連歌新式今案《きんあん》という書物だった。義光は今案の八百条を写しおえて古写本を返し、理解のおよばぬところ、疑問のあるところは、紹巴から口伝《くでん》で教わる約束になっていたのだが、秀次が高野山で切腹させられたとき、紹巴も嫌疑をかけられて大津の三井《みい》寺まで流されてしまったのである。

「大儀であった」

と義光は喜四郎をねぎらってから、師の紹巴の様子をたずねた。

「三井寺の門前の茅屋《ぼうおく》に、悴《せがれ》殿とふたりでわび住まいをなさっておられて、拙者はお顔を見るなり涙をこぼしもうした。いかに剛《ごう》の者の紹巴殿も、さすがにこたえたと見えて、京ではわしが死んだと噂になっておるそうやが、もはや死んだも同然やとお気のよわいことをもうされました」

紹巴は文弱《ぶんじゃく》の徒ではない。若いころ辻斬りに襲われて、素手で立ち向かい、刀を奪いとったという武勇伝がある。力も心も大剛の人だと、紹巴の人となりを知る人々は語っている。その大剛の人が弱気になったとは、傷《いた》ましいと義光は同情した。

喜四郎は城に登る前に剃り上げた青い頭をさすり、

「紹巴殿が御謀反に加担されるなど根もないことで、誰かに密告《さ》されはったと連歌師たちもささやいておりもうした。太閤殿下からちょうだいした百石の知行も家屋敷もすべてとり上げられ、それをそっくり昌叱《しょうしつ》殿に下げわたされもうした。昌叱殿は紹巴殿の先師昌休《しょうきゅう》殿の御子で、おさなきころより紹巴殿が膝下において歌の手ほどきをなさり秘伝をさずけられた方でござる。世間では、昌叱殿が知行と家屋敷をちょうだいすれば、紹巴殿の老いさきの面倒を見ると思っておるようでござるが、なかなか……」

といって意味ありげに義光を見上げた。

紹巴と昌叱が仲たがいしている、というよりも昌叱が敵愾心《てきがいしん》をもやして紹巴を蹴落としてその地位をうばおうとしていることは、義光も京で耳にしていた。武将が城をとりあうのに似たあらそいが連歌師の世界にもあるらしい。

「紹巴殿のお屋敷の隣に、嫡男の玄仍《げんじょう》殿のお屋敷がござります。親子のことで垣も結わず、へだてなく行き来なされておりもうしたが、紹巴殿が三井寺に流され、昌叱殿がかわりにお屋敷に入られたとたんに、枸杞《クコ》畑に垣を結い、境目《さかいめ》あらそいの口論をはじめる始末。あさましいことでござる」

喜四郎は口に出すのも気の毒だといいたげに顔をしかめた。十二歳のときに父昌休を亡くした昌叱をわが子同然に育て上げた紹巴にしてみれば、実の子の玄仍と昌叱が屋敷の境目あらそいをしているという話は、耳に入れたくもないだろう。大剛の人の紹巴がすっかり気弱になっているのは、昌叱に裏切られたせいらしい。秀吉ににらまれて三井寺に流されたとたんに、潮が引くように人が去って行ったのである。裏切ったのは、昌叱ばかりではない。

「紹巴殿はよほど困窮なされておるようだな」

「京を逐《お》われるとき、辛うじて金子《きんす》十枚を持ちだされて、それが財産のすべてだともうされました。もっとも、拙者はもとをただせば奈良興福寺の喝食《かっしき》や、寺小僧や、無一物はあたりまえの身の上やともうされ、笑っておられた」

「さようか。では奥書の礼をさっそくとどけねばならぬな」

連歌新式の伝授には、師の注釈書をたしかに弟子が正しく筆写したという奥書が要《い》る。

その礼金をとどけようというのである。

「この時節でござる。罪人の紹巴殿に大金を送ったと密告《ささ》れでもしたら、火の粉をかぶりもうす。ここは拙者におまかせくだされ」

「工夫があるのか」

「平野屋に頼みましょう」

大坂の平野屋に話を通しておけば、紹巴が必要とするときに必要なだけ、目立たぬように金子をとどける手だてがあると喜四郎はいった。

「頼むぞ。師を飢えさせてはならぬ」

それにしても、紹巴からとり上げた知行と家屋敷を昌叱にあたえるというやりかたは、秀吉らしいと義光は思った。秀吉にはどうすれば人がもっともいやがるか見てとり、その弱点を容赦なくえぐる底意地のわるい一面がある。

義光は紹巴から連歌新式の奥書をあたえられたよろこびを親しい家臣たちとわけあいたい気持ちをおさえきれず、会所に宴席をもうけて、相談衆を招いた。喜四郎が三井寺に紹巴を訪ね、紹巴が注記して奥書を付した写本をちょうだいし、山形へもどるまでのいきさつをものがたった。

「紹巴殿は流謫《るたく》の身で、丸《まる》への伝授を忘れておらなかった。ありがたいことだ」

義光はそういいながら、写本を宝物のようにささげ持って披露した。相談衆のほとんど

は興味をしめさない。義光にしたがって名護屋、京に滞在し、その地で連歌に親しんだ光安だけがその真価を知り、

「よくぞお手元にもどった。ようござった」

と感激して涙を浮かべた。京で過ごした日々は、光安にとっても、命の危険をおぼえ、苦労が多かった。駒姫を奪われ、御所の方をうしない、口惜しいことがつぎつぎにふりかかった。その日々のなかで娯しみといえば、連歌の席だったのである。

義光は宴席を中座したが、盃がまわると相談衆のうちから不満をもらす者がでてきた。鮭延愛綱《さけのぶちかつな》は義光不在の間、名代となって仙北に出張し、横手城の宿老大森康道《やすみち》との折衝に手を焼いていたので、その苦労も知らずに光安が連歌のことを口にするのがおもしろくないらしい。盃をとって光安の前にあぐらをかくと、

「われらが泥にまみれて湯沢で苦労している間に、光安殿はずいぶんと上衆《かみしゅう》の風《ふう》に染まったと見える」

とからみはじめた。

「つまらぬことをもうすな」

光安は若い愛綱をあしらおうと酒をすすめたが、愛綱は大盃に満たした酒を腹中にほうりこむように一気に飲み干し、光安に返盃を突きつける。

「いや、すっかり色が白くなって、京言葉だ。われの顔も忘れたべ」

守棟《もりむね》が見かねて割って入り、愛綱の手から大盃をとり上げて、ひきずるように光安からひきはなした。それをきっかけに、あちこちで相談衆は口論をはじめる。

愛綱は光安の背後に義光を見ていたのである。泥くさい武将が、いつの間にか公家成《くげなり》になって、立居ふるまいも上衆に似てきた。自分たちとはちがう世界に行ってしまったような気がして、寂しくてならない。どうやらほかの相談衆も同じ思いだった。

三

朝鮮から陣ばらいし、明国との和議が成ったのもつかの間、明国の使者がもたらした天子の誥文《こくぶん》に、爾《なんじ》を封じて日本国王とすとあったのに秀吉は怒った。誥文というのは、皇帝が臣下に下す文書である。秀吉はみずから明国を平定し皇帝となる誇大ともいえる夢を見て軍《いくさ》をおこしたのに、臣下のあつかいは許しがたい。慶長二年（1597）二月、明使が訪れた翌日、秀吉は朝鮮再征の陣立を発令した。

太閤名代の大将に、小早川秀秋《こばやかわひであき》が指名された。秀秋は北政所《きたのまんどころ》の甥にあたる十六歳の少年で、この出陣が初陣となる。大将の名を見ただけで、前回のように大軍を送りこんで明の領土をうかがう軍略はとらないことはあきらかだった。

関東、奥羽の大名は、陣立にくわわらずにすんだ。義光は喜四郎を京にやり、駒姫と大崎の方の絵姿を絵師に画《か》かせた。画き上がった絵に本願寺の教如《きょうにょ》が銘を記し、軸装して八月の一周忌に間に合うように、喜四郎は山形へ持ち帰った。

教如は本願寺十一世顕如《けんにょ》の長男である。元亀元年（1570）にはじまり、十一年間におよんだ織田信長との石山合戦では、徹底抗戦した勇僧である。父の顕如が文禄元年（1592）に亡くなったあと、いったん十二世住職となったが、秀吉に嫌われて追放され、弟の准如《じゅんにょ》が住職となった。

陰で教如を庇護したのは、徳川家康だった。のちに教如は家康のうしろ盾で七条烏丸《からすま》に本願寺（東）を建立し、本願寺は東西に分立することになる。秀吉に追放された教如に、義光が駒姫と大崎の方の画像に銘を記すことを依頼したのは、もちろん理由のあることである。

駒姫は秀次の事件に連坐して罪人のあつかいをうけ、亡骸《なきがら》は三条河原の畜生塚に捨てられたままだった。一周忌の法要をいとなむのに、仏は絵姿しかない。

八月二日は駒姫の命日、十六日は御所の方の命日である。義光は京の秀吉の目をはばかり、城下の寺でおおっぴらに法要をいとなむことは遠慮した。石田三成の間者が城下に潜入していないともかぎらず、秀次事件のときのように、どのようないいがかりをつけられるかわからない。

幼いころの駒姫と母の御所の方が暮らしていた奥の広座敷の床の間に絵姿の軸を二幅ならべてかけ、祭壇をもうけた。供養の読経は二王堂小路の専称寺《せんしょうじ》の乗念《じょうねん》を頼んだ。

義光は文禄元年（1592）の秋、高擶《たかだま》の願正《がんしょう》御坊《ごぼう》の道場を山形城下二王堂小路に移させ、専称寺と名づけている。道場、庫裡《くり》、総門がようやくできあがったばかりだった。斯波兼頼《しばかねより》からはじまって義光の家は代々禅宗だが、高擶の願正御坊にはかくべつの由縁《ゆかり》がある。高擶から乗念、乗教の兄弟が山形に移り、兄が住職となっていた。

奥の広座敷には義光と浪江《なみえ》、奥と長局《ながつぼね》の女房と小姓が坐っていて、相談衆の重臣と家族が、三々五々目立たぬように経を上げ絵姿をおがみに訪れる。ひそかな法要だった。

その晩、浪江は女房たち数人をつれて納戸にひきこもった。女たちだけで供養をするのである。京では町衆に不思議がられた、なんまえだんぶの念仏が、一晩中とだえることがなかった。

秘めやかな一周忌をすませたあとで、義光は駒姫と御所の方の絵姿を専称寺に奉納した。城下の町割がととのったあとの慶長三年（1598）、義光は専称寺を仙台口の寺町に移させ、掟書《おきてがき》を下している。

伊良子宗牛が配下の浦山十兵衛をつれて登城したのは、そのころのことである。十兵衛は馬をのりついで京から帰ったばかりで、登城の前に身を清め、髪を洗っているが、目に隈ができ見るからに疲れ切っていた。宗牛は人ばらいを願い、小姓たちを下がらせると、上段の間の敷居まで膝をすすめ、

「太閤殿下ご不例《ふれい》の注進でござる」

と低い声でいった。秀吉が病にたおれたのである。十兵衛は伊賀者衆の組下で、宗牛が大坂の平野屋におくりこんだ間者である。身分は低いが、役目柄義光と直《じか》に口をきくことをゆるされている。宗牛にうながされて義光のそばに寄り、

「五月五日のことでござります。伏見のお城へお公家衆、お武家衆おそろいで節句の祝いに登城なされましたが、みなさまお帰りのあと、にわかに胸の痛みをうったえられ、お床につかれたそうでござります。その後は一進一退、快気なされたという噂が流れる日もござれば、よほど病が篤《あつ》いとささやかれる日もござります」

と小声で語る。

「そうもうせば……」

と義光はつぶやき、宗牛と目を合わせた。五月末に京から掟書が届いたが、五大老を秀頼の後見とし、五大老のうち上杉景勝が在国の折は伊達政宗を加うるべし、前田利長は秀頼の守役たるべきこと……といった内容だった。

おひろい様（秀頼）へ忠誠を誓う大名二十八名の連署起請文に、義光が署名をさせられたのは秀次が高野山で切腹させられた五日後のことである。五大老に後見を命じるなどといまさらおおせ出されるのはいかがなことかと、義光も宗牛もいぶかしんでいたのだが、秀吉の病が重くなったせいだとは思いがおよばなかった。

「五月十六日に、在京の大小名、旗本諸士をことごとく伏見のお城に召され、あらためて

五奉行をもって今日より後は大名諸士以下ことごとくおひろい様に忠勤し、二心をいだくまじき旨、起請文を三通ずつしたためさせたそうでございます。頭のてっぺんを切ってその血で血判し、一通はおひろい様にさし上げ、一通はおのおの家、一通は殿下万歳を唱えたあと神前におさむべしと令せられたそうでございます。さらに念が入ったことに……」

十兵衛はきく者などいないにもかかわらず、あたりに目くばりをした。

「江戸大納言様（家康）の起請文は、殿下がお亡くなりになった後に霊柩の下におさむべしとおおせられたよしにござります」

「まるで遺言だな。それほど江戸殿をおそれておられるのか」

と義光はいった。十兵衛は御意といってうなずいてから、

「太閤殿下はこの一両年、ご機嫌がうるわしかったりおわるかったり、猫の目のようにお変わりになると噂が立っておりましたが、ちかごろはよくお泣きになるよしにございます。先月も大名方をお招きになり、お顔を合わせたとたんにさめざめとお泣きになったとか。そのようにお気が弱くなられては……」

といってあとの言葉をのみこむ。宗牛があとをひきとった。

「もう長うはないか」

「拙者が京を発《た》つ前、伏見のお城に大名諸士をお召しになり酒宴をもよおされたよしでご

ざりますが、その席で大酔したお大名がなにやらつかみあいのけんかをなされたとか。もはやご威光も地におちたと、口さがない京童《きょうわらべ》が噂をしております」

十兵衛がいった。

十兵衛は城下の伊賀屋敷で数日休んで、七月はじめには、ふたたび平野屋の出入り商人となって京へもどった。山形へ下るのは陸路を馬をのりついで急いだが、京へ上るには船町から船に乗り、最上川下りで大宝寺から海に出た。

この春から浪江は病みつき、寝たり起きたりをくり返していた。胃が痛み、食べものが喉を通らぬといい、めっきり痩せた。痩せてすきとおるように白い顔が、若くして亡くなった側室の天童の方とよく似ていて、義光はおどろくことがある。医師に診せ、いくつもの社寺を頼んで祈禱もさせたが、快方に向かう兆しはなかった。

八月末、浦山十兵衛が馬を急がせて京からもどった。伊良子宗牛は会所に十兵衛をともなったが、身を清める間もなく、衣服も埃《ほこり》にまみれたままだった。その様子を見て、義光はことのしだいを察し、すぐ相談衆にふれを出せと小姓に命じた。

「太閤殿下が薨《こう》ぜられました」

十兵衛の第一声だった。秀吉は五月五日の節句に発病してから百日余、おひろい様の後事を気にかけながら、八月十八日の夜に息をひきとった。

「そのことはかたく秘められて、喪も発せられておりませぬ。伏見の御城下では遊女屋も店をあけて、音曲《おんぎょく》もさかんでござります」

家臣では増田長盛がひとりで歩行《かち》して柩《ひつぎ》をまもり、秀吉がとりこわした聚楽第の遺構に埋葬した。

「そのような秘事をよう探索したのう」

と義光は感心した。人の口に戸は立てられませぬ、どこからかもれるものでござると、十兵衛はこともなげに答えた。

おくれて登城した守棟や光安はあらためて宗牛の口から秀吉の死をきき、大声で語りはじめる。いつの間にか十兵衛は姿をかくし、守棟たちの目にはとまらなかった。

奥の納戸に会所で相談衆が語りあう声が届いたとみえ、付け髪もせず、白絹の寝巻の上に被衣をまとった浪江が、壁を手でつたって身体をささえながら廊下を歩いてきた。女房たちがとめようとして群がるが、ききいれようとしない。会所の敷居の外に手をついたが、相談衆のみなが息をのむほど、眼が異様にかがやいていた。

「ただいま、太閤殿下が薨ぜられたと耳にいたしましたが、もしやききまちがいではござりませぬか」

とだれにともなく問いかける。答える者がいないので、義光が、

「おう、たしかに薨ぜられた」

と答えた。浪江ははじかれたように立ち上がった。

「駒姫様のおうらみ、お方様のおうらみ、天にとどきました。罰《ばち》じゃ、罰じゃ」

鬼気せまる表情で叫んだとたんに、血を吐いた。

浪江は口元を両手でおさえようとしたが、赤黒い血があふれ出し、胸前を汚した。被衣の袖をまわして胸前をおおいかくし、

「とんだ粗相をいたしました。おゆるしください」

と浪江は消え入りそうな声をもらしたとたんに白眼をむき、とりすがろうとした襖に血染めの手形をのこしてその場にくずおれた。

「お方様」

悲鳴にちかい声を口々にあげて、背後にひかえていた奥の女房たちが駆け寄った。義光と守棟が歩み寄り、声をかけたが、浪江はかたく目をとじて、動こうとしない。顔が蒼白になっていた。宗牛が守棟をおしのけるように前に出て、浪江の脈をとり、

「これはいけませぬな。すぐお納戸にお運びなされ」

と切迫した口調でいう。守棟があわてて、

「お納戸へ」

と女房たちへ叱りつけるように命じた。

納戸にはこばれ、蒲団に横たえられた浪江はかたく目を閉じていた。枕元に坐った義光

が呼びかけると、目をあけて義光の顔をさがし求めようとするが、障子を透かしたうす暗い明かりさえもまぶしく感じると見え、すぐに眉根を寄せ、目を閉じてしまう。

御所の方つきの女房だった浪江は、御所の方が城を出て寒河江の庵室にひきこもってから義光の側女《そばめ》となったが、側室にまつり上げられてからも、のこされた駒姫にたいして主従の間柄を守った。わたくしは卑しい者でござりますからというのが口癖で、つねにへりくだり、奥の女中たちには慕われていた。

義光は二王堂小路の専称寺から乗念を招き、病気平癒の祈禱をさせたが、効験《こうげん》はあらわれなかった。五日後の明けがた、急に身をおこしてはっきりと目を見ひらき、駒姫の名を呼んだのが最期となった。

義光は浪江の臨終に立ちあうことができず、朝があけてから浪江の枕元につきそっていた女房たちから最後の様子をきいたのである。

「まるで駒姫様が枕元にお立ちになるのが、お方様には見えておいでのようでござりました。それはおやさしい声で、お名をお呼びになられたのでござります」

女房たちは涙にくれながらそう語った。

「お駒のそばに居させてやれ」

浪江の葬儀は駒姫の菩提寺の専称寺でいとなむことにしろと、義光は言葉少なく女房たちに指示した。

四

浪江の葬儀がすんだばかりで、奥の女房や長局の女中たちが喪に服しているころ、大坂の平野屋から急飛脚が山形城へ駈けつけた。手代の佐仲《さちゅう》が浦山十兵衛に宛てて寄こした、紅餅の注文状のようにとりつくろわれていたが、内実は十兵衛が京をたったあとの世情を探索した報告だった。

宗牛が十兵衛をともなって本丸御殿の会所に上がり、平野屋の密書を義光に見せた。直接手わたすことはなく、義光に書面を見せて膝の前に置いたまま、

「殿下の薨去《こうきょ》をかたく秘しておるのは、石田治部殿の知恵だということでござる。その理由《わけ》は、さきに殿下が病を発してお床に就かれたおりに、太閤様がお亡くなりになったというさきばしった噂が世上につたわり、大坂や伏見では大さわぎとなったよし。米問屋の打ちこわしがおこるやら、乱暴をおそれた商家が店をしめて逃げ出すやら、奉行にも手が出せぬ騒ぎとなったそうでござる。七月はじめ、太閤殿下はいったん快方に向かわれ、大坂城の普請を命じられたとの噂がながれて、ようやく動揺がしずまったといいます」

このことに懲りて、いざ秀吉が亡くなったときには、三成はかたく緘口令《かんこうれい》をしき、うっかり口外した伏見城出入りの大工を、見せしめのために磔刑《たくけい》にしたともいう、と佐仲の手紙には書いてあった。

「しかし、伏見では人を黙らせることができても、京、大坂、堺では庶民はなんのはばかるところもなく、太閤薨去を口にしておるよしにござる」

そこまで語ると、宗牛は密書を両手で持ち上げ、義光に書面がよく見えるようにした。一見したところ、紅三十荷とか、大、小、三とか、わかりやすいのはそれくらいで、あとは細字で符丁らしい印がつらなっている。

「なんのことやら、いっこうにわからぬ」

義光は片目を細めた。宗牛が義光に密書をわたさない理由はそこにあった。すべて平野屋佐仲と浦山十兵衛にしかわからない符丁で書かれているのである。宗牛が十兵衛に密書をもどし、目でうながした。

「内とあるのは内府様でござります。中とあるのは江戸中納言様、字は治のことで、石田三成様でござります」

内府は内大臣で徳川家康のこと、中は嫡男の江戸中納言秀忠のことだと種をあかした。

「ここに書かれてござるのは、中納言様の消息でござります」

十兵衛は密書の中の字が大きくしるされたあたりを指で示し、額の高さにかかげて義光に見せながら、

「殿下薨去の翌日、中納言様はにわかに伏見のお屋敷を発たれて、江戸にお帰りになりもうした。これは拙者が京を発つ前には知らなかったことで、平野屋の密書ではじめて知っ

た次第にござる。内府様のお指図によるよしでござるが、伏見、大坂のお大名方、御奉行方は、内府様が中納言様をいそぎ江戸へおもどしになったのは、なにか裏があるのではないかとお疑いになられておるよし。世上では中納言様が関東から大軍をひきいて攻め上《のぼ》ってくるのではあるまいかと、おそれておるよしにござる」

と語った。宗牛があとをつづける。

「殿下の枕元でなにやら争論におよんだ者がおるとの風説がありもうしたが、平野屋の密書に、そのお人方の名が書かれておりもうす。あくまでも風説でござるによって、話半分におききくだされ」

と宗牛はことわってから、石田三成と増田長盛といった奉行たちが、加藤清正、福島正則といった武将たちと争論をしたとの噂があるといった。

死期がせまっていた秀吉は、淀君が生んだおひろい様（秀頼）の将来を心配して、五大老、五奉行を指名して後事を託した。五大老は徳川家康、毛利輝元《てるもと》、上杉景勝、前田利家、宇喜多秀家《うきたひでいえ》、五奉行は石田三成、長束《なつか》正家、増田長盛、浅野長政、前田玄以である。大老は武蔵国など二百五十五万石を領有する徳川家康を筆頭にして、いずれも大身の外様大名で、奉行は大和国郡山《こうりやま》二十万石の増田長盛を筆頭に、さほど豊かではない譜代大名である。

奉行はいずれも秀吉子飼いの腹臣だった。いっぽう三成と口論したという加藤清正、福島正則といった武将たちは、文禄の征韓の役で手柄を立てた勇猛な武将たちで、これも秀吉子飼いの腹臣だった。

「われこそは亡き太閤殿下のご遺命を守る忠臣なりと自負しておられるでしょうから、頑固者でいちどいい出せばあとに引かぬ。どうやら信長公亡きあと、織田家が内輪もめによって瓦解したことをお忘れと見える。武断派の諸侯は、政務に長《た》けた奉行を戦《いくさ》知らずと下に見る癖があり、奉行は武断派をさきの見えぬ猪武者とあなどる癖がある。角突き合っているときではござらぬ」

と宗牛は皮肉な口調でいった。

「もうよい。伏見、大坂のことは、丸の任ではないわい」

宗牛は秀吉亡きあとの伏見城、大坂城の政情が気になるようだが、義光はさほど興味を示そうとしない。出羽国の仕置を任されたからには、それをまっとうするのがさむらい道《みち》だと思っている。もともと覇権をにぎろうとする野心はなかった。

義光は十兵衛がささげ持った密書を蠅でも追うような手つきをして下げさせた。宗牛は義光が密書の細かい文字を読もうともせず、わからぬとしりぞけたことに、べつな意味があったのではないかと気になった。

本丸御殿から下がってから、二の丸の志村光安の屋敷を訪れた。光安は宗牛と同様、上《かみ》方《がた》の政情にはつねに気をくばる性癖がある。大坂の平野屋から密書が届けられたことは耳に入れていて、書かれていることを知りたがった。

宗牛は家康が急に伏見の屋敷から秀忠を江戸に帰したことから、伏見城や大坂城の諸将の間に疑心暗鬼の念が生じていることや、石田三成たち奉行と、文禄の役で勇名をはせた武将との間で、内輪もめの兆しがあることを手みじかに話した。光安が好むのは、内輪もめの話である。もっとくわしくききたがったが、

「それはわれらのさむらい道にはかかわりがないと、たったいま御所様に叱られてきたばかりや」

と宗牛はいい、その話は棚上げにした。

「それよりも気になるのは御所様でござるわ。なにか様子が変だ。光安殿、気がついたことはないかい」

「いささかお元気がないと拙者も感じておった。お方様と駒姫を亡くされてから、我折《がお》って(弱って)おられるようだ。このところ専称寺の世話をしたり、立石《りっしゃく》寺の納経堂の心配をしたり、仏事にばかり気をくばっておられる。信心ぶかいのはけっこうだが……」

と光安がいうと、いやいやとつぶやいて、宗牛は手を横にふった。

「信心ぶかいのはお若いころからや。拙者が心配なのは、お身体のことじゃ。お目がわるいのではないか」

義光が密書の細かい文字を見ようともせず、片目を細めたのが、宗牛は気になっている。

「そうもうせば、このところ書状を右筆《ゆうひつ》にまかせることが多い。花押もめんどうだとおおせられ、右筆に代わっておさせるらしい」

光安もいささか心配になったらしかった。


慶長四年（1599）、義光は五十四歳になった。右目に霞《かすみ》がかかったようで、細かい字はほとんど読めず、しばらくものを見つめていると疲れるから、片方の目を細め、顔をしかめる癖がついた。さすがに家来たちに眼疾《がんしつ》をかくしとおすことはむずかしくなった。

そのうえ、五十を過ぎてからふとり出して、すこし歩くと息切れがする。伽《とぎ》の喜四郎になにげなく身体が弱ったことを打ちあけると、それなら山寺へ行って祈禱をさせるべしとすすめられた。七月には義光が寄進した立石寺納経堂の修造が完成する。その時期にあわせて参詣しようというのである。

七月はじめ、義光は喜四郎と小姓頭の奥山鹿丸、十数人の若党を供にして、微行《しのび》で山寺に参拝した。若いころに、人質となった高擶城をのがれて山寺村の廃寺にたてこもったが、それから三十数年が過ぎている。そのころはけわしい山坂もほとんど息を切らすことなく登ったが、いまは馬から下りることができない。街道に信徒たちが坐り、義光の行列を見送った。

根本中堂で祈禱をおこない、山中の奥の院へは鹿丸を代参させた。二日目の晩、山門の外が騒がしくなった。接待にあたる学僧が、縁側にひかえている。提灯《ちょうちん》のあかりが行列して山へ登ってくるのが縁側からながめられる。義光はその方向を指さして、

「そうだ、今夜は六日か。夜念仏《よねぶつ》だな」

と学僧に声をかけた。その昔見たことのある山寺の盆行事の夜行念仏である。このあたりでは、よねぶつといっている。さようでござりますと若い学僧は答え、額を板にこすりつけた。

義光主従は末寺《まつじ》を宿舎にしている。近隣の村人はそのことを知らない。義光は草履をはいて庭に出た。せまい境内の山門から十段ばかりの石段があり、その下は山寺の本坊へむかう参道である。黒袴に黒足袋、白木綿のおゆずりと呼ばれる袖なしの法被《はっぴ》を着て、まるい笠をかぶった先達《せんだつ》が提灯をさげて登ってくる。あとからおゆずりは着ず、笠に幣をつけた行者たちが、片手に提灯、片手に長い金剛杖を持ち、念仏を唱えながらついてくる。提灯のあかりはとだえることなくつづいた。

喜四郎と鹿丸も庭に出て、義光の両脇に立って行列をながめた。夜の闇に黒袴は消え、白いおゆずりと笠だけが提灯のあかりに浮かび上がり、まるで足のない亡者の行列のように見える。義光はなぜか目がはなせなくなり、行列をながめていた。

「あ、あれに」

と鹿丸が声を上げた。義光と喜四郎が同時にふり返る。鹿丸は眼下を通りすぎようとす

る行列を指さし、

「兄《あに》さんがいた」

と声をはなった。兄というのは、奥山光継《あきつぐ》のことである。義光が父義守《よしもり》に廃嫡《はいちゃく》されたとき、その口実となった上洛のおりの不始末の責めを一身に負って切腹した。いってみればば身がわりとなったのである。

「小馬鹿《こば》くせえことをもうすな」

と義光がいうと、いやたしかにと鹿丸は宙に上げた指さきに力をこめた。

「どれ」

と喜四郎がのぞきこむように顔を突き出したが、

「行者の笠しか見えん」

といった。

「たしかに兄さんだ。こっちを見ながら、通り過ぎた。若いまんまだ」

鹿丸の目に涙が浮かんでいる。その顔を見ると、義光はなにもいえなくなった。義光には提灯のあかりも見にくく、笠と上半身だけが闇に浮かび上がって移動して行く姿がぼんやりと見える。突然、行者の列の中から、亡父が顔を上げ、こちらを見たような気がした。目をこらすと義守は消え、かわりに新仏《にいぼとけ》となった浪江、妻の御所の方、駒姫までが、一列にならび、なんまえだんぶと念仏を唱和しながら歩いて行く。

「どういたしました」

と喜四郎に声をかけられて、義光はわれに返った。

「なんでもない」

「お顔の色がすぐれませせぬぞ。夜風が冷とうなってまいりもうした。さあ」

と喜四郎にうながされて義光は寺にもどった。

本坊に着いた行者たちは鉦《かね》をたたき、その調子にあわせて回向《えこう》文と呼ばれる歌讃を声をそろえて歌う。

「弥陀《みだ》たのむ、人は雨夜の月なれや、雲晴れねども、西へ行く、阿弥陀仏や、なんまえだ……」

その哀調の歌声が耳について、義光は夜通し眠りが浅かった。亡くなった人々がつぎつぎに夢枕にあらわれ、なにもいわずに義光を見るのだった。翌朝、そのことを喜四郎に語ると、こともなげにいった。

「われらのように長く生きれば、さきに彼岸におくり出す仏が多くなるのが理《ことわり》でござる」

五

義光は山寺からもどると熱を発し、しばらく寝こんだ。

「せっかく病気平癒の祈禱をさせたのに、夜風にあたって風邪をひいた」

と見舞いにきた守棟にはいい、そのせいで喜四郎と鹿丸はひどく守棟に叱られた。

しかしただの夏風邪とかるく考えたわりには、体調がもどらなかった。熱は引いたが、全身のだるさが消えない。

十月の末に、大坂から家康の使者が山形城を訪れたが、そのときもまだ義光は回復していなかった。使者は阿彦将監《あびこしょうげん》といい、三十をすこし超えたばかりだった。歴戦の猛者《もさ》らしく、額に刀傷があった。将監は本丸御殿の会所に上がると、家康の書状をさし出した。

「不調法だが、いささか目を病んでござる。代わりの者に読ませてもよろしいか」

と義光は正直にいった。家康の使者を迎えて居ならんだ相談衆の中から光安を呼び、書状を手にして上段の間からいったん下がって敬意をあらわし、光安に手わたした。

書状は家康が九月二十七日に伏見城から大坂城に移ったことを知らせるものだった。

「去る二十七日大坂に相移り、残る所なく申し付候《そうろう》条、御心やすかるべく候。然《しか》らば、其《そ》の表の儀、堅固《けんご》の手置など肝要に候」

と書いてあるが、なにを残るところなくもうしつけたのか、大坂に家康が移ると、その表（出羽国）をなぜ堅固に手置しなければならないのか、文面からは意をつくさない。くわしいことは使者の将監から口でつたえるということだった。

光安が書状を読み上げると、将監は、

「しからば、大御所伏見御在城のおりから、順をおってお話しいたそう」

と前おきして語り出した。

家康は秀吉の遺命にしたがって、おひろい様（秀頼）と生みの母の淀君を大坂城に移した。渡韓の軍勢を十一月にはすべて引きあげるなど、つぎつぎに雑事を処理して行ったが、その間にも遠征からもどった諸侯をねぎらう名目で、味方につけようとする工作はおこたらなかった。

ことし（慶長四年）正月、家康は茶人の今井宗薫《そうくん》をなかだちにして、六男の松平忠輝《ただてる》と伊達政宗の長女五郎八《いろは》姫との婚約をとり結んだ。同じころ、養女を福島正則、蜂須賀家政《はちすかいえまさ》の悴とも婚約させている。このことは、秀吉が病床に五大老を呼びつけ、諸大名は私《わたくし》に縁組すべからずと命じた掟に公然とそむいている。

光安はひとこともききもらすまいと身をのり出して、将監の話をきいていたが、

「これはまた、思いきったことをなさる」

と口をはさんだ。胸の裡《うち》の言葉が、思わず口から出てしまった。居あわせた人々の顔が、光安に向いた。

「清洲侍従殿（福島正則）の母上は、太閤殿下の母君大政所《おおまんどころ》様の妹君にあたらせられる。ちかい御親戚でもあり、幼少のみぎりより太閤殿下のおそばに仕えられたお方でござる。また阿波守《あわのかみ》殿（蜂須賀家政）は、小六《ころく》殿のお子で、黄母衣《きぼろ》衆のおひとり。いずれも殿下股肱《ここう》の臣でござった。そのおふた方と掟をやぶって縁辺《えんぺん》を結ばれるとは……」

光安が義光にきかせるようにいった。将監は光安に向きなおり、親しみをおぼえたとみえて三河ことばで、

「御奉行衆の面目まるつぶれだ。さだめし治部殿あたりは肝《きも》が煎《い》っているべいよ」

と語りかけた。相談衆の間から、笑いがもれた。

「縁組のことは私《わたくし》に決めるべからず、小年寄衆の指図を受くべしというのが御諚《ごじょう》であったと承知しておりもうす。ないがしろにされた小年寄衆もお腹だちでござろう」

と光安がいう。

「ああ怒《いか》った、怒った。怒ってもなにもできねえからしかたあるめい」

と将監は嘲《あざけ》った。病床の秀吉が、いわば五大老の目付役に指名した小年寄衆は、生駒《いこま》親正《ちかまさ》、中村一氏《かずうじ》、堀尾吉晴《よしはる》の三人である。いずれもふるくから秀吉の側ちかく仕え、うちつづいた合戦で数々の戦功をあらわした武将だった。ともに築城の術に長け、政務の才もある。おそらく面《おもて》に唾を吐きかけられた思いだろう。

「御奉行衆は大御所に文句はいえねいべいから、清洲侍従、阿波守殿に文句をつけた。いまは仲たげえだそうだ」

家康は秀吉の亡きあと側近の間に生じた奉行派と武将派の内紛の火に油をそそぐために、掟やぶりの縁組を強行したのである。

「当表《とうおもて》の守りを固めよとのお指図でござるが、さきざきなにごとか起きるとのご内意か

と察するが、いかが」

守棟が沈黙をやぶって口を出す。その言葉の裏に、なにか真意がかくされているような気がしたのである。将監は言葉をあらためて、

「いや、いや、深い意味はござらぬ。われらがとやかくもうすまでもなく、米沢との境目はかたく守っておられよう」

と答えた。

「上杉殿もおだやかでねえべした。大納言殿が伊達殿の舅御になったはげ。ごしゃいだ（怒った）べ」

光安は将監のお国ことばにひきずられて、国ことばが口から出た。秀吉は上杉景勝を重用して、五大老のひとりに指名したとき、景勝在国のおりは伊達政宗が代わりをつとめるよう命じている。家康が政宗と縁組したことは、景勝にたいする牽制の意味がある。

「心おだやかでねえべえ。だが、それは上杉殿にかぎった話じゃあんめい。じつはここだけの話だが、大御所様をつっころそうと陰謀をたくらむ連中がいる。どこのだれだれと、こっちには知れてるだよ。このたび大御所様が大坂城にお移りなすったのも、淀殿とおひろい様（秀頼）をとりまく追従連《ついしょうれん》の本拠にのりこんで大掃除をしようとのお考えだ」

将監と光安はうちとけて、世間咄《ばなし》でもするように、たがいのお国ことばで語りあう。そのやりとりに義光は口をはさまず、見守っていた。

やがて光安が将監を案内して会所から下がり、二の丸の自分の屋敷につれて行った。会所には守棟と宗牛がのこった。

「ご両所、ただいまの御使者の話、どうきいた」

義光はおもむろに問いかけた。ふたりは顔を見合わせ、守棟がさきに口をひらいた。

「大納言殿はいよいよ天下とりにお手をつけたと見もうした。干戈《かんか》も辞さぬお覚悟と見えもうす」

「拙者もそう見もうした」

と宗牛がうなずく。

「戦《いくさ》になるか」

と義光が問うと、ふたりが同時にうなずいた。戦国の世の再来となると見ているのである。それはどうか、と義光はつぶやいたが、そう思う理由は語らない。

家康が打つ手のさきが、義光には読めるような気がしていた。奥羽では伊達政宗と上杉景勝という両雄の間に縁組というかたちで楔《くさび》をうちこみ、一方を味方につけ、一方を突きはなす。伏見では秀吉の子飼いの武将たちの不仲の火種を吹き、対立を焚きつける。敵の自壊を誘い力をそいでから、おもむろに軍勢をすすめる。これは義光が出羽国でとってきた軍略そのものである。

出陣の法螺が吹き鳴らされるときには、敵城はすでに破れかけている。家康がみつめる敵は、奉行の石田三成と大老の上杉景勝にちがいない。

上杉景勝は慶長三年（1598）正月、秀吉の命によって会津に国替させられた。義光とあらそっていた庄内十四万石を所領にくみこみ、もともとの領地である佐渡を合わせると百二十万石の大名となった。家祖謙信の柩を守って、深い雪の中を越後の春日山城から会津黒川への国替の行列は、難渋をきわめた。

景勝は黒川の本城のほかに、領内に二十八の支城をもうけている。そのうちもっとも重要な山形口のおさえには、米沢城に執政の直江《なおえ》山城守《やましろのかみ》兼続《かねつぐ》を配し、仙道口の伊達にそなえる白石城には甘粕備後守景継《あまかすびんごのかみかげつぐ》を配し、越後口のおさえの南山城には大国但馬守実頼《おおくにたじまのかみさねより》を配した。

景勝は太閤の死を知ってその年秋に上洛したが、留守の間に兼続が米沢城の修復と城下町の町割に着手した。景勝の帰国は翌四年八月二十二日である。兼続は山形領と境を接する鮎貝、金山、荒砥《あらと》の諸城に外様衆と直臣《じきしん》衆を交互に置き、郡代は譜代旗本の与板《よいた》衆で固めた。

家康の使者の阿彦将監は、山形城を去ると高畠《たかはた》から米沢道をたどって帰途についた。米沢城の修復具合や、諸道の普請の様子を調べるためである。

義光はあいかわらず眼疾になやまされ、そのうえ胃の痛みが重なった。胃が痛むととかく弱気になり、側室の浪江が血を吐いて倒れた姿が目によみがえる。あのような最期が待っているのかと考えこんだ。

「信心深いのもよいが、寺道楽がすぎるべ」

と守棟や光安が気にかけるほど、義光が寺の改修や寺領の寄進に心をくばるのも、気の弱りのせいかもしれなかった。

駒姫と御所の方の絵姿を寄進し、菩提寺とした専称寺は、二王堂小路がしばしば洪水にあって水につかるので、仙台口に八町（約８００メートル）四方の土地を寄進して移築させ、もとの二王堂小路の伽藍は別院として覚成寺《かくせいじ》と名づけた。高擶にあったときには、寺名もない草ぶきの道場だったが、山形に移って専称寺となってから、堂塔《たっとう》、庫裡、鐘楼を建立して堂々たる大寺となった。

義光はこの年、城下三日《みっか》町の明王《みょうおう》院に常念寺の寺号をあたえ、法度《はっと》をさだめた。山号に名をとって義光山《ぎこうざん》とした。

領内での浄土真宗の本山を専称寺とさだめ、浄土宗の本山を常念寺とし、その他のすべての両宗の寺院を末寺とした。義光の夢想の中には、専称寺、常念寺の二寺をみずからの菩提寺とし、本寺、末寺の僧俗ことごとくがしたがう来世の図がえがかれていたらしい。

大坂の平野屋にもどった浦山十兵衛から船町の船問屋の庭月《にわつき》屋に、月に一度は飛脚が書状をとどける。書状は商用をよそおっているが、じっさいの宛てさきは伊良子宗牛で、伏見や大坂の情勢をつたえるものだった。符丁をたくみにおりまぜて意味を通じにくくした十兵衛の書状には、ときには大坂城内の諸侯の秘事にわたることがらまで、くわしく報告されていた。宗牛を通じて義光は、時勢のうごきをさほどおくれずに知ることができた。

五大老のひとり前田利家の病があつく、さきがながくはないこと、藤堂高虎《とうどうたかとら》が腫物をわずらっていること、肥満している家康がじつは寸白《すばく》（真田虫）になやんでいることなども、十兵衛の書状で知った。

前田利家は慶長四年（１５９９）潤三月三日、大坂城内の前田屋敷で病死した。加賀百万石の大名の死は、四人となった大老や、石田三成をはじめ奉行衆、秀吉子飼いの武将たちを辛うじておさえこんでいた重石《おもし》が、とりのぞかれたようなものだった。内にわだかまった不満や遺恨、野望と陰謀が、重石がとれて蓋が外れたとたんに一気に噴き出す。

はやくも利家死亡の当夜、大坂城では加藤清正、細川忠興《ただおき》、蜂須賀家政、福島正則、藤堂高虎、黒田長政、浅野幸長《よしなが》の七将が、かねて仲たがいしていた石田三成を暗殺しようと謀議をこらした。三成はその計画を察知して、翌四日、伏見の家康の屋敷に逃げこんだ。家康は三成をかくまい、七将とのとりなしを買って出て、三成を近江国佐和山《さわやま》の居城にしばらく蟄居《ちっきょ》させることにし、三成は悴の重家《しげいえ》を人質に置いて、伏見から去った。

家康は九月二十七日に伏見城から大坂城へ移った。このことは家康の使者阿彦将監が山形へきて義光に知らせたが、大坂城へ移った理由は、あいまいにしか語らなかった。その真相は、九月九日、重陽《ちょうよう》の節句を祝うために大坂城に登城した家康を暗殺しようと五奉行のひとりの浅野長政がたくらんだことが露見したので、その処罰のためだったのである。そのことも、大坂の浦山十兵衛の密書によって知ることができた。

十兵衛はさらに、浅野長政が武蔵国の居城に蟄居させられ、連累《れんるい》の大野治長《はるなが》が家康の次男の結城秀康《ゆうきひでやす》に、土方雄久《ひじかたかつひさ》が常陸《ひたち》太田城の佐竹義宣《よしのぶ》にお預けになったという処分を知らせてきた。これで家康に敵対するのは、秀吉がおひろい様の後見を命じた五大老のうちでは上杉景勝のみ、五奉行のうち石田三成ほか三奉行のみになった。

六

年が明けて慶長五年（１６００）、まだ春が浅く山形城が雪におおわれているころ、船町の庭月屋勘右衛門《かんえもん》が大坂からの来状をたずさえて二の丸の宗牛の屋敷をおとずれた。勘右衛門は義光の高擶時代からの馴染みで、宗牛も庭勘《にわかん》と呼んで親しくつきあっている。宗牛が普請奉行をつとめた最上川の改修の恩恵をこうむり、舟運を利用した上方との交易のおかげで身代を大きくした山形商人の筆頭株である。義光が上洛してからは、平野屋を取引相手としてますます商売の手をひろげた。

平野屋の主の末吉勘兵衛《かんべえ》が、道勘《どうかん》という号をもつのを知り、みずからの略称をそのまま号にして庭勘と名のり、勘兵衛をおもしろがらせた。それが平野屋とよしみを通じるきっかけになったという。その庭勘が手代にまかせずみずから書状をとどけにくるのは、なにか理由があるのだろうと察して、宗牛は奥座敷に通して人払いをした。

浦山十兵衛の書状は、家康と上杉景勝がいよいよ手切れにおよぶことを報じていた。正月、上杉の老臣藤田信吉《のぶよし》が年賀のために大坂城に登城したおりに、家康は信吉と会い、景勝も五大老のひとりであるから、上坂《じょうはん》して秀頼へ出仕すべしとうながした。

信吉は年賀のあいさつをすませて急ぎ会津にもどり、景勝にそのことを報告したが、景勝は怒り、信吉を家康に内通する者と疑った。命の危険をおぼえた信吉は黒川城から脱出して江戸に走り、徳川秀忠にことのしだいを訴えた。黒川城や米沢城の普請も、いかにも戦じたくであるかのように、大げさにつたえたらしい。

大坂城の家康は江戸からその知らせをうけると、大老の毛利輝元や宇喜多秀家と相談して、ただちに上坂すべしと重ねて景勝にうながした。しかし景勝に上坂の動きはない。大坂では、家康が会津討伐に踏みきるのではないかと噂になっているという。

宗牛が書状を手文庫《てぶんこ》におさめると、勘右衛門がいいにくそうに、じつはといって顔をのぞき見た。扇をとり出してなかばひらき、口に寄せるという芝居がかった仕草をして、

「浦山様のことで、平野屋から手紙がまいりましてな。いささか困ったことになりました」

とささやく。宗牛がなにかと表情で問うと、指で金のかたちをつくり、これでござりま

すといった。

「ご用銀《ようぎん》に手をつけておるようでございます。それも滅法界《めっぽうかい》な額にのぼります」

「どれほど使いこんだのや」

「それが、平野屋では手代の佐仲をとりしらべておるそうですが、まだはっきりしたことがわからぬよしにございます。少なく見つもっても、金百枚はくだらぬそうで……」

金百枚といえば、京の屋敷から平野屋にあずけておいた御用銀の備えでは足りない。浦山十兵衛は屋敷の小納戸《こなんど》奉行には内緒で、平野屋から借金をしたということらしい。

「そのような大金をなにに使《つこ》うたんや」

「二条柳町でござりますよ」

万里小路《までのこうじ》と押小路《おし》にかこまれた二条柳小路の一画に遊郭がひらかれてから、まだ十年ほどしかたっていないが、都にあつまる武士や商人がひいきとなって、繁栄をきわめている。十兵衛は妓楼《ぎろう》にいりびたり、なになに太夫《だゆう》と名高い遊女のために大金を浪費したというのである。

「遊《あそ》び女《め》におぼれたか。おろか者めが」

宗牛は苦々しくいいすてた。

「平野屋では、手代の吟味がすむまでは軽々しく表沙汰にするわけにはいかぬと、京のお屋敷には内緒にしているそうでござります」

伊賀者の十兵衛は、京の屋敷では留守居にしか知られず、ほかの者は出入りの商人と信じこんでいる。しばらく屋敷に寄りつかなくても、かりにそのまま姿をくらませても、だれも不思議に思わない。

「よう知らせてくれた」

と礼をのべて宗牛は庭勘をひきとらせた。伊賀組の組下の十兵衛の不祥事は、宗牛の取締り不行きとどきである。口をぬぐっているわけにも行かず、宗牛は公文所に上がり、守棟に相談した。守棟は謹厳実直《きんげんじっちょく》な男である。伊賀者が遊び女のために大金をつかいこんだときくと顔を赤くして怒り出した。

「すぐに京に飛脚をやって、浦山を捕らえさせるべし」

伊賀者は武士ではないから腹を切らせるまでもない。斬りすてろという。ともかく義光の裁可を待とうと宗牛は守棟に説き、ふたりで本丸御殿に上った。

義光は宗牛から事情をきくと、すぐには裁可を下さず、しばらく天井をみつめた。御所様と声をかけて、守棟が膝をのり出す。

「それでなくとも、京の屋敷は費《つい》えがおおいと小納戸から不平が出てござる。遊び女のために大金をつかいこんだことが明るみに出れば、家来どもが黙ってはおりますまい。ここはしめしをつけるべきではござらぬか」

手刀を振り下ろして首を斬る仕草をした。

「戦のための費えには糸目をつけぬが、遊び女のためにつかう銀子《ぎんす》はゆるせぬか」

義光がぽつりとひとりごとのようにいった。

「なにをおおせられる」

守棟が目をむき、あたりまえのことをおっしゃるなといいたげな顔をした。尾張よ、と義光は守棟に官名で呼びかけた。

「その銀子は戦のためにつかったとは思わぬか」

守棟がものいいたげにするのを、手を上げて黙らせ、義光は言葉をつづけた。

「前《さきの》関白殿下（秀次）の騒動のおりには、浦山と平野屋の手代は命がけでよく働いてくれた。その後も、よく探ったと感心するような密事を知らせてくれた。大老や奉行の病のごとき秘事など尋常のやりかたで探れると思うか。おそらくは遊び女を耳目につかって探らせたのだろうよ、のう宗牛」

「そのような手管《てくだ》もあろうかと……」

と宗牛はうなずく。

「戦はもうはじまっておる。浦山にすれば、二条柳町も戦場だ。そこには、石田治部殿（三成）の家来も、会津殿（上杉景勝）の家来も遊びにくるだろうよ。遊び女相手の寝物語ではつい口がすべる。京で費やした銀子は軍用金だと思うて目をつぶってはどうか」

と義光が語りかけると、守棟は反論のことばをうしなった。それでよいなと守棟に念を押してから、義光は宗牛に顔を向けた。

「浦山はともかく、平野屋の手代はなんとか救う手だてはないか。われらの家来でもないのに、よくあやういところを駈けめぐって役に立った。恩賞をあたえるべきところを、ただでつかいまわしたようなものだ。平野屋の内情は知るところではないが、こなたからとりなしてやれぬか」

「このことは船町の庭勘に内密にたのんでおきもうそう」

宗牛は頭を下げた。

本丸御殿から下っても、守棟は釈然としない顔をしていた。二の丸の屋敷にもどろうとする宗牛を大手門外でひきとめ、

「なにやら、うまいこといいくるめられたようだ。やはり遊び女に御用金を費すのは許せぬ」

と話を蒸しかえそうとする。

「御所様は浦山のことより、拙者をお救いになろうとしたのでござろう。浦山の首を斬れば拙者も取締り不行きとどきで、悪くすれば腹を切らねばならぬ」

宗牛は目にうっすらと感激の涙をためた。

屏風を立てたように盆地をかこむ東南の連山の雪が消え、山形城の櫓からながめるとあ

かるい緑に染まった。春を待っていたかのように、庄内の形勢がさわがしくなった。金山城の丹与惣左衛門《たんのよそざえもん》という城番から、二の丸の鮭延愛綱に急使が駈けつけ、庄内で土一揆《つちいっき》がおきたと注進したのである。

本丸御殿の会所に相談衆があつめられた。金山城からの注進を愛綱が報告した。土一揆はまず越後領でおき、それから仙北と庄内の境目でおきているから、上杉の重臣直江兼続の指図にちがいないと愛綱は主張する。

上杉景勝が会津に移封されたあとに越前国北庄《きたのしょう》から越後春日山に移った堀秀治《ひではる》は、ことあるごとに景勝と角つきあっている。はじまりは移封のさいに前の領主の蒲生秀行《がもうひでゆき》が、会津から半年分の年貢を召し上げて宇都宮に去り、景勝も越後領で半年分を徴収した。あとをついだ堀秀治はさきに徴収した分の年貢を返すよう景勝に要求したが、応じようとしない。返せ、返さぬのあらそいが、二年ごしでつづいていた。越後領で土一揆がおきたのは、直江兼続がおくりこんだ間者の煽動によるというのが鮭延愛綱の見方である。仙北の境目がさわがしいのも、仙北角館《かくのだて》の戸沢政盛《まさもり》と景勝の長年の不和が原因だという。

「打《う》っ棄《ちゃ》っておけねえべ。金山にも胡乱《うろん》なやつらが入りこんでいるという城番の注進だ」

愛綱は鮭延城の城兵をしたがえて、金山に出陣する許可をねがった。本庄繁長《しげなが》の所領となった大浦《おうら》城をとりもどすのが愛綱の宿願である。

「なにもいま上杉殿とことをかまえることはねえべ」

と光安がまっさきに反対した。鮭延城からまとまった数の兵が庄内の境目にすすめば、たちまち戦になるというのである。義光や守棟も光安同様に慎重だった。

「庄内境、米沢境の伝馬《てんま》や人の往来をいまよりきびしく取締るようにしたらいいべ」

と守棟がいい、通行証の伝馬印証を発行して、関所あらためをきびしくすることで決着した。

出陣をのぞんだ愛綱はやむなくひきさがらざるをえなかった。

四月も過ぎようとするころ、船町の庭勘が二の丸の屋敷に宗牛を訪ねてきた。玄関先に立った庭勘の背後にかくれるようにする小柄な中年の商人の顔を見て、宗牛は思わず声を発した。

「そなたは佐仲ではないか」

平野屋の手代の佐仲である。面目なさそうに肩をすぼめ、

「ありがとうございました。おかげさまで首がつながりました」

と礼をいい、腰を折った。宗牛が平野屋の主の末吉勘兵衛にあてて、とりなしの手紙を書いた。そのおかげで、追放にならずにすんだのである。

宗牛はふたりを座敷に上げた。坐るのを待たずに宗牛は、

「浦山十兵衛はどないした」

と気にかかっていることを問う。佐仲は頭に手をやり、

「逐電しやはりました。行きがた知れずですわ」

自分の責任であるかのように、すまなそうに答える。

「そうか。逃げたか」

宗牛は失望をかくさない。武士らしい出処進退を期待していたのである。義光の恩情で御用銀に手をつけた罪を不問に付されたのに、逐電するとは恩を仇で返すようなものだった。

「主人からきつう叱られまして、当分の間大坂、堺、京、伏見に顔を出してはならぬ、諸国を行商してまいれといわれました。それで越後から米沢、山形へとまいったわけでござりますが、山形様へはえらい損をおかけいたしましたさかい、万分の一でも埋め合わせをせなあかんと思うとります」

「なにで埋め合わせるというのや」

宗牛は苦笑した。

「鉄砲でござります」

かたわらで話をきいていた庭勘がえっと驚きの声をもらした。佐仲は宗牛に膝をつけるほど寄り、声をひそめて、

「戦《いくさ》になります」

といった。

ちかごろ大坂城西の丸に在《あ》る徳川家康は、家臣の伊那昭綱《いなあきつな》を会津に派遣した。奉行の増

田長盛の使者川村長門《ながと》が行をともにし、また上杉の臣直江兼続と親しい京相国寺の僧からも書状がとどけられた。家康の再三の上洛要請にもかかわらず、景勝は動こうとしない。景勝が会津に新城を築き、諸口をひらき、近国に兵を出して境目を侵し、郷民に金銀をあたえて一揆をおこさせるのは陰謀ではないのかと、使者は景勝を問責した。

「この春から、会津様（景勝）が謀反をたくらんで武具をあつめておると噂になっておりますのや」

と佐仲がいった。

七

家康の使者の伊那昭綱と増田長盛の使者の川村長門は、家康が景勝を疑い、上方辺で不穏な噂が立つのも、ひとえに上洛がおくれているためである。増田長盛と大谷吉継が仲介の労をとるので、さっそく上洛して疑いをはらすように、とすすめた。上杉方で両使の応接にあたったのは直江兼続である。兼続は両使の問責にひとつひとつ反論して、会津移封いらい上洛がたびかさなり、これまでの在国は四カ月にも満たないくらいで、国の仕置もままならないと上洛がおくれる理由をのべた。いずれ上洛して家康殿に謁見するつもりだが、それでもなお家康殿が当表に発向《はっこう》なさるともうされるのであらば、是非もないと答えたという。

「直江殿がまことにそのようなことをもうしたのか」

宗牛は佐仲の話に疑問を呈した。

「たしかな筋からきいた話でござります。まちがいおまへん。内府様（家康）が上洛せいうてはるのに、当表に発向なさるのなら是非もないとは、たいそうなあいさつですやろ。こっちへきてみい、相手してやるわとけんかを売るようなものですわ」

「まさしく売りことばだのう」

「そやから大坂では、もう戦になるに決まったとみないうとります。鉄砲の値段も高《たこ》うなりました」

値上がりする前の値段でいくらでも調達すると佐仲はいった。

「ころんでもただ起きんやつやな。山形のあとはどこを廻る」

と宗牛が問うと、佐仲は指を折りながら、由利、角館、南部と答えた。大坂からの追放を逆手にとって、奥羽諸国を廻るつもりなのである。

宗牛は庭勘たちを帰してから、いそいで本丸御殿に上った。義光に会い、平野屋の佐仲の話をつたえたが、浦山十兵衛の逐電にはふれなかった。

「まことに直江殿は是非もないともうしたのか」

と義光ははじめは真にうけなかった。しかし上方で鉄砲の値が上がっていることを宗牛が話すと、真剣な表情になった。

「商人の勘は馬鹿にならぬからな。火縄のこげるにおいがしてきておるということだな」

自分にいいきかせるようにつぶやいた。それから光安を呼び、江戸の秀忠の下にいる家康の家臣の阿彦将監に急使をつかわし、会津の情勢をきくように命じた。

江戸につかわした使者が、阿彦将監の返書を胴巻におさめ、早馬を駆って山形にもどったのは六日後のことである。使者は成沢《なりさわ》城近くで疲れきって落馬し、城兵によって山形城の二の丸までかつぎこまれた。守棟が桐油紙で厳重に包まれた書状を義光にとりついだ。

書状は将監と義光の次男の家親《いえちか》のものの二通だった。家親は文禄三年（１５９４）、十三歳の年に家康がみずから手をそえて加冠し、元服して駿河守家親を名のっている。

将監の書状には、家康の上洛催促にたいする上杉の臣直江兼続の返答が無礼で、中納言はじめ家臣は怒っていると江戸城の様子が書かれていた。家親の手紙はみじかく、家康、秀忠父子の恩義をのべ、初陣を待ちかねているとだけ書いてある。家康の出陣が遠くないことを義光は二通の書面から読みとった。

「典膳《てんぜん》を呼べ」

義光は小姓頭の鹿丸に命じて、二の丸屋敷の鮭延愛綱を呼びに行かせた。愛綱が会所に上る前に、右筆を呼んで三通の同じ文面の書状を書かせた。片目のかすみはますます悪くなり、花押を書くのも苦痛になっている。

会所に愛綱が上ると、守棟と光安と三人をならべて、鹿丸に書状を読み上げさせた。庄内の北から仙北までを支配する由利十二党の筆頭である仁賀保挙誠《にかほたかのぶ》と滝沢、赤尾津《あこうづ》の二城主にあてて、山形は江戸大納言に奉公するので、由利十二党の面々もそれにしたがうようにと要請する文面である。由利十二党は土一揆になやまされていたから、その書状が意味することはただちにわかるはずだった。

「よいか」

義光は守棟と光安の顔を見くらべた。守棟の本心はわからないが、義光の意見にさからったことはない。光安は上杉景勝とことをかまえるのは、慎重だった。ふたりは覚悟を決めた表情になり、口を結んでうなずいた。由利十二党に陣ぶれを発するも同然の書状である。

「典膳、これをもって由利へ行け」

と義光は命じた。愛綱は書状をおしいただいた。仁賀保挙誠が義光の命にしたがえばよし、したがわなければ、その場で刺し、みずからは斬り死にする覚悟だった。

「由利だけでよろしいか。岩手沢はいかがいたす」

と守棟がいった。景勝とことをかまえることになれば、山形の北の背後にいる伊達政宗が気になる。守棟は政宗を信用していなかった。

「心配無用だ。政宗も伯父のわれひとりが相手ならば手を出すやもしれぬが、内府様にはさからうまい。首がつながった恩義がある」

義光は笑った。

鮭延愛綱は仁賀保城にのりこみ、由利十二党が力をあわせて家康に奉公するように誓わせて山形にもどった。義光は知るよしもないが、同じころ家康は越後新発田《しばた》の溝口伯耆守《みぞぐちほうきのかみ》秀勝《ひでかつ》と本庄城主村上周防守義明《すおうのかみよしあき》に密使をおくり、そのもとより上杉領の佐渡、庄内へ手を出すことは一切無用であると厳命した。その理由は、会津の合戦がすすめばおのずからそなたがたが願うようになるのは必定《ひつじょう》だと、密使は耳うちした。家康は上杉旧領の越後、庄内に布石をし、はからずも義光が由利十二党をおさえ、庄内北部を固めたのである。

家康は六月十六日、大坂城西の丸を出て伏見城に移った。二日後、伏見城を出発、三河譜代衆三千余をしたがえて東海道を下り、七月二日、江戸に入った。前後して、外様衆五万五千が江戸に向かった。これらの外様衆はことごとく豊臣秀吉恩顧の大名たちである。

七月七日、江戸から津金修理亮胤久《つがねしゅりのすけたねひさ》と中川市右衛門忠重《いちえもんただしげ》という家康の旗本ふたりが山形城に着き、家康の会津出陣が二十一日に定まったと告げた。使者たちは本丸御殿の会所に上ると、

「その表の衆同心あり、ご参陣あるべく候《そうろう》、しからば北国表にて北国の人衆をあい待ち、会津へ討ち入れらるべく候」

と家康の書状を読み上げた。参陣する北国衆というのは、出羽湊《でわみなと》（土崎）城主秋田藤《とう》

太郎実季《たろうさねすえ》、角館城主戸沢九郎五郎政盛《まさもり》といった武将たちで、山形の義光にしたがって米沢口へ参陣すべしと使者をおくって命じたという。

「秋田勢、角館勢が参陣いたさば、ただちに米沢口より討ち入られよとの陣ぶれでござる」

と中川忠重がつたえた。

使者たちを二の丸の氏家屋敷に案内してもてなす間に、相談衆は会所にあつまって相談をした。義光はすでに五月から、家康の会津討伐が近いと見て、守棟に戦じたくを命じている。しかし相談衆のなかには、参陣をためらう者がいた。

光安はその筆頭で、

「内府様が大坂をはなれて、わざわざ会津に出陣なさる理由が腑に落ちぬ。ほんとうに出陣なさるのか」

と家康の真意をつかみかねていた。

すわ、合戦と勇みたつ家臣ばかりではない。隣国の米沢に上衆、関東衆が攻めこむ手引きをすることにためらいを覚える者もいる。しかしそういう家臣は、合戦を目前にして、慎重な意見を口にすることは、卑怯未練な腰ぬけ武士とうしろ指をさされそうで、黙っていた。重臣の光安が家康の本意をはかりかねると口にだしたのをきき、慎重な考えをもつ家臣たちは、わが意をえたりとばかりに勢いづく。

そうはいっても、はっきりと意見をのべる者はいず、かたわらの同輩に小声できかせる。まるで光安の背の陰にかくれて、礫《つぶて》を投げるようなものである。私語がさざ波のようにひろがった。

「いいてえことがあれば、前に出ろや」

氏家左近がいらだって大声をあげる。会所はふたたび静まり返った。ものをいう家臣がいないのを見て、

「太閤殿下の小田原攻めからこのかた、いくども御所様をおたすけくださったのは江戸の内府殿だ。前《さきの》関白様の騒動では、一国があやうくなった。みな知ってるべ。御所様の受けた恩は、おらだが受けた恩だ。恩人が出陣なさると決め、陣ぶれをなさったのに、ぐずらぐずらいって腰を上げねえのは、さむらいの道にそむくべした」

といい、みなを見まわした。その一言が、みなの口を封じた。

相談衆の重臣をはじめ会所にあつまった家臣たちがひき下がったあとに、広い会所に守棟と光安だけがのこった。小姓たちもさがらせて、三人きりになると、

「無調法なことをもうしあげた。すまねえ」

と光安が詫びた。寄合では意見を口にしなかった守棟が、

「光安には考えがあってのことでござる。なあ」

と話のつづきをうながす。光安は、

「ここは宿老のおめえさまから」

と話をゆずった。守棟は義光に向きなおり、居ずまいを正した。

「このたびの関東衆の陣ぶれには、さまざま不満をもらす方々がおりもうす。拙者が思うに、われらはこれまで、出羽国の境をこえて他国に攻めこんだことは一度もござらぬ。庄内も仙北も長井庄《ながいのしょう》もいずれも国中《くになか》のあらそい。国中をたいらかに治めることが、お家の祖、斯波兼頼公いらいのわがお家のさむらい道《みち》と信じておりもうす。ところがこのたびの陣ぶれは、国の外に出て、会津を攻めよとのおおせ……」

そこまで語って、守棟は一息ついた。唾をのみこむと、このところめっきり痩せて細くなった首の喉仏が目立つ。

「大恩ある内府様に奉公するのもさむらい道、家の祖のおしえにしたがうのもさむらい道。どちらの道が正しいか、みな迷っておりもうす。とくに若衆《わけしゅ》がまっぷたつに割れて、上杉殿に非はない、戦をしかけるのは関東衆の横車だというお方もおりもうす」

守棟は名ざしはしないが、言葉のはしばしから、上杉との合戦に慎重な考えをもつのが、嫡男の義康だとわかる。義康はもう二十六歳になった。家督を譲らず、いまだ部屋住の身なので不満を抱く気持ちは義光にもわかる。

「相談衆もみな爺《じ》さまになったからな。若衆の考えていることがわからなくなった。そうか、若衆はほだなことといってるのか」

義光は顔をしかめた。

「江戸の駿河守《するがのかみ》様から御状が届いたのが、勘にさわったのでござろう」

と光安が言葉を足した。家康の側近となった次男の家親が、江戸から父の義光に書状をおくり、初陣が待ち遠しいといってきたことは家中に知れわたっている。義康が近習たちに上杉に同情的なことをもらしはじめたのは、それからだった。

「あつかいをあやまると、屋台骨をゆるがすことになりかねんな。いまはどこの屋敷でも爺さまたちが若衆の頭をおさえているが」

と義光がいう。若いころのことを思えば、身におぼえのあることばかりだった。世代が代わっても同じことのくり返しである。

「いかにも。拙者もそう思うて、あえてみなの前であのようなことをもうした。はやいうちに鍋の蓋をとって、煮こぼれをふせぐほうが得策でござろうて」

と光安がいう。異論をおさえこもうとするより、陣だての前にあえて相談衆のほうから口火を切って、腹の裡をぶちまけさせるほうがよいという判断だった。しかし、それは賭けである。わるくころべば、内紛につながるおそれもあった。

義光は義康がみずからの意見をのべて、出陣をいさめにくるのではないかと考えた。守棟のいうように、出羽の大守としてのさむらい道を通すか、大恩にむくいる義理にしたがうか、どちらかの道をえらばなければならないのなら、大地震の日に迷わず伏見城ではなく、家康の屋敷に裸馬で乗りこんだときに、走る道はすでに決まっていた。

義康がもしも出陣の前に、義光の前に出て出陣をとりやめるようにいさめるのなら、かわいそうだが家臣たちの見ている前で、出陣の血祭にあげなければならないと覚悟を決めて、守棟と光安にはいいふくめておいた。しかし義康は表だって意見をいいにはこなかった。近習たちには不平をもらしているらしいことが義光の耳に入った。そういう性格なのである。

家康がつかわした使者の津金胤久と中川忠重は、山形城中に出陣をためらう声があることに気づかぬままである。七月十日に、使者ふたりを本丸御殿の会所に招き、伊良子宗牛が応待をした。白髯《はくぜん》で法体《ほったい》の老人が軍奉行となることをきき、使者たちはこころもとなく思ったらしい。宗牛はふたりの前に絵図をひろげ、細筆で城と砦の場所を書きこんで見せた。

「白河の小峰城には芋川《いもかわ》越前守、平林蔵人《くらんど》、杉目城には本庄越前守、白石城には甘粕備後守、梁川《やながわ》城には須田大炊介《おおいのすけ》を配してござります。いずれも手強い譜代衆でござる。白河口から会津に入る黒川境の背《せ》炙《あぶり》山、三難所の高原峠、山王峠、火玉峠には直江兼続の与力の与板衆を伏せ、石弓《いしゆみ》の仕掛もござります」

宗牛が米沢、会津におくりこんだ伊賀者衆の報告をつたえると、ようやく使者たちは、この老僧はただものではないと納得した。

使者たちが会津勢の配置を書きこんだ絵図を土産に山形を去ると間もなく、江戸から早駈けの使者が着き、いよいよ家康が出陣することになり、館林《たてばやし》十万石の城主榊原康政《さかきばらやすまさ》が先鋒として出陣したと告げた。

十四日になると、前もって家康が陣ぶれしていた通りに、南部、秋田、仙北から奥羽の諸将がつぎつぎに参陣してきて、城下はものものしい空気につつまれた。諸国の軍勢は、山辺《やまのべ》、沼木、成沢など、奥羽仕置のさいに自分仕置をまかされた義光が廃城にせずに温存しておいた支城や、城下の寺院に宿陣した。

城下の町は人があふれて祭のようなにぎわいとなり、客将の宿陣に物売りがおしかけ、寺の山門からのぞきこんで、

「酒買わねえか。餅食《もっけ》え」

と口々に呼びかける。天童口や船町口からあらたな軍勢が差物を風になびかせて入ってくると、こわいもの見たさの少年たちが、南部だ、仙北だと軍勢の在所の名を大声で呼びながら、距離をおいてついて行く。

山形城下は不思議な活気にみちた。

八

軍奉行の宗牛は奥羽諸国の軍勢の陣地をまわり、中山口、楢下口の二口から米沢領に攻

め入る陣立てを示した。先陣は道を知る山形勢がつとめ、諸国の軍勢は二陣である。あとは江戸から小山へ向かった家康の本隊から、会津討ち入りの号令が発せられるのを待つばかりとなった。

家康は七月二十一日に江戸を発ち、二十二日には武蔵国岩槻《いわつき》にいたり、二十三日には下《しも》総国《ふさ》古河《こが》までですすんだ。このとき先陣の江戸中納言秀忠はすでに下野《しもつけ》国宇都宮に着陣している。

家康が二十三日に古河からおくり出した使者が夜を徹して駈け、宇都宮に着いたのは翌日である。山形の使いから宇都宮の秀忠のもとにもどっていた津金胤久は、家康の書状をたずさえて、ふたたび急使にたつことになった。

情勢は半月前とは変わっている。上杉勢の諸口の備えも堅固になった。胤久はわずかな手勢をひきつれて宇都宮城を出ると、嚮導《きょうどう》の宇都宮兵の案内で、白河を迂回して北へすすんだ。

関山峠を越えて胤久が山形領に入ったのは五日もたってからである。関所の番兵からの注進で、山形城から迎えが出た。途中で降られた雨で土埃が顔に塗りつけられたようになり、使者たちはさながら泥人形の姿で、山形城に到着した。義光は光安とともに、二の丸の門外まで出て使者を迎えた。

いよいよ会津討ち入りの号令が発せられたと、義光をはじめ誰もが思いこんでいた。ところが胤久を本丸御殿に迎え入れ、衣服をあらためさせてから家康の書状を受けとると、思いがけないことが書いてあった。義光はただちに、二の丸の屋敷にいる家臣をみな集めろと指示した。重臣の相談衆ばかりでなく、その悴も呼べといった。

会所を埋めつくすほど集まった家臣の前で、義光はよくとおる声で、

「ただいま内府様から親書がとどいた。出陣はしばらく待てとのおおせだ。戦はやめだ」

といった。会所に驚きの声が満ちた。しばらくの静寂のあとで、ざわめきがひろがる。

「よくきけ。上方から触状《ふれじょう》をもって、なにやら雑説《ぞうせつ》をひろめようとする向きがあるやにきく。雑説にはいっさい耳をかすな。城下に入りこんで雑説をいいふらす者があらば、そやつは間者だ。そなたたちは、あらためて沙汰があるまで、おのおのの持ち場で、しずかに待て」

と義光は命じた。

家臣たちの多くを会所からひきあげさせ、相談衆だけをのこしてから、義光はあらためて胤久に事情をたずねた。家康が古河で義光宛ての書状をしたためたのは、二十三日である。そのころなにがあったか、宇都宮にいた胤久はくわしい事情を知らないとことわってから、

「信州川中島の森侍従殿（忠政）が二十一日に宇都宮に参陣なされ、中納言様（秀忠）に上方の様子、上杉方の様子をお話しになられた。どうやら石田治部少輔（三成）と大谷刑

部少輔（吉継）が旗をふってなにやら画策いたす気配。米沢の直江兼続あたりが気脈を通じておるとのことでござった」

と語る。そのことを宇都宮から古河に急報したところ、家康が急に会津討ち入りを翻意《ほんい》したという。そのほかにも、摂州三田《せっしゅうさんだ》の山崎家盛《いえもり》、豊臣家の奉行の宮木豊盛《とよもり》はじめ、つぎつぎに上方の情勢を知らせる密書が届けられた。いずれも、石田、大谷両名に挙兵の兆しがあるとのことだった。宇都宮ではくわしいことはわからなかったが、家康が大坂に向かうことはつたえられた。

「ならば大坂で合戦か」

と光安が大きな声をあげた。

「合戦になるか、ならぬか、石田、大谷しだいだ。ともかく内府様は大坂にもどって仕置をなさる」

と胤久は話した。よほど疲れたと見えて、胤久は生《なま》あくびをかみころす。若党に世話をさせて、二の丸の氏家屋敷にひきとらせた。胤久の姿が会所から消えたとたんに、ほれ見たことかと光安がいいだした。

「川をわたったとたんに、うしろから橋を落とされたようなもんだべ」

光安は声を落として、このたびの会津討ち入りは、号令だけで合戦にはおよばぬのではないかと内心疑っていたと腹の裡をあかす。会津を攻めると見せかけて、かねて逆心を抱いている石田三成や大谷吉継を挙兵に誘い出すのが真の目的ではないかと考えていたといった。

「それはまたうがったことをもうされる」

と宗牛が口をはさんだ。義光が光安の言葉をきいて怒り出すのではないかと気をもみ、とりなすつもりだった。

「そうかもしれぬ。だが、われらの使命は米沢口を固めるだけで、どうせ大坂へは行かぬ。戦があろうがなかろうが、同じことではないか」

義光は家康を疑った光安に腹を立てることはなかった。

その日のうちに義光は城下の寺院や近郊の支城に宿陣する奥羽諸国の軍勢に、陣ばらいを指示する使者を出した。出陣をひかえて勇み立っていた兵たちは突然の陣ばらいに驚き、使者につかみかかったり、罵声を浴びせたりする。しかし軍奉行の宗牛が、慰労のためといって酒樽を荷車にのせてはこびこみ、剃った頭をさすって詫びてまわると、どの陣営でも怒りをおさめた。

日が落ちて宗牛が二の丸の屋敷にもどると、船町の庭月屋が訪ねてきていた。宗牛が座敷に上がれと声をかけたが、縁側のはしに腰かけたままである。あれをごらんくだされといって、庭を指さした。

庭には宗牛が作庭の指図をして、小さな築山と池がこしらえてある。池をへだてて、築山の下に男が坐っていた。浦山十兵衛様が帰参したはあと庭勘が小声でいった。宗牛が縁側に出て、

「十兵衛、おめおめと生きて帰ったか」

と声をかけると、十兵衛は平伏した。

「怒《ごしゃ》かねえでくだされ。十兵衛様は百挺もの鉄砲ば船に積んで今日船町さ着いたところだ」

と庭勘が口ぞえした。宗牛は十兵衛を手招きして、縁側の下まで寄せた。

「遊び女の色香に迷うて御用金をつかいこんだあげく、逐電しくさったときいたわ、よう帰ってこられたものだ」

「はあ」

と十兵衛は声をもらして、平蜘蛛のようになる。

「きいた話だが、上方はいま鉄砲が目の玉の飛び出るほど高値《こうじき》だと。百挺も買ったのなら、色里《いろざと》でつかったのと釣り合いがとれるでねえべか。勘弁してやってけらっしゃい」

と庭勘がいった。ことさら土地の言葉をつかうのは、古い馴染みの宗牛に甘えて、十兵衛を許してもらおうとする算段である。

「どこで鉄砲を買《こ》うた」

と宗牛が問いかけると、十兵衛はようやく顔を上げた。鉄砲は堺で買ったとみじかく答える。

「平野屋の佐仲さんが骨折ってくれたと」

庭勘が代わって答えた。

「陣ばらいをなさるとききましたが」

と十兵衛がいった。いかにもと宗牛が答えると、十兵衛は縁側の縁にすがりついて、

「はやまってはなりませぬ。戦になりもうすぞ。上杉が攻めこんでまいります」

と必死の面もちでいった。

「上方でなにを見てきた。いうてみい」

「石田治部様、大谷刑部様が、太閤殿下恩顧の武将方をまとめて徳川内府様を討つという噂はしばらく以前からささやかれております。大坂や伏見には、ことあれかしと腕をさする西国の浪人衆がおおぜい入りこんで、混雑しております。鉄砲どころか、古道具屋の槍刀まで高値《こうじき》になる始末でござります」

「雑説ではないのか」

「雑説もみなが信じれば真実になります。戦を待ち望む気分ばかりはどうにもおさえられませぬ。聚楽町の上杉屋敷には、浪人衆が仕官を願っておしかけておるそうで。というのも、西国では石田様、北国では上杉様が旗を揚げて、内府様をはさみ撃ちにいたす計略だ

とか。そんな話までまことしやかにささやかれております」

噂はばかにならぬ、とくに合戦の前はそうだと思いながら、宗牛は十兵衛の話に耳をかたむけた。

「船を越後の柏崎《かしわざき》に寄せて風待ちをする間に、堀殿（秀治）の御家来衆から話をききもうした。内府様の会津討ち入りが沙汰やみになったときには、米沢の直江勢は山形へ討ち入るつもりで、中山口に軍勢をあつめているともうします。その分、越後口は手うすになっているとのことで。いろいろ話をききあわせると、直江殿は矛をおさめるつもりはなく、関東か、山形か、いずれかに討ち入る所存でござる」

百挺の鉄砲では焼け石に水かもしれぬが、必ずや役に立つと十兵衛はいった。

宗牛は十兵衛を罰することは考えていない。しばらく庭勘に身柄をあずけることにして、伊賀組の頭にもその旨をいいふくめた。義光に十兵衛のことを報告する前に、守棟の屋敷をおとずれて百挺の鉄砲のことを打ちあけた。

城下の北のはしに鍛冶をあつめて住まわせ、鉄砲をつくらせているが、備前や九州の西国ものにくらべると出来は劣る。百挺とはいえ十兵衛が買った鉄砲は戦力になる。

守棟は十兵衛が柏崎できいたという話に、つよい関心を示した。

「内府様が古河から大軍をひきあげ、宇都宮には中納言殿がのこる。奥羽の諸軍も陣ばらいして、敵にうしろを見せて退却する形勢だ。このときがあやういと拙者も思うていた。

浦山とやらいう間者が柏崎で耳にしたという話も、まんざら嘘ではなさそうだ」
明日にも戦がはじまるつもりで備えを固めようといった。

九

桶に張った水を両手ですくい、顔を寄せて目を洗う。八度目をあけて閉じ、水を捨てる。それを八回くり返す。それが義光の毎朝の日課になっていた。

眼疾にきく療法は試しつくした。野蒜《のびる》や行者にんにくが効くときけば焙《あぶ》って塩をつけて口にし、蓬《よもぎ》のしぼり汁で目を洗うとよいときけばその通りにした。しかしいっこうに目は晴れず、いまは行蔵院《こうぞういん》という修験《しゅげん》が祈禱した水で目を洗っている。目に見える景色は、暗くかすむばかりだった。

小姓頭の鹿丸が桶を片づけ、義光が手拭いで顔をふいているところへ、会所に通じる廊下を宗牛が急いで歩いてきた。襖の外から、

「ただいま畑谷《はたや》から、急使が参りもうした」

と告げた。鹿丸が襖をあけると、宗牛が敷居の外に片膝をついていた。

「米沢の軍勢が、小日向山《こひなた》にあつまっておるよしにござる」

「きたか」

義光はただちに着替えをすませて、会所に出た。すでに相談衆の面々が顔をそろえてい

る。末座にひかえた若者は、畑谷城主江口五兵衛《ごへえ》の甥忠作《ちゅうさく》である。

畑谷城は白鷹《しらたか》の丘の北部にあたり、東西を山にかこまれている。米沢領から山形に通じる狐越《きつねごえ》街道の要衝の地である。六千石といわれるが実収はその三分の二ほどの山間の小盆地で、半農半士の城兵は百ほどにしかすぎない。

昨夜、小日向山と呼ばれる丘に、直江兼続の軍勢が集結しているのを斥候《ものみ》が見たと、忠作はいった。どれほどの数か知れず、ともかく大軍だと、うわずった声でいう。義光は忠作をちかくに呼び、

「すぐに城を捨て、兵をあつめて山形へ参れと江口殿につたえよ。無用なあらそいはするでない」

といいきかせた。

江口五兵衛は義光の連歌の連衆である。喜四郎もあれは筋《すじ》がよいと一目おいている。文禄三年十月に、五兵衛が義光のごきげんうかがいに上洛したことがあり、里村紹巴を主《あるじ》とする連歌の席に誘った。そのとき義光が、たびたびにふりては過《すぐ》る秋の雨、と詠んだあとに、五兵衛が、ふければ月のかげのさやけさ、と付《つ》けて、それが紹巴にひろわれた。鰓《えら》のはったいかつい顔に似あわぬやさしげな句を付けるものだと、あとで義光と喜四郎がひやかしたものだった。そんな男を、境目の小さな城とひきかえにうしなうわけにはいかないと義光は思っている。

家康が会津に背を向けて小山から江戸に帰城し、山形にあつまった奥羽諸国の軍勢がひきあげたあとで、義光は山形を守ることに全力をそそいでいた。長谷堂城と上山城を最後の砦として死守し、そのほかの支城は、不利と見れば自焼して捨てさせてもよいという軍略だった。志村光安がどうしても長谷堂城の守りはわれにまかせろといいだしてあとに引かず、城番となって出陣している。

忠作は義光の軍命をつたえるために、急いで山形城を去り、畑谷にとって返した。九月十日のことである。

石田三成や大谷吉継たち豊臣家奉行衆が西国で挙兵したことは、義光は徳川家康の手紙によって七月中に知らされている。伏見城を手に入れた石田三成の西軍と東海道を上る東軍の先鋒軍が岐阜城をめぐって合戦となり、福島正則と池田輝政の先鋒軍が岐阜城を攻め落とし、城主の織田秀信《ひでのぶ》が城を落ちのびた戦況は、八月末に家康からの急使が山形にきて、義光に知らせた。遠い西国の戦況は見当がつくが、境目の直江勢の動向は、すぐには知れないのである。

会津では、西軍が伏見城をおとしいれ、家康が江戸にもどるとともに山形から奥羽諸将がひきあげたことを知ると、直江兼続がこの機をのがさず出羽国を平定すべしと上杉景勝に進言した。兼続は九月三日に会津から米沢にもどり、山形攻めの軍略を練った。兼続の指揮する主力はおよそ二万、狐越街道から攻め入って畑谷城を落とし、一気に長谷堂城を攻める。同時に木村親盛を軍奉行とする別軍はおよそ四千、中山口から上山城を攻めるという作戦である。

奥羽諸城の援軍がひきあげたあとの山形勢の兵力は支城の軍勢をあつめてもせいぜい一万、直江勢の半分にすぎない。山間の畑谷城にいたっては、二万対四百の戦で、ひともみに攻め落とされることは目に見えていた。

使者の江口忠作が畑谷城にもどったその日、日がかたむくころに、上山城の宿老の上山民部が使者をおくりこみ、米沢領との境目の中山口から斥候らしき兵が入りこんだと報告した。どれほどの数の軍勢が集結しているのか、上山ではまだ気づいていない。狐越口と中山口、二方面から直江勢が攻めこむのは、今日明日にせまったことはあきらかだった。

義光は相談衆とともに城を出て、城下の稲荷《いなり》口の陣屋にうつった。そこには先年、伊達輝宗との合戦のさいにも陣地とした場所で、土塁にかこまれた塚である。上山城、長谷堂城が敵の手におち、山形城が裸の城になったときには、最後の決戦の場となる。

そこが義光の死に場所であることは、城中の家臣ばかりでなく、城下の町人も知らぬ者はなかった。稲荷口の陣屋が逆茂木でかこわれたのを知ると、葛西の治部右衛門をはじめ、若いころに義光につかえ、いまは腰の曲がった老人となって鉄砲町の足軽長屋に隠居している旧臣たちが、槍にすがるようにして、つぎつぎにあつまってきて、陣中に加えろと願い出た。

日が落ちると稲荷口の陣地には篝火が焚かれた。すでに伊賀者頭を老免となった鹿島五郎次が宗牛を訪ねてきて、あやつの命をおれにくだされといい、逆茂木の外を指さした。宗牛が闇に目をこらすと、浦山十兵衛が坐っていた。

「命をくれとはどういうことだ」

「十兵衛をつれて、畑谷城に参ります」

と五郎次がいった。馬鹿をいうな、おぬしのような年寄りが行ってなんになると宗牛は手を横にふったが、引きさがらない。ついには、

「おれは隠居の身だから、どこへ行こうが勝手だ」

といいはなち、十兵衛をうながして、逆茂木の外に消えて行った。畑谷城を枕に討ち死にする覚悟なのである。

「返せ。畑谷は捨てろと、御所様の下知《げち》だぞ」

と宗牛が呼びもどそうとしたが、その声はむなしく闇に吸いこまれた。

直江勢の先鋒色部《いろべ》光長《みつなが》の軍勢が畑谷城に攻め寄せたのは、九月十二日である。城将の江口五兵衛は川をせきとめ、城山の麓の田畑に水を満たして一面の沼とした。水の深さをはかろうとする色部の手勢と畑谷の城兵が、胸までつかる沼の中で、殺しあった。

色部勢はその夜のうちに川をせきとめた石や木をとりのぞき、水をひかせている。翌十

三日早朝から、大軍が城山をとりかこんだ。色部勢は四方から城山に登り、空濠《からぼり》と土塁に守られた小さな城を攻める。前夜の小ぜりあいで色部勢から分捕った旗差物が、あざけるように土塁にさしてあった。城中から鉄砲の玉が浴びせられ、数百人が撃ちたおされて、色部勢はひとまず麓へ退却せざるをえなかった。

そのころ稲荷口の陣屋の義光は、畑谷に敵勢の迫ったことを知り、江口五兵衛をはじめ四百の城兵を救出するために、谷柏《やがしわ》城から百ばかりの兵を出して畑谷にむかわせた。しかし谷柏の兵が畑谷についたころには、たたかいは終わっていた。谷柏の兵は色部勢に発見され、追撃をうけて侍大将の飯田播磨《はりま》は討ち死にし、三十人ばかりしか生還できなかった。

鉄砲傷をうけて半死半生の十兵衛が稲荷口にもどったのは、夜ふけだった。背に南無阿弥陀仏の文字を墨書した白帷子《かたびら》が、真赤に染まっていた。十兵衛は宗牛を呼び、

「畑谷城はわずか百の人数で一刻（二時間）持ちこたえもうした。江口殿はじめ城中の武士たち、城下の女こどもまで、ことごとくなで斬りに……」

と息もたえだえに報告した。

「しっかりいたせ」

と宗牛がはげますと、十兵衛は閉じかけた目をひらき、鹿島のお頭は討ち死に、とつぶやくと目を見ひらいたまま絶命した。

義光は鮭延愛綱《ちかつな》を大将として山辺城の守備にあたらせたが、畑谷城全滅のしらせを受けると使者を山辺に走らせ、山辺城を空けて全軍を呼びもどした。愛綱が城兵をまとめて退却したころ、畑谷城の北隣の簗沢《やなざわ》城に直江勢が攻めこんでいる。簗沢城の兵は多くは農兵だった。戦わずして逃げ出し、城は焼かれた。

時をおなじくして、斎藤左源太が城番となっている谷地城から、鎧をつけた数騎の武者が稲荷口の陣屋に駈けつけた。逆茂木の囲いの外で相手をした宗牛に、谷地の武士は、

「川下《かわしも》から敵の大軍が攻めてきたはあ」

と訴えた。上杉景勝の支配下にある庄内から、東禅寺城の志田修理と大浦城の下吉忠《しもよしただ》が、一方は最上川を船で上り、一方は六十里越えを駈けて攻めこんできた。

宗牛から報告をうけた義光は、

「手向かいするな。逃げろといえ」

といった。谷地の武士は援軍をもとめにきたのである。かたわらできいていた相談衆の顔にとまどいの色が浮かぶ。しかし義光は、

「逃げてこいと左源太にいえ。まちがっても籠城などするでない。左源太を討たせるな」

と念をおすように宗牛にいいつけた。城を空けて逃げてこいと畑谷城の江口五兵衛にいっておいたにもかかわらず、五兵衛は意地を張って城兵を道づれにして討ち死にした。同じことをくりかえすなと、相談衆に語りかけた。

「寒河江城にも使者を出せ。みな山形へ逃げてこいといってやれ」

と義光は命じた。宿老の守棟が義光のそばに寄り、小声で、

「大浦勢のごとき、寒河江の城兵ならば苦もなく追いはらえましょう」

とささやいた。寒河江の城番に中山玄蕃をおいたのは、守棟の考えである。玄蕃はかつて大浦城の城番をつとめたが、本庄繁長の軍勢に攻められ、裸馬にしがみついて命からがら逃げ出すという屈辱を味わっている。その雪辱のために、命がけで城を守るにちがいないと守棟は信じていた。

「なるほど玄蕃ならば、死にばたらきをいたすにちがいない。それはならぬ。城は捨ててよい。玄蕃はつれもどせ」

義光は守棟の進言にはきく耳をもたなかった。

十

寒河江城にむけて使者が馬を走らせる。谷地の使者は退却の命をうけて、もどって行った。長谷堂城を決戦の場とする軍略は、軍奉行の宗牛をはじめ、相談衆もみな納得ずくだが、初戦の畑谷城が全滅した衝撃は大きい。つぎつぎに城を捨てて退却するのでは、全軍の士気にかかわると守棟は心配した。

やがて、陣屋のまわりが騒がしくなり、

「南館《みなみだて》のお東《ひがし》様がお成りでござります」

とふれる大きな声がきこえる。間もなく、義姫が側近の小宰相《こざいしょう》とともに入ってきた。

義姫は政宗の岩手沢移封とともに岩手沢城にうつっていたが、文禄三年（1594）、政宗が京に滞在していた留守に、出奔《しゅっぽん》して山形に身を寄せていた。留守居の重臣たちとそりが合わなかったのである。そのときは義光も在京中で、義姫が帰ったことはあとで知らされた。

義姫は義光の前に出ると、小宰相をうながして文箱を出させた。

「岩手沢に手紙を書きました。政宗に助勢をたのみます」

と義姫はいった。義光は文箱には手を出さず、

「伊達殿は上杉殿と和睦をしたときいたぞ。助勢をたのんで弱みを見せれば、かえって背後をつかれると家来どもは心配しているわ」

といった。義姫は首を横にふり、

「わたくしからたのめば、かならず助勢を出してくれます。母を見すてる子ではありません」

と自信ありげにいいきった。使者を出してくれなければ、みずから馬にのって岩手沢に手紙をとどけるとまでいう。おさないころから、いいだしたらきかない妹だった。

義姫を山形城までおくらせて、義光は相談衆をあつめて意見を求めた。ほとんどの者は

政宗に援軍をたのむことに異存はなく、大崎と伊達の合戦いらいの遺恨がある氏家一族の守棟と左近だけがなかなか首をたてにふらなかった。政宗が助勢を出すといっても、とりまきの重臣たちが納得すまいというのだった。けっきょく裁可をゆだねられた義光は、

「お東があれほどもうすのだから」

顔を立ててやれといった。

「使者は」

と守棟が問うと、義光は間髪をいれずに、修理太夫を呼べと答えた。修理太夫とは嫡男の義康のことである。

義康は緋縅《ひおどし》の鎧をつけ、三尺の長い太刀をはいて義光の前にあらわれた。

「修理、岩手沢へ参れ」

と義光がいうと、義康はとまどった顔をした。

「なにゆえに」

「お東の書状を届けよ」

義康の顔に朱がさした。ひと息ついて、怒りをおさえ、

「使いはなにとぞ、ほかの者におおせつけくだされ。われには長谷堂への出陣を。存分に働いて見せます」

といった。出陣を目前にして、他国へ使者に出されるのは、いかにも敵前逃亡のようで、

恥辱もはなはだしいと感じていることが、正直に顔に出た。

「役不足ともうすか。心得ちがいをいたすな。大事な役目だ。早々にたて」

といって、義康がうらめしげに見つめるのを尻目に、義光は床几から腰を上げた。義康は片膝をついたまま、ものいいたげに義光の背中をみつめる。小姓たちが歩み寄り、こちらへと城にもどるようにうながした。

畑谷城、簗沢城を攻め落とした直江勢は、村に火を放って焼きながら、山形にむかって進軍した。十四日には長谷堂城の山から十町（約1キロ）ばかりへだててむきあう菅沢《すげさわ》山に陣どった。山形城からは楯岡光直《たておかあきなお》、清水氏満《うじみつ》が手勢をひきいて長谷堂にむかったが、猪苗《いなわ》代《しろ》城主水原親憲《すいばらちかのり》がひきいる軍勢に打ち負かされて逃げ帰った。

その日のうちに、最上川からさかのぼる志田勢に谷地城は奪われ、六十里越えの山道から攻めこんだ下勢に白岩城、寒河江城を占領された。さらに本軍の西方からは、与板衆の一軍が荒砥城から大瀬口をぬけて山形領に攻め入り、五百川の鳥屋《とや》ケ森《もり》の楯を落とし、左沢《あてらざわ》城に迫った。

十五日になると、山形勢は南西に点在する境目の支城をことごとくうしない、長谷堂、上山の二城がのこるだけになった。

山辺、谷地、若木、長崎といった支城は、ことごとく抵抗らしい抵抗もなく城兵が逃げ去ったので、山形勢はよほど腰ぬけの弱兵ぞろいだと直江勢はあなどった。十六日の朝には、直江勢は長谷堂城の東に位置する谷柏城を攻めたが、そこも守備する兵はいず空になっていた。直江勢の先陣をつとめる上泉主水《かみいずみもんど》は、長谷堂城の眼下にある谷柏城に兵を置くことの不利を考えて、菅沢山の麓にしりぞいた。

長谷堂の城山から、菅沢山は手をのばせば届きそうに見える。山裾からいただきまで、直江勢の兜がかがやき、旗差物がうめつくしていた。

稲荷口の本陣からは、山辺から長谷堂にかけての山のつらなりの各所に、直江勢の焼き討ちの煙が上がるのがながめられる。斥候の報告は、寒河江城には志田修理を大将とする二千余の庄内兵が入り、城下の農民たちはことごとく城内にまかり出て帰順を誓ったとか、最上川下流の東根、延沢、富並《とみなみ》の諸城はことごとく庄内勢の手に落ち、長瀞《ながとろ》城を死守しようとした城将の飯田将監は討ち死にしたとか、味方大敗をつたえるものばかりだった。

遠い焼き討ちの煙におどろき、須川と馬見《まみ》ケ崎《さき》川の向こう岸にまで敵が迫っているという噂にふるえあがった城下の人々は、家財を持ち出す余裕もなく、身ひとつで山に逃げこみ、城下町は人気《ひとけ》が消えている。

直江勢が菅沢山に陣だてをしてから二日目の朝、まだ暗いうちに長谷堂城から二騎の急使が駈けつけた。義光は夜は本陣から山形城にもどっている。知らせをきいて急いで本陣に出ると、鮭延愛綱や氏家左近が満面に笑みを浮かべ、守棟や宗牛といった老臣たちは渋い顔をしておし黙っていた。

長谷堂城の急使の報告によると、前夜は雨がふって闇夜だった。侍大将の大風右衛門《おおかぜうえもんの》佐《すけ》が、味方は地形に通じ、敵は知らぬ、闇夜に乗じて討つべしと夜討ちを願い出て、数十の手勢をひきつれて討って出た。敵の松明《たいまつ》と篝火を目あてに斬りこみ、百余の首級《しるし》をあげてかちどきをあげて城にもどった。味方の討ち死にはわずかに五名だったという。

戦勝の報をうけて、愛綱をはじめ血気にはやる武将たちは気勢をあげていたのだった。

義光はよろこぶどころか、

「光安は夜討ちを許したのか。おろか者めが」

と怒り出した。長谷堂城を守る人数は、わずか四百である。大局にかかわらぬ抜け駈けをして味方の人数を減らすのは愚の骨頂である。

「光安を呼び返せ」

といったんは命じたが、守棟と宗牛がとりなした。いまさら城将を交代させては、士気にかかわるというのである。守棟は愛綱に二百ばかりの手勢をつけて、長谷堂城の助勢におくりこむことを進言した。

「典膳でだいじょうぶか」

と宗牛は心配した。血の気の多い愛綱が、眼前に敵の大軍を見て、おとなしく城を守っていられるだろうか。

「よっくといいきかせる。御所様の下知があるまでゆめゆめ泡くって城から出るなと光安にもつたえさせる」

と守棟はいった。

緋縅の鎧の上から白地に黒龍を染めた陣羽織をまとった義康は、笹谷峠を越えて山形にもどってきた。馬廻りの武士たちに加えて、延沢城の城兵が五人、あわせて三十人ばかりが供奉《ぐぶ》していた。長谷堂城の助勢に出陣する愛綱と入れかわりに、義康は稲荷口の本陣に帰陣した。

政宗は叔父にあたる留守政景を将として、百八十余騎の騎馬武者、四百五十挺余の鉄砲隊、弓衆、槍衆を合わせて三百ほどを援軍におくることを約束した。山形勢にとっては朗報だが、それを口にする義康は顔をくもらせていた。意気上がる相談衆の重臣たちを下がらせてから、義光は義康が浮かぬ顔でいるわけを問いただした。義康はしばらくいいしぶったが、政宗が着陣していた仙台の北目城で、不快な思いをしたことを告白した。

われらには出羽守父子を助ける義理はない、お東の上様がしきりに頼みこむから、やむなく出陣するのだと、重臣たちがきこえよがしに語るのが耳に入ったという。北目城から帰る間ぎわには、山形の若殿は、叔母君のおかげで命乞いがかなったと、面とむかっていう武士までもいた。それが口惜しくてならないと義康は語った。

「ほだなこと気に病むな。弱虫だと思わせておけ。しまいに勝てばいいのだ。そうなればみな黙る」

義光は北目城の悪口を一笑に付した。義康は休む間も惜しんで、出陣を願い出た。嚮導をつとめた延沢城の武士たちは、留守の間に庄内勢に城をとられたことをくやみ、雪辱の出陣をねがっている。笹谷峠を越えて帰る途々、義康はみなと出陣を誓いあっていたのだった。

「待て、決戦はまださきだ」

義光は血気にはやる義康をいさめた。

菅沢山に陣だてした直江勢の大軍と、長谷堂城の山形勢は対峙したまま時をすごした。城将の光安は愛綱からぬけ駈けを禁じるときつくいいわたされたことが身にこたえたと見える。

境目の中山城から上山城までは、山道を歩いておよそ二里（約8キロ）である。畑谷城を攻め落として菅沢山に滞陣する本軍とはべつに、中山城主横田式部と本村《ほむら》造酒丞《みきのじょう》を両将とするおよそ四千の軍勢が十七日の早朝、上山城に迫った。

上山城は里見民部が守っている。山形からの加勢は山家《やんべ》河内守《かわちのかみ》が指揮する弓組、鉄砲組のおよそ二百で、里見の家臣と合わせて、二千に満たない。

上山城が攻められたという知らせは、ただちに本陣につたえられた。敵は大軍というだけで、人数はわからない。上山城が破られ、長谷堂城との連絡が絶たれれば、山形は敵中に孤立することになる。

守棟は山形城在番の上山城主里見越後を本陣に呼んだ。越後は民部の父である。髪はうすく髯《ひげ》は白い。越後は上山城周辺の絵図を手にして、本陣にあらわれた。

越後は家臣の若党に足軽をつけ斥候として上山に走らせた。若党が駈けもどったのは昼すぎである。本陣が築かれた塚の下から、大声で、

「お味方、勝ち戦《いくさ》でござる」

と叫んだ。守棟と越後は床几から腰を浮かし、こい、こいと若党をさし招く。

若党は加勢の山家河内守の家来を上山城からつれ帰った。義光と相談衆の前に片膝をついて、ふたりが戦況を報告した。

早朝、中山口の本道からやってきたのは、本隊の軍勢ではなく、少数の火付備えだという。松明をかかげた足軽隊は川口村に乱入して、川口、藤吾《とうご》、赤坂、高松といった村々につぎつぎに火を放った。

「赤坂村の近内《こんない》ともうす百姓が、火付備えの足軽にたちむかい、槍でひとり突きころしもうした。これがこの戦の一番首でござる」

と山家の家来がほこらしげにいった。越後は床几にかけた義光と守棟の前に絵図をひろげ、焼き討ちされた村々に筆でしるしをつける。川口村でも高松村でも、在郷《ざいご》の衆が火付に抵抗し、高松村では助左衛門《すけざえもん》という男が甥と力を合わせて、火付の大将を討ちとったと

いう。

「在郷の衆の手柄でござる。大将首をとられた火付備えの足軽どもは、てんでんばらばらに中山口へ逃げもどりもうした」

と山家の家来が語った。

寄せ手の大将の横田式部は、本道を外れた川口村の南方の鍵取山《かぎとりやま》の下に総勢を迂回させ、上の台という高台に陣どった。斥候の話をそこまできいて、式部め、なにを血迷ったかと、越後は膝を叩いた。目を輝かせて、

「上山在郷の地侍《じざむらい》は、山の地形をよく知っておりもうす。敵が上の台に大軍をあつめれば、地侍は高松村の山ぎわから、弓、鉄砲で攻めるのは必定。ねらい撃ちでござる。この戦、勝てますぞ」

とはずんだ声でいい、身のかくれ場所がない斜面に、下から矢弾《やだま》を放つ図形を描いて見せた。

日が斜めになるころ、羽州街道の南から、山家河内守を先頭にした弓組、鉄砲組がかちどきをあげ、歌をうたいながら引きあげてきた。上山在郷の地侍たちが、討ちとった敵の首級《しるし》を結びつけた数十頭の荷駄と前後して、あとからついてくる。

山形城下に近づくにつれ、蔵王の山裾の森に逃げこんでいた人々が姿をあらわし、たちまち長い行列となった。

稲荷口の本陣に、街道の喧燥がきこえてきた。やがて行列が塚の下にとまり、山家河内守が戦勝の報告のために本陣に入った。戦陣つきの右筆が、首帳と手柄を立てた者の名を書き出した名帳を守棟にさし出し、上の台にあつまった直江勢を、高松村から攻めこんだ上山勢が追い散らし、川口村から上の台に通じるせまい山道に退却した直江勢の先陣が、後続の二陣と道をうばいあって身動きがとれなくなるところへ、上山勢が追撃して、さんざんに攻めたと語った。敵将のひとり本村造酒丞は中川熊野堂に陣だてして総くずれになる味方を叱咤していたが、上山勢が追いついて乱戦となった。上山勢の坂弥兵衛《やひょうえ》という武士が造酒丞と一騎うちとなり、双方組みうちとなったところへ、坂の下人が駈けつけて造酒丞を討ちとった。太刀と鎧は牧野村の住人法生八郎右衛門という者がとり、上山城に届けたと右筆がいう。

「これをご覧《ろう》じろ」

と山家河内守がいい、胴に巻いた白い布を外して、両手でひろげて見せた。白絹に雁が飛ぶ姿を描いた本村隊の軍旗である。熊野堂のたたかいで分捕ったと、河内守が得意そうにいった。

義光と相談衆は手を拍《う》ってよくやったと賞め、老齢の里見越後は涙ぐんだ。直江勢が攻めこんでから連戦連敗、というよりも戦わずして城を奪われていた山形勢にとって、はじめての勝利である。

討ちとった首級は四百八十余もある。上山勢の死者は、逃げる大将の横田式部を勢いにまかせて深追いした将兵が、中山口の掛入石《かけいりいし》のあたりで返り討ちにあったのが多かった。首帳を見て右筆が首級の元結《もっとい》にひとりひとり名札を結びつけ、本陣の塚の西の縁にならべているうちに日が落ちた。

行蔵院の修験を本陣に呼び、邪気をはらう祈禱をさせてから、宗牛に松明をかかげさせ、義光と守棟が首実検《くびじっけん》をした。化粧をほどこした大将首は、西空を向き、無念そうに目を見ひらいていた。

松明を近づけて首級を照らしながら、味方の逆襲にあって、敵はうろたえているから、もうひと押ししてやりましょうかと、宗牛がいいだした。菅沢山からよく見えるところに首級をならべるのだといった。

宗牛は伊賀者衆に命じて、百ばかりの首級を荷駄に積み、深夜に長谷堂に運ばせた。

十一

夜が明けて、菅沢山の高見からながめると、盆地の山形は霧がたちこめて、山形城は白い霧の底に沈んで容《かたち》も見えない。向かいの長谷堂城の城山にこちらを向けて百ほどの生首が置かれているのが、枝に無数の実がなっているように錯覚させられた。それが味方の首だと気づいて直江勢は歯がみして口惜しがった。長谷堂城からは菅沢山の将兵が豆粒のように見える。わざと高台の城郭の縁に出て、尻を叩いて挑発する兵もいた。しかし、上山攻めの失敗に懲りた直江勢は、うかつに攻勢に出ようとはしなかった。

長谷堂城の光安と愛綱は城下の川をせきとめて水を張り、城山の麓にひろがる深田をさらに深い沼と化して籠城戦に備えた。

留守政景がひきいる伊達の援軍は、十七日に出陣して柴田郡砂金《さごし》に宿陣したが、すぐには国境を越えず斥候を出して戦況をうかがっていた。山形城からは境目の雁戸《がんど》という木挽《こびき》鋸《のこ》に似た形の高い峰がながめられる。その頂に留守氏の旗がなびき、援軍が近づいたことを知らせた。

上山城の合戦を期に、流れが変わったと山形城のだれもが感じていた。家臣たちばかりか、奥の女房たちまでも、義光の横顔をぬすみ見る。いつ出陣の号令を発するか、息をひそめて待っていた。義光の肚《はら》は決まっている。

二十一日の早朝、身を切るように冷たい井戸水で沐浴《もくよく》して身を清めてから、義光は慈恩寺本尊弥勒菩薩《みろくぼさつ》に戦勝を祈願する願文をしたため、寒河江領内の八鍬《やくわ》村などの土地を寺領に寄進することを誓い、家臣を使者につかわした。

その日は山形城内で軍議があり、翌朝を期して長谷堂に出陣する手はずとなった。ところが境目の砂金に待機していた留守政景の援軍がいよいよ翌日には笹谷峠を越えて城下の小白川に宿陣するという知らせがあったので、出陣を延期して、二十二日に政景を山形城に招き、山形、留守両軍の陣だてと軍略を話しあい、いよいよ出陣は、二十五日朝と決まった。

その朝暗いうちに、義光は沐浴をすませ、香を焚きしめた肌着をつけた。金覆輪筋兜《きんぷくりんすじかぶと》を小姓頭の鹿丸に持たせ、本陣に姿をあらわした。

本陣の幔幕の内に伽の喜四郎がひかえていた。ちかごろ目立って痩せて、鎧が身の丈に合わなくなっている。

「拙者もお供つかまつる」

と当人は大声をはり上げたつもりだが、声がかすれて義光にはききとりにくかった。

喜四郎はつんのめるように顔をさきにして駈け寄り、お供つかまつるとくり返した。

「こなたは城を守れ」

と義光が命じたが、首を横にふる。

「御所様の戦《いくさ》は難儀なものや。負けるな、勝たんでええとおっしゃる。上杉の大軍を相手に、どう働くか、お側でしまいまで見とうなりもうした」

「負けるな、勝つなの戦か。いいえて妙だな」

義光は苦笑した。自然に喜四郎の参陣をゆるすことになった。

加勢の留守勢は小白川の陣地を出て、城下を大きく迂回して須川に沿って進み、沼木《ぬまぎ》に陣をかまえる。義光の本軍およそ六千は法螺を合図に出陣し、弓組、鉄砲組をさきに立て整然と隊列を組んで長谷堂をめざした。

すでに三日前にこの日の総攻撃を知らされていた長谷堂城の光安は、遠く霧にかすむ山形から、浮かび上がるように旗差物の列が近づいてくるのを物見櫓から見て、百ばかりの城兵に出撃を命じた。城兵は法螺を吹きならし、鉦をたたきながら城山を駈け下り、深田を避けて狸森《むじなもり》の山ぎわから菅沢山に迫る。鉄砲をうち、矢を射かけ、菅沢山の直江勢が追いすがると、城兵はかねて命ぜられた通り、槍をまじえることなく、深田の畦《あぜ》を逃げた。

わずかな数の城兵を無数の直江勢が追いまわす。そのとき山形勢が長谷堂、谷柏、菅沢山の三手に分かれて攻めこんだ。

義光は谷柏城を攻める二陣の先頭に立った。長谷堂城と菅沢山の間に割って入り、おとりの城兵におびき出されて深田に迷いこんだ直江勢の退路を断つ軍略である。深田に足をとられた直江勢は、両岸から鉄砲でねらい撃たれてつぎつぎに水しぶきをあげて倒れる。

谷柏城に立てこもった直江勢は孤立したが、抵抗ははげしかった。義光の兜は日に輝き、遠目でもあれが大将と見分けがつく。直江勢の鉄砲は義光をねらった。義光はひるまず、馬上で鉄の指揮棒をふるい、味方をはげます。その姿を見て軍勢は勇気をふるいおこした。

おとりの城兵におびき出された直江勢は、長谷堂城から出撃した鮭延愛綱の手勢に攻められ、無数の死骸を深田に浮かべて敗走した。谷柏城の抵抗もまばらになったころ、義光が馬上で指揮棒をふり上げたとたんに、頭に衝撃をうけて、もんどりうって落ちた。喜四郎が馬から飛び下り、義光をかばっておおいかぶさったことは覚えているが、しばらく気が遠くなった。

なにものかに助け起こされて我にかえった義光の目に、かたわらに血まみれで倒れている喜四郎が見えた。

「喜吽軒《きうんけん》。これ、喜四郎」

と義光は声をかぎりに呼びかけたが、喜四郎はすでにことときれていた。

日が落ちて双方が槍をひき、山形勢は谷柏城に兵を置いて、本隊は山形へ引きあげた。城下に入る山形勢は勝ち戦のよろこびに浮き立っていたが、喜四郎の亡骸をのせた馬を横に曳かせて帰る義光の顔によろこびはなかった。

義光の兜には、弾のあとがくっきりと残っていた。喜四郎は落馬した義光をかばって盾となり、銃弾をうけたのである。息をひきとる間ぎわに、宙に指さきを遊ばせて、なにかを書くような仕草をしたという。戦勝を願う連歌の発句《ほっく》を思いついたのではないかと、後日宗牛が語った。

斥候《ものみ》の報告によると、菅沢山の直江勢は中山城から出撃した総勢二万のうち三分の一ほどで、兼続は主力を山辺城から山形南西の郊外 柏倉門伝《かしわぐらもんでん》にあつめて山形城をうかがっていることが知れた。この方面には、援軍の留守勢が宿陣している。義光はふたたび持久戦の構えをとり、長谷堂城からはときおり愛綱の手勢が菅沢山に夜襲をしかけるにとどめた。

二十九日の夜、上山城から加勢の大将の山家河内守が夜道を駈けて山形城にきて、

「今月十五日、関ケ原において東軍大勝利、大坂では徳川内府様が仕置をなさっておりもうす」

と報告した。

三十日の午後、義光はこの機を逸するなと山形の総勢に号令をかけて出陣した。軍勢を二手に分け、本軍は義光みずから指揮して長谷堂に向かい、別軍は留守勢と合流して柏倉門伝の直江勢を攻める。これが出羽の国中の運命を決める分け目の決戦だと、山形勢のだれもが覚悟を決めていた。

前日、米沢にも関ケ原で東軍が勝ち、盟友の石田三成は謀反人として追われる身となったという知らせが届いている。しかし山形領に越境した大軍を引きあげるには、号令が行きとどかなかった。

義光の軍勢が寄せてくるのを見て、長谷堂城は城門をひらき、鮭延愛綱とともに城番の志村光安も出陣して、本軍に合流した。義光の脇についてきた宗牛と三人が城山の麓で顔を合わせたが、兜の下の顔はたがいにあきれるほど年老いていた。この野陣が死に場所となるらしいと、ことばには出さぬが、たがいの目がものがたっている。

「喜吽軒が討ち死にしたそうだな」

と光安が宗牛に問い、宗牛がうなずいた。

ほかの友は戦場で命を落としても、喜四郎だけは畳の上で死ぬだろうと、だれもが思いこんでいた。

城山に勢ぞろいした軍勢は、手綱をひきしぼられた悍馬《かんば》のように、武者ぶるいして出陣の合図を待つ。法螺の音が鳴りひびき、義光の指揮棒が兜の上で一閃するやいなや、矢が弦から放たれる勢いで、さきをあらそって菅沢山に迫った。馬上の義光の前には、無一物と墨書した白地の旗差物をつけた愛綱と馬廻りの一団が盾になってならび、馬の脚なみをそろえる。菅沢山の陣地と山裾の雑木林からは、数で山形勢にまさる直江勢がむかえ撃つ。鉄砲の撃ちあいは長くはつづかず、鉄砲足軽が弾をこめて火縄を吹く間に、たちまちたがいに間合いをつめ、敵味方の区別もつきにくい白兵戦がくりひろげられる。

愛綱は義光のそばからはなれない。いつの間にか光安が馬を走らせて義光の横にならぶ。一兵たりとも義光には近づけない構えだった。

谷柏城からは、鉄砲組、弓組が直江勢をねらい撃つ。気がつくと直江勢によって山辺の山際に放たれた火が、中山村や長崎村に向かって燃えひろがっていた。長谷堂の攻防は一進一退をくりかえす。一方が防戦となって逃げると、敵味方の間に、手負いの兵が無数にころがり、うめき声をあげる。

突然、菅沢山の奥から法螺の音がきこえた。直江勢の退却の合図である。たちまち麓の直江勢は総くずれとなり、街道を中山口へ味方を踏みこえるような勢いで、さきをあらそって敗走をはじめた。

義光と光安は馬首をそろえて、菅沢山の麓へ駈けた。砂塵がまきおこり、敵味方双方の鉄砲の吐く煙とかさなりあって、見通しがきかない。一面の枯れ芒《すすき》の原には、無数の怪我人がうずくまり、あるいは這って逃げようとしていた。風が吹いて視界がひらけた。

「あれ、見ろ」

光安が大声を放ち、街道の登り口の方を指さした。百にも満たない直江勢の殿軍《しんがり》が登り口を守っている。盾をならべて鉄砲をふせぎ、槍をかまえて押し寄せる山形勢には槍でむかえ撃ち、一歩も引かない。すでに山形勢の多くの死体が横たわっていた。殿軍を指揮する武将の前立が輝くが、義光にはぼやけて姿が見えない。

「あれは誰だ」

と鉄の指揮棒で指して問うと、すぐうしろにひかえた愛綱が、

「あやつは上泉主水にちげえねえ」

といった。上泉主水泰綱《やすつな》は上杉景勝につかえる三千石の旗本だった。剣聖と呼ばれた上泉伊勢守《いせのかみ》の弟で、自身も名高い遣《つか》い手である。殿軍の軍勢は主水を頼り、この大将と一緒ならば鉄砲の玉もあたらないと信じきっているようだった。

「主水を討て」

と愛綱は手勢を鼓舞して、義光のもとをはなれて馬を責める。典膳待てと呼びもどそうとした義光の声は、銃声と喊声にかき消されて届かない。

奮戦する主水に、上山勢の鉄砲隊の玉が集中した。主水がよろめき、尻からくずれ落ちる。それを見た上山勢が、どっと喊声をあげて襲いかかった。間もなく、声変わりをしかけたかん高い少年の声が、

「金原七蔵《しちぞう》、敵の大将を討ちとった」

と名のりをあげるのがきこえた。金原七蔵は上山民部の小姓で、まだ十六歳だった。

大将を討たれた殿軍は総くずれとなった。

「典膳、深追《ふかぼ》いさせるな。味方を呼びかえせ」

と義光は声をふりしぼった。

戦勝の勢いにのった味方をおしとどめるのは、難事である。愛綱がようやく味方を足どめして義光のもとにもどったのは、日がかたむきかけたころだった。直江勢の大軍は、混乱をおさめ隊伍をととのえて、狐越《きつねごえ》街道を撤退して行った。

「とうとう出羽国を守りきった」

と義光の横に立つ光安が信じられぬような口調でつぶやいた。光安は、山形の方角に顔を向けている。朝のうちは城下をおおいかくしていた霧がはれて、山形城の月見櫓の瓦がにぶく夕陽を照りかえす光景が目にうつる。とぎれることなく、四方から味方のかちどき

がきこえた。

ふと義光のかすんだ目のさきに、いつか見た山寺の夜念仏《よねぶつ》の光景が浮かんだ。おびただしい数の亡者の行列の中から、喜四郎が首を曲げてこちらを見ている。

「負けまい、勝つまいの戦がこれか」

と喜四郎が問いかけたような気がする。

「おう。見たか。出羽の国中《くになか》を守ったぞ」

中空をさまよっているらしい喜四郎の魂魄《こんぱく》にむかって、これがおれのさむらい道《みち》だと、声には出さずに答えた。

（完）

参考文献について

山形県内では、江戸期の軍記の諸本をはじめとして、近現代の郷土史家による研究にいたるまで、おびただしい数の書物が刊行されている。拙作『さむらい道』は、永年にわたる史家諸氏の労作の蓄積の恩恵に浴している。いちいち書名、論文名をあげることは、失礼ながら省略にしたがう。

史料集として作者がたよりにしたのは、

一、「山形市史・資料篇1」＝昭和30年代までに所在の知られた最上義光関係文書をほぼもれなく収録している。

一、「山形県史・古代中世史料1、2」＝最上義光、義姫をはじめ、関係する人々の書簡、文書、聞書、寺社縁起など、重要な史料があつめられている。

一、「米沢市史・資料篇1」「伊達輝宗日記」「伊達治家記録」など＝主に米沢時代の伊達家関係史料があつめられている。

一、「山形県史・新編鶴城叢書上」＝「奥羽編年史料」のうち、伊達関係の史料が収録されている。

一、「仙台市史・資料編10、11」＝伊達政宗文書のうち、政宗十九歳以前から、四十九歳の元和元年までの書簡がおさめられている。

これらの史料は、図書館でも見ることができるし、古書店でも入手することができるだろう。

また山形市の最上義光歴史館が、義光の連歌にかかわる史料を編纂していて、文人の一面を知る参考になる。

作者

解説

清原康正

本書『さむらい道』は、戦国時代から江戸時代初期にかけての出羽国山形の武将で、近隣の武将たちや伊達政宗、上杉景勝と戦った山形城主・最上義光《よしあき》の生の軌跡と生き様を描き出した壮大な歴史叙事の大長編である。上巻「最上義光　表の合戦・奥の合戦」と下巻「最上義光　もうひとつの関ヶ原」の二巻、全十五章からなり、義光の十六歳から五十五歳まで、抗争と和議を繰り返していた奥羽の地の戦国状況のさまが実に精細にたどられていき、その過程を通して最上義光の「さむらい道」のありようというモチーフを浮かび上がらせている。

物語は、山形の大守・最上義守の子・最上義光が蔵王でかもしか狩りをしている場面から始まる。作者は主人公を軸に据えた精細な年表を作成して、小説の構想と執筆にあたったであろうことが推察できる。主人公をめぐる人間関係を押さえていくだけでも大変なのに、各々の人間像を描き分けていく手腕に注目していただきたい。

この第一章から、「子の思いは父にとどかず、父の考えることは、子につたわらない」と、父・義守との溝の深さのありようが記述されている。

義守は最上家の支族・中野義清の次男で、三歳で最上家を継いだ。幼い義守の山形城入城に際して、中野城から大勢の家臣たちが付き添ってきた。中野衆と呼ばれ、義守が成長するにつれて、いつの間にか山形城の主力となった。義守の次男・千寿丸（元服して義時）の生母はこの中野衆の武家の娘で、義守の側室としてお西の方と呼ばれていた。義守は正室（後に蓮心院）が産んだ義光や義姫《よしひめ》とはどこか垣根があり、千寿丸を溺愛していた。お西の方を神輿にかつぐ中野衆は家督を千寿丸に継がせようと画策していた。

このような最上家の家督をめぐる水面下の争いが、上巻の副題「表の合戦・奥の合戦」に象徴されている。

表の合戦とは、最上川流域の天童勢、白鳥勢などの諸城主や伊達勢との戦である。奥の合戦とは、最上家の親と子、お西の方の中野衆との内訌《ないこう》である。

「雪国の合戦は大軍をうごかせる春から秋にかけてはじまるのが常だった。道路や田畑が雪の下にうずもれるながい冬のあいだは、別の合戦がある」として、「冬のあいだの合戦は、奥で起こる。奥の大将は、側室からいまや正室に直った千寿丸の生みの母、お西の方である。表の合戦では武勇と知謀をかねそなえた定直（注、最上家の宿老・氏家定直）だが、奥の合戦ではお西の方とはりあうのは容易ではなかった」「表の合戦が槍、鉄砲をつかうとすれば、奥の合戦の武器は秘密めかしたささやき、ほのめかしで言葉をかざる書状である」と、表と奥の水面下の争いの模様に触れている。

永禄六年（一五六三）の初夏、十八歳の義光は父とともに上洛して室町幕府第十三代将軍・足利義輝に拝謁した。山形に帰城した数日後に、義光は洛中での遊歩などを口実に謹慎を言い付けられ、さらには今は天童氏の支配となっている高擶《たかだま》城に移されてしまう。

義光は高擶城城下の願正御坊の住持・教証から、二代前の反願正《そりがんしょう》が「さむらい道」という言葉を口にしていたことを教えられる。

この高擶城では、義光の身辺に志村光安《あきやす》はじめ、氏家定直の嫡男・守棟、京の寺から追放された破戒僧・伊良子宗牛《いらこそうご》や喜吽軒《きうんけん》を名乗る連歌師・堀喜四郎などが近習として仕えるようになった。義光はこれらの側近たちの手引きで高擶城を脱出し、山寺立石寺の廃坊・福寿坊を根城とした。

夏の大雨で川が氾濫して大洪水となり、田畑は巨大な沼と化した。その惨状を見て、義光は「こだなふうになんねようにすんのが、さむらい道だ」と呟く。このセリフに、義光の治国安民への思いが表れている。

山形城の譜代衆の衆議によって、義光を山形城に呼び戻すことが決まった。城中の中野衆と譜代衆の対立は抜き差しならないところに至っていた。大崎義直の娘・桂姫（御所の方）との婚礼の日を境に、父と子の溝もいっそう深くなっていくさまが描出されていく。

こうした父子関係の軋轢ともつれの感情が続く状況下で、義光の前途にはさまざまな抗争が次から次へと押し寄せてくる。「家中に内訌のきざしが芽生えると、隣家に敵をもとめてひきしめをはかるのが政の常道だということを、義光は幼少のころから見ききしている。逆に見れば、隣家に敵をもとめなければならぬほど家中のおさまりがつかなくなっているのである」と記されているのだが、このことは現代の国際状況にも通じるもので、興味深い指摘である。

家中が二つに分かれてから半年、譜代衆たちが義光に家督をゆずることを義守に要求して承知させた。義時は中野城のあとつぎとし、義守の側近とお西の方も中野城に移すことになった。しかし、濠外の龍門寺に入った義守は、しきりに使者を諸方につかわせ、なにごとかを画策していた。

伊達勢との戦の後、和睦が成り、父にしたがう中野衆を山形城から一掃して、ようやく義光は名実ともにお屋形となった。領内のあばれ川の改修にとりかかった。あばれ川から領民の生活を守るのも、義光が考える「さむらい道」だった。

中野城では新城主・義時と譜代衆との対立が起こって、義時が討たれてしまい、義光は中野城を手中におさめた。最上川流域の天童、国分、白鳥、蔵増、溝延、谷地の諸城は、いずれも義光を敵視している。天童との合戦と和議、谷地城と寒河江《さがえ》城への山形勢の攻撃などがあり、伊達との和議にしても、すぐに火がおこるあやうい和平にすぎなかった。

天正十年（一五八二）六月二日の本能寺の変の知らせが届く。ここで作者は、義光と信長の考えの違いを「さむらい道」の概念を通して提示している。

義光の合戦は、配所の高擶城から力づくで脱出し、山形城に乗りこんで父・義守に叛旗をひるがえした二十五歳の年から始まっている。ながい間、戦と和議をくり返し、無事の世になるかと思えば、また国境のどこかで畑を焼く火の手が上がる。山形城に乗りこんでから十二年、いくたびも出陣した義光は三十八になっていた。

下巻の副題は「もうひとつの関ヶ原」。慶長五年（一六〇〇）九月の関ヶ原の合戦は、俗に天下分け目の合戦と呼ばれるエポック・メーキングな戦であった。関ヶ原で東西両軍の戦闘が起こったこの年、関ヶ原の地以外でも、両軍それぞれに属する武将たちが各地で戦闘を繰り広げていた。奥羽では、会津の上杉景勝を押さえるべく、最上義光が伊達政宗の軍勢とともに戦った。

関ヶ原の合戦は家康の会津・上杉討伐の出陣に始まったものだけに、上杉軍と対峙してその西上を牽制した最上・伊達軍の戦いは、関ヶ原での東軍の勝利の要因ともなった。

伊達家では輝宗が嫡子・政宗に家督をゆずった。義光の妹で輝宗に嫁いで政宗を産んだ義姫（お東様）が米沢から喜びの書状を送ってきた。父・義守と兄・義光、義父・晴宗と夫・輝宗が家督をめぐって家中を二分する騒動を引き起こした。夫と子の間にはそのような争いが生じないように、輝宗の代には義光と干戈《かんか》を交える仕儀にいたったが、わが子・政宗の代には両家がむつまじく交わることを願う、と書状には記されていた。この義姫の生涯は二〇一五年刊行の書き下ろし長編『保春院義姫　伊達政宗の母』（中央公論新社）

で描かれている。刊行は本書より二年前だが、義光が見た奥羽の戦国状況を女性の視点でとらえており、本書の姉妹編にあたる。

天正十五年（一五八七）一月、豊臣秀吉が関東奥羽の悉皆無事《しっかいぶじ》の号令を発した。だが、秀吉の使者が奥羽諸国を回ってから、合戦はやむどころか、かえって増えたようだった。和議をしかけては決裂し、戦が繰り返された。

山形の大火で、城下が焼き尽くされ、義光は山形城の大修理の計画を立てる。秀吉は小田原城の北条攻めで、義光と政宗に参陣を求めた。父の死で、義光の参陣は遅れた。義光は次男・太郎四郎を預けた家康から、上洛をすすめられていた。この頃から義光と家康のつながりが深くなっていった。

天正二十年（一五九二）一月、秀吉から朝鮮渡海の軍への参陣を下知してきた。義光は五百余の手勢に在京の家臣を加えた千の軍勢を従えて、肥前名護屋城に在陣した。

文禄四年（一五九五）七月、秀次が謀反の疑いで高野山に追放され、自害させられた。娘・駒姫が秀次の側室だったために、義光は連座が疑われ、聚落第の山里丸の屋形に幽閉されてしまう。秀次の一族三十人余が三条河原で処刑されたが、その中に駒姫もいた。糺問《きゅうもん》が行われ、義光の疑いが晴れて謹慎が解かれた。

文禄五年（一五九六）閏七月、京で大地震が起こる。大名たちが争って秀吉の見舞いに馳せ参じる中で、義光は裸馬で家康の屋敷に駈けつけた。義光は自分の取るべき道を選んだのだった。義光が家康の東軍につくことになる伏線ともなっている。

慶長二年（一五九七）二月、秀吉は朝鮮再征を発令したが、関東、奥羽の大名は陣立てに加わらずにすんだ。翌年八月十八日の秀吉の死去で五大老と五奉行の体制となったが、奉行たちと武断派武将たちとの対立が起こる。義光は出羽国の仕置を任されたからには、それをまっとうするのが「さむらい道」だと思っている。もともと覇権をにぎろうとする野心はなかった、と作者は断定している。

家康は掟破りの縁組を強行していった。政宗との縁組は、会津の上杉景勝への牽制の意味があった、と義光は読んでいた。

慶長五年（一六〇〇）、家康は会津討伐の出陣を決め、北国衆は山形の義光に従って参陣すべし、と令じた。出羽の大守としての「さむらい道」を通すか、家康の大恩にむくいる義理に従うか、どちらかの道を選ばなければならないのなら、大地震の日に迷わず伏見城ではなく家康の屋敷に裸馬で乗りこんだときに、義光の走る道は決まっていた。

石田三成の挙兵で、上杉勢の直江兼続の軍勢が畑谷城、簗沢《やなざわ》城を攻め落として山形城に向かって進軍してきた。政宗が援軍を約束し、義光は六千の軍勢で出陣した。

東軍が九月十五日に大勝利した知らせが届く。三十日の山形勢と上杉方の直江軍との戦闘、直江軍の撤退の模様を通して、「負けまい、勝つまいの戦」が描かれ、出羽の国中《くになか》を守ったぞ、これがおれの「さむらい道」だと、義光が思う場面でこの長い物語は終焉する。

戦闘場面の迫力、その狭間に蠢《うごめ》く武将たちの野心や葛藤の描写に加えて、雪の描写が秀逸で、出羽・奥羽の冬の情景と土地柄の特色を的確に描き出している。

平成四年（一九九二）に第一〇六回直木賞を受賞した『狼奉行』をはじめ、高橋義夫の作品には山形ものが多い。そんなこともあって、山形県出身と思われがちなのだが、昭和二十年（一九四五）千葉県船橋市の生まれである。昭和四十六年からフリーとなり、山形県西川町の民家を借りた。小説のほかに〝田舎暮らし研究家〟として『田舎暮らしの探求』などの著書もある。こうした体験が、山形ものの風景描写などに生かされている。「山形のながい冬が過ぎると、本丸の庭に、明るい緑がのぞく。雪に圧しつぶされた枯草の間から蕗《ふき》のとうが頭をもたげ、けやきの林から流れ出た雪どけ水が無数の細流となり、ところどころに水たまりをつくる」といった場面を読むと、思わず雪どけ水の細流に手を伸ばしたくなってしまう。その冷たさを感じてしまう。本書にはそんな楽しみ方もある。

（きよはら・やすまさ　文芸評論家）

『さむらい道　下　最上義光　もうひとつの関ヶ原』
二〇一七年三月　中央公論新社刊
＊初出…『山形新聞』朝刊（二〇一五年七月一一日
～二〇一六年一二月三一日連載）

中公文庫

さむらい道《みち》（下《げ》）
——最上義光《もがみよしあき》　もうひとつの関《せき》ヶ《が》原《はら》

2020年２月25日　初版発行

著　者　高《たか》橋《はし》　義《よし》夫《お》

発行者　松田　陽三

発行所　中央公論新社
〒100-8152　東京都千代田区大手町1-7-1
電話　販売 03-5299-1730　編集 03-5299-1890
URL http://www.chuko.co.jp/

ＤＴＰ　嵐下英治
印　刷　三晃印刷
製　本　小泉製本

Published by CHUOKORON-SHINSHA, INC.
Printed in Japan　ISBN978-4-12-206835-3 C1193

定価はカバーに表示してあります。落丁本・乱丁本はお手数ですが小社販売部宛お送り下さい。送料小社負担にてお取り替えいたします。

中公文庫既刊より

各書目の下段の数字はＩＳＢＮコードです。978－4－12が省略してあります。

た-58-19
保春院義姫　伊達政宗の母　高橋義夫
戦国東北の雄・最上家の義姫が嫁いだ先は、躍進めざましい伊達輝宗だった。両家の間で引き裂かれた義姫の真の姿を描く歴史長篇。〈解説〉土方正志
206517-8

た-58-13
けんか茶屋お蓮《れん》　高橋義夫
江戸深川の茶漬屋「万年」の名物は、気っぷのいい美人店主・お蓮と、喧嘩の仲裁。日々持ち込まれる事件は多様多彩で……。文庫書き下ろし新シリーズ開幕！
205769-2

た-58-20
北の武士たち・狼奉行　傑作時代小説集　高橋義夫
東北の地に生きる、さむらいの矜持を見よ――。直木賞受賞作「狼奉行」はじめ、書き下ろし二篇を収録した文庫オリジナル編集。〈解説〉末國善己
206559-8

ふ-12-4
夜の橋　藤沢周平
無頼の男の心中にふと芽生えた一掬の情愛――江戸深川の夜の橋を舞台に男女の心の葛藤を切々と刻む表題作ほか時代秀作自選八篇。〈解説〉尾崎秀樹
202266-9

ふ-12-5
義民が駆ける　藤沢周平
老中の指嗾による三方国替え。苛酷な運命に抗し、荘内領民は大挙江戸に上り強訴、遂に将軍裁可を覆す。天保期の義民一揆の顚末。〈解説〉武蔵野次郎
202337-6

ふ-12-6
周平独言　藤沢周平
歴史を生きる人間の風貌を見据える作家の眼差しで、身辺の風景にふれ、人生の機微を切々と綴る。情感豊かな藤沢文学の魅力溢れるエッセイ集。
202714-5

ふ-12-7
闇の歯車　藤沢周平
曰くありげな赤提灯の常連客四人に押込強盗を持ちかける謎の男。決行は逢魔が刻……。深川を舞台にくり広げる長篇時代サスペンス。〈解説〉清原康正
203280-4

ふ-12-8
雲《くも》奔《はし》る　小説・雲井龍雄
藤沢周平
安井息軒の三計塾きっての俊才、米沢藩士・雲井龍雄。幕末の動乱期に、討薩ひとすじに生きた二十七歳の短く激しい悲劇の志士の生涯を描く力作長篇！
205643-5

あ-59-2
お腹召しませ
浅田次郎
武士の本義が薄れた幕末維新期、変革の波に翻弄される侍たちの悲哀を描いた時代短篇の傑作六篇。中央公論文芸賞・司馬遼太郎賞受賞。〈解説〉竹中平蔵
205045-7

あ-59-3
五《ご》郎《ろう》治《じ》殿《どの》御《お》始末《しまつ》
浅田次郎
武士という職業が消えた明治維新期、最後の御役目を終えた老武士が下した、己の身の始末とは。時代の境目を懸命に生きた人々を描く六篇。〈解説〉磯田道史
205958-0

あ-59-4
一路（上）
浅田次郎
父の死により江戸から国元に帰参した小野寺一路は、参勤道中御供頭のお役目を仰せつかる。家伝の行軍録を唯一の手がかりに、いざ江戸見参の道中へ！
206100-2

あ-59-5
一路（下）
浅田次郎
蒔坂左京大夫一行の前に、中山道の難所、御家乗っ取りの企てなど難題が降りかかる。果たして、行列は期日通りに江戸へ到着できるのか――。〈解説〉檀　ふみ
206101-9

あ-59-6
浅田次郎と歩く中山道　『一路』の舞台をたずねて
浅田次郎
中山道の古き良き街道風景や旅籠の情緒、豊かな食文化などを時代小説『一路』の世界とともに紹介します。いざ、浅田次郎を唸らせた中山道の旅へ！
206138-5

あ-83-1
闇医者おゑん秘録帖
あさのあつこ
「闇医者」おゑんが住む、竹林のしもた屋。江戸の女たちにとって、そこは最後の駆け込み寺だった――。女たちの再生の物語。〈解説〉吉田伸子
206202-3

あ-83-2
闇医者おゑん秘録帖　花冷えて
あさのあつこ
子堕ろしを請け負う「闇医者」おゑんのもとには、今日も事情を抱えた女たちがやってくる。「診察」は、やがて「事件」に発展し……。好評シリーズ第二弾。
206668-7

各書目の下段の数字はＩＳＢＮコードです。978－4－12が省略してあります。

す-25-27　手習重兵衛　闇討ち斬　新装版　鈴木英治

江戸白金で行き倒れとなった重兵衛は、手習師匠・宗太夫に助けられ居候となったが……。凄腕で男前の快男児が謎を斬る時代小説シリーズ第一弾。

206312-9

す-25-28　手習重兵衛　梵鐘　新装版　鈴木英治

手習子のお美代が消えた⁉　行方を捜す重兵衛だったが……（「梵鐘」より）。趣向を凝らした四篇の連作が織りなす、人気シリーズ第二弾。

206331-0

す-25-29　手習重兵衛　暁闇　新装版　鈴木英治

旅姿の侍が内藤新宿で殺された。同心の河上が探索を進めると、重兵衛の住む白金村へ向かう途中だったらしいと分かったが……。人気シリーズ第三弾。

206359-4

す-25-30　手習重兵衛　刃《やいば》舞《まい》　新装版　鈴木英治

親友と弟の仇である妖剣の遣い手・遠藤恒之助を倒すため、新たな師のもとで〈人斬りの剣〉の稽古に励む重兵衛だったが……。人気シリーズ第四弾。

206394-5

す-25-31　手習重兵衛　道中霧　新装版　鈴木英治

親友殺しの嫌疑が晴れ、久方ぶりに故郷の諏訪へ帰ることとなった重兵衛。母との再会に胸高鳴らせる彼を、妖剣使いの仇敵・遠藤恒之助と忍びたちが追う。

206417-1

す-25-32　手習重兵衛　天狗変　新装版　鈴木英治

重兵衛を悩ませる諏訪忍びの背後には、三十年ごしの因縁が――家中を揺るがす事態に、重兵衛、左馬助、惣三郎らが立ち向かう。人気シリーズ、第一部完結。

206439-3

う-28-8　新装版　御免状始末　闕所物奉行　裏帳合㈠　上田秀人

遊郭打ち壊し事件を発端に水戸藩の思惑と幕府の陰謀が渦巻く中を、著者史上最もダークな主人公・榊扇太郎が剣を振るい、謎を解く！　待望の新装版。

206438-6

う-28-9　新装版　蛮社始末　闕所物奉行　裏帳合㈡　上田秀人

榊扇太郎は闕所となった蘭方医、高野長英の屋敷から、倒幕計画を示す書付を発見する。鳥居耀蔵の陰謀と幕府の思惑の狭間で真相究明に乗り出すが……。

206461-4

各書目の下段の数字はISBNコードです。978－4－12が省略してあります。

あ-75-5
井伊一族 直虎・直政・直弼　相川　司
井伊家存亡の窮地を救った女地頭・直虎。徳川四天王の一人「赤鬼」直政。江戸末期の大老・直弼――。千年の名門の真実に迫る歴史評伝。
206320-4

な-46-5
保科正之 徳川将軍家を支えた会津藩主　中村彰彦
徳川秀忠の庶子という境遇から、兄家光に見出され、将軍輔弼役として文治主義政治への切換えの立役者となった会津松平家初代の事績。〈解説〉山内昌之
204685-6

な-46-6
幕末入門　中村彰彦
尊王・佐幕、攘夷・開国、攻守所を変え、二転三転する複雑怪奇な動乱の時代。混迷をきわめた幕末の政情をわかりやすく読み解いた恰好の入門書。
204888-1

な-46-7
落花は枝に還らずとも（上） 会津藩士・秋月悌次郎　中村彰彦
幕末の会津藩に、「日本一の学生」と呼ばれたサムライがいた。公用方として京で活躍する秋月は、薩摩と結び長州排除に成功するも、直後、謎の左遷に遭う……。
204960-4

な-46-8
落花は枝に還らずとも（下） 会津藩士・秋月悌次郎　中村彰彦
朝敵とされた会津を救うため、復帰した秋月に戊辰戦争の苦難が襲う。ラフカディオ・ハーンに「神のような人」と評されたサムライの物語。〈解説〉竹内　洋
204959-8

し-15-10
新選組始末記 新選組三部作　子母澤寛
史実と巷談を現地踏査によって再構成した不朽の実録。新選組研究の古典として定評のある、子母澤寛作品の原点となった記念作。〈解説〉尾崎秀樹
202758-9

し-15-11
新選組遺聞 新選組三部作　子母澤寛
新選組三部作の第二作。永倉新八・八木為三郎・近藤勇五郎など、ゆかりの古老たちの生々しい見聞や日記で綴った、新選組逸聞集。〈解説〉尾崎秀樹
202782-4

し-15-12
新選組物語 新選組三部作　子母澤寛
「人斬り鍬次郎」「隊中美男五人衆」など隊士の実相を綴った表題作の他、近藤の最期を描いた「流山の朝」を収載。新選組三部作完結。〈解説〉尾崎秀樹
202795-4

し-15-17
新選組挽歌 鴨川物語
子母澤 寛
鴨川の三条河原で髪結床を構える三兄弟を中心に、動乱の京を血に染める勤王志士と新選組、そして彼らに関わる遊女や目明かしたちの生と死を描く幕末絵巻。
206408-9

し-15-16
幕末奇談
子母澤 寛
新選組が活躍する幕末期を研究した「幕末研究」と番町皿屋敷伝説の真実など古老の話を丹念に拾い集めた「露宿洞雑筆」の二部からなる随筆集。
205893-4

し-6-61
司馬遼太郎 歴史のなかの邂逅1
空海～斎藤道三
司馬遼太郎
その人の生の輝きが時代の扉を押しあけた——。歴史上の人物の魅力を発掘したエッセイを古代から時代順に集大成。第一巻には司馬文学の奥行きを堪能させる二十七篇を収録。
205368-7

し-6-62
司馬遼太郎 歴史のなかの邂逅2
織田信長～豊臣秀吉
司馬遼太郎
人間の魅力とは何か——。織田信長、豊臣秀吉、古田織部など、室町末期から戦国時代を生きた男女の横顔を描き出す人物エッセイ二十三篇。
205376-2

し-6-63
司馬遼太郎 歴史のなかの邂逅3
徳川家康～高田屋嘉兵衛
司馬遼太郎
徳川家康、石田三成ら関ヶ原前後の諸大名の生き様や、徳川時代に爆発的な繁栄をみせた江戸の人間模様など、歴史のなかの群像を論じた人物エッセイ。
205395-3

し-6-64
司馬遼太郎 歴史のなかの邂逅4
勝海舟～新選組
司馬遼太郎
第四巻は動乱の幕末を舞台に、新選組や河井継之助、緒方洪庵、勝海舟など、白熱する歴史のなかの群像を論じた人物エッセイ二十六篇を収録。
205412-7

し-6-65
司馬遼太郎 歴史のなかの邂逅5
坂本竜馬～吉田松陰
司馬遼太郎
吉田松陰、坂本竜馬、西郷隆盛ら変革期を生きた人々の様々な運命。『竜馬がゆく』など幕末維新をテーマに数々の傑作長編が生まれた背景を伝える二十二篇。
205429-5

し-6-66
司馬遼太郎 歴史のなかの邂逅6
村田蔵六～西郷隆盛
司馬遼太郎
西郷隆盛、岩倉具視、大久保利通、江藤新平など、明治維新という日本史上最大のドラマをつくりあげた立役者たち。時代を駆け抜けた彼らの横顔を伝える二十一篇を収録。
205438-7